LA PETITE FADETTE

POCKET CLASSIQUES

collection dirigée par Claude AZIZA

GEORGE SAND

LA PETITE FADETTE

Préface et commentaires de
Marie-Madeleine FRAGONARD

© Pocket, 1991, pour la préface, les commentaires
et le dossier historique et littéraire.

© Pocket, 1999, pour « Au fil du texte » *in* « Les clés de l'œuvre ».

ISBN 2-266-08940-4

SOMMAIRE

* Pour approfondir votre lecture, *Au fil du texte* vous propose une
sélection commentée :
- de morceaux « classiques » devenus incontournables, signalés
  par ●◆ (droit au but).
- d'extraits représentatifs de l'œuvre, signalés par ᗏ (en flânant).

PRÉFACE

LA RÉPUBLIQUE DES FÉES

On s'imagine mal à la lecture de *La Petite Fadette* que ce soit un ouvrage né de la Révolution de 1848, effet d'une résistance mentale devant l'échec, un ouvrage fondamentalement ancré avec obstination à la Révolution. Qu'il soit aussi un ouvrage promis, puis un ouvrage qu'il faut bien tenir, puis une nécessité alimentaire, ne change pas le fait qu'il soit conçu en fonction de la terrible expérience de l'année 1848 et de la déception qui s'ensuit devant la brutalité des uns, le conservatisme des autres, l'aveuglement de tous. Ouvrage précisément voulu pour réagir, et faire réagir, il est fait pour fuir le réel (« je reviens à mes bergeries »), mais aussi pour exprimer les espoirs jamais vaincus et les fidélités les plus précieuses : la première clause que met Sand est de pouvoir publier la préface. Pour Barbès en prison.

Fadaise, entre fadeur et féerie

Annonçant son texte à l'éditeur Hetzel, qui en négocie l'impression, George Sand commente son écriture : « ces sortes de fadaises me coûtent peu de fatigue morale » (voir dossier p. 258).

Formule terrible et équivoque. Car en bon langage du XIXᵉ siècle, *fadaise* veut bien dire fadeur ou baliverne, et ce depuis trois siècles. Partout, sauf peut-être dans les pays où l'on parle encore des fées comme de *fades* et où l'on peut remonter vers l'étymon, de *fadaise* à *fées*. Fadaise féerique, *Fadette* est un conte merveilleux. Surprise et difficulté pour nous, car le caractère peu excitant du propos et les équivoques (auxquelles se prêtent les critiques du XIXᵉ) de la touchante « naïveté » des scènes empruntées aux idylles, etc., ont à nos yeux un caractère niais plutôt qu'un caractère merveilleux. Et bien sûr plutôt un caractère fade qu'un caractère réaliste. Quant à être révolutionnaire… Sans vouloir faire l'apologie du vrai et du militantisme dans un texte dont les ressources ne sont pas infinies, soulignons pourtant dès l'entrée combien les commentaires sont affaire de lexique, et affaire de contexte.

La paysannerie en littérature

La paysannerie comme groupe socialement situé apparaît peu en littérature : les bergeries et pastorales du Grand Siècle sont explicitement conçues pour être des ailleurs, des pays de rêve (ce qui pourrait faire leur parenté avec notre roman), mais ne sont pas soucieuses de la condition paysanne. La très intéressante préface de *L'Astrée* montre clairement que la fonction du cadre paysan est de ne pas être un cadre de réalité : elle est un lieu pour les nostalgies aristocratiques. D'autre part, la littérature connaît quelques personnages de paysans, qui sont des exotismes pour les gens des salons, par leurs paroles et leurs mœurs inadaptées, avec plus de détails réels que dans *L'Astrée*, mais non moins stylisés dans un type de prononciation et de vocabulaire : le Piarrot de Molière, avec son récit absurde (« alors ç'ai je fait »), est bien, face à Dom Juan, un niais. Dans une autre série plus moderne, les paysans parvenus et les dénivellements sociaux alimentent les fictions de Marivaux et de Restif, déjà plus proches de la mentalité du XIXᵉ siècle, qui célèbre les vertus patriarcales réfugiées dans l'archaïsme des champs.

La version Sand est encore autre. Elle ne semble

croire que relativement aux vertus patriarcales, sinon accompagnées de quelques traits de prudence, du sens de la famille et des intérêts fonciers en particulier. Pas question de croire que toutes les vertus morales se retrouvent à la campagne. Ils sont âpres, soupçonneux, autoritaires, agressifs, sexistes et superstitieux, ses paysans du Berry. En revanche, et sans les moutons trop pomponnés des pastorales, Sand retrouve un trait caractéristique des anciens récits : les paysans sont gens d'un autre temps ; meilleurs ou pires, là n'est pas la question, mais d'un autre temps et d'un autre monde où les règles du jeu social ne sont pas encore celles que l'on croit. D'où les fées resurgies de Perrault, qui sont bien gens de l'autre monde sous des habits rustiques ; d'où aussi un curieux langage, qui a la caution de la lexicologie berrichonne, mais sans en avoir la prononciation (voir le glossaire), et rappelle que les patois sont des archaïsmes linguistiques. Le berrichon du roman ressemble, à s'y méprendre, aux mots de La Fontaine par exemple, style qui déjà cherchait l'archaïsme comme un des traits inhérents aux fables : un autre monde remonté du passé. Le « réalisme » de George Sand ne saurait être celui de Balzac ou de Zola. La réalité est dans la réflexion suscitée par les images de la condition paysanne. Le modèle qu'elle veut reproduire n'est donc pas la crasse des champs, mais pas non plus l'idylle littéraire. Son idéal est entre les deux : fonder des apparences vraisemblables, qui puissent tout de même s'insérer dans une lecture allégorique, fable ou conte, qui a pour essentiel mérite d'essayer de rendre compte de toutes les tendances, de les rendre lisibles, ni haïssables ni édifiantes. En essayant de ne pas idéaliser (en faisant disparaître les aspects difficiles) et de transformer en allégorie la situation paysanne, ce texte devenu fable a bien un sens moderne qui veut témoigner et éduquer le lecteur.

George Sand n'arrive pas au peuple seulement par le livre : elle connaît dès sa jeunesse à Nohant des paysans qui ont le nom des futurs héros de ses romans champêtres. Au croisement d'une tradition littéraire et d'une observation vécue, elle transforme en peuple ces individualités, les rend exemplaires et typiques. Rectification de perspective qui est à mettre au compte d'une conviction socialiste ou communiste (les mots sont encore flous) qui se cherche avec générosité.

L'espoir puis l'échec de la révolution se disent à travers les mêmes apologues paysans. Avant *La Petite Fadette*, George Sand a déjà écrit plusieurs romans rustiques, qui sont liés expressément à un changement de vie et à son enthousiasme pour les doctrines (voire les personnes) de Pierre Leroux, Michel de Bourges, Louis Blanc. *Le Compagnon du tour de France,* puis *Jeanne* et *Le Meunier d'Angibault*, puis *François le Champi* et *La Mare au diable*[1] ont mis en scène les tensions qui agitent le monde populaire, et surtout le monde rural, préjugés compris, dans la perspective d'une réhabilitation des qualités du peuple et d'une réconciliation des gens de bonne volonté et de belle âme, toutes classes confondues. *La Petite Fadette* représente encore un autre stade : celui d'un codage en double lecture, adaptation d'une histoire apparemment rurale des années 1800 aux péripéties du conte féerique, et à la signification socialiste de 1848.

Sous les pavés, la dureté des champs

La Révolution de 1848 est un grand moment de la vie de George Sand : elle l'a attendu, construit, de toute la force de ses convictions et de ses actions. Engagée à travers ses amis, elle l'est même directement, quoique rapidement, au service du gouvernement révolutionnaire, pour la rédaction du *Bulletin*. C'est à Paris qu'elle fait son apprentissage révolutionnaire, qu'elle vit en direct les oscillations de la politique et des rapports de force des classes sociales. Elle fuit ensuite Paris

1. Dans la même collection.

et la réaction, risque peut-être l'emprisonnement, voit en tout cas ses amis relégués, exilés, emprisonnés. Elle vit les élections par lesquelles, grâce au suffrage universel arraché par les révolutionnaires, le peuple, dans lequel on mettait tant d'espoir, va se jeter dans les bras d'un gouvernement fort. Rien ne la prédispose, semble-t-il, à écrire en 1848-1849 des apologues sur la réconciliation des hommes, et encore moins à encenser la paysannerie. Son amertume est grande, et ses espoirs tenaces, comme en témoigne sa correspondance.

La paysannerie, quand elle en parle en tant que classe, laisse George Sand sans grande illusion : un groupe totalement conservateur, apeuré de rien, refusant la fiscalité supplémentaire de la République, et qui va voter comme d'enthousiasme pour un homme « qui n'a pour lui que le nom d'un autre » (entendez Napoléon III).

Mais la Révolution même n'est pas arrivée pour rien : le malheur des campagnes est réel ; dans la Nièvre éclate en 1847 la dernière crise de subsistance.

Le roman, édulcoré, finit bien pour nos deux jumeaux, bien pourvus dans une famille honorable, qui, après un temps de perturbation dû à la passion et à la jalousie, trouvent l'un un riche mariage qu'on n'attendait pas, et l'autre une promotion sociale ; la petite fille pauvre devient riche, les jalousies s'oublient, les parents hostiles deviennent tout affection. Il s'en dégage pourtant les vraies questions d'une analyse de la condition paysanne. L'essentielle question des bras : il en faut assez, assez d'enfants, mais point trop, et d'un bon âge (le fermier de la Priche a des gars, mais trop grands ou trop petits pour tenir les bœufs) ; assez de bras, mais les moyens de dégorger les surplus sur le louage (qui rectifie les répartitions et met « en condition » même des enfants venus de familles aisées) et sur l'armée.

On voit évoquer les questions de propriété : Fanchon n'a que le communal pour nourrir ses bêtes. Elle connaît la misère, et vante tristement à Landry la souplesse d'esprit des pauvres, qui n'ont pas les moyens d'avoir banquette de mousse ni aise tous les jours. On y voit aussi la dureté de cœur des riches, qui renchérissent sur le malheur pour se moquer, pour accuser, pour détester d'instinct le pauvre. Fanchon à l'inverse accueillera les enfants démunis et leur apprendra à lire.

Mais George Sand voit d'autres choses en la paysannerie que sa difficulté à vivre, sa trivialité temporaire et ses aspects réactionnaires : le peuple, cette force de principe sacré, et cette race, figure de la terre ancestrale. Un des rares endroits où, à défaut d'intelligence, peut rester la « vertu », non la mièvrerie, mais les principes de la force vitale.

La révolution cachée

George Sand écrit son roman après la fin des espoirs ; il en est le seul témoin. De façon intéressante, la censure passe similairement à l'intérieur du roman et à l'extérieur : il y manque une révolution. Car si l'on examine le temps de la fiction romanesque, il est parlant. Outre ses aspects rituels qu'on verra par la suite, il faut qu'entre la naissance et l'aventure des jumeaux survienne la Révolution, la première. Or, les bouleversements qui y sont liés ne sont évoqués que très fugitivement, alors qu'il est invraisemblable qu'elle ait été sans incidence sur la vie de ces fermiers riches (c'est de là que datent les plus grosses acquisitions de terre). Intéressant problème : en quelle année part Sylvinet ? On s'étonne de le voir s'engager, car on n'a pas trop de bras, et les volontaires sont rares ; c'est l'époque des « belles guerres » de Napoléon. Il devient capitaine en dix ans. Mais combien de temps y a-t-il entre ce temps de départ et 1812, le temps des conscriptions qui finit les belles guerres ? Supposons qu'il parte vers 1803-1804 et pour ses dix-neuf ans : les jumeaux seraient nés vers 1783-1785 ? Les seuls indices donnés par l'auteur sont d'ordre lourdement sémantique plus que chronologique. Les temps nouveaux ont deux effets complémentaires. Pour Sylvinet, ce sont les guerres de l'Empire qui lui apporte une promotion sociale effective et bien due à la nouvelle société puisque auparavant aucun roturier n'aurait pu devenir officier. La guerre donne aussi à cet inadapté qui se comporte « en homme qui cherche la mort », un lieu où l'instinct de mort soit valorisé, sublimé, utile, adapté à la fonction militaire du temps. Par ailleurs, la Révolution fait indirectement le bonheur de Fadette : elle s'en va à la ville (encore une promotion qui la métamorphose) pour servir une vieille demoiselle qui, chassée de son couvent par la Révolution, lui laisse les secrets de guérison qu'elle y avait appris, et c'est là le seul endroit du livre où la Révolution soit mentionnée. George Sand ne raconte donc pas le moment historique capital, mais en fait l'instrument de la transformation positive de ses personnages.

La Révolution est donc comme le non-dit d'une fable-conte-féerie qui lui sert de masque, bien travaillée par quelqu'un qui s'y connaît en récits traditionnels.

Folklore

Le XIXᵉ siècle découvre, et « invente » aussi, la province et son archaïsme (ce qui n'a de sens que vu de Paris ou par des provinciaux devenus parisiens). On peut rapprocher notre roman des recherches de deux auteurs, amis de Sand et pourtant bien différents. L'initiateur est Charles Nodier, situant dans le Jura sa *Fée aux miettes* (1837), naissance du fantastique moderne ironique : doux dérangement de l'esprit ou présence immuable de fées merveilleuses cachées sous un déguisement de vieille femme ? La Fée aux miettes, une vieille naine, qui est peut-être la reine de Saba déguisée, danse elle aussi devant son amoureux Michel une danse terriblement sautante à quoi ressemble la danse de Fadette, attifée comme sa grand-mère. Autre exemple, Renan dont les *Souvenirs d'enfance et de jeunesse* (1883) baignent dans le celtisme et les légendes (la ville d'Ys), le travail du végétal (la fille du coupeur de lin) et aussi le récit oral (explicitement raconté par sa mère). Sand n'est pas seule à refaire le pèlerinage aux sources légendaires.

D'une part, les élites parisiennes et intellectuelles sont encore des provinciaux aux racines distendues : leurs souvenirs assurent une part de rêve adoucissant la dureté locale paysanne. Mais la province prend conscience de soi : les costumes folkloriques dont nous sommes si fiers sont pour une grande part spécifiés au XIXe siècle, quoiqu'on essaie de les croire ancestraux. Une constante : la province est un lieu où traîne le passé, où l'air semble dater, un espace-temps d'ailleurs, que ce passé soit retard ou pureté plus grande.

La culture régionale se renforce plutôt qu'elle ne s'efface. Mais, chef-d'œuvre en péril, on la recueille, ce qui invente expressément le folklore : Hersart de la Villemarqué qui collecte les chants bretons *(Barzaz breiz)*, le groupe des félibres, ces mouvements de culture traditionaliste se déclenchent vers 1840. Très proche, mais plus hardi historiquement, le « celtisme » s'interroge (comme on le fait régulièrement) sur nos ancêtres les Gaulois et sur le fonds terrien national. C'est entre autres la faute de la Velleda des *Martyrs* de Chateaubriand, mais aussi celle des archéologues qui déterrent des dolmens et leur attribuent des fonctions rituelles mystérieuses, et des philologues qui cherchent l'origine des mots et des langues.

George Sand connaît ces mouvements et recherches : elle se réfère dans ses légendes (tardives) aux travaux des historiens de la région et des premiers folkloristes ; elle les connaît d'ailleurs depuis longtemps, puisque *Jeanne* exploite dans son personnage de Vierge digne de Memling la pure figure de la race primitive, druidesse ou vierge.

Contes et légendes ruraux

Comment régresser dans l'imaginaire d'une région ? En construisant une présentation de récit qui soit vraisemblable, sinon authentique. La construction du roman est assurée par un auteur-scripteur qui déclare qu'il ne fait que fixer un vieux récit, et par un narrateur, chanvreur berrichon, qui parle normalement berrichon et prend seulement ses distances avec certaines superstitions. Pour satisfaire la vraisemblance et les rationalistes, le narrateur truffe le texte de « peut-être », d'hypothèses sur ce que le personnage ne dit pas, ne pense pas encore expressément, sur ce qu'il aurait pu remarquer au lieu d'être un peu naïf. Comme le narrateur est souverain et omniscient, il en sait au fond plus qu'il n'est vraisemblable : la conscience de son personnage lui est transparente, les actions ambiguës de Fadette lui sont lumineuses. Mais cela lui est bien utile pour glisser doucement du récit paysan à la féerie. Tout s'explique très logiquement si l'on admet que Fadette, amoureuse, cherche à se faire remarquer, et que Landry, naïf et superstitieux, imagine ce qui n'est pas. Cette vision calme ne sera donnée qu'à la fin. En suivant préférentiellement les émois de Landry, le narrateur ne raconte plus que les illusions, erreurs d'interprétation, peurs et visions du jeune homme, bien désarmé devant les multiples aspects de la fée-sorcière-enchanteresse qui lui tourne la tête, aux premiers assauts de sa sensualité. Les marques de féerie (« il se sentit si charmé ») se multiplient à chaque rencontre, avec une petite touche d'ironie tendre (un amoureux, c'est toujours émouvant). Et tout s'explique aussi très logiquement, mais d'une autre logique, si Fadette la surnaturelle accepte par amour de rentrer dans le monde des mortels, comme cela se voit dans bon nombre de récits.

Pourquoi des fées ? Le conte d'origine effectivement rurale et populaire, adapté donc au propos par son lieu de naissance campagnard, possède un caractère constamment rituel, lisible et contraignant.

Le point remarquable est ici l'utilisation comme figures du conte non des fées avec ailes bleues dans un non-lieu et un non-temps fictifs, mais des fées actuelles, et même des fées souffrantes, dans un lieu et un temps où l'action des forces magiques doit en passer par les contraintes modernes.

La belle, la fée, la bête

Le portrait de Fanchon est triple : fille, fée, animal, plus ou moins que l'être normal, et dans chaque passage où elle intervient, ces trois indications de l'enchantement sont toujours présentes. Elle est oiseau, elle est cabri, et surtout grelet (grillon), insecte en principe bénéfique dans une maison (c'est en grillon que s'incarne Trilby, le lutin amoureux d'un des *Contes* de Nodier), mais insecte bien peu « féminin », flanquée d'un sauteriot-sauterelle, fléau de l'Apocalypse. Deux figures peu flatteuses éloignées de l'humain et des animalités plus rassurantes. Les autres personnages peuvent aussi fraterniser avec l'animalité, mais sans transformation personnelle : chacun s'occupe d'un univers animal qui correspond à sa « psychologie » et à son milieu social. Landry voit son chagrin céder devant la paire de grands bœufs de la Priche, monte les chevaux, et Sylvinet, en peine, rencontre un pauvre agneau perdu qui lui ressemble comme un double.

Seule Fadette passe par les métamorphoses et les règnes divers, à la frontière de plusieurs sorts possibles.

Qu'est-ce qu'une fée ? *Fata*, un destin incarné, ou du moins visible part de la destinée, qui s'attache à un homme. Puissance du sort, puissance non maîtrisable que l'homme ne peut s'attacher que par amour réciproque et conventions. Chez les fées des récits, sous la beauté... fatale, reste le vieil héritage d'un mélange entre Mélusine (la serpente), Morgane l'enchanteresse, et comme un arrière-fond de Parques.

Ici, les dynasties de Fadettes se répartissent les rôles.

La grand-mère est plus proche de la Parque, sorcière au foyer, jeteuse de sorts et guérisseuse, mais aussi détentrice des pouvoirs punitifs (elle bat) et des pouvoirs de destinée (elle thésaurise pour les vieux ans de sa petite-fille, ce qui prend figure du Don).

La mère s'est enfuie comme Mélusine, quoique plus trivialement, pour être vivandière des soldats (contre-coup direct de la Révolution, la voilà !), laissant derrière elle sa progéniture monstrueuse : Geoffroy « à la grand dent » et ses sept frères. Mais ici le monstre existe sous forme animale, grelet et sauterelle, couple d'ailleurs dont le lexique animal intervertit les sexes humains. Cette femme lointaine, dont on ne sait si elle est morte ou vive, porte les disgrâces de la sexualité et de l'errance, l'insatisfaction, il faut croire, de sa condition de femme et de paysanne. Comme Raymondin se fait ermite, le père meurt de chagrin.

La petite fille abandonnée pourrait développer les défauts de sa situation : méchanceté et malice ; elle dit les vérités qui blessent en petites formules ironiques, elle égare, et, si elle fait seulement semblant de battre son frère, ses premiers instincts sont jalousie, vengeance, vanité. Grâce à l'amour de Landry, elle prend de ses mères tous les aspects, mais en les adaptant à leurs seuls aspects bénéfiques selon la norme des hommes : guérisseuse et sagace, économe et découvreuse, elle joint des vertus modernes aptes à transformer en bienfaits les multiples aspects plus négatifs de ses mères :

Les mères	transformées par	la fille
thésaurisent,	→	économise et place,
ont une sexualité débordée	→	a un amour unique,
une séduction ravageuse,	→	a une sensualité contenue,
des secrets magiques,	→	a un savoir appliqué,
battent,	→	fait semblant et tance,
exploitent,	→	élève les enfants perdus,
errent ou se tiennent dans une tanière,	→	a une maison particulière, propre,
ont une mauvaise réputation.	→	a une piété constante et vivante.

Elle apprend aussi à Landry que toute chose a son utilité. Laide ou amère, la plante soigne ; l'animal honteux a le droit de vivre. Elle lui apprend enfin qu'il faut rendre le bien pour le mal. Elle lui inculque en somme la religion profonde de la nature et de la charité.

Fadette devient belle et désirable en laissant la défroque de sa mère qui lui donne l'air d'être sa grand-mère... Elle naît par le regard amoureux de Landry, miracle, métamorphose par amour qui transforme le « malot » en fille et la vilaine grelette en belle fille au teint blanc comme fleur. Ou comment l'esprit vient aux fées.

Histoire de métamorphose

George Sand multiplie les indices du féerique/magique, organisant un rituel qui est celui des fêtes d'initiation.

Récapitulons les fonctions et motifs des contes éternels :

1) Naissance étonnante au monde « humain » :

— prédiction de la vieille fée, que tout le monde oublie et qui advient bien sûr (p. 38) ;
— monde de la similitude gémellaire et de la non-identité (p. 42) ;
— monde des fées : dynasties et rites de violence/vie (p. 78, 94, 102, 136) ;

2) Séparation des jumeaux : (p. 46)

2 bis) Surgissement des dangers dus à la séparation :

— la perte du jumeau/la quête (p. 7) ;
— l'appel de la fée qui aide/la promesse en échange (p. 79) ;
— discret chantage à la noyade : l'orage imprévu (p. 85) ;

— seconde quête : la traversée de l'eau périlleuse (p. 105) ;
— discret chantage à la noyade : le gué disparu, le follet (p. 107) ;
— l'appel de la fée qui aide/promesse renouvelée (p. 109) ;
— promesse concrétisée en épreuve rituelle (exploit) (p. 115).

3) *Épreuves réussies :*

— tenue de l'exploit/abandon des autres privilèges (Madeleine) (p. 119) ;
— nuit d'épreuve réciproque : la fée qui pleure/conseils pour devenir femme/baiser d'enchantement réciproque (p. 133).

4) *Tentatives de restauration du monde initial :*

— scène en cachette : la fée essaie de réparer le monde humain (Madeleine) et donc de s'exclure de l'alliance mixte (p. 151) ;
— scène inverse : l'homme s'efforce d'attirer la fée dans le monde humain (p. 159).

5) *Situation négociée d'alliance discrète :*

Ils sont dans des non-lieux (cimetières, pigeonnier, chaumière) ; apprentissage par Fanchon des vertus rustiques, par Landry des savoirs féeriques, devenus rationnels et « amoureux » (p. 167).

6) *Trahison et révélation des secrets :*

— insurrection des pouvoirs humains/jalousie de Sylvinet (p. 175) ;
— la fée s'en va dans un au-delà urbain, où elle accompagne une religieuse (sorcière bénéfique) et purifie sa mise, sa réputation. L'homme s'en va dans un par-deçà rural (p. 189) ;
— jalousie de Sylvinet qui dépérit volontairement

de la séparation/seconde prédiction de fée, qu'on
ne comprend que trop tard (p. 197).

7) Perte des composantes fâcheuses du monde féerique :

La sorcière meurt (p. 203) : la fée purifiée et riche
peut devenir femme, être acceptée par les pouvoirs
familiaux et faire de « beaux enfants » (pp. 207, 238).

7 bis) Résolution par mariage :

La fée guérit l'instinct de mort de Sylvinet (pp. 216,
229) qui n'est plus jaloux (rivalité contre la femme) mais
entre dans l'enchantement (retour à l'identité avec son
frère)/sublimation dans la conquête militaire (p. 239).

Cette belle histoire, comme on le voit, repose sur
quelques moments forts et sur quelques dates (il y en
a fort peu). Landry est engagé à la Saint-Jean ; la perte
de Sylvinet se situe près d'un an avant la fête, soit vers
septembre ou octobre ; alors a lieu le passage du gué
guidé par le follet, qui ressemble fort à un rite de baptême. Essentielle enfin, la nuit de la Saint-Andoche,
où se décident les métamorphoses.

La Saint-Andoche est le 24 septembre ; la Saint-
Michel, temps-fée, n'est pas loin, mais, à vrai dire, cette
nuit a toutes les propriétés usuelles de la Saint-Jean,
solstice des enchantements. Saint Andoche, venu
d'Orient sous Septime Sévère et martyrisé en Bourgo-
gne avec saint Thyrse et saint Bénigne, ne paraît pourtant pas doué de pouvoirs magiques. Mais sans doute
qu'en dansant sept bourrées (nombre magique) répar-
ties en fonction des offices religieux, on prend des
risques, et plus encore à errer sous la lune le long des
bords d'eau déserts. À moins que... quelques saintetés
plus célèbres ne fassent de la fin septembre un temps
propre aux métamorphoses et victoires sur le noir et
le mal : le 21, saint Jonas, qui sort de sa baleine ; le
22, saint Sylvain ; le 23, sainte Thècle, inconnue, soit,

mais fêtée à la date d'équinoxe où l'on met rouir le lin et le chanvre (notre conteur a du loisir). Au passage, on a bien lu Saint-Sylvain : ce devrait être la fête de Sylvinet, protégé par un saint des forêts, et c'est le bonheur de Landry qui se décide entre feuillages et étoiles.

Joignons-y quelques rêves, des indices explicites de la métamorphose de Fadette, ses capacités surnaturelles de guérisseuse et de « voyante » du fond des âmes. Landry a bien capturé un être surnaturel. Mais est-il si « naturel » lui-même ?

Gémeaux

En fait, nous avons pour une fée deux humains, les bessons. Las, on ne sait pas quelle est leur date de naissance, mais il semble pourtant bien qu'elle soit d'automne d'après les indications furtives (il allait sur ses quinze ans/avoir quinze ans). La Saint-Andoche, fête d'automne, est-elle aussi le temps de leur anniversaire ?

Mais la gémellité est surtout une prédisposition à sortir du quotidien ; faute d'horoscope, ils naissent comme dans tous les contes, accompagnés de prédictions : celle d'une identité double, qu'il faudra séparer pour que tous deux deviennent des humains normaux, complets quoique distincts.

Leurs noms sont une répartition de fonctions à l'intérieur d'un couple qui est comme deux moitiés d'un psychisme humain : Sylvain le premier-né est le moins fort, l'homme de la forêt, l'homme de la fin d'année (silvestris) et de la régression dans l'inconscient. Chez lui se développent des formes de mort constamment mises en valeur (mort par jalousie : « Sylvain, il paraît que vous voulez mourir », « Comme un homme qui cherche la mort en toute occasion ») et liées au désir éperdu de mobiliser l'amour exclusif des autres et surtout l'amour de cet autre identique qu'est Landry. Sylvinet est le fils de sa mère, le protégé, celui qui souffre improductivement, si l'on peut dire, parce qu'il ne sort pas d'un narcissisme égoïste.

Landry est le second-né, c'est-à-dire l'aîné réel et le plus fort, dans son corps et dans son psychisme. Il est solidité, sens du sacrifice et du devoir, il est celui qui va, qui survit, le fils de son père, le terrien, le mâle fort d'une femme qu'il rencontre pleurant au coin d'un bois, éducable et transformable. Car il lui reste beaucoup à apprendre ! Y compris à souffrir, à choisir, à s'opposer. Et à aimer aussi, hors des humains, la bonté de l'univers que lui révèle Fadette. Il peut quitter ses superstitions, son conformisme, accéder à la rationalité raisonnable et à la passion aussi ; être homme.

Les histoires de doubles sont fréquentes dans les contes (qu'on songe au très vieux *Valentin et Ourson*), où chaque moitié du couple explore une manière d'être : civilisation et sauvagerie, vie de conquête et sédentarité, force et faiblesse ; la gémellité est essentielle aux mythes de fondation de cités, pour ne faire allusion qu'à celle de Rome. Mais toujours la dualité doit se résoudre, par le sacrifice de la part la plus faible, pour un bien collectif. Ici, les forces charnelles et spirituelles doivent l'emporter, vers un progrès, par abandon du repli sur soi, par découverte du reste du monde, femme, nature, Dieu. Landry assure sa part d'éducation, pour un univers meilleur.

Concluons. Ils furent heureux et eurent beaucoup d'enfants. L'amour rend beau, intelligent, heureux, pourvu qu'on le gère avec sagesse, pour l'épanouir. L'épreuve aide à cet épanouissement, car elle apprend à comprendre le monde souffrant, à l'aider, à l'aimer.

Mais le message de Sand n'est pas un ramollissant « aimons-nous » dans une mièvrerie bonasse. L'image qu'elle nous donne est l'incorporation aux vertus du peuple des vertus magiques jusque-là méprisées qui se mettent à l'œuvre : le peuple est borné, il a besoin des fées pour dépasser vers des œuvres bonnes et fécondes ses préoccupations matérielles. Les fées sont volatiles et asociales, sorcières, artistes, intellectuelles : elles ont besoin des hommes pour incarner leur subtilité.

Les uns et les autres ont besoin d'amour pour être reconnus, pour être transformés dans leur part bonne. Que le peuple retrouve son passé, découvre sa magie, retrouve son âme : les fées ne disent pas autre chose que le socialisme de George Sand, qui, à peu de mois près, peut écrire ces deux fragments de lettres qui encadrent la création de *La Petite Fadette* et les péripéties des grandes révolutions européennes :

À Armand Barbès, juin 1848 :

« Ah ! mon ami, que votre foi est belle et grande ! Du fond de votre prison, vous ne pensez qu'à sauver ceux qui paraissent compromis et à consoler ceux qui s'affligent. Vous essayez de me donner du courage, au rebours de la situation normale qui me commande de vous en donner. [...] Je souffre pour tous les êtres qui souffrent, qui font le mal ou qui le laissent faire sans comprendre ; pour ce peuple qui est si malheureux et qui tend toujours le dos aux coups et à la chaîne. Depuis ces paysans polonais qui veulent être Russes, jusqu'à ces lazzaroni qui égorgent les républicains ; depuis ce peuple intelligent de Paris, qui se laisse tromper comme un niais, jusqu'à ces paysans des provinces qui tueraient les *communistes* à coups de fourche, je ne vois qu'ignorance et faiblesse morale en majorité sur la face du globe. La lutte est bien engagée, je le sais bien. Nous y périrons, c'est ce qui me console. Après nous le combat continuera. Je ne doute ni de Dieu ni des hommes ; mais il m'est impossible de ne pas trouver amer ce fleuve de douleurs qui nous entraîne, et où, tout en nageant, nous avalons beaucoup de fiel. »

À Louis Blanc, avril 1849 :

« Il se fait un travail immense et qui se sent partout. Rien ne pousse encore, mais la terre s'échauffe et bientôt elle sera brûlante. Nous avons à recommencer notre œuvre de propagande, sans ressentiment pour les erreurs où le peuple est tombé, et le temps n'est pas éloigné où nous retrouverons l'autorité des minorités qui ont la vérité pour elles. Patience donc, je n'aurais pas pu vous dire cela, il y a trois mois : je ne voyais que désastre et ruine devant nous et autour de nous. J'avais tort de désespérer. L'humanité est une plante fragile par ses branches, mais forte dans ses racines et elle se renouvelle toujours plus vite qu'on ne l'espère. Je crois sérieusement que le temps est venu où l'arbitraire est frappé d'impuissance, où la vieille société ne peut plus se soutenir et où le peuple va entrer en lice par lui-même. »

LA PETITE FADETTE

PRÉFACE DE 1848

Nohant, septembre 1848.

Et, tout en parlant de la République que nous rêvons et de celle que nous subissons, nous étions arrivés à l'endroit du chemin ombragé où le serpolet invite au repos.

— Te souviens-tu, me dit-il [1], que nous passions ici, il y a un an, et que nous nous y sommes arrêtés tout un soir ? Car c'est ici que tu me racontas l'histoire du *Champi*, et que je te conseillai de l'écrire dans le style familier dont tu t'étais servi avec moi.

— Et que j'imitais de la manière de notre *Chanvreur*. Je m'en souviens, et il me semble que, depuis ce jour-là, nous avons vécu dix ans.

— Et pourtant la nature n'a pas changé, reprit mon ami : la nuit est toujours pure, les étoiles brillent toujours, le thym sauvage sent toujours bon.

— Mais les hommes ont empiré, et nous comme les autres. Les bons sont devenus faibles, les faibles poltrons, les poltrons lâches, les généreux téméraires, les sceptiques pervers, les égoïstes féroces.

— Et nous, dit-il, qu'étions-nous, et que sommes-nous devenus ?

---

1. Entretien avec François Rollinat.

— Nous étions tristes, nous sommes devenus malheureux, lui répondis-je.

Il me blâma de mon découragement et voulut me prouver que les révolutions ne sont point des lits de roses. Je le savais bien et ne m'en souciais guère, quant à moi ; mais il voulut aussi me prouver que l'école du malheur était bonne et développait des forces que le calme finit par engourdir. Je n'étais point de son avis dans ce moment-là ; je ne pouvais pas si aisément prendre mon parti sur les mauvais instincts, les mauvaises passions, et les mauvaises actions que les révolutions font remonter à la surface.

— Un peu de gêne et de surcroît de travail peut être fort salutaire aux gens de notre condition, lui disais-je ; mais un surcroît de misère, c'est la mort du pauvre. Et puis, mettons de côté la souffrance matérielle : il y a dans l'humanité, à l'heure qu'il est, une souffrance morale qui ne peut rien amener de bon. Le méchant souffre, et la souffrance du méchant, c'est la rage ; le juste souffre, et la souffrance du juste, c'est le martyre auquel peu d'hommes survivent.

— Tu perds donc la foi ? me demanda mon ami scandalisé.

— C'est le moment de ma vie, au contraire, lui dis-je, où j'ai eu le plus de foi à l'avenir des idées, à la bonté de Dieu, aux destinées de la révolution. Mais la foi compte par siècles, et l'idée embrasse le temps et l'espace, sans tenir compte des jours et des heures ; et nous, pauvres humains, nous comptons les instants de notre rapide passage, et nous en savourons la joie ou l'amertume sans pouvoir nous défendre de vivre par le cœur et par la pensée avec nos contemporains. Quand ils s'égarent, nous sommes troublés ; quand ils se perdent, nous désespérons ; quand ils souffrent, nous ne pouvons être tranquilles et heureux. La nuit est belle, dis-tu, et les étoiles brillent. Sans doute, et cette sérénité des cieux et de la terre est l'image de l'impérissable vérité dont les hommes ne peuvent tarir ni troubler la source divine. Mais, tandis que nous contemplons

l'éther et les astres, tandis que nous respirons le parfum des plantes sauvages et que la nature chante autour
de nous son éternelle idylle, on étouffe, on languit, on
pleure, on râle, on expire dans les mansardes et dans
les cachots. Jamais la race humaine n'a fait entendre
une plainte plus sourde, plus rauque et plus menaçante.
Tout cela passera et l'avenir est à nous, je le sais ; mais
le présent nous décime. Dieu règne toujours ; mais, à
cette heure, il ne gouverne pas.

— Fais un effort pour sortir de cet abattement, me
dit mon ami. Songe à ton art et tâche de retrouver quelque charme pour toi-même dans les loisirs qu'il
t'impose.

— L'art est comme la nature, lui dis-je : il est toujours beau. Il est comme Dieu, qui est toujours bon ;
mais il est des temps où il se contente d'exister à l'état
d'abstraction, sauf à se manifester plus tard quand ses
adeptes en seront dignes. Son souffle ranimera alors
les lyres longtemps muettes ; mais pourra-t-il faire
vibrer celles qui se seront brisées dans la tempête ? L'art
est aujourd'hui en travail de décomposition pour une
éclosion nouvelle. Il est comme toutes les choses humaines, en temps de révolution, comme les plantes qui
meurent en hiver pour renaître au printemps. Mais le
mauvais temps fait périr beaucoup de germes.
Qu'importent dans la nature quelques fleurs ou quelques fruits de moins ? Qu'importent dans l'humanité
quelques voix éteintes, quelques cœurs glacés par la
douleur ou par la mort ? Non, l'art ne saurait me
consoler de ce que souffrent aujourd'hui sur la terre
la justice et la vérité. L'art vivra bien sans nous.
Superbe et immortel comme la poésie, comme la
nature, il sourira toujours sur nos ruines. Nous qui tra-
versons ces jours néfastes, avant d'être artistes, tâchons
d'être hommes ; nous avons bien autre chose à déplo-
rer que le silence des muses.

— Écoute le chant du labourage, me dit mon ami ;
celui-là, du moins, n'insulte à aucune douleur, et il y
a peut-être plus de mille ans que le bon vin de nos

campagnes *sème et consacre*, comme les sorcières de
Faust, sous l'influence de cette cantilène simple et solen-
nelle.

J'écoutai le récitatif du laboureur, entrecoupé de
longs silences, j'admirai la variété infinie que le grave
caprice de son improvisation imposait au vieux thème
sacramentel. C'était comme une rêverie de la nature
elle-même, ou comme une mystérieuse formule par
laquelle la terre proclamait chaque phase de l'union de
sa force avec le travail de l'homme.

La rêverie où je tombai moi-même, et à laquelle ce
chant vous dispose par une irrésistible fascination,
changea le cours de mes idées.

— Ce que tu me disais ici l'an dernier, est bien certain, dis-je à mon ami. La poésie est quelque chose de
plus que les poètes, c'est en dehors d'eux, au-dessus
d'eux. Les révolutions n'y peuvent rien. Ô prisonniers !
ô agonisants ! captifs et vaincus de toutes les nations,
martyrs de tous les progrès ! Il y aura toujours, dans
le souffle de l'air que la voix humaine fait vibrer, une
harmonie bienfaisante qui pénétrera vos âmes d'un religieux soulagement. Il n'en faut même pas tant ; le chant
de l'oiseau, le bruissement de l'insecte, le murmure de
la brise, le silence même de la nature, toujours entrecoupé de quelques mystérieux sons d'une indicible élo-
quence. Si ce langage furtif peut arriver jusqu'à votre
oreille, ne fût-ce qu'un instant, vous échappez par la
pensée au joug cruel de l'homme, et votre âme plane
librement dans la création. C'est là que règne ce charme
souverain qui est véritablement la possession commune,
dont le pauvre jouit souvent plus que le riche, et qui
se révèle à la victime plus volontiers qu'au bourreau.

— Tu vois bien, me dit mon ami, que, tout affligés
et malheureux que nous sommes, on ne peut nous ôter
cette douceur d'aimer la nature et de nous reposer dans
sa poésie. Eh bien, puisque nous ne pouvons plus donner que cela aux malheureux, faisons encore de l'art
comme nous l'entendions naguère, c'est-à-dire célé-
brons tout doucement cette poésie si douce ; exprimons-

la, comme le suc d'une plante bienfaisante, sur les blessures de l'humanité. Sans doute, il y aurait dans la recherche des vérités applicables à son salut matériel, bien d'autres remèdes à trouver. Mais d'autres que nous s'en occuperont mieux que nous ; et comme la question vitale immédiate de la société est une question de fait en ce moment, tâchons d'adoucir la fièvre de l'action en nous et dans les autres par quelque innocente distraction. Si nous étions à Paris, nous ne nous reprocherions pas d'aller écouter de temps en temps de la musique pour nous rafraîchir l'âme. Puisque nous voici aux champs, écoutons la musique de la nature.

— Puisqu'il en est ainsi, dis-je à mon ami, revenons à nos moutons, c'est-à-dire à nos bergeries. Te souviens-tu qu'avant la révolution, nous philosophions précisément sur l'attrait qu'ont éprouvé de tout temps les esprits fortement frappés des malheurs publics, à se rejeter dans les rêves de la pastorale, dans un certain idéal de la vie champêtre d'autant plus naïf et plus enfantin que les mœurs étaient plus brutales et les pensées plus sombres dans le monde réel ?

— C'est vrai, et jamais je ne l'ai mieux senti. Je t'avoue que je suis si las de tourner dans un cercle vicieux en politique, si ennuyé d'accuser la minorité qui gouverne, pour être forcé tout aussitôt de reconnaître que cette minorité est l'élue de la majorité, que je voudrais oublier tout cela, ne fût-ce que pendant une soirée, pour écouter ce paysan qui chantait tout à l'heure, ou toi-même, si tu voulais me dire un de ces contes que le chanvreur de ton village t'apprend durant les veillées d'automne.

— Le laboureur ne chantera plus d'aujourd'hui, répondis-je, car le soleil est couché, et le voilà qui rentre ses bœufs, laissant l'areau*[1] dans le sillon. Le chanvre trempe encore dans la rivière, et ce n'est pas même le

---

1. On trouvera dans le glossaire, p. 315, l'explication des mots signalés par un *.

temps où on le dresse en javelles, qui ressemblent à de petits fantômes rangés en bataille au clair de la lune, le long des enclos et des chaumières. Mais je connais le chanvreur ; il ne demande qu'à raconter des histoires, et il ne demeure pas loin d'ici. Nous pouvons bien aller l'inviter à souper ; et, pour n'avoir point broyé depuis longtemps, pour n'avoir point avalé de poussière, il n'en sera que plus disert et de plus longue haleine.

— Eh bien, allons le chercher, dit mon ami, tout réjoui d'avance ; et demain tu écriras son récit pour faire suite, avec *La Mare au Diable* et *François le Champi*, à une série de contes villageois, que nous intitulerons classiquement *Les Veillées du Chanvreur*.

— Et nous dédierons ce recueil à nos amis prisonniers ; puisqu'il nous est défendu de leur parler politique, nous ne pouvons que leur faire des contes pour les distraire ou les endormir. Je dédie celui-ci en particulier, à Armand [1]...

— Inutile de le nommer, reprit mon ami ; on verrait un sens caché, dans ton apologue, et on découvrirait là-dessous quelque abominable conspiration. Je sais bien qui tu veux dire, et il le saura bien aussi, *lui,* sans que tu traces seulement la première lettre de son nom.

Le chanvreur ayant bien soupé, et voyant à sa droite un grand pichet de vin blanc, à sa gauche un pot de tabac pour charger sa pipe à discrétion toute la soirée, nous raconta l'histoire suivante.

GEORGE SAND.

---

1. Barbès, en prison. Voir Dossier, p. 270.

PRÉFACE DE 1851

Nohant, 21 décembre 1851.

C'est à la suite des néfastes journées de juin 1848, que troublé et navré, jusqu'au fond de l'âme, par les orages extérieurs, je m'efforçai de retrouver dans la solitude, sinon le calme, au moins la foi. Si je faisais profession d'être philosophe, je pourrais croire ou prétendre que la foi aux idées entraîne le calme de l'esprit en présence des faits désastreux de l'histoire contemporaine ; mais il n'en est point ainsi pour moi, et j'avoue humblement que la certitude d'un avenir providentiel ne saurait fermer l'accès, dans une âme d'artiste, à la douleur de traverser un présent obscurci et déchiré par la guerre civile.

Pour les hommes d'action qui s'occupent personnellement du fait politique, il y a, dans tout parti, dans toute situation, une fièvre d'espoir ou d'angoisse, une colère ou une joie, l'enivrement du triomphe ou l'indignation de la défaite. Mais pour le pauvre poète, comme pour la femme oisive, qui contemplent les événements sans y trouver un intérêt direct et personnel, quel que soit le résultat de la lutte, il y a l'horreur profonde du sang versé de part et d'autre, et une sorte de désespoir à la vue de cette haine, de ces injures, de ces menaces, de ces calomnies qui montent vers le ciel comme un impur holocauste, à la suite des convulsions sociales.

Dans ces moments-là, un génie orageux et puissant comme celui du Dante, écrit avec ses larmes, avec sa bile, avec ses nerfs, un poème terrible, un drame tout plein de tortures et de gémissements. Il faut être trempé comme cette âme de fer et de feu, pour arrêter son imagination sur les horreurs d'un enfer symbolique, quand on a sous les yeux le douloureux purgatoire de la désolation sur la terre. De nos jours, plus faible et plus sensible, l'artiste, qui n'est que le reflet et l'écho d'une génération assez semblable à lui éprouve le besoin impérieux de détourner la vue et de distraire l'imagination, en se reportant vers un idéal de calme, d'innocence et de rêverie. C'est son infirmité qui le fait agir ainsi, mais il n'en doit point rougir, car c'est aussi son devoir. Dans les temps où le mal vient de ce que les hommes se méconnaissent et se détestent, la mission de l'artiste est de célébrer la douceur, la confiance, l'amitié, et de rappeler ainsi aux hommes endurcis ou découragés, que les mœurs pures, les sentiments tendres et l'équité primitive, sont ou peuvent être encore de ce monde. Les allusions directes aux malheurs présents, l'appel aux passions qui fermentent, ce n'est point là le chemin du salut : mieux vaut une douce chanson, un son de pipeau rustique, un conte pour endormir les petits enfants sans frayeur et sans souffrance, que le spectacle des maux réels renforcés et rembrunis encore par les couleurs de la fiction.

Prêcher l'union quand on s'égorge, c'est crier dans le désert. Il est des temps où les âmes sont si agitées qu'elles sont sourdes à toute exhortation directe. Depuis ces journées de juin dont les événements actuels sont l'inévitable conséquence, l'auteur du conte qu'on va lire s'est imposé la tâche d'être *aimable*, dût-il en mourir de chagrin. Il a laissé railler ses *bergeries*, comme il avait laissé railler tout le reste, sans s'inquiéter des arrêts de certaine critique. Il sait qu'il a fait plaisir à ceux qui aiment *cette note-là*, et que faire plaisir à ceux qui souffrent du même mal que lui, à savoir l'horreur de la haine et des vengeances, c'est leur faire tout le bien qu'ils peuvent accepter : bien fugitif, soulagement passager, il est vrai, mais plus réel qu'une déclamation passionnée, et plus saisissant qu'une démonstration classique.

GEORGE SAND.

I

Le père Barbeau de la Cosse n'était pas mal dans ses affaires, à preuve qu'il était du conseil municipal de sa commune. Il avait deux champs qui lui donnaient la nourriture de sa famille et du profit par-dessus le marché. Il cueillait dans ses prés du foin à pleins charrois, et, sauf celui qui était au bord du ruisseau, et qui était un peu ennuyé par le jonc, c'était du fourrage connu dans l'endroit pour être de première qualité.

La maison du père Barbeau était bien bâtie, couverte en tuile, établie en bon air sur la côte, avec un jardin de bon rapport et une vigne de six journaux*. Enfin il avait, derrière sa grange, un beau verger, que nous appelons chez nous une ouche*, où le fruit abondait tant en prunes qu'en guignes, en poires et en cormes*. Mêmement les noyers de ses bordures étaient les plus vieux et les plus gros de deux lieues aux entours.

Le père Barbeau était un homme de bon courage, pas méchant, et très porté pour sa famille, sans être injuste à ses voisins et paroissiens*.

Il avait déjà trois enfants, quand la mère Barbeau, voyant sans doute qu'elle avait assez de bien pour cinq, et qu'il fallait se dépêcher, parce que l'âge lui venait, s'avisa de lui en donner deux à la fois, deux beaux garçons ; et, comme ils étaient si pareils qu'on ne pouvait presque pas les distinguer l'un de l'autre, on reconnut bien vite que c'étaient deux bessons*, c'est-à-dire deux jumeaux d'une parfaite ressemblance.

La mère Sagette, qui les reçut dans son tablier comme ils venaient au monde, n'oublia pas de faire au premier-né une petite croix sur le bras avec son aiguille, parce que, disait-elle, un bout de ruban ou un collier peut se confondre et faire perdre le droit d'aînesse. Quand l'enfant sera plus fort, dit-elle, il faudra lui faire une marque qui ne puisse jamais s'effacer ; à quoi l'on ne manqua pas. L'aîné fut nommé Sylvain, dont on fit bientôt Sylvinet, pour le distinguer de son frère aîné, qui lui avait servi de parrain ; et le cadet fut appelé Landry, nom qu'il garda comme il l'avait reçu au baptême, parce que son oncle, qui était son parrain, avait gardé de son jeune âge la coutume d'être appelé Landriche.

Le père Barbeau fut un peu étonné, quand il revint du marché, de voir deux petites têtes dans le berceau. — Oh ! oh ! fit-il, voilà un berceau qui est trop étroit. Demain matin, il me faudra l'agrandir. — Il était un peu menuisier de ses mains, sans avoir appris, et il avait fait la moitié de ses meubles. Il ne s'étonna pas autrement et alla soigner sa femme, qui but un grand verre de vin chaud, et ne s'en porta que mieux.

— Tu travailles si bien, ma femme, lui dit-il, que ça doit me donner du courage. Voilà deux enfants de plus à nourrir, dont nous n'avions pas absolument besoin ; ça veut dire qu'il ne faut pas que je me repose de culti-ver nos terres et d'élever nos bestiaux. Sois tranquille ; on travaillera ; mais ne m'en donne pas trois la pro-chaine fois, car ça serait trop.

La mère Barbeau se prit à pleurer, dont le père Bar-beau se mit fort en peine.

— Bellement*, bellement, dit-il, il ne faut te chagri-ner, ma bonne femme. Ce n'est pas par manière de reproche que je t'ai dit cela, mais par manière de remer-ciement, bien au contraire. Ces deux enfants-là sont beaux et bien faits ; ils n'ont point de défauts sur le corps, et j'en suis content.

— Alas* ! mon Dieu, dit la femme, je sais bien que vous ne me les reprochez pas, notre maître* ; mais moi j'ai du souci, parce qu'on m'a dit qu'il n'y avait rien de plus chanceux* et de plus malaisé à élever que des bessons. Ils se font tort l'un à l'autre, et presque toujours, il faut qu'un des deux périsse pour que l'autre se porte bien.

— Oui-da ! dit le père : est-ce la vérité ? Tant qu'à moi, ce sont les premiers bessons que je vois. Le cas n'est point fréquent. Mais voici la mère Sagette qui a de la connaissance là-dessus, et qui va nous dire ce qui en est.

La mère Sagette étant appelée répondit :

— Fiez-vous à moi ; ces deux bessons-là vivront bel et bien, et ne seront pas plus malades que d'autres enfants. Il y a cinquante ans que je fais le métier de sage-femme, et que je vois naître, vivre ou mourir tous les enfants du canton. Ce n'est donc pas la première fois que je reçois des jumeaux. D'abord, la ressemblance ne fait rien à leur santé. Il y en a qui ne se ressemblent pas plus que vous et moi, et souvent il arrive que l'un est fort et l'autre faible ; ce qui fait que l'un vit et que l'autre meurt ; mais regardez les vôtres, ils sont chacun aussi beau et aussi bien corporé* que s'il était fils unique. Ils ne se sont donc pas fait dommage l'un à l'autre dans le sein de leur mère ; ils sont venus à bien tous les deux sans trop la faire souffrir et sans souffrir eux-mêmes. Ils sont jolis à merveille et ne demandent qu'à vivre. Consolez-vous donc, mère Barbeau, ça vous sera un plaisir de les voir grandir ; et, s'ils continuent, il n'y aura guère que vous et ceux qui les verront tous les jours qui pourrez faire entre eux une différence ; car je n'ai jamais vu deux bessons si pareils. On dirait deux petits perdreaux sortant de l'œuf ; c'est si gentil et si semblable, qu'il n'y a que la mère-perdrix qui les reconnaisse.

— À la bonne heure ! fit le père Barbeau en se grattant la tête ; mais j'ai ouï dire que les bessons prenaient tant d'amitié l'un pour l'autre, que quand ils se quittaient ils ne pouvaient plus vivre, et qu'un des deux, tout au moins, se laissait consumer par le chagrin, jusqu'à en mourir.

— C'est la vraie vérité, dit la mère Sagette ; mais écoutez ce qu'une femme d'expérience va vous dire. Ne le mettez pas en oubliance* ; car, dans le temps où vos enfants seront en âge de vous quitter, je ne serai peut-être plus de ce monde pour vous conseiller. Faites attention, dès que vos bessons commenceront à se reconnaître, de ne pas les laisser toujours ensemble. Emmenez l'un au travail pendant que l'autre gardera la maison. Quand l'un ira pêcher, envoyez l'autre à la chasse ; quand l'un gardera les moutons, que l'autre aille voir les bœufs au pacage ; quand vous donnerez à l'un du vin à boire, donnez à l'autre un verre d'eau, et réciproquement. Ne les grondez point ou ne les corrigez point tous les deux en même temps ; ne les habillez pas de même ; quand l'un aura un chapeau, que l'autre ait une casquette, et que surtout leurs blouses ne soient pas du même bleu. Enfin, par tous les moyens que vous pourrez imaginer, empêchez-les de se confondre l'un avec l'autre et de s'accoutumer à ne pas se passer l'un de l'autre. Ce que je vous dis là, j'ai grand'peur que vous ne le mettiez dans l'oreille du chat* ; mais si vous ne le faites pas, vous vous en repentirez grandement un jour.

La mère Sagette parlait d'or et on la crut. On lui promit de faire comme elle disait, et on lui fit un beau présent avant de la renvoyer. Puis comme elle avait bien recommandé que les bessons ne fussent point nourris du même lait, on s'enquit vitement d'une nourrice.

Mais il ne s'en trouva point dans l'endroit. La mère Barbeau, qui n'avait pas compté sur deux enfants, et qui avait nourri elle-même tous les autres, n'avait pas pris ses précautions à l'avance. Il fallut que le père Barbeau partît pour chercher cette nourrice dans les environs ; et pendant ce temps, comme la mère ne pouvait pas laisser pâtir ses petits, elle leur donna le sein à l'un comme à l'autre.

Les gens de chez nous ne se décident pas vite, et, quelque riche qu'on soit, il faut toujours un peu marchander. On savait que les Barbeau avaient de quoi payer, et on pensait que la mère, qui n'était plus de la première jeunesse, ne pourrait point garder deux nourrissons sans s'épuiser. Toutes les nourrices que le père Barbeau put trouver lui demandèrent donc dix-huit livres par mois, ni plus ni moins qu'à un bourgeois.

Le père Barbeau n'aurait voulu donner que douze ou quinze livres, estimant que c'était beaucoup pour un paysan. Il courut de tous les côtés et disputa un peu sans rien conclure. L'affaire ne pressait pas beaucoup ; car deux enfants si petits ne pouvaient pas fatiguer la mère, et ils étaient si bien portants, si tranquilles, si peu braillards l'un et l'autre, qu'ils ne faisaient presque pas plus d'embarras qu'un seul dans la maison. Quand l'un dormait, l'autre dormait aussi. Le père avait arrangé le berceau, et quand ils pleuraient tous deux à la fois, on les berçait et on les apaisait en même temps.

Enfin le père Barbeau fit un arrangement avec une nourrice pour quinze livres, et il ne se tenait plus qu'à cent sous d'épingles, lorsque sa femme lui dit :

— Bah ! notre maître, je ne vois pas pourquoi nous allons dépenser cent quatre-vingts ou deux cents livres par an, comme si nous étions des messieurs et dames, et comme si j'étais hors d'âge pour nourrir mes enfants. J'ai plus de lait qu'il n'en faut pour cela. Ils ont déjà un mois, nos garçons, et voyez s'ils ne sont pas en bon état ! La Merlaude que vous voulez donner pour nourrice à un des deux n'est pas moitié si forte et si saine que moi ; son lait a déjà dix-huit mois, et ce n'est pas ce qu'il faut à un enfant si jeune. La Sagette nous a dit de ne pas nourrir nos bessons du même lait, pour les empêcher de prendre trop d'amitié l'un pour l'autre, c'est vrai qu'elle l'a dit ; mais n'a-t-elle pas dit aussi qu'il fallait les soigner également bien, parce que, après tout, les bessons n'ont pas la vie tout à fait aussi forte que les autres enfants ? J'aime mieux que les nôtres s'aiment trop, que s'il faut sacrifier l'un à l'autre. Et puis, lequel des deux mettrons-nous en nourrice ? Je vous confesse que j'aurais autant de chagrin à me séparer de l'un comme de l'autre. Je peux dire que j'ai bien

aimé tous mes enfants, mais, je ne sais comment la
chose se fait, m'est avis que ceux-ci sont encore les plus
mignons et les plus gentils que j'aie portés dans mes
bras. J'ai pour eux un je ne sais quoi qui me fait toujours craindre de les perdre. Je vous en prie, mon mari,
ne pensez plus à cette nourrice ; nous ferons pour le
reste tout ce que la Sagette a recommandé. Comment
voulez-vous que des enfants à ma mamelle se prennent
de trop grande amitié, quand c'est tout au plus s'ils
connaîtront leurs mains d'avec leurs pieds quand ils
seront en sevrage ?

— Ce que tu dis là n'est pas faux, ma femme, répondit le père Barbeau en regardant sa femme, qui était
encore fraîche et forte comme on en voit peu ; mais
si, pourtant, à mesure que ces enfants grossiront, ta
santé venait à dépérir ?

— N'ayez peur, dit la Barbeaude*, je me sens d'aussi
bon appétit que si j'avais quinze ans, et d'ailleurs, si
je sentais que je m'épuise, je vous promets que je ne
vous le cacherais pas, et il serait toujours temps de mettre un de ces pauvres enfants hors de chez nous.

Le père Barbeau se rendit, d'autant plus qu'il aimait
bien autant ne pas faire de dépense inutile. La mère
Barbeau nourrit ses bessons sans se plaindre et sans
souffrir, et même elle était d'un si beau naturel que,
deux ans après le sevrage de ses petits, elle mit au monde
une jolie petite fille, qui eut nom Nanette, et qu'elle
nourrit aussi elle-même. Mais c'était un peu trop, et
elle eût eu peine à en venir à bout, si sa fille aînée, qui
était à son premier enfant, ne l'eût soulagée de temps
en temps, en donnant le sein à sa petite sœur.

De cette manière toute la famille grandit et grouilla*
bientôt au soleil, les petits oncles et les petites tantes
avec les petits neveux et les petites nièces, qui n'avaient
pas à se reprocher d'être beaucoup plus turbulents ou
plus raisonnables les uns que les autres.

II

Les bessons croissaient à plaisir sans être malades plus que d'autres enfants, et mêmement* ils avaient le tempérament si doux et si bien façonné qu'on eût dit qu'ils ne souffraient point de leurs dents ni de leur croît*, autant que le reste du petit monde.

Ils étaient blonds et restèrent blonds toute leur vie. Ils avaient tout à fait bonne mine, de grands yeux bleus, les épaules bien avalées*, le corps droit et bien planté, plus de taille et de hardiesse que tous ceux de leur âge, et tous les gens des alentours qui passaient par le bourg de Cosse s'arrêtaient pour les regarder, pour s'émerveiller de leur retirance*, et chacun s'en allait disant : « C'est tout de même une jolie paire de gars. »

Cela fut cause que, de bonne heure, les bessons s'accoutumèrent à être examinés et questionnés et à ne point devenir honteux et sots en grandissant. Ils étaient à leur aise avec tout le monde, et, au lieu de se cacher derrière les buissons, comme font les enfants de chez nous quand ils aperçoivent un étranger, ils affrontaient* le premier venu, mais toujours très honnêtement*, et répondaient à tout ce qu'on leur demandait, sans baisser la tête et sans se faire prier. Au premier moment, on ne faisait point entre eux de différence et on croyait voir un œuf et un œuf. Mais, quand on les avait observés un quart d'heure, on voyait que Landry était une miette plus grand et plus fort, qu'il avait le cheveu un peu plus épais, le nez plus fort et l'œil plus

vif. Il avait aussi le front plus large et l'air plus décidé,
et mêmement un signe que son frère avait à la joue
droite, il l'avait à la joue gauche et beaucoup plus mar-
qué. Les gens de l'endroit les reconnaissaient donc
bien ; mais cependant il leur fallait un petit moment,
et, à la tombée de la nuit ou à une petite distance, ils
s'y trompaient quasi tous, d'autant plus que les bessons avaient la voix toute pareille, et que, comme ils
savaient très bien qu'on pouvait les confondre, ils
répondaient au nom l'un de l'autre sans se donner la
peine de vous avertir de la méprise. Le père Barbeau
lui-même s'y embrouillait quelquefois. Il n'y avait, ainsi
que la Sagette l'avait annoncé, que la mère qui ne s'y
embrouillât jamais, fût-ce à la grande nuit, ou du plus
loin qu'elle pouvait les voir venir ou les entendre parler.

En fait, l'un valait l'autre, et si Landry avait une idée
de gaieté et de courage de plus que son aîné, Sylvinet
était si amiteux* et si fin d'esprit qu'on ne pouvait pas
l'aimer moins que son cadet. On pensa bien, pendant
trois mois, à les empêcher de trop s'accoutumer l'un
à l'autre. Trois mois, c'est beaucoup, en campagne,
pour observer une chose contre la coutume. Mais, d'un
côté, on ne voyait point que cela fît grand effet ; d'autre
part, M. le curé avait dit que la mère Sagette était une
radoteuse et que ce que le bon Dieu avait mis dans les
lois de la nature ne pouvait être défait par les hommes.
Si bien qu'on oublia peu à peu tout ce qu'on s'était
promis de faire. La première fois qu'on leur ôta leur
fourreau pour les conduire à la messe en culottes, ils
furent habillés du même drap, car ce fut un jupon de
leur mère qui servit pour les deux habillements, et la
façon fut la même, le tailleur de la paroisse n'en connaissant point deux.

Quand l'âge leur vint, on remarqua qu'ils avaient le
même goût pour la couleur, et quand leur tante Rosette
voulut leur faire cadeau à chacun d'une cravate, à la
nouvelle année, ils choisirent tous deux la même cravate
lilas au mercier colporteur qui promenait sa marchandise de porte en porte sur le dos de son cheval per-

cheron. La tante leur demanda si c'était pour l'idée qu'ils avaient d'être toujours habillés l'un comme l'autre. Mais les bessons n'en cherchaient pas si long ; Sylvinet répondit que c'était la plus jolie couleur et le plus joli dessin de cravate qu'il y eût dans tout le ballot du mercier et de suite Landry assura que toutes les autres cravates étaient vilaines.

— Et la couleur de mon cheval, dit le marchand en souriant, comment la trouvez-vous ?

— Bien laide, dit Landry. Il ressemble à une vieille pie.

— Tout à fait laide, dit Sylvinet. C'est absolument une pie mal plumée.

— Vous voyez bien, dit le mercier à la tante, d'un air judicieux, que ces enfants-là ont la même vue. Si l'un voit jaune ce qui est rouge, aussitôt l'autre verra rouge ce qui est jaune, et il ne faut pas les contrarier là-dessus, car on dit que quand on veut empêcher les bessons de se considérer comme les deux empreintes d'un même dessin, ils deviennent idiots et ne savent plus du tout ce qu'ils disent.

Le mercier disait cela parce que ses cravates lilas étaient mauvais teint et qu'il avait envie d'en vendre deux à la fois.

Par la suite du temps, tout alla de même, et les bessons furent habillés si pareillement, qu'on avait encore plus souvent lieu de les confondre, et soit par malice d'enfant, soit par la force de cette loi de nature que le curé croyait impossible à défaire, quand l'un avait cassé le bout de son sabot, bien vite l'autre écornait le sien du même pied ; quand l'un déchirait sa veste ou sa casquette, sans tarder, l'autre imitait si bien la déchirure, qu'on aurait dit que le même accident l'avait occasionnée : et puis, mes bessons de rire et de prendre un air sournoisement innocent quand on leur demandait compte de la chose.

Bonheur ou malheur, cette amitié-là augmentait toujours avec l'âge, et le jour où ils surent raisonner un peu, ces enfants se dirent qu'ils ne pouvaient pas s'amuser avec d'autres enfants quand un des deux ne s'y trouvait pas ; et le père ayant essayé d'en garder un toute la journée avec lui, tandis que l'autre restait avec la mère, tous les deux furent si tristes, si pâles et si lâches* au travail, qu'on les crut malades. Et puis quand ils se retrouvèrent le soir, ils s'en allèrent tous deux par les chemins, se tenant par la main et ne voulant plus rentrer, tant ils avaient d'aise d'être ensemble, et aussi parce qu'ils boudaient un peu leurs parents de leur avoir fait ce chagrin-là. On n'essaya plus guère de recommencer, car il faut dire que le père et la mère, mêmement les oncles et les tantes, les frères et les sœurs avaient pour les bessons une amitié qui tournait un peu en faiblesse. Ils en étaient fiers, à force d'en recevoir des compliments, et aussi parce que c'était, de vrai, deux enfants qui n'étaient ni laids, ni sots, ni méchants. De temps en temps, le père Barbeau s'inquiétait bien un peu de ce que deviendrait cette accoutumance d'être toujours ensemble quand ils seraient en âge d'homme, et se remémorant les paroles de la Sagette il essayait de les taquiner pour les rendre jaloux l'un de l'autre. S'ils faisaient une petite faute, il tirait les oreilles de Sylvinet, par exemple, disant à Landry : Pour cette fois, je te pardonne à toi, parce que tu es ordinairement le plus raisonnable. Mais cela consolait Sylvinet d'avoir chaud aux oreilles, de voir qu'on avait épargné son frère, et Landry pleurait comme si c'était lui qui avait reçu la correction. On tenta aussi de donner, à l'un seulement, quelque chose dont tous deux avaient envie ; mais tout aussitôt, si c'était chose bonne à manger, ils partageaient ; ou si c'était toute autre amusette ou épelette* à leur usage, ils le mettaient en commun, ou se le donnaient et redonnaient l'un à l'autre, sans distinction du tien et du mien. Faisait-on à l'un un compliment de sa conduite, en ayant l'air de ne pas rendre justice à l'autre, cet autre était content et fier de voir encourager et caresser son besson, et se mettait à le flatter et à le caresser aussi. Enfin, c'était peine perdue que de vouloir les diviser d'esprit ou de corps, et comme on n'aime guère à contrarier des enfants qu'on chérit, même quand c'est pour leur bien, on laissa vite aller les choses comme Dieu voulut ; ou bien on se fit de ces petites picoteries* un jeu dont les deux bessons n'étaient point dupes. Ils étaient fort malins, et quelquefois pour qu'on les laissât tranquilles, ils faisaient mine de se disputer et de se battre ; mais ce n'était qu'un amusement de leur part, et ils n'avaient garde, en se roulant l'un sur l'autre, de se faire le moindre mal ; si quelque badaud s'étonnait de les voir en bisbille, ils se cachaient pour rire de lui, et on les entendait babiller et chantonner ensemble comme deux merles dans une branche.

Malgré cette grande ressemblance et cette grande inclination, Dieu, qui n'a rien fait d'absolument pareil dans le ciel et sur la terre, voulut qu'ils eussent un sort bien différent, et c'est alors qu'on vit que c'étaient deux créatures séparées dans l'idée du bon Dieu, et différentes dans leur propre tempérament.

On ne vit la chose qu'à l'essai, et cet essai arriva après qu'ils eurent fait ensemble leur première communion. La famille du père Barbeau augmentait, grâce à ses deux filles aînées qui ne chômaient pas de mettre de beaux enfants au monde. Son fils aîné, Martin, un beau et brave garçon, était au service ; ses gendres travaillaient bien, mais l'ouvrage n'abondait pas toujours. Nous avons eu, dans nos pays, une suite de mauvaises années, tant pour les vimaires* du temps que pour les embarras du commerce, qui ont délogé plus d'écus de la poche des gens de campagne qu'elles n'y en ont fait rentrer. Si bien que le père Barbeau n'était pas assez riche pour garder tout son monde avec lui, et il fallait bien songer à mettre ses bessons en condition* chez les autres. Le père Caillaud, de la Priche, lui offrit d'en prendre un pour toucher* ses bœufs, parce qu'il avait un fort domaine à faire valoir, et que tous ses garçons étaient trop grands ou trop jeunes pour cette besogne-là. La mère Barbeau eut grand'peur et grand chagrin quand son mari lui en parla pour la première fois.

On eût dit qu'elle n'avait jamais prévu que la chose dût arriver à ses bessons, et pourtant elle s'en était inquiétée leur vie durant ; mais, comme elle était grandement soumise à son mari, elle ne sut que dire. Le père avait bien du souci aussi pour son compte, et il prépara la chose de loin. D'abord les deux bessons pleurèrent et passèrent trois jours à travers bois et prés, sans qu'on les vît, sauf à l'heure des repas. Ils ne disaient mot à leurs parents, et quand on leur demandait s'ils avaient pensé à se soumettre, ils ne répondaient rien, mais ils raisonnaient beaucoup quand ils étaient ensemble.

Le premier jour ils ne surent que se lamenter tous deux, et se tenir par les bras comme s'ils avaient crainte qu'on ne vînt les séparer par force. Mais le père Barbeau ne l'eût point fait. Il avait la sagesse d'un paysan, qui est faite moitié de patience et moitié de confiance dans l'effet du temps. Aussi le lendemain, les bessons voyant qu'on ne les taboulait* point, et que l'on comptait que la raison leur viendrait, se trouvèrent-ils plus effrayés de la volonté paternelle qu'ils ne l'eussent été par menaces et châtiments.

— Il faudra pourtant bien nous y ranger, dit Landry, et c'est à savoir lequel de nous s'en ira ; car on nous a laissé le choix, et le père Caillaud a dit qu'il ne pouvait pas nous prendre tous les deux.

— Qu'est-ce que ça me fait que je parte ou que je reste, dit Sylvinet, puisqu'il faut que nous nous quittions ? Je ne pense seulement pas à l'affaire d'aller vivre ailleurs ; si j'y allais avec toi, je me désaccoutumerais bien de la maison.

— Ça se dit comme ça, reprit Landry, et pourtant celui qui restera avec nos parents aura plus de cònsolation et moins d'ennui que celui qui ne verra plus ni son besson, ni son père, ni sa mère, ni son jardin, ni ses bêtes, ni tout ce qui a coutume de lui faire plaisir.

Landry disait cela d'un air assez résolu ; mais Sylvinet se remit à pleurer ; car il n'avait pas autant de résolution que son frère, et l'idée de tout perdre et de tout quitter à la fois lui fit tant de peine qu'il ne pouvait plus s'arrêter dans ses larmes.

Landry pleurait aussi, mais pas autant, et pas de la même manière ; car il pensait toujours à prendre pour lui le plus gros de la peine, et il voulait voir ce que son frère en pouvait supporter, afin de lui épargner tout le reste. Il connut bien que Sylvinet avait plus peur que lui d'aller habiter un endroit étranger et de se donner à une famille autre que la sienne.

— Tiens, frère, lui dit-il, si nous pouvons nous décider à la séparation, mieux vaut que je m'en aille. Tu sais bien que je suis un peu plus fort que toi et que, quand nous sommes malades, ce qui arrive presque toujours en même temps, la fièvre se met plus fort après toi qu'après moi. On dit que nous mourrons peut-être si l'on nous sépare. Moi je ne crois pas que je mourrai ; mais je ne répondrais pas de toi, et c'est pour cela que j'aime mieux te savoir avec notre mère, qui te consolera et te soignera. De fait, si l'on fait chez nous une différence entre nous deux, ce qui ne paraît guère, je crois bien que c'est toi qui es le plus chéri, et je sais que tu es le plus mignon et le plus amiteux. Reste donc, moi je partirai. Nous ne serons pas loin l'un de l'autre. Les terres du père Caillaud touchent les nôtres, et nous nous verrons tous les jours. Moi j'aime la peine et ça me distraira, et comme je cours mieux que toi, je viendrai plus vite te trouver aussitôt que j'aurai fini ma journée. Toi, n'ayant pas grand'chose à faire, tu viendras en te promenant me voir à mon ouvrage. Je serai bien moins inquiet à ton sujet que si tu étais dehors et moi dedans la maison. Par ainsi, je te demande d'y rester.

III

Sylvinet ne voulut point entendre à cela ; quoiqu'il eût le cœur plus tendre que Landry pour son père, sa mère et sa petite Nanette, il s'effrayait de laisser l'endosse* à son cher besson.

Quand ils eurent bien discuté, ils tirèrent à la courte paille et le sort tomba sur Landry. Sylvinet ne fut pas content de l'épreuve et voulut tenter à pile ou face avec un gros sou. Face tomba trois fois pour lui, c'était toujours à Landry de partir.

— Tu vois bien que le sort le veut, dit Landry, et tu sais qu'il ne faut pas contrarier le sort.

Le troisième jour, Sylvinet pleura bien encore, mais Landry ne pleura presque plus. La première idée du départ lui avait fait peut-être une plus grosse peine qu'à son frère, parce qu'il avait mieux senti son courage et qu'il ne s'était pas endormi sur l'impossibilité de résister à ses parents ; mais, à force de penser à son mal, il l'avait plus vite usé, et il s'était fait beaucoup de raisonnements, tandis qu'à force de se désoler, Sylvinet n'avait pas eu le courage de se raisonner : si bien que Landry était tout décidé à partir, que Sylvinet ne l'était point encore à le voir s'en aller.

Et puis Landry avait un peu plus d'amour-propre que son frère. On leur avait tant dit qu'ils ne seraient jamais qu'une moitié d'homme s'ils ne s'habituaient pas à se quitter, que Landry, qui commençait à sentir l'orgueil de ses quatorze ans, avait envie de montrer qu'il n'était plus un enfant. Il avait toujours été le premier à persuader et à entraîner son frère, depuis la première fois qu'ils avaient été chercher un nid au faîte d'un arbre, jusqu'au jour où ils se trouvaient. Il réussit donc encore cette fois-là à le tranquilliser, et, le soir, en rentrant à la maison, il déclara à son père que son frère et lui se rangeaient au devoir, qu'ils avaient tiré au sort, et que c'était à lui Landry, d'aller toucher les grands bœufs de la Priche.

Le père Barbeau prit ses deux bessons chacun sur un de ses genoux, quoiqu'ils fussent déjà grands et forts, et il leur parla ainsi :

— Mes enfants, vous voilà en âge de raison, je le connais à votre soumission et j'en suis content. Souvenez-vous que quand les enfants font plaisir à leurs père et mère, ils font plaisir au grand Dieu du ciel qui les en récompense un jour ou l'autre. Je ne veux pas savoir lequel de vous deux s'est soumis le premier. Mais Dieu le sait, et il bénira celui-là pour avoir bien parlé, comme il bénira aussi l'autre pour avoir bien écouté.

Là-dessus il conduisit ses bessons auprès de leur mère pour qu'elle leur fît son compliment ; mais la mère Barbeau eut tant de peine à se retenir de pleurer, qu'elle ne put rien leur dire et se contenta de les embrasser.

Le père Barbeau, qui n'était pas un maladroit, savait bien lequel des deux avait le plus de courage et lequel avait le plus d'attache. Il ne voulut point laisser froidir* la bonne volonté de Sylvinet, car il voyait que Landry était tout décidé pour lui-même, et qu'une seule chose, le chagrin de son frère, pouvait le faire broncher*. Il éveilla donc Landry avant le jour, en ayant bien soin de ne pas secouer son aîné, qui dormait à côté de lui.

— Allons, petit, lui dit-il tout bas, il nous faut partir pour la Priche avant que ta mère te voye, car tu sais qu'elle a du chagrin, et il faut lui épargner les adieux. Je vas te conduire chez ton nouveau maître et porter ton paquet.

— Ne dirai-je pas adieu à mon frère ? demanda Landry. Il m'en voudra si je le quitte sans l'avertir.

— Si ton frère s'éveille et te voit partir, il pleurera, il réveillera votre mère, et votre mère pleurera encore plus fort, à cause de votre chagrin. Allons, Landry, tu es un garçon de grand cœur, et tu ne voudrais pas rendre ta mère malade. Fais ton devoir tout entier, mon enfant ; pars sans faire semblant de rien. Pas plus tard que ce soir, je te conduirai ton frère, et comme c'est demain dimanche, tu viendras voir ta mère sur le jour.

Landry obéit gravement et passa la porte de la maison sans regarder derrière lui. La mère Barbeau n'était pas si bien endormie ni si tranquille qu'elle n'eût entendu ce que son homme disait à Landry. La pauvre femme, sentant la raison de son mari, ne bougea et se contenta d'écarter un peu son rideau pour voir sortir Landry. Elle eut le cœur si gros qu'elle se jeta à bas du lit pour aller l'embrasser, mais elle s'arrêta quand elle fut devant le lit des bessons, où Sylvinet dormait encore à pleins yeux. Le pauvre garçon avait tant pleuré depuis trois jours et quasi trois nuits, qu'il était vanné* par la fatigue, et même il se sentait d'un peu de fièvre, car il se tournait et retournait sur son coussin, envoyant de gros soupirs et gémissant sans pouvoir se réveiller.

Alors la mère Barbeau, voyant et avisant le seul de ses bessons qui lui restât, ne put pas s'empêcher de se dire que c'était celui qu'elle eût vu partir avec le plus de peine. Il est bien vrai qu'il était le plus sensible des deux, soit qu'il eût le tempérament moins fort, soit que Dieu, dans sa loi de nature, ait écrit que de deux personnes qui s'aiment, soit d'amour, soit d'amitié, il y en a toujours une qui doit donner son cœur plus que l'autre. Le père Barbeau avait un brin de préférence pour Landry, parce qu'il faisait cas du travail et du courage plus que des caresses et des attentions. Mais la mère avait ce brin de préférence pour le plus gracieux et le plus câlin, qui était Sylvinet.

La voilà donc qui se prend à regarder son pauvre gars, tout pâle et tout défait, et qui se dit que ce serait grand'pitié de le mettre déjà en condition ; que son Landry a plus d'étoffe pour endurer la peine, et que d'ailleurs l'amitié pour son besson et pour sa mère ne le foule* pas au point de le mettre en danger de maladie. C'est un enfant qui a une grande idée de son devoir, pensait-elle ; mais tout de même, s'il n'avait pas le cœur un peu dur, il ne serait pas parti comme ça sans barguigner*, sans tourner la tête et sans verser une pauvre larme. Il n'aurait pas eu la force de faire deux pas sans se jeter sur ses genoux pour demander courage au bon Dieu, et il se serait approché de mon lit, où je faisais la frime* de dormir, tant seulement pour me regarder et pour embrasser le bout de mon rideau. Mon Landry est bien un véritable garçon. Ça ne demande qu'à vivre, à remuer, à travailler et à changer de place. Mais celui-ci a le cœur d'une fille ; c'est si tendre et si doux qu'on ne peut pas s'empêcher d'aimer ça comme ses yeux.

Ainsi devisait en elle-même la mère Barbeau tout en retournant à son lit, où elle ne se rendormit point, tandis que le père Barbeau emmenait Landry à travers prés et pacages du côté de la Priche. Quand ils furent sur une petite hauteur, d'où l'on ne voit plus les bâtiments de la Cosse aussitôt qu'on se met à la descendre, Landry s'arrêta et se retourna. Le cœur lui enfla, et il s'assit sur la fougère, ne pouvant faire un pas de plus. Son père fit mine de ne point s'en apercevoir et de continuer à marcher. Au bout d'un petit moment, il l'appela bien doucement en lui disant :

— Voilà qu'il fait jour, mon Landry ; dégageons-nous, si nous voulons arriver avant le soleil levé.

Landry se releva, et comme il s'était juré de ne point pleurer devant son père, il rentra ses larmes qui lui venaient dans les yeux grosses comme des pois. Il fit comme s'il avait laissé tomber son couteau de sa poche, et il arriva à la Priche sans avoir montré sa peine, qui pourtant n'était pas mince.

IV

Le père Caillaud, voyant que des deux bessons on lui amenait le plus fort et le plus diligent, fut tout aise de le recevoir. Il savait bien que cela n'avait pas dû se décider sans chagrin, et comme c'était un brave homme et un bon voisin, fort ami du père Barbeau, il fit de son mieux pour flatter et encourager le jeune gars. Il lui fit donner vitement la soupe et un pichet de vin pour lui remettre le cœur, car il était aisé de voir que le chagrin y était. Il le mena ensuite avec lui pour lier les bœufs, et il lui fit connaître la manière dont il s'y prenait. De fait, Landry n'était pas novice dans cette besogne-là ; car son père avait une jolie paire de bœufs, qu'il avait souvent ajustés et conduits à merveille. Aussitôt que l'enfant vit les grands bœufs du père Caillaud, qui étaient les mieux tenus, les mieux nourris et les plus forts de race de tout le pays, il se sentit chatouillé dans son orgueil d'avoir une si belle aumaille* au bout de son aiguillon. Et puis il était content de montrer qu'il n'était ni maladroit ni lâche, et qu'on n'avait rien de nouveau à lui apprendre. Son père ne manqua pas de le faire valoir, et quand le moment fut venu de partir pour les champs, tous les enfants du père Caillaux, garçons et filles, grands et petits, vinrent embrasser le besson, et la plus jeune des filles lui attacha une branchée de fleurs avec des rubans à son chapeau, parce que c'était son premier jour de service et comme un jour de fête pour la famille qui le recevait. Avant de le quitter, son père lui fit une admonestation en présence de son nouveau maître, lui commandant de le contenter en toutes choses et d'avoir soin de son bétail comme si c'était son bien propre.

Là-dessus, Landry ayant promis de faire de son mieux, s'en alla au labourage, où il fit bonne contenance et bon office tout le jour, et d'où il revint ayant grand appétit ; car c'était la première fois qu'il travaillait aussi rude, et un peu de fatigue est un souverain remède contre le chagrin.

Mais ce fut plus malaisé à passer pour le pauvre Sylvinet, à la Bessonnière : car il faut vous dire que la maison et la propriété du père Barbeau, situées au bourg de la Cosse, avaient pris ce nom-là depuis la naissance des deux enfants, et à cause que, peu de temps après, une servante de la maison avait mis au monde une paire de bessonnes qui n'avaient point vécu. Or, comme les paysans sont grands donneurs de sornettes* et sobriquets*, la maison et la terre avaient reçu le nom de Bessonnière ; et partout où se montraient Sylvinet et Landry, les enfants ne manquaient pas de crier autour d'eux : « Voilà les bessons de la Bessonnière ! »

Or donc, il y avait grande tristesse ce jour-là à la Bessonnière du père Barbeau. Sitôt que Sylvinet fut éveillé, et qu'il ne vit point son frère à son côté, il se douta de la vérité, mais il ne pouvait croire que Landry pût être parti comme cela sans lui dire adieu ; et il était fâché contre lui au milieu de sa peine.

— Qu'est-ce que je lui ai donc fait, disait-il à sa mère, et en quoi ai-je pu le mécontenter ? Tout ce qu'il m'a conseillé de faire, je m'y suis toujours rendu ; et quand il m'a recommandé de ne point pleurer devant vous, ma mère mignonne, je me suis retenu de pleurer, tant que la tête m'en sautait. Il m'avait promis de ne pas s'en aller sans me dire encore des paroles pour me donner courage, et sans déjeuner avec moi au bout de la Chenevière, à l'endroit où nous avions coutume d'aller causer et nous amuser tous les deux. Je voulais lui faire son paquet et lui donner mon couteau qui vaut mieux que le sien. Vous lui aviez donc fait son paquet hier soir sans me rien dire, ma mère, et vous saviez donc qu'il voulait s'en aller sans me dire adieu ?

— J'ai fait la volonté de ton père, répondit la mère Barbeau.

Et elle dit tout ce qu'elle put imaginer pour le consoler. Il ne voulait entendre à rien ; et ce ne fut que quand il vit qu'elle pleurait aussi, qu'il se mit à l'embrasser, à lui demander pardon d'avoir augmenté sa peine, et à lui promettre de rester avec elle pour la dédommager. Mais aussitôt qu'elle l'eut quitté pour vaquer à la basse-cour et à la lessive, il se prit de courir du côté de la Priche, sans même songer où il allait, mais se laissant emporter par son instinct comme un pigeon qui court après sa pigeonne sans s'embarrasser du chemin.

Il aurait été jusqu'à la Priche s'il n'avait rencontré son père qui en revenait, et qui le prit par la main pour le ramener, en lui disant : — Nous irons ce soir, mais il ne faut pas détemcer* ton frère pendant qu'il travaille, ça ne contenterait pas son maître ; d'ailleurs la femme* de chez nous est dans la peine, et je compte que c'est toi qui la consoleras.

V

Sylvinet revint se pendre aux jupons de sa mère comme un petit enfant, et ne la quitta point de la journée, lui parlant toujours de Landry et ne pouvant pas se défendre de penser à lui, en passant par tous les endroits et recoins où ils avaient eu coutume de passer ensemble. Le soir il alla à la Priche avec son père, qui voulut l'accompagner. Sylvinet était comme fou d'aller embrasser son besson, et il n'avait pas pu souper, tant il avait hâte de partir. Il comptait que Landry viendrait au-devant de lui, et il s'imaginait toujours le voir accourir. Mais Landry, quoiqu'il en eût bonne envie, ne bougea point. Il craignit d'être moqué par les jeunes gens et les gars de la Priche pour cette amitié bessonnière qui passait pour une sorte de maladie, si bien que Sylvinet le trouva à table, buvant et mangeant comme s'il eût été toute sa vie avec la famille Caillaud.

Aussitôt que Landry le vit entrer, pourtant, le cœur lui sauta de joie, et s'il ne se fût pas contenu, il aurait fait tomber la table et le banc pour l'embrasser plus vite. Mais il n'osa, parce que ses maîtres le regardaient curieusement, se faisant un amusement de voir dans cette amitié une chose nouvelle et un phénomène de nature, comme disait le maître d'école de l'endroit.

Aussi, quand Sylvinet vint se jeter sur lui, l'embrasser tout en pleurant, et se serrer contre lui comme un oiseau se pousse dans le nid contre son frère pour se réchauffer, Landry fut fâché à cause des autres, tandis qu'il ne pouvait pourtant pas s'empêcher d'être content pour son compte ; mais il voulait avoir l'air plus raisonnable que son frère, et il lui fit de temps en temps signe de s'observer, ce qui étonna et fâcha grandement Sylvinet. Là-dessus, le père Barbeau s'étant mis à causer et à boire un coup ou deux avec le père Caillaud, les deux bessons sortirent ensemble, Landry voulant bien aimer et caresser son frère comme en secret. Mais les autres gars les observèrent de loin ; et mêmement la petite Solange, la plus jeune des filles du père Caillaud, qui était maligne et curieuse comme un vrai linot*, les suivit à petits pas jusque dans la coudrière*, riant d'un air penaud quand ils faisaient attention à elle, mais n'en démordant point, parce qu'elle s'imaginait toujours qu'elle allait voir quelque chose de singulier, et ne sachant pourtant pas ce qu'il peut y avoir de surprenant dans l'amitié de deux frères.

Sylvinet, quoiqu'il fût étonné de l'air tranquille dont son frère l'avait abordé, ne songea pourtant pas à lui en faire reproche, tant il était content de se trouver avec lui. Le lendemain, Landry sentant qu'il s'appartenait, parce que le père Caillaud lui avait donné licence de tout devoir, il partit de si grand matin qu'il pensa surprendre son frère au lit. Mais malgré que Sylvinet fût le plus dormeur des deux, il s'éveilla dans le moment que Landry passait la barrière de l'ouche, et s'en courut nu-pieds comme si quelque chose lui eût dit que son besson approchait de lui. Ce fut pour Landry une journée de parfait contentement. Il avait du plaisir à revoir sa famille et sa maison, depuis qu'il savait qu'il n'y reviendrait pas tous les jours, et que ce serait pour lui comme une récompense. Sylvinet oublia toute sa peine jusqu'à la moitié du jour. Au déjeuner, il s'était dit qu'il dînerait avec son frère ; mais quand le dîner fut fini, il pensa que le souper serait le dernier repas, et il commença d'être inquiet et mal à son aise. Il soignait et câlinait son besson à plein cœur, lui donnant ce qu'il y avait de meilleur à manger, le croûton de son pain et le cœur de sa salade ; et puis il s'inquiétait de son habillement, de sa chaussure*, comme s'il eût dû s'en aller bien loin, et comme s'il était bien à plaindre, sans se douter qu'il était lui-même le plus à plaindre des deux, parce qu'il était le plus affligé.

VI

La semaine se passa de même, Sylvinet allant voir Landry tous les jours, et Landry s'arrêtant avec lui un moment ou deux quand il venait du côté de la Bessonnière ; Landry prenant de mieux en mieux son parti, Sylvinet ne le prenant pas du tout, et comptant les jours, les heures, comme une âme en peine.

Il n'y avait au monde que Landry qui pût faire entendre raison à son frère. Aussi la mère eut-elle recours à lui pour l'engager à se tranquilliser ; car de jour en jour l'affliction du pauvre enfant augmentait. Il ne jouait plus, il ne travaillait que commandé ; il promenait encore sa petite sœur, mais sans presque lui parler et sans songer à l'amuser, la regardant seulement pour l'empêcher de tomber et d'attraper du mal. Aussitôt qu'on n'avait plus les yeux sur lui, il s'en allait tout seul et se cachait si bien qu'on ne savait où le prendre. Il entrait dans tous les fossés, dans toutes les bouchures*, dans toutes les ravines, où il avait eu accoutumance* de jouer et de deviser avec Landry, et il s'asseyait sur les racines où ils s'étaient assis ensemble, il mettait ses pieds dans tous les filets d'eau où ils avaient pataugé comme deux vraies canettes ; il était content quand il y retrouvait quelques bouts de bois que Landry avait chapusés* avec sa serpette, ou quelques cailloux dont il s'était servi comme de palet ou de pierre à feu. Il les recueillait et les cachait dans un trou d'arbre ou sous une cosse* de bois, afin de venir les prendre et les regarder de temps en temps, comme si ç'avait été des choses de conséquence. Il allait toujours se remémorant et creusant dans sa tête pour y retrouver toutes les petites souvenances de son bonheur passé. Ça n'eût paru rien à un autre, et pour lui c'était tout. Il ne prenait point souci du temps à venir, n'ayant courage pour penser à une suite de jours comme ceux qu'il endurait. Il ne pensait qu'au temps passé, et se consumait dans une rêvasserie continuelle.

À des fois*, il s'imaginait voir et entendre son besson, et il causait tout seul, croyant lui répondre. Ou bien il s'endormait là où il se trouvait, et rêvant de lui ; et quand il se réveillait, il pleurait d'être seul, ne comptant pas ses larmes et ne les retenant point, parce qu'il espérait qu'à fine force* la fatigue userait et abattrait sa peine.

Une fois qu'il avait été vaguer* jusqu'au droit des tailles* de Champeaux, il retrouva sur le riot* qui sort du bois au temps des pluies, et qui était maintenant quasiment tout asséché, un de ces petits moulins que font les enfants de chez nous avec des grobilles*, et qui sont si finement agencés qu'ils tournent au courant de l'eau et restent là quelquefois bien longtemps, jusqu'à ce que d'autres enfants les cassent ou que les grandes eaux les emmènent. Celui que Sylvinet retrouva, sain et entier, était là depuis plus de deux mois, et, comme l'endroit était désert, il n'avait été vu ni endommagé par personne. Sylvinet le reconnaissait bien pour être l'ouvrage de son besson, et, en le faisant, ils s'étaient promis de venir le voir ; mais ils n'y avaient plus songé, et depuis ils avaient fait bien d'autres moulins dans d'autres endroits.

Sylvinet fut donc tout aise de le retrouver, et il le porta un peu plus bas, là où le riot s'était retiré, pour le voir tourner et se rappeler l'amusement que Landry avait eu à lui donner le premier branle. Et puis il le laissa, se faisant un plaisir d'y revenir au premier dimanche avec Landry, pour lui montrer comme leur moulin avait résisté, pour être solide et bien construit.

Mais il ne put se tenir d'y revenir tout seul le lendemain, et il trouva le bord du riot tout troublé et tout battu par les pieds des bœufs qui y étaient venus boire, et qu'on avait mis pacager* le matin dans la taille. Il avança un petit peu, et vit que les animaux avaient marché sur son moulin et l'avaient si bien mis en miettes qu'il n'en trouva que peu. Alors il eut le cœur gros, et s'imagina que quelque malheur avait dû arriver ce jour-là à son besson, et il courut jusqu'à la Priche pour s'assurer qu'il n'avait aucun mal. Mais comme il s'était aperçu que Landry n'aimait pas à le voir venir sur le jour, à cause qu'il craignait de fâcher son maître en se laissant détemcer, il se contenta de le regarder de loin pendant qu'il travaillait, et ne se fit point voir à lui. Il aurait eu honte de confesser quelle idée l'avait fait accourir, et il s'en retourna sans mot dire et sans en parler à personne, que bien longtemps après.

Comme il devenait pâle, dormait mal et ne mangeait quasi point, sa mère était bien affligée et ne savait que faire pour le consoler. Elle essayait de le mener avec elle au marché, ou de l'envoyer aux foires à bestiaux avec son père ou ses oncles ; mais de rien il ne se souciait ni ne s'amusait, et le père Barbeau, sans lui en rien dire, essayait de persuader au père Caillaud de prendre les deux bessons à son service. Mais le père Caillaud lui répondait une chose dont il sentait la raison.

— Un supposé que je les prendrais tous deux pour un temps, ça ne pourrait pas durer, car, là où il faut un serviteur, il n'en est besoin de deux pour des gens comme nous. Au bout de l'année, il vous faudrait toujours en louer un quelque autre part. Et ne voyez-vous pas que si Sylvinet était dans un endroit où on le forçât de travailler, il ne songerait pas tant, et ferait comme l'autre, qui en a pris bravement son parti ? Tôt ou tard il faudra en venir là. Vous ne le louerez peut-être pas où vous voudrez, et si ces enfants doivent encore être plus éloignés l'un de l'autre, et ne se voir que de semaine en semaine, ou de mois en mois, il vaut mieux commencer à les accoutumer à n'être pas toujours dans la poche l'un de l'autre. Soyez donc plus raisonnable que cela, mon vieux, et ne faites pas tant attention au caprice d'un enfant que votre femme et vos autres enfants ont trop écouté et trop câliné. Le plus fort est fait, et croyez bien qu'il s'habituera au reste si vous ne cédez point.

Le père Barbeau se rendait et reconnaissait que plus Sylvinet voyait son besson, tant plus il avait envie de le voir. Et il se promettait, à la prochaine Saint-Jean, d'essayer de le louer, afin que, voyant de moins en moins Landry, il prît finalement le pli de vivre comme les autres et de ne pas se laisser surmonter par une amitié qui tournait en fièvre et en langueur.

Mais il ne fallait point encore parler de cela à la mère Barbeau ; car, au premier mot, elle versait toutes les larmes de son corps. Elle disait que Sylvinet était capable de se périr*, et le père Barbeau était grandement embarrassé.

Landry étant conseillé par son père et par son maître, et aussi par sa mère, ne manquait point de raisonner son pauvre besson ; mais Sylvinet ne se défendait point, promettait tout, et ne se pouvait vaincre. Il y avait dans sa peine quelque autre chose qu'il ne disait point, parce qu'il n'eût su comment le dire : c'est qu'il lui était poussé dans le fin fond du cœur une jalousie terrible à l'endroit de Landry. Il était content, plus content que jamais il ne l'avait été, de voir qu'un chacun le tenait en estime et que ses nouveaux maîtres le traitaient aussi amiteusement que s'il avait été l'enfant de la maison. Mais si cela le réjouissait d'un côté, de l'autre il s'affligeait et s'offensait de voir Landry répondre trop, selon lui, à ces nouvelles amitiés. Il ne pouvait souffrir que, sur un mot du père Caillaud, tant doucement et patiemment qu'il fût appelé, il courût vitement au-devant de son vouloir, laissant là père, mère et frère, plus inquiet de manquer à son devoir qu'à son amitié, et plus prompt à l'obéissance que Sylvinet ne s'en serait senti capable quand il s'agissait de rester

quelques moments de plus avec l'objet d'un amour si
fidèle.

Alors le pauvre enfant se mettait en l'esprit un souci,
que, devant, il n'avait eu, à savoir qu'il était le seul
à aimer, et que son amitié lui était mal rendue ; que
cela avait dû exister de tout temps sans être venu
d'abord à sa connaissance ; ou bien que, depuis un
temps, l'amour de son besson s'était refroidi, parce
qu'il avait rencontré par ailleurs des personnes qui lui
convenaient mieux et lui agréaient davantage.

VII

Landry ne pouvait pas deviner cette jalousie de son ∞
frère ; car, de son naturel, il n'avait eu, quant à lui,
jalousie de rien en sa vie. Lorsque Sylvinet venait le
voir à la Priche, Landry, pour le distraire, le conduisait voir les grands bœufs, les belles vaches, le brebiage*
conséquent et les grosses récoltes du fermage* au père
Caillaud ; car Landry estimait et considérait tout cela,
non par envie, mais pour le goût qu'il avait au travail
de la terre, à l'élevage des bestiaux, et pour le beau et
le bien fait dans toutes les choses de la campagne. Il
prenait plaisir à voir propre, grasse et reluisante, la pou-
liche qu'il menait au pré, et il ne pouvait souffrir que
le moindre ouvrage fût fait sans conscience, ni
qu'aucune chose pouvant vivre et fructifier, fût délaissée, négligée et comme méprisée, emmy* les cadeaux
du bon Dieu. Sylvinet regardait tout cela avec indifférence, et s'étonnait que son frère prît tant à cœur des
choses qui ne lui étaient de rien. Il était ombrageux de
tout, et disait à Landry :

— Te voilà bien épris de ces grands bœufs ; tu ne
penses plus à nos petits taurins qui sont si vifs et qui
étaient pourtant si doux et si mignons avec nous deux,
qu'ils se laissaient lier par toi plus volontiers que par
notre père. Tu ne m'as pas seulement demandé des nouvelles de notre vache qui donne du si bon lait, et qui
me regarde d'un air tout triste, la pauvre bête, quand
je lui porte à manger, comme si elle comprenait que

je suis tout seul, et comme si elle voulait me demander où est l'autre besson.

— C'est vrai qu'elle est une bonne bête, disait Landry ; mais regarde donc celles d'ici ! tu les verras traire, et jamais de ta vie tu n'auras vu tant de lait à la fois.

— Ça se peut, reprenait Sylvinet, mais pour être d'aussi bon lait et d'aussi bonne crème que la crème et le lait de la Brunette, je gage bien que non, car les herbes de la Bessonnière sont meilleures que celles de par ici.

— Diantre ! disait Landry, je crois bien que mon père échangerait pourtant de bon cœur, si on lui donnait les grands foins du père Caillaud pour sa joncière* du bord de l'eau !

— Bah ! reprenait Sylvinet en levant les épaules, il y a dans la joncière des arbres plus beaux que tous les vôtres, et tant qu'au foin, s'il est rare, il est fin, et quand on le rentre, c'est comme une odeur de baume qui reste tout le long du chemin.

Ils disputaient ainsi sur rien, car Landry savait bien qu'il n'est point de plus bel avoir que celui qu'on a, et Sylvinet ne pensait pas à son avoir plus qu'à celui d'autrui, en méprisant celui de la Priche ; mais au fond de toutes ces paroles en l'air, il y avait, d'une part, l'enfant qui était content de travailler et de vivre n'importe où et comment, et de l'autre, celui qui ne pouvait point comprendre que son frère eût à part de lui un moment d'aise et de tranquillité.

Si Landry le menait dans le jardin de son maître, et que tout en devisant avec lui, il s'interrompît pour couper une branche morte sur une ente, ou pour arracher une mauvaise herbe qui gênait les légumes, cela fâchait Sylvinet, qu'il eût toujours une idée d'ordre et de service pour autrui, au lieu d'être comme lui à l'affût du moindre souffle et de la moindre parole de son frère. Il n'en faisait rien paraître parce qu'il avait honte de se sentir si facile à choquer ; mais au moment de le quitter, il lui disait souvent :

— Allons, tu as bien assez de moi pour aujourd'hui ;
peut-être bien que tu en as trop et que le temps te dure
de me voir ici.

Landry ne comprenait rien à ces reproches-là. Ils lui
faisaient de la peine, et, à son tour, il en faisait reproche à son frère qui ne voulait ni ne pouvait s'expliquer.

Si le pauvre enfant avait la jalousie des moindres choses qui occupaient Landry, il avait encore plus fort celle
des personnes à qui Landry montrait de l'attachement.
Il ne pouvait souffrir que Landry fût camarade et de
bonne humeur avec les autres gars de la Priche, et
quand il le voyait prendre soin de la petite Solange, la
caresser ou l'amuser, il lui reprochait d'oublier sa petite
sœur Nanette, qui était, à son dire, cent fois plus
mignonne, plus propre et plus aimable que cette vilaine
fille-là.

Mais comme on n'est jamais dans la justice quand
on se laisse manger le cœur par la jalousie, lorsque
Landry venait à la Bessonnière, il paraissait s'occuper
trop, selon lui, de sa petite sœur. Sylvinet lui reprochait de ne faire attention qu'à elle, et de n'avoir plus
avec lui que de l'ennui et de l'indifférence.

Enfin, son amitié devint peu à peu si exigeante et son
humeur si triste, que Landry commençait à en souffrir
et à ne pas se trouver heureux de le voir trop souvent.
Il était un peu fatigué de s'entendre toujours reprocher
d'avoir accepté son sort comme il le faisait, et on eût
dit que Sylvinet se serait trouvé moins malheureux s'il
eût pu rendre son frère aussi malheureux que lui.
Landry comprit et voulut lui faire comprendre que
l'amitié, à force d'être grande, peut quelquefois devenir un mal. Sylvinet ne voulut point entendre cela, et
considéra même la chose comme une grande dureté que
son frère lui disait ; si bien qu'il commença à le bouder de temps en temps, et à passer des semaines entiè-
res sans aller à la Priche, mourant d'envie pourtant de
le faire, mais s'en défendant et mettant de l'orgueil dans
une chose où jamais il n'aurait dû y en entrer un brin.

Il arriva même que, de paroles en paroles, et de

fâcheries en fâcheries, Sylvinet, prenant toujours en mauvaise part tout ce que Landry lui disait de plus sage et de plus honnête pour lui remettre l'esprit, le pauvre Sylvinet en vint à avoir tant de dépit qu'il s'imaginait par moments haïr l'objet de tant d'amour, et qu'il quitta la maison, un dimanche, pour ne point passer la journée avec son frère, qui n'avait pourtant pas une seule fois manqué d'y venir.

Cette mauvaiseté d'enfant chagrina grandement Landry. Il aimait le plaisir et la turbulence, parce que, chaque jour, il devenait plus fort et plus dégagé. Dans tous les jeux, il était le premier, le plus subtil de corps et d'œil. C'était donc un petit sacrifice qu'il faisait à son frère, de quitter les joyeux gars de la Priche chaque dimanche, pour passer tout le jour à la Bessonnière, où il ne fallait point parler à Sylvinet d'aller jouer sur la place de la Cosse, ni même de se promener ici ou là. Sylvinet, qui était resté enfant de corps et d'esprit beaucoup plus que son frère, et qui n'avait qu'une idée, celle de l'aimer uniquement et d'en être aimé de même, voulait qu'il vînt avec lui tout seul dans *leurs* endroits, comme il disait, à savoir dans les recoins et cachettes où ils avaient été s'amuser à des jeux qui n'étaient maintenant plus de leur âge : comme de faire petites brouettes d'osier, ou petits moulins, ou saulnées* à prendre les petits oiseaux ; ou encore des maisons avec des cailloux, et des champs grands comme un mouchoir de poche, que les enfants font mine de labourer à plusieurs façons, faisant imitation en petit de ce qu'ils voient faire aux laboureurs, semeurs, herseurs*, héserbeurs* et moissonneurs, et s'apprenant ainsi les uns aux autres, dans une heure de temps, toutes les façons, cultures et récoltes que reçoit et donne la terre dans le cours de l'année.

Ces amusements-là n'étaient plus du goût de Landry, qui maintenant pratiquait ou aidait à pratiquer la chose en grand, et qui aimait mieux conduire un grand charroi à six bœufs, que d'attacher une petite voiture de branchages à la queue de son chien. Il aurait souhaité d'aller s'escrimer avec les forts gars de son endroit, jouer aux grandes quilles, vu qu'il était devenu adroit à enlever la grosse boule et à la faire rouler à point à trente pas. Quand Sylvinet consentait à y aller, au lieu de jouer il se mettait dans un coin sans rien dire, tout prêt à s'ennuyer et à se tourmenter si Landry avait l'air de prendre au jeu trop de plaisir et de feu.

Enfin Landry avait appris à danser à la Priche, et quoique ce goût lui fût venu tard, à cause que Sylvinet ne l'avait jamais eu, il dansait déjà aussi bien que ceux qui s'y prennent dès qu'ils savent marcher. Il était estimé* danseur de bourrée à la Priche, et quoiqu'il n'eût pas encore de plaisir à embrasser les filles, comme c'est la coutume de le faire à chaque danse, il était content de les embrasser, parce que cela le sortait, par apparence, de l'état d'enfant ; et il eût même souhaité qu'elles y fissent un peu de façon comme elles font avec les hommes. Mais elles n'en faisaient point encore, et mêmement les plus grandes le prenaient par le cou en riant, ce qui l'ennuyait un peu.

Sylvinet l'avait vu danser une fois, et cela avait été cause d'un de ses plus grands dépits. Il avait été si en colère de le voir embrasser une des filles du père Caillaud, qu'il avait pleuré de jalousie et trouvé la chose tout à fait indécente et malchrétienne.

Ainsi donc, chaque fois que Landry sacrifiait son amusement à l'amitié de son frère, il ne passait pas un dimanche bien divertissant, et pourtant il n'y avait jamais manqué, estimant que Sylvinet lui en saurait gré, et ne regrettant pas un peu d'ennui dans l'idée de donner du contentement à son frère.

Aussi quand il vit que son frère, qui lui avait cherché castille* dans la semaine, avait quitté la maison pour ne pas se réconcilier avec lui, il prit à son tour du chagrin, et, pour la première fois depuis qu'il avait quitté sa famille, il pleura à grosses larmes et alla se cacher, ayant toujours honte de montrer son chagrin à ses parents, et craignant d'augmenter celui qu'ils pouvaient avoir.

Si quelqu'un eût dû être jaloux, Landry y aurait eu pourtant plus de droits que Sylvinet. Sylvinet était le mieux aimé de la mère, et mêmement le père Barbeau, quoiqu'il eût une préférence secrète pour Landry, montrait à Sylvinet plus de complaisance et de ménagement. Ce pauvre enfant, étant le moins fort et le moins raisonnable, était aussi le plus gâté, et l'on craignait davantage de le chagriner. Il avait le meilleur sort, puisqu'il était dans la famille et que son besson avait pris pour lui l'absence et la peine.

Pour la première fois le bon Landry se fit tout ce raisonnement, et trouva son besson tout à fait injuste envers lui. Jusque-là son bon cœur l'avait empêché de lui donner tort, et plutôt que de l'accuser, il s'était condamné en lui-même d'avoir trop de santé, et trop d'ardeur au travail et au plaisir, et de ne pas savoir dire d'aussi douces paroles, ni s'aviser d'autant d'attentions fines que son frère. Mais pour cette fois, il ne put trouver en lui-même aucun péché contre l'amitié ; car, pour venir ce jour-là, il avait renoncé à une belle partie de pêche aux écrevisses que les gars de la Priche avaient complotée toute la semaine, et où ils lui avaient promis bien du plaisir s'il voulait aller avec eux. Il avait donc résisté à une grande tentation, et, à cet âge-là, c'était beaucoup faire. Après qu'il eut bien pleuré, il s'arrêta à écouter quelqu'un qui pleurait aussi pas loin de lui, et qui causait tout seul, comme c'est assez la coutume des femmes de campagne quand elles ont un grand chagrin. Landry connut bien vite que c'était sa mère, et il courut à elle.

— Hélas ! faut-il, mon Dieu, disait-elle en sanglotant, que cet enfant-là me donne tant de souci ! Il me fera mourir, c'est bien sûr.

— Est-ce moi, ma mère, qui vous donne du souci ? s'exclama Landry en se jetant à son cou. Si c'est moi, punissez-moi et ne pleurez point. Je ne sais en quoi j'ai pu vous fâcher, mais je vous en demande pardon tout de même.

À ce moment-là, la mère connut que Landry n'avait

pas le cœur dur comme elle se l'était souvent imaginé. Elle l'embrassa bien fort, et, sans trop savoir ce qu'elle disait, tant elle avait de peine, elle lui dit que c'était Sylvinet, et non pas lui, dont elle se plaignait ; que, quant à lui, elle avait eu quelquefois une idée injuste, et qu'elle lui en faisait réparation ; mais que Sylvinet lui paraissait devenir fou, et qu'elle était dans l'inquiétude, parce qu'il était parti sans rien manger, avant le jour. Le soleil commençait à descendre, et il ne revenait pas. On l'avait vu à midi du côté de la rivière, et finalement la mère Barbeau craignait qu'il ne s'y fût jeté pour finir ses jours.

VIII

Cette idée, que Sylvinet pouvait avoir eu envie de se détruire, passa de la tête de la mère dans celle de Landry aussi aisément qu'une mouche dans une toile d'araignée, et il se mit vivement à la recherche de son frère. Il avait bien du chagrin tout en courant, et il se disait : « Peut-être que ma mère avait raison autrefois de me reprocher mon cœur dur. Mais, à cette heure, il faut que Sylvinet ait le sien bien malade pour faire toute cette peine à notre pauvre mère et à moi. »

Il courut de tous les côtés sans le trouver, l'appelant sans qu'il lui répondît, le demandant à tout le monde, sans qu'on pût lui en donner nouvelles. Enfin il se trouva au droit du pré de la Joncière, et il y entra, parce qu'il se souvint qu'il y avait par là un endroit que Sylvinet affectionnait. C'était une grande coupure que la rivière avait faite dans les terres en déracinant deux ou trois vergnes [1] qui étaient restés en travers de l'eau, les racines en l'air. Le père Barbeau n'avait pas voulu les retirer. Il les avait sacrifiés parce que, de la manière qu'ils étaient tombés, ils retenaient encore les terres qui restaient prises en gros cossons* dans leurs racines, et cela était bien à propos ; car l'eau faisait tous les hivers beaucoup de dégâts dans sa joncière et chaque année lui mangeait un morceau de son pré.

1. « Le vergne est l'aune des prairies. » (Note de George Sand.)

Landry approcha donc de la coupure, car son frère et lui avaient la coutume d'appeler comme cela cet endroit de leur joncière. Il ne prit pas le temps de tourner jusqu'au coin où ils avaient fait eux-mêmes un petit escalier en mottes de gazon appuyées sur des pierres et des *racicots**, qui sont de grosses racines sortant de terre et donnant du rejet. Il sauta du plus haut qu'il put pour arriver vitement au fond de la coupure, à cause qu'il y avait au droit de la rive de l'eau tant de branchages et d'herbes plus hautes que sa taille, que si son frère s'y fût trouvé, il n'eût pu le voir, à moins d'y entrer.

Il y entra donc, en grand émoi, car il avait toujours dans son idée, ce que sa mère lui avait dit, que Sylvinet était dans le cas d'avoir voulu finir ses jours. Il passa et repassa dans tous les feuillages et battit tous les herbages, appelant Sylvinet et sifflant le chien qui sans doute l'avait suivi, car de tout le jour on ne l'avait point vu à la maison non plus que son jeune maître.

Mais Landry eut beau appeler et chercher, il se trouva tout seul dans la coupure. Comme c'était un garçon qui faisait toujours bien les choses et s'avisait de tout ce qui est à propos, il examina toutes les rives pour voir s'il n'y trouverait pas quelque marque de pied, ou quelque petit éboulement de terre qui n'eût point coutume d'y être. C'est une recherche bien triste et aussi bien embarrassante, car il y avait environ un mois que Landry n'avait vu l'endroit, et il avait beau le connaître comme on connaît sa main, il ne se pouvait faire qu'il n'y eût toujours quelque petit changement. Toute la rive droite était gazonnée, et mêmement, dans tout le fond de la coupure, le jonc et la prêle avaient poussé si dru dans le sable, qu'on ne pouvait voir un coin grand comme le pied pour y chercher une empreinte. Cependant, à force de tourner et de retourner, Landry trouva dans un fond la piste du chien, et même un endroit d'herbes foulées, comme si Finot ou tout autre chien de sa taille s'y fût couché en rond.

Cela lui donna bien à penser, et il alla encore exa-

miner la berge de l'eau. Il s'imagina trouver une déchirure toute fraîche, comme si une personne l'avait faite
avec son pied en sautant, ou se laissant glisser, et quoique la chose ne fût point claire, car ce pouvait tout aussi
bien être l'ouvrage d'un de ces gros rats d'eau qui four-
ragent, creusent et rongent en pareils endroits, il se mit
si fort en peine, que ses jambes lui manquaient, et qu'il
se jeta sur ses genoux, comme pour se recommander
à Dieu.

Il resta comme cela un peu de temps, n'ayant ni force
ni courage pour aller dire à quelqu'un ce dont il était
si fort angoissé, et regardant la rivière avec des yeux
tout gros de larmes comme s'il voulait lui demander
compte de ce qu'elle avait fait de son frère.

Et, pendant ce temps-là, la rivière coulait bien tranquillement, frétillant sur les branches qui pendaient et
trempaient le long des rives, et s'en allant dans les terres, avec un petit bruit, comme quelqu'un qui rit et se
moque à la sourdine.

Le pauvre Landry se laissa gagner et surmonter par
son idée de malheur, si fort qu'il en perdait l'esprit,
et que, d'une petite apparence qui pouvait bien ne rien
présager, il se faisait une affaire à désespérer du bon
Dieu.

« Cette méchante rivière qui ne me dit mot, pensait-
il, et qui me laisserait bien pleurer un an sans me rendre mon frère, est justement là au plus creux, et il y
est tombé tant de cosses d'arbres depuis le temps qu'elle
ruine le pré, que si on y entrait on ne pourrait jamais
s'en tirer. Mon Dieu ! faut-il que mon pauvre besson
soit peut-être là, tout au fond de l'eau, couché à deux
pas de moi, sans que je puisse le voir ni le retrouver
dans les branches et dans les roseaux, quand même
j'essaierais d'y descendre ! »

Là-dessus il se mit à pleurer son frère et à lui faire
des reproches ; et jamais de sa vie il n'avait eu un pareil
chagrin.

Enfin l'idée lui vint d'aller consulter une femme ◆◆
veuve, qu'on appelait la mère Fadet, et qui demeurait

◆◆ Voir *Au fil du texte*, p. XII.

tout au bout de la Joncière, rasibus* du chemin qui descend au gué. Cette femme, qui n'avait ni terre ni avoir autre que son petit jardin et sa petite maison, ne cherchait pourtant point son pain, à cause de beaucoup de connaissance qu'elle avait sur les maux et dommages du monde, et, de tous côtés, on venait la consulter. Elle pansait du *secret*, c'est comme qui dirait qu'au moyen du *secret*, elle guérissait les blessures, foulures et autres estropisons*. Elle s'en faisait bien un peu accroire, car elle vous ôtait des maladies que vous n'aviez jamais eues, telles que le décrochement de l'estomac ou la chute de la toile du ventre, et pour ma part, je n'ai jamais ajouté foi entière à tous ces accidents-là, non plus que je n'accorde grande croyance à ce qu'on disait d'elle, qu'elle pouvait faire passer le lait d'une bonne vache dans le corps d'une mauvaise, tant vieille et mal nourrie fût-elle.

Mais pour ce qui est des bons remèdes qu'elle connaissait et qu'elle appliquait au refroidissement du corps, que nous appelons *sanglaçure** ; pour les emplâtres souverains qu'elle mettait sur les coupures et brûlures ; pour les boissons qu'elle composait à l'encontre de la fièvre, il n'est point douteux qu'elle gagnait bien son argent et qu'elle a guéri nombre de malades que les médecins auraient fait mourir si l'on avait essayé de leurs remèdes. Du moins elle le disait, et ceux qu'elle avait sauvés aimaient mieux la croire que de s'y risquer.

Comme dans la campagne, on n'est jamais savant sans être quelque peu sorcier, beaucoup pensaient que la mère Fadet en savait encore plus long qu'elle ne voulait le dire, et on lui attribuait de pouvoir faire retrouver les choses perdues, mêmement les personnes ; enfin, de ce qu'elle avait beaucoup d'esprit et de raisonnement pour vous aider à sortir de peine dans beaucoup de choses possibles, on inférait qu'elle pouvait en faire d'autres qui ne le sont pas.

Comme les enfants écoutent volontiers toutes sortes d'histoires, Landry avait ouï dire à la Priche, où le monde est notoirement crédule et plus simple qu'à la

Cosse, que la mère Fadet, au moyen d'une certaine graine qu'elle jetait sur l'eau en disant des paroles, pouvait faire retrouver le corps d'une personne noyée. La graine surnageait et coulait le long de l'eau, et, là où on la voyait s'arrêter, on était sûr de retrouver le pauvre corps. Il y en a beaucoup qui pensent que le pain bénit a la même vertu, et il n'est guère de moulins où on n'en conserve toujours à cet effet. Mais Landry n'en avait point, la mère Fadet demeurait tout à côté de la Joncière, et le chagrin ne donne pas beaucoup de raisonnement.

Le voilà donc de courir jusqu'à la demeurance de la mère Fadet et de lui conter sa peine en la priant de venir jusqu'à la coupure avec lui, pour essayer par son secret de lui faire retrouver son frère vivant ou mort.

Mais la mère Fadet, qui n'aimait point à se voir outre-passée de sa réputation, et qui n'exposait pas volontiers son talent pour rien, se gaussa de lui et le renvoya même assez durement, parce qu'elle n'était pas contente que, dans le temps, on eût employé la Sagette à sa place, pour les femmes en mal d'enfant au logis de la Bessonnière.

Landry, qui était un peu fier de son naturel, se serait peut-être plaint ou fâché dans un autre moment ; mais il était si accablé qu'il ne dit mot et s'en retourna du côté de la coupure, décidé à se mettre à l'eau, bien qu'il ne sût encore plonger ni nager. Mais, comme il marchait la tête basse et les yeux fichés en terre, il sentit quelqu'un qui lui tapait l'épaule, et se retournant il vit la petite-fille de la mère Fadet, qu'on appelait dans le pays la petite Fadette, autant pour ce que c'était son nom de famille que pour ce qu'on voulait qu'elle fût un peu sorcière aussi. Vous savez tous que le fadet ou le farfadet, qu'en d'autres endroits on appelle aussi le follet, est un lutin fort gentil, mais un peu malicieux. On appelle aussi fades les fées auxquelles, du côté de chez nous, on ne croit plus guère. Mais que cela voulût dire une petite fée, ou la femelle du lutin, chacun en la voyant s'imaginait voir le follet, tant elle était petite, maigre, ébouriffée et hardie. C'était un enfant très causeur et très moqueur, vif comme un papillon, curieux comme un rouge-gorge et noir comme un grelet*.

Et quand je mets la petite Fadette en comparaison avec un grelet, c'est vous dire qu'elle n'était pas belle, car ce pauvre petit *cricri* des champs est encore plus laid que celui des cheminées. Pourtant, si vous vous souvenez d'avoir été enfant et d'avoir joué avec lui en le faisant enrager et crier dans votre sabot, vous devez savoir qu'il a une petite figure qui n'est pas sotte et qui donne plus envie de rire que de se fâcher : aussi les enfants de la Cosse, qui ne sont pas plus bêtes que d'autres, et qui, aussi bien que les autres, observent les ressemblances et trouvent les comparaisons, appelaient-ils la petite Fadette le *grelet*, quand ils voulaient la faire enrager, mêmement quelquefois par manière d'amitié, car en la craignant un peu pour sa malice, ils ne la détestaient point, à cause qu'elle leur faisait toutes sortes de contes et leur apprenait toujours des jeux nouveaux qu'elle avait l'esprit d'inventer.

Mais tous ses noms et surnoms me feraient bien oublier celui qu'elle avait reçu au baptême et que vous auriez peut-être plus tard envie de savoir. Elle s'appelait Françoise ; c'est pourquoi sa grand'mère, qui n'aimait point à changer les noms, l'appelait toujours Fanchon.

Comme il y avait depuis longtemps une pique* entre les gens de la Bessonnière et la mère Fadet, les bessons ne parlaient pas beaucoup à la petite Fadette, mêmement ils avaient comme un éloignement pour elle, et n'avaient jamais bien volontiers joué avec elle, ni avec son petit frère, le *sauteriot*, qui était encore plus sec et plus malin qu'elle, et qui était toujours pendu à son côté, se fâchant quand elle courait sans l'attendre, essayant de lui jeter des pierres quand elle se moquait de lui, enrageant plus qu'il n'était gros, et la faisant enrager plus qu'elle ne voulait, car elle était d'humeur gaie et portée à rire de tout. Mais il y avait une telle idée sur le compte de la mère Fadet, que certains, et notamment ceux du père Barbeau, s'imaginaient que le *grelet* et le *sauteriot*, ou, si vous l'aimez mieux, le grillon et la sauterelle, leur porteraient malheur s'ils faisaient amitié avec eux. Ça n'empêchait point ces deux enfants de leur parler, car ils n'étaient point honteux, et la petite Fadette ne manquait d'accoster les *bessons de la Bessonnière*, par toutes sortes de drôleries et de sornettes, du plus loin qu'elle les voyait venir de son côté.

IX

Adoncques le pauvre Landry, en se retournant, un peu ennuyé du coup qu'il venait de recevoir à l'épaule, vit la petite Fadette, et, pas loin derrière elle, Jeanet le sauteriot, qui la suivait en clopant*, vu qu'il était ébiganché* et mal jambé* de naissance.

D'abord Landry voulut ne pas faire attention et continuer son chemin, car il n'était point en humeur de rire, mais la Fadette lui dit, en récidivant sur son autre épaule :

— Au loup ! au loup ! Le vilain besson, moitié de gars qui a perdu son autre moitié !

Là-dessus Landry qui n'était pas plus en train d'être insulté que d'être taquiné, se retourna derechef et allongea à la petite Fadette un coup de poing qu'elle eût bien senti si elle ne l'eût esquivé, car le besson allait sur ses quinze ans, et il n'était pas manchot ; et elle, qui allait sur ses quatorze, et si menue et si petite, qu'on ne lui en eût pas donné douze, et qu'à la voir on eût cru qu'elle allait se casser, pour peu qu'on y touchât.

Mais elle était trop avisée et trop alerte pour attendre les coups, et ce qu'elle perdait en force dans les jeux de mains, elle le gagnait en vitesse et en traîtrise. Elle sauta de côté si à point, que pour bien peu, Landry aurait été donner du poing et du nez dans un gros arbre qui se trouvait entre eux.

— Méchant grelet, lui dit alors le pauvre besson tout en colère, il faut que tu n'aies pas de cœur pour venir agacer un quelqu'un qui est dans la peine comme j'y suis. Il y a longtemps que tu veux m'émalicer* en m'appelant moitié de garçon. J'ai bien envie aujourd'hui de vous casser en quatre, toi et ton vilain sauteriot, pour voir si, à vous deux, vous ferez le quart de quelque chose de bon.

— Oui-da, le beau besson de la Bessonnière, seigneur de la Joncière au bord de la rivière, répondit la petite Fadette en ricanant toujours, vous êtes bien sot de vous mettre mal avec moi qui venais vous donner des nouvelles de votre besson et vous dire où vous le retrouverez.

— Ça, c'est différent, reprit Landry en s'apaisant bien vite ; si tu le sais, Fadette, dis-le-moi et j'en serai content.

— Il n'y a pas plus de Fadette que de grelet pour avoir envie de vous contenter à cette heure, répliqua encore la petite fille. Vous m'avez dit des sottises et vous m'auriez frappée si vous n'étiez pas si lourd et si pôtu*. Cherchez-le donc tout seul, votre imbriaque* de besson, puisque vous êtes si savant pour le retrouver.

— Je suis bien sot de t'écouter, méchante fille, dit alors Landry en lui tournant le dos et en se remettant à marcher. Tu ne sais pas plus que moi où est mon frère, et tu n'es pas plus savante là-dessus que ta grand'mère, qui est une vieille menteuse et une pas grand'chose.

☞ Mais la petite Fadette, tirant par une patte son sauteriot, qui avait réussi à la rattraper et à se pendre à son mauvais jupon tout cendroux*, se mit à suivre Landry, toujours ricanant et toujours lui disant que sans elle il ne retrouverait jamais son besson. Si bien que Landry, ne pouvant se débarrasser d'elle, et s'imaginant que par quelque sorcellerie, sa grand'mère ou peut-être elle-même, par quelque accointance avec le follet de la rivière, l'empêcheraient de retrouver Sylvinet, prit son parti de tirer en sus de la Joncière et de s'en revenir à la maison.

La petite Fadette le suivit jusqu'au sautoir* du pré,

☞ Voir *Au fil du texte*, p. XIII.

et là, quand il l'eut descendu, elle se percha comme une pie sur la barre et lui cria :

— Adieu donc, le beau besson sans cœur, qui laisse son frère derrière lui. Tu auras beau l'attendre pour souper, tu ne le verras pas d'aujourd'hui ni de demain non plus ; car là où il est, il ne bouge non plus qu'une pauvre pierre, et voilà l'orage qui vient. Il y aura des arbres dans la rivière encore cette nuit, et la rivière emportera Sylvinet si loin, si loin, que jamais plus tu ne le retrouveras.

Toutes ces mauvaises paroles, que Landry écoutait quasi malgré lui, lui firent passer la sueur froide par tout le corps. Il n'y croyait pas absolument, mais enfin la famille Fadet était réputée avoir tel entendement* avec le diable, qu'on ne pouvait pas être bien assuré qu'il n'en fût rien.

— Allons, Fanchon, dit Landry, en s'arrêtant, veux-tu, oui ou non, me laisser tranquille, ou me dire, si, de vrai, tu sais quelque chose de mon frère ?

— Et qu'est-ce que tu me donneras si, avant que la pluie ait commencé de tomber, je te le fais retrouver ? dit la Fadette en se dressant debout sur la barre du sautoir, et en remuant les bras comme si elle voulait s'envoler.

Landry ne savait pas ce qu'il pouvait lui promettre, et il commençait à croire qu'elle voulait l'affiner* pour lui tirer quelque argent. Mais le vent qui soufflait dans les arbres et le tonnerre qui commençait à gronder lui mettaient dans le sang comme une fièvre de peur. Ce n'est pas qu'il craignît l'orage, mais, de fait, cet orage-là était venu tout d'un coup et d'une manière qui ne lui paraissait pas naturelle. Possible est que, dans son tourment, Landry ne l'eût pas vu monter derrière les arbres de la rivière, d'autant plus que se tenant depuis deux heures dans le fond du Val, il n'avait pu voir le ciel que dans le moment où il avait gagné le haut. Mais, en fait, il ne s'était avisé de l'orage qu'au moment où la petite Fadette le lui avait annoncé, et tout aussitôt, son jupon s'était enflé ; ses vilains cheveux noirs sortant de sa coiffe, qu'elle avait toujours mal attachée, et quintant* sur son oreille, s'étaient dressés comme des crins ; le sauteriot avait eu sa casquette emportée par un grand coup de vent, et c'était à grand'peine que Landry avait pu empêcher son chapeau de s'envoler aussi.

Et puis le ciel, en deux minutes, était devenu tout noir, et la Fadette, debout sur la barre, lui paraissait deux fois plus grande qu'à l'ordinaire ; enfin Landry avait peur, il faut bien le confesser.

— Fanchon, lui dit-il, je me rends à toi, si tu me rends mon frère. Tu l'as peut-être vu ; tu sais peut-être bien où il est. Sois bonne fille. Je ne sais pas quel amusement tu peux trouver dans ma peine. Montre-moi ton bon cœur, et je croirai que tu vaux mieux que ton air et tes paroles.

— Et pourquoi serais-je bonne fille pour toi ? reprit-elle, quant tu me traites de méchante sans que je t'aie jamais fait de mal ! Pourquoi aurais-je bon cœur pour deux bessons qui sont fiers comme deux coqs, et qui ne m'ont jamais montré la plus petite amitié ?

— Allons, Fadette, reprit Landry, tu veux que je te promette quelque chose ; dis-moi vite de quoi tu as envie et je te le donnerai. Veux-tu mon couteau neuf ?

— Fais-le voir, dit la Fadette en sautant comme une grenouille à côté de lui.

Et quand elle eut vu le couteau, qui n'était pas vilain et que le parrain de Landry avait payé dix sous à la dernière foire, elle ne fut tentée un moment ; mais bientôt trouvant que c'était trop peu, elle lui demanda s'il lui donnerait bien plutôt sa petite poule blanche, qui n'était pas plus grosse qu'un pigeon, et qui avait des plumes jusqu'au bout des doigts.

— Je ne peux pas te promettre ma poule blanche, parce qu'elle est à ma mère, répondit Landry ; mais je te promets de la demander pour toi, et je répondrais que ma mère ne la refusera pas, parce qu'elle sera si contente de revoir Sylvinet, que rien ne lui coûtera pour te récompenser.

— Oui-da ! reprit la petite Fadette, et si j'avais envie de votre chebril* à nez noir, la mère Barbeau me le donnerait-elle aussi ?

— Mon Dieu ! mon Dieu ! que tu es donc longue à te décider, Fanchon. Tiens, il n'y a qu'un mot qui serve : si mon frère est dans le danger et que tu me conduises tout de suite auprès de lui, il n'y a pas à notre logis de poule ni de poulette, de chèvre ni de chevrillon* que mon père et ma mère, j'en suis très certain, ne voulussent te donner en remerciement.

— Eh bien ! nous verrons ça, Landry, dit la petite Fadette en tendant sa petite main sèche au besson, pour qu'il y mît la sienne en signe d'accord, ce qu'il ne fit pas sans trembler un peu, car, dans ce moment-là, elle avait des yeux si ardents qu'on eût dit le lutin en personne. Je ne te dirai pas à présent ce que je veux de toi, je ne le sais peut-être pas encore ; mais souviens-toi bien de ce que tu me promets à cette heure, et si tu y manques, je ferai savoir à tout le monde qu'il n'y a pas de confiance à avoir dans la parole du besson Landry. Je te dis adieu ici, et n'oublie point que je ne te réclamerai rien jusqu'au jour où je me serai décidée à t'aller trouver pour te requérir d'une chose qui sera à mon commandement et que tu feras sans retard ni regret.

— À la bonne heure ! Fadette, c'est promis, c'est signé, dit Landry en lui tapant dans la main.

— Allons ! dit-elle d'un air tout fier et tout content, retourne de ce pas au bord de la rivière ; descends-la jusqu'à ce que tu entendes bêler ; et où tu verras un agneau bureau*, tu verras aussitôt ton frère : si cela n'arrive pas comme je te le dis, je te tiens quitte de ta parole.

Là-dessus le grelet, prenant le sauteriot sous son bras, sans faire attention que la chose ne lui plaisait guère et qu'il se démenait comme une anguille, sauta tout au milieu des buissons, et Landry ne les vit et ne les entendit non plus que s'il avait rêvé. Il ne perdit point de temps à se demander si la petite Fadette s'était moquée

de lui. Il courut d'une haleine jusqu'au bas de la Joncière ; il la suivit jusqu'à la coupure, et là, il allait passer outre sans y descendre, parce qu'il avait assez ques-
tionné l'endroit pour être assuré que Sylvinet n'y était
point ; mais, comme il allait s'en éloigner, il entendit
bêler un agneau.

« Dieu de mon âme, pensa-t-il, cette fille m'a
annoncé la chose ; j'entends l'agneau, mon frère est
là. Mais s'il est mort ou vivant, je ne peux le savoir. »

Et il sauta dans la coupure et entra dans les brous-
sailles. Son frère n'y était point ; mais, en suivant le
fil de l'eau, à dix pas de là, et toujours entendant
l'agneau bêler, Landry vit sur l'autre rive son frère
assis, avec un petit agneau qu'il tenait dans sa blouse,
et qui, pour le vrai, était bureau de couleur depuis le
bout du nez jusqu'au bout de la queue.

Comme Sylvinet était bien vivant et ne paraissait gâté
ni déchiré dans sa figure et dans son habillement,
Landry fut si aise qu'il commença par remercier le bon
Dieu dans son cœur, sans songer à lui demander pardon d'avoir eu recours à la science du diable pour avoir
ce bonheur-là. Mais, au moment où il allait appeler
Sylvinet, qui ne le voyait pas encore, et ne faisait pas
mine de l'entendre, à cause du bruit de l'eau qui
grouillait* fort sur les cailloux en cet endroit, il s'arrêta
à le regarder ; car il était étonné de le trouver comme
la petite Fadette le lui avait prédit, tout au milieu des
arbres que le vent tourmentait furieusement, et ne bougeant non plus qu'une pierre.

Chacun sait pourtant qu'il y a danger à rester au bord
de notre rivière quand le grand vent se lève. Toutes les
rives sont minées en dessous, et il n'est point d'orage
qui, dans la quantité, ne déracine quelques-uns de ces
vergnes qui sont toujours courts en racines, à moins
qu'ils ne soient très gros et très vieux, et qui vous tom-
beraient fort bien sur le corps sans vous avertir. Mais
Sylvinet, qui n'était pourtant ni plus simple ni plus fou
qu'un autre, ne paraissait pas tenir compte du danger.
Il n'y pensait pas plus que s'il se fût trouvé à l'abri

dans une bonne grange. Fatigué de courir tout le jour et de vaguer à l'aventure, si, par bonheur, il ne s'était pas noyé dans la rivière, on pouvait toujours bien dire qu'il s'était noyé dans son chagrin et dans son dépit, au point de rester là comme une souche, les yeux fixés sur le courant de l'eau, la figure aussi pâle qu'une fleur de nape*, la bouche à demi ouverte comme un petit poisson qui bâille au soleil, les cheveux tout emmêlés par le vent, et ne faisant pas même attention à son petit agneau, qu'il avait rencontré égaré dans les prés, et dont il avait eu pitié. Il l'avait bien pris dans sa blouse pour le rapporter à son logis ; mais, chemin faisant, il avait oublié de demander à qui l'agneau perdu. Il l'avait là sur ses genoux, et le laissait crier sans l'entendre, malgré que le pauvre petit lui faisait une voix désolée et regardait tout autour de lui avec de gros yeux clairs, étonné de ne pas être écouté de quelqu'un de son espèce, et ne reconnaissant ni son pré, ni sa mère, ni son étable, dans cet endroit tout ombragé et tout herbu, devant un gros courant d'eau qui, peut-être bien, lui faisait grand'peur.

X

Si Landry n'eût pas été séparé de Sylvinet par la rivière qui n'est large, dans tout son parcours, de plus de quatre ou cinq mètres (comme on dit dans ces temps nouveaux [1]), mais qui est, par endroits, aussi creuse que large, il eût, pour sûr, sauté sans plus de réflexion au cou de son frère. Mais Sylvinet ne le voyant même pas, il eut le temps de penser à la manière dont il l'éveillerait de sa rêvasserie, et dont, par persuasion, il le ramènerait à la maison ; car si ce n'était pas l'idée de ce pauvre boudeur, il pouvait bien tirer d'un autre côté, et Landry n'aurait pas de sitôt trouvé un gué ou une passerelle pour aller le rejoindre.

Landry ayant donc un peu songé en lui-même, se demanda comment son père, qui avait de la raison et de la prudence pour quatre, agirait en pareille rencontre ; et il s'avisa bien à propos que le père Barbeau s'y prendrait tout doucement et sans faire semblant de rien, pour ne pas montrer à Sylvinet combien il avait causé d'angoisse, et ne lui occasionner trop de repentir, ni l'encourager trop à recommencer dans un autre jour de dépit.

Il se mit donc à siffler comme s'il appelait les merles pour les faire chanter, ainsi que font les pâtours quand

---

1. Le système métrique était devenu légal par le décret du 2 novembre 1801 et fut rendu obligatoire à partir du 1er janvier 1840.

ils suivent les buissons à la nuit tombante. Cela fit lever la tête à Sylvinet, et, voyant son frère, il eut honte et se leva vivement, croyant n'avoir pas été vu. Alors Landry fit comme s'il l'apercevait, et lui dit sans beaucoup crier, car la rivière ne chantait pas assez haut pour empêcher de s'entendre :

— Hé, mon Sylvinet, tu es donc là ? Je t'ai attendu tout ce matin, et, voyant que tu étais sorti pour si longtemps, je suis venu me promener par ici, en attendant le souper où je comptais bien te retrouver à la maison ; mais puisque te voilà, nous rentrerons ensemble. Nous allons descendre la rivière, chacun sur une rive, et nous nous joindrons au gué des Roulettes[1]. (C'était le gué qui se trouvait au droit de la maison à la mère Fadet.)

— Marchons, dit Sylvinet en ramassant son agneau, qui, ne le connaissant pas depuis longtemps, ne le suivait pas volontiers de lui-même ; et ils descendirent la rivière sans trop oser se regarder l'un l'autre, car ils craignaient de se faire voir la peine qu'ils avaient d'être fâchés et le plaisir qu'ils sentaient de se retrouver. De temps en temps, Landry, toujours pour paraître ne pas croire au dépit de son frère, lui disait une parole ou deux, tout en marchant. Il lui demanda d'abord où il avait pris ce petit agneau bureau, et Sylvinet ne pouvait trop le dire, car il ne voulait point avouer qu'il avait été bien loin et qu'il ne savait pas même le nom des endroits où il avait passé. Alors Landry, voyant son embarras, lui dit :

— Tu me conteras cela plus tard, car le vent est grand, et il ne fait pas trop bon à être sous les arbres le long de l'eau ; mais, par bonheur, voilà l'eau du ciel qui commence à tomber, et le vent ne tardera pas à tomber aussi.

Et en lui-même, il se disait : « C'est pourtant vrai que le grelet m'a prédit que je le retrouverais avant que

1. Ce gué est situé à environ un kilomètre au sud-ouest de Nohant. (Voir carte dans Dossier, p. 277.)

la pluie ait commencé. Pour sûr, cette fille-là en sait plus long que nous. »

Il ne se disait point qu'il avait passé un bon quart d'heure à s'expliquer avec la mère Fadet, tandis qu'il la priait et qu'elle refusait de l'écouter, et que la petite Fadette, qu'il n'avait vue qu'en sortant de la maison, pouvait bien avoir vu Sylvinet pendant cette explication-là. Enfin, l'idée lui en vint ; mais comment savait-elle si bien de quoi il était en peine, lorsqu'elle l'avait accosté, puisqu'elle n'était point là du temps qu'il s'expliquait avec la vieille ? Cette fois, l'idée ne lui vint pas qu'il avait déjà demandé son frère à plusieurs personnes en venant à la Joncière, et que quelqu'un avait pu en parler devant la petite Fadette ; ou bien, que cette petite pouvait avoir écouté la fin de son discours avec la grand'mère, en se cachant comme elle faisait souvent pour connaître tout ce qui pouvait contenter sa curiosité.

De son côté, le pauvre Sylvinet pensa aussi en lui-même à la manière dont il expliquerait son mauvais comportement vis-à-vis de son frère et de sa mère, car il ne s'était point attendu à la feinte de Landry, et il ne savait quelle histoire lui faire, lui qui n'avait menti de sa vie, et qui n'avait jamais rien caché à son besson.

Aussi se trouva-t-il bien mal à l'aise en passant le gué ; car il était venu jusque-là sans rien trouver pour se sortir d'embarras.

Sitôt qu'il fut sur la rive, Landry l'embrassa ; et, malgré lui, il le fit avec encore plus de cœur qu'il n'avait coutume mais il se retint de le questionner, car il vit bien qu'il ne saurait que dire, et il le ramena à la maison, lui parlant de toutes sortes de choses autres que celle qui leur tenait à cœur à tous les deux. En passant devant la maison de la mère Fadet, il regarda bien s'il verrait la petite Fadette, et il se sentait une envie d'aller la remercier. Mais la porte était fermée et l'on n'entendait pas d'autre bruit que la voix du sauteriot qui beuglait parce que sa grand'mère l'avait fouaillé, ce qui lui arrivait tous les soirs, qu'il l'eût mérité ou non.

Cela fit de la peine à Sylvinet, d'entendre pleurer ce galopin, et il dit à son frère :

— Voilà une vilaine maison où l'on entend toujours des cris ou des coups. Je sais bien qu'il n'y a rien de si mauvais et de si diversieux* que ce sauteriot ; et, quant au grelet, je n'en donnerais pas deux sous. Mais ces enfants-là sont malheureux de n'avoir plus ni père ni mère, et d'être dans la dépendance de cette vieille charmeuse*, qui est toujours en malice, et qui ne leur passe rien.

— Ce n'est pas comme ça chez nous, répondit Landry. Jamais nous n'avons reçu de père ni de mère le moindre coup, et mêmement quand on nous grondait de nos malices d'enfant, c'était avec tant de douceur et d'honnêteté, que les voisins ne l'entendaient point. Il y en a comme ça qui sont trop heureux, et pourtant, la petite Fadette, qui est l'enfant le plus malheureux et le plus maltraité de la terre, rit toujours et ne se plaint jamais de rien.

Sylvinet comprit le reproche et eut du regret de sa faute. Il en avait déjà bien eu depuis le matin, et, vingt fois, il avait eu envie de revenir ; mais la honte l'avait retenu. Dans ce moment, son cœur grossit, et il pleura sans rien dire ; mais son frère le prit par la main en lui disant :

— Voilà une rude pluie, mon Sylvinet ; allons-nous-en d'un galop à la maison.

Ils se mirent donc à courir, Landry essayant de faire rire Sylvinet, qui s'y efforçait pour le contenter.

Pourtant, au moment d'entrer dans la maison, Sylvinet avait envie de se cacher dans la grange, car il craignait que son père ne lui fît reproche. Mais le père Barbeau, qui ne prenait pas les choses tant au sérieux que sa femme, se contenta de le plaisanter ; et la mère Barbeau, à qui son mari avait fait sagement la leçon, essaya de lui cacher le tourment qu'elle avait eu. Seulement, pendant qu'elle s'occupait de faire sécher ses bessons devant un bon feu et de leur donner à souper, Sylvinet vit bien qu'elle avait pleuré, et que, de temps

en temps, elle le regardait d'un air d'inquiétude et de
chagrin. S'il avait été seul avec elle, il lui aurait
demandé pardon, et il l'eût tant caressée qu'elle se fût
consolée. Mais le père n'aimait pas beaucoup toutes
ces mijoteries*, et Sylvinet fut obligé d'aller au lit tout
de suite après souper, sans rien dire, car la fatigue le
surmontait. Il n'avait rien mangé de la journée ; et, aussitôt qu'il eut avalé son souper dont il avait grand
besoin, il se sentit comme ivre, et force lui fut de se
laisser déshabiller et coucher par son besson, qui resta
à côté de lui, assis sur le bord de son lit, et lui tenant
une main dans la sienne.

Quand il le vit bien endormi, Landry prit congé de
ses parents et ne s'aperçut point que sa mère l'embrassait avec plus d'amour que les autres fois. Il croyait
toujours qu'elle ne pouvait pas l'aimer autant que son
frère, et il n'en était point jaloux, se disant qu'il était
moins aimable et qu'il n'avait que la part qui lui était
due. Il se soumettait à cela autant par respect pour sa
mère que par amitié pour son besson, qui avait, plus
que lui, besoin de caresses et de consolation.

Le lendemain, Sylvinet courut au lit de la mère Barbeau avant qu'elle fût levée, et, lui ouvrant son cœur,
lui confessa son regret et sa honte. Il lui conta comme
quoi il se trouvait bien malheureux depuis quelque
temps, non plus tant à cause qu'il était séparé de
Landry, que parce qu'il s'imaginait que Landry ne
l'aimait point. Et quand sa mère le questionna sur cette
injustice, il fut bien empêché de la motiver, car c'était
en lui comme une maladie dont il ne se pouvait défendre. La mère le comprenait mieux qu'elle ne voulait en
avoir l'air, parce que le cœur d'une femme est aisément
pris de ces tourments-là, et elle-même s'était souvent
ressentie de souffrir en voyant Landry si tranquille dans
son courage et dans sa vertu*. Mais, cette fois, elle
reconnaissait que la jalousie est mauvaise dans tous les
amours, même dans ceux que Dieu nous commande le
plus, et elle se garda bien d'y encourager Sylvinet. Elle
lui fit ressortir la peine qu'il avait causée à son frère,

et la grande bonté que son frère avait eue de ne pas s'en plaindre ni s'en montrer choqué. Sylvinet le reconnut aussi et convint que son frère était meilleur chrétien que lui. Il fit promesse et forma résolution de se guérir, et sa volonté y était sincère.

Mais malgré lui, et bien qu'il prît un air consolé et satisfait, encore que sa mère eût essuyé toutes ses larmes et répondu à toutes ses plaintes par des raisons très fortifiantes, encore qu'il fît tout son possible pour agir simplement et justement avec son frère, il lui resta sur le cœur un levain d'amertume. « Mon frère, pensait-il malgré lui, est le plus chrétien et le plus juste de nous deux, ma chère mère le dit et c'est la vérité, mais s'il m'aimait aussi fort que je l'aime, il ne pourrait pas se soumettre comme il le fait. » Et il songeait à l'air tranquille et quasi indifférent que Landry avait eu en le retrouvant au bord de la rivière. Il se remémorait comme il l'avait entendu siffler aux merles en le cherchant, au moment où lui, pensait véritablement à se jeter dans la rivière. Car s'il n'avait pas eu cette idée en quittant la maison, il l'avait eue plus d'une fois, vers le soir, croyant que son frère ne lui pardonnerait jamais de l'avoir boudé et évité pour la première fois de sa vie. « Si c'était lui qui m'eût fait cet affront, pensait-il, je ne m'en serais jamais consolé. Je suis bien content qu'il me l'ait pardonné, mais je pensais pourtant qu'il ne me le pardonnerait pas si aisément. » Et là-dessus, cet enfant malheureux soupirait tout en se combattant et se combattait tout en soupirant.

Pourtant, comme Dieu nous récompense et nous aide toujours, pour peu que nous ayons bonne intention de lui complaire, il arriva que Sylvinet fut plus raisonnable pendant le reste de l'année ; qu'il s'abstint de quereller et de bouder son frère, qu'il aima enfin plus paisiblement, et que sa santé, qui avait souffert de toutes ces angoisses, se rétablit et se fortifia. Son père le fit travailler davantage, s'apercevant que moins il s'écoutait, mieux il s'en trouvait. Mais le travail qu'on fait chez ses parents n'est jamais aussi rude que celui qu'on a de commande chez les autres. Aussi Landry, qui ne s'épargnait guère, prit-il plus de force et plus de taille cette année-là que son besson. Les petites différences qu'on avait toujours observées entre eux devinrent plus marquantes, et, de leur esprit, passèrent sur leur figure. Landry, après qu'ils eurent compté quinze ans, devint tout à fait beau garçon, et Sylvinet resta un joli jeune homme, plus mince et moins couleuré* que son frère. Aussi, on ne les prenait plus jamais l'un pour l'autre, et, malgré qu'ils se ressemblaient toujours comme deux frères, on ne voyait plus du même coup qu'ils étaient bessons. Landry, qui était censé le cadet, étant né une heure après Sylvinet, paraissait à ceux qui les voyaient pour la première fois, l'aîné d'un an ou deux. Et cela augmentait l'amitié du père Barbeau, qui, à la vraie manière des gens de campagne, estimait la force et la taille avant tout.

XI

Dans les premiers temps qui ensuivirent l'aventure de Landry avec la petite Fadette, ce garçon eut quelque souci de la promesse qu'il lui avait faite. Dans le moment où elle l'avait sauvé de son inquiétude, il se serait engagé pour ses père et mère à donner tout ce qu'il y avait de meilleur à la Bessonnière ; mais quand il vit que le père Barbeau n'avait pas pris bien au sérieux la bouderie de Sylvinet et n'avait point montré d'inquiétude, il craignait bien que, lorsque la petite Fadette viendrait réclamer sa récompense, son père ne la mît à la porte en se moquant de sa belle science et de la belle parole que Landry lui avait donnée.

Cette peur-là rendait Landry tout honteux en lui-même, et à mesure que son chagrin s'était dissipé, il s'était jugé bien simple d'avoir cru voir de la sorcellerie dans ce qui lui était arrivé. Il ne tenait pas pour certain que la petite Fadette se fût gaussée de lui, mais il sentait bien qu'on pouvait avoir du doute là-dessus, et il ne trouvait pas de bonnes raisons à donner à son père, pour lui prouver qu'il avait bien fait de prendre un engagement de si grosse conséquence ; d'un autre côté, il ne voyait pas non plus comment il romprait un pareil engagement, car il avait juré sa foi et il l'avait fait en âme et conscience.

Mais, à son grand étonnement, ni le lendemain de l'affaire, ni dans le mois, ni dans la saison, il n'entendit parler de la petite Fadette à la Bessonnière ni à la

Priche. Elle ne se présenta ni chez le père Caillaud pour
demander à parler à Landry, ni chez le père Barbeau
pour réclamer aucune chose, et lorsque Landry la vit
au loin dans les champs, elle n'alla point de son côté
et ne parut point faire attention à lui, ce qui était contre
sa coutume, car elle courait après tout le monde, soit
pour regarder par curiosité, soit pour rire, jouer et
badiner avec ceux qui étaient de bonne humeur, soit
pour tancer et railler ceux qui ne l'étaient point.

Mais la maison de la mère Fadet étant également
voisine de la Priche et de la Cosse, il ne se pouvait faire
qu'un jour ou l'autre, Landry ne se trouvât nez contre
nez avec la petite Fadette dans un chemin ; et, quand
le chemin n'est pas large, c'est bien force de se donner
une tape ou de se dire un mot en passant.

C'était un soir que la petite Fadette rentrait ses oies,
ayant toujours son sauteriot sur ses talons, et Landry,
qui avait été chercher les juments au pré, les ramenait
tout tranquillement à la Priche, si bien qu'ils se
croisèrent dans le petit chemin qui descend de la Croix
des bossons, au gué des Roulettes, et qui est si bien
fondu entre deux encaissements, qu'il n'y est point
moyen de s'éviter. Landry devint tout rouge, pour la
peur qu'il avait de s'entendre sommer de sa parole, et,
ne voulant point encourager la Fadette, il sauta sur une
des juments du plus loin qu'il la vit, et joua des sabots
pour prendre le trot ; mais comme toutes les juments
avaient les enfarges* aux pieds, celle qu'il avait
enfourchée n'avança pas plus vite pour cela. Landry,
se voyant tout près de la petite Fadette, n'osa la
regarder, et fit mine de se retourner, comme pour voir
si les poulains le suivaient. Quand il regarda devant lui,
la Fadette l'avait déjà dépassé, et elle ne lui avait rien
dit : il ne savait même point si elle l'avait regardé, et
si des yeux ou du rire elle l'avait sollicité de lui dire
bonsoir. Il ne vit que Jeanet le sauteriot qui, toujours
traversieux et méchant, ramassa une pierre pour la jeter
dans les jambes de sa jument. Landry eut bonne envie
de lui allonger un coup de fouet, mais il eut peur de

s'arrêter et d'avoir explication avec la sœur. Il ne fit donc pas mine de s'en apercevoir et s'en fut sans regarder derrière lui.

Toutes les autres fois que Landry rencontra la petite Fadette, ce fut à peu près de même. Peu à peu, il s'enhardit à la regarder car, à mesure que l'âge et la raison lui venaient, il ne s'inquiétait plus tant d'une si petite affaire. Mais lorsqu'il eut pris le courage de la regarder tranquillement, comme pour attendre n'importe quelle chose elle voudrait lui dire, il fut étonné de voir que cette fille faisait exprès de tourner la tête d'un autre côté, comme si elle eût eu de lui la même peur qu'il avait d'elle. Cela l'enhardit tout à fait vis-à-vis de lui-même, et, comme il avait le cœur juste, il se demanda s'il n'avait pas eu grand tort de ne jamais la remercier du plaisir que, soit par science, soit par hasard, elle lui avait causé. Il prit la résolution de l'aborder la première fois qu'il la verrait, et ce moment-là étant venu, il fit au moins dix pas de son côté pour commencer à lui dire bonjour et causer avec elle.

Mais, comme il s'approchait, la petite Fadette prit un air fier et quasi fâché ; et se décidant enfin à le regarder, elle le fit d'une manière si méprisante, qu'il en fut tout démonté et n'osa point lui porter la parole.

Ce fut la dernière fois de l'année que Landry la rencontra de près, car à partir de ce jour-là, la petite Fadette, menée par je ne sais pas quelle fantaisie, l'évita si bien, que du plus loin qu'elle le voyait, elle tournait d'un autre côté, entrait dans un héritage* ou faisait un grand détour pour ne point le voir. Landry pensa qu'elle était fâchée de ce qu'il avait été ingrat envers elle ; mais sa répugnance était si grande qu'il ne sut se décider à rien tenter pour réparer son tort. La petite Fadette n'était pas un enfant comme un autre. Elle n'était pas ombrageuse de son naturel, et même, elle ne l'était pas assez, car elle aimait à provoquer les injures ou les moqueries, tant elle se sentait la langue bien affilée pour y répondre et avoir toujours le dernier et le plus piquant mot. On ne l'avait jamais vue bouder et on lui reprochait de manquer de la fierté qui convient à une fillette lorsqu'elle prend déjà quinze ans et commence à se ressentir d'être quelque chose. Elle avait toujours les allures d'un gamin, mêmement elle affectait de tourmenter souvent Sylvinet, de le déranger et de le pousser à bout, lorsqu'elle le surprenait dans les rêvasseries où il s'oubliait encore quelquefois. Elle le suivait toujours pendant un bout de chemin, lorsqu'elle le rencontrait ; se moquant de sa *bessonnerie*, et lui tourmentant le cœur en lui disant que Landry ne l'aimait point et se moquait de sa peine. Aussi le pauvre Sylvinet qui, encore plus que Landry, la croyait sorcière, s'étonnait-il qu'elle devinât ses pensées et la détestait bien cordialement. Il avait du mépris pour elle et pour sa famille, et, comme elle évitait Landry, il évitait ce méchant grelet, qui, disait-il, suivrait tôt ou tard l'exemple de sa mère, laquelle avait mené une mauvaise conduite, quitté son mari et finalement suivi les soldats. Elle était partie comme vivandière peu de temps après la naissance du sauteriot, et, depuis, on n'en avait jamais entendu parler. Le mari était mort de chagrin et de honte, et c'est comme cela que la vieille mère Fadet avait été obligée de se charger des deux enfants, qu'elle soignait fort mal, tant à cause de sa chicherie* que de son âge avancé, qui ne lui permettait guère de les surveiller et de les tenir proprement.

Pour toutes ces raisons, Landry, qui n'était pourtant pas aussi fier que Sylvinet, se sentait du dégoût pour la petite Fadette, et, regrettant d'avoir eu des rapports avec elle, il se gardait bien de le faire connaître à personne. Il le cacha même à son besson, ne voulant pas lui confesser l'inquiétude qu'il avait eue à son sujet ; et, de son côté, Sylvinet lui cacha toutes les méchancetés de la petite Fadette envers lui, ayant honte de dire qu'elle avait eu divination de sa jalousie.

Mais le temps se passait. À l'âge qu'avaient nos bessons, les semaines sont comme des mois et les mois comme des ans, pour le changement qu'ils amènent dans le corps et dans l'esprit. Bientôt Landry oublia son aventure, et, après s'être un peu tourmenté du souvenir de la Fadette, n'y pensa non plus que s'il en eût fait le rêve.

Il y avait déjà environ dix mois que Landry était entré à la Priche, et on approchait de la Saint-Jean, qui était l'époque de son engagement avec le père Caillaud. Ce brave homme était si content de lui qu'il était bien décidé à lui augmenter son gage plutôt que de le voir partir ; et Landry ne demandait pas mieux que de rester dans le voisinage de sa famille et de renouveler avec les gens de la Priche, qui lui convenaient beaucoup. Mêmement, il se sentait venir une amitié pour une nièce du père Caillaud qui s'appelait Madelon et qui était un beau brin de fille. Elle avait un an de plus que lui et le traitait encore un peu comme un enfant ; mais cela diminuait de jour en jour, et, tandis qu'au commencement de l'année elle se moquait de lui lorsqu'il avait honte de l'embrasser aux jeux ou à la danse, sur la fin, elle rougissait au lieu de le provoquer, elle ne restait plus seule avec lui dans l'étable ou dans le fenil. La Madelon n'était point pauvre, et un mariage entre eux eût bien pu s'arranger par la suite du temps. Les deux familles étaient bien famées et tenues en estime par tout le pays. Enfin, le père Caillaud, voyant ces deux enfants qui commençaient à se chercher et à se craindre, disait au père Barbeau que ça pourrait bien faire un beau couple, et qu'il n'y avait point de mal à leur laisser faire bonne et longue connaissance.

Il fut donc convenu, huit jours avant la Saint-Jean, que Landry resterait à la Priche, et Sylvinet chez ses parents ; car la raison était assez bien revenue à celui-ci, et le père Barbeau ayant pris les fièvres, cet enfant savait se rendre très utile au travail de ses terres. Sylvinet avait eu grand'peur d'être envoyé au loin, et cette crainte-là avait agi sur lui en bien, car, de plus en plus, il s'efforçait à vaincre l'excédent de son amitié pour Landry, ou du moins ne point trop le laisser paraître. La paix et le contentement étaient donc revenus à la Bessonnière, quoique les bessons ne se vissent plus qu'une ou deux fois la semaine. La Saint-Jean fut pour eux un jour de bonheur ; ils allèrent ensemble à la ville pour voir la loue des serviteurs de ville et de campagne, et la fête qui s'ensuit sur la grande place. Landry dansa plus d'une bourrée avec la belle Madelon ; et Sylvinet, pour lui complaire, essaya de danser aussi. Il ne s'en tirait pas trop bien ; mais la Madelon, qui lui témoignait beaucoup d'égards, le prenait par la main, en vis-à-vis, pour l'aider à marquer le pas ; et Sylvinet, se trouvant ainsi avec son frère, promit d'apprendre à bien danser, afin de partager un plaisir où jusque-là il avait gêné Landry.

Il ne se sentait pas trop de jalousie contre Madelon, parce que Landry était sur la réserve avec elle. Et d'ailleurs, Madelon flattait et encourageait Sylvinet. Elle était sans gêne avec lui, et quelqu'un qui ne s'y connaîtrait pas aurait jugé que c'était celui des bessons qu'elle préférait. Landry eût pu en être jaloux, s'il n'eût été, par nature, ennemi de la jalousie ; et peut-être un je ne sais quoi lui disait-il, malgré sa grande innocence, que Madelon n'agissait ainsi que pour lui faire plaisir et avoir occasion de se trouver plus souvent avec lui.

Toutes choses allèrent donc pour le mieux pendant environ trois mois, jusqu'au jour de la Saint-Andoche, qui est la fête patronale du bourg de la Cosse, et qui tombe aux derniers jours de septembre.

Ce jour-là, qui était toujours pour les deux bessons une grande et belle fête, parce qu'il y avait danse et jeux de toutes sortes sous les grands noyers de la paroisse, amena pour eux de nouvelles peines auxquelles ils ne s'attendaient mie*.

Le père Caillaud ayant donné licence à Landry d'aller dès la veille coucher à la Bessonnière afin de voir la fête sitôt le matin, Landry partit avant souper, bien content d'aller surprendre son besson qui ne l'attendait que le lendemain. C'est la saison où les jours commencent à être courts et où la nuit tombe vite. Landry n'avait jamais peur de rien en plein jour : mais il n'eût pas été de son âge et de son pays s'il avait aimé à se trouver seul la nuit sur les chemins, surtout dans l'automne, qui est une saison où les sorciers et les follets commencent à se donner du bon temps, à cause des brouillards qui les aident à cacher leurs malices et maléfices. Landry, qui avait coutume de sortir seul à toute heure pour mener ou rentrer ses bœufs, n'avait pas précisément grand souci, ce soir-là, plus qu'un autre soir ; mais il marchait vite et chantait fort, comme on fait toujours quand le temps est noir, car on sait que le chant de l'homme dérange et écarte les mauvaises bêtes et les mauvaises gens.

Quand il fut au droit du gué des Roulettes, qu'on ◀● appelle de cette manière à cause des cailloux ronds qui s'y trouvent en grande quantité, il releva un peu les jambes de son pantalon ; car il pouvait y avoir de l'eau jusqu'au-dessus de la cheville du pied, et il fit bien attention à ne pas marcher devant lui, parce que le gué est établi en biaisant, et qu'à droite comme à gauche il y a de mauvais trous. Landry connaissait si bien le gué qu'il ne pouvait guère s'y tromper. D'ailleurs on voyait de là, à travers les arbres qui étaient plus d'à moitié dépouillés de feuilles, la petite clarté qui sortait de la maison de la mère Fadet ; et en regardant cette clarté, pour peu qu'on marchât dans la direction, il n'y avait point chance de faire mauvaise route.

Il faisait si noir sous les arbres, que Landry tâta pourtant le gué avec son bâton avant d'y entrer. Il fut étonné de trouver plus d'eau que de coutume, d'autant plus qu'il entendait le bruit des écluses qu'on avait ouvertes depuis une bonne heure. Pourtant, comme il voyait bien la lumière de la croisée à la Fadette, il se risqua. Mais, au bout de deux pas, il avait de l'eau plus haut

●▶ Voir *Au fil du texte*, p. XV.

que le genou et il se retira, jugeant qu'il s'était trompé. Il essaya un peu plus haut et un peu plus bas, et, là comme là, il trouva le creux encore davantage. Il n'avait pas tombé de pluie, les écluses grondaient toujours ; la chose était donc bien surprenante.

XII

« Il faut, pensa Landry, que j'aie pris le faux chemin de la charrière*, car, pour le coup, je vois à ma
droite la chandelle de la Fadette, qui devrait être sur
ma gauche. »

Il remonta le chemin jusqu'à la Croix-au-Lièvre, et
il en fit le tour les yeux fermés pour se désorienter ;
et quand il eut bien remarqué les arbres et les buissons
autour de lui, il se trouva dans le bon chemin et revint
jouxte à la rivière. Mais bien que le gué lui parût commode, il n'osa point y faire plus de trois pas, parce qu'il
vit tout d'un coup, presque derrière lui, la clarté de la
maison Fadette, qui aurait dû être juste en face. Il revint
à la rive, et cette clarté lui parut être alors comme elle
devait se trouver. Il reprit le gué en biaisant dans un
autre sens, et, cette fois, il eut de l'eau presque jusqu'à
la ceinture. Il avançait toujours cependant, augurant
qu'il avait rencontré un trou, mais qu'il allait en sortir
en marchant vers la lumière.

Il fit bien de s'arrêter, car le trou se creusait toujours,
et il en avait jusqu'aux épaules. L'eau était bien froide,
et il resta un moment à se demander s'il reviendrait sur
ses pas ; car la lumière lui paraissait avoir changé de
place, et mêmement il la vit remuer, courir, sautiller,
repasser d'une rive à l'autre, et finalement se montrer
double en se mirant dans l'eau, où elle se tenait comme
un oiseau qui se balance sur ses ailes, et en faisant

entendre un petit bruit de grésillement comme ferait une pétrole* de résine*.

Cette fois Landry eut peur et faillit perdre la tête, et il avait ouï dire qu'il n'y a rien de plus abusif et de plus méchant que ce feu-là ; qu'il se faisait un jeu d'égarer ceux qui le regardent et de les conduire au plus creux des eaux, tout en riant à sa manière et en se moquant de leur angoisse.

Landry ferma les yeux pour ne point le voir, et se retournant vivement, à tout risque, il sortit du trou, et se retrouva au rivage. Il se jeta alors sur l'herbe, et regarda le follet qui poursuivait sa danse et son rire. C'était vraiment une vilaine chose à voir. Tantôt il filait comme un martin-pêcheur, et tantôt il disparaissait tout à fait. Et, d'autres fois, il devenait gros comme la tête d'un bœuf, et tout aussitôt menu comme un œil de chat ; et il accourait auprès de Landry, tournait autour de lui si vite, qu'il en était ébloui ; et enfin, voyant qu'il ne voulait pas le suivre, il s'en retournait frétiller dans les roseaux, où il avait l'air de se fâcher et de lui dire des insolences.

Landry n'osait point bouger, car de retourner sur ses pas n'était pas le moyen de faire fuir le follet. On sait qu'il s'obstine à courir après ceux qui courent, et qu'il se met en travers de leur chemin jusqu'à ce qu'il les ait rendus fous et fait tomber dans quelque mauvaise passe. Il grelottait de peur et de froid, lorsqu'il entendit derrière lui une petite voix très douce qui chantait :

> Fadet, Fadet, petit fadet,
> Prends ta chandelle et ton cornet ;
> J'ai pris ma cape et mon capet ;
> Toute follette a son follet.

Et tout aussitôt la petite Fadette qui s'apprêtait gaiement à passer l'eau sans montrer crainte ni étonnement du feu follet, heurta contre Landry qui était assis par terre dans la brune, et se retira en jurant ni plus ni moins qu'un garçon, et des mieux appris.

— C'est moi, Fanchon, dit Landry en se relevant, n'aie pas peur. Je ne te suis pas ennemi.

Il parlait comme cela parce qu'il avait peur d'elle presque autant que du follet. Il avait entendu sa chanson, et voyait bien qu'elle faisait une conjuration au feu follet, lequel dansait et se tortillait comme un fou devant elle et comme s'il eût été aise de la voir.

— Je vois bien, beau besson, dit alors la petite Fadette après qu'elle se fut consultée un peu, que tu me flattes, parce que tu es moitié mort de peur, et que la voix te tremble dans le gosier, ni plus ni moins qu'à ma grand'mère. Allons, pauvre cœur, la nuit on n'est pas si fier que le jour, et je gage que tu n'oses passer l'eau sans moi.

— Ma foi, j'en sors, dit Landry, et j'ai manqué de m'y noyer. Est-ce que tu vas t'y risquer, Fadette ? Tu ne crains pas de perdre le gué ?

— Eh ! pourquoi le perdrais-je ? Mais je vois bien ce qui t'inquiète, répondit la petite Fadette en riant. Allons, donne-moi la main, poltron ; le follet n'est pas si méchant que tu crois, et il ne fait de mal qu'à ceux qui s'en épeurent. J'ai coutume de le voir, moi, et nous nous connaissons.

Là-dessus, avec plus de force que Landry n'eût supposé qu'elle en avait, elle le tira par le bras et l'amena dans le gué en courant et en chantant :

> J'ai pris ma cape et mon capet.
> Toute fadette a son fadet.

Landry n'était guère plus à son aise dans la société de la petite sorcière que dans celle du follet. Cependant, comme il aimait mieux voir le diable sous l'apparence d'un être de sa propre espèce que sous celle d'un feu si sournois et si fugace, il ne fit pas de résistance, et il fut tôt rassuré en sentant que la Fadette le conduisait si bien, qu'il marchait à sec sur les cailloux. Mais comme ils marchaient vite tous les deux et qu'ils ouvraient un courant d'air au feu follet, ils étaient toujours suivis de ce météore, comme l'appelle le maître d'école de chez nous, qui en sait long sur cette chose-là, et qui assure qu'on n'en doit avoir nulle crainte.

XIII

Peut-être que la mère Fadet avait aussi de la connaissance là-dessus, et qu'elle avait enseigné à sa petite-fille à ne rien redouter de ces feux de nuit ; ou bien, à force d'en voir, car il y en avait souvent aux entours du gué des Roulettes, et c'était un grand hasard que Landry n'en eût point encore vu de près, peut-être la petite s'était-elle fait une idée que l'esprit qui les soufflait n'était point méchant et ne lui voulait que du bien. Sentant Landry qui tremblait de tout son corps à mesure que le follet s'approchait d'eux :

— Innocent, lui dit-elle, ce feu-là ne brûle point, et si tu étais assez subtil pour le manier, tu verrais qu'il ne laisse pas seulement sa marque.

« C'est encore pis, pensa Landry ; du feu qui ne brûle pas, on sait ce que c'est : ça ne peut pas venir de Dieu, car le feu du bon Dieu est fait pour chauffer et brûler. »

Mais il ne fit pas connaître sa pensée à la petite Fadette, et quand il se vit sain et sauf à la rive, il eut grande envie de la planter là et de s'ensauver à la Bessonnière. Mais il n'avait point le cœur ingrat, et il ne voulut point la quitter sans la remercier.

— Voilà la seconde fois que tu me rends service, Fanchon Fadet, lui dit-il, et je ne vaudrais rien si je ne te disais pas que je m'en souviendrai toute ma vie. J'étais là comme un fou quand tu m'as trouvé ; le follet m'avait vanné* et charmé*. Jamais je n'aurais passé la rivière, ou bien je n'en serais jamais sorti.

— Peut-être bien que tu l'aurais passée sans peine ni danger si tu n'étais pas si sot, répondit la Fadette ; je n'aurais jamais cru qu'un grand gars comme toi, qui est dans ses dix-sept ans, et qui ne tardera pas à avoir de la barbe au menton, fût si aisé à épeurer, et je suis contente de te voir comme cela.

— Et pourquoi en êtes-vous contente, Fanchon Fadet ?

— Parce que je ne vous aime point, lui dit-elle d'un ton méprisant.

— Et pourquoi est-ce encore que vous ne m'aimez point ?

— Parce que je ne vous estime point, répondit-elle ; ni vous, ni votre besson, ni vos père et mère, qui sont fiers parce qu'ils sont riches, et qui croient qu'on ne fait que son devoir en leur rendant service. Ils vous ont appris à être ingrat, Landry, et c'est le plus vilain défaut pour un homme après celui d'être peureux.

Landry se sentit bien humilié des reproches de cette petite fille, car il reconnaissait qu'ils n'étaient pas tout à fait injustes, et il lui répondit :

— Si je suis fautif, Fadette, ne l'imputez qu'à moi. Ni mon frère, ni mon père, ni ma mère, ni personne chez nous n'a eu connaissance du secours que vous m'avez déjà une fois donné. Mais pour cette fois-ci, ils le sauront, et vous aurez une récompense telle que vous la désirerez.

— Ah ! vous voilà bien orgueilleux, reprit la petite Fadette, parce que vous vous imaginez qu'avec vos présents vous pouvez être quitte envers moi. Vous croyez que je suis pareille à ma grand'mère, qui, pourvu qu'on lui baille quelque argent, supporte les malhonnêtetés et les insolences du monde. Eh bien, moi, je n'ai besoin ni envie de vos dons, et je méprise tout ce qui viendrait de vous, puisque vous n'avez pas eu le cœur de trouver un pauvre mot de remerciement et d'amitié à me

dire depuis tantôt un an que je vous ai guéri d'une
grosse peine.

— Je suis fautif, je l'ai confessé, Fadette, dit Landry,
qui ne pouvait s'empêcher d'être étonné de la manière
dont il l'entendait raisonner pour la première fois. Mais
c'est qu'aussi il y a un peu de ta faute. Ce n'était pas
bien sorcier de me faire retrouver mon frère, puisque
tu venais sans doute de le voir pendant que je m'expli-
quais avec ta grand'mère ; et si tu avais vraiment le
cœur bon, toi qui me reproches de ne l'avoir point, au
lieu de me faire souffrir et attendre, et au lieu de me
faire donner une parole qui pouvait me mener loin, tu
m'aurais dit tout de suite : « Dévale le pré, et tu le verras au rivet* de l'eau. » Cela ne t'aurait point coûté
beaucoup, au lieu que tu t'es fait un vilain jeu de ma
peine ; et voilà ce qui a mandré* le prix du service que
tu m'as rendu.

La petite Fadette qui avait pourtant la repartie
prompte, resta pensive un moment. Puis elle dit :

— Je vois bien que tu as fait ton possible pour écarter la reconnaissance de ton cœur, et pour t'imaginer
que tu ne m'en devais point, à cause de la récompense
que je m'étais fait promettre. Mais, encore un coup,
il est dur et mauvais, ton cœur, puisqu'il ne t'a point
fait observer que je ne réclamais rien de toi, et que je
ne te faisais pas même reproche de ton ingratitude.

— C'est vrai, ça, Fanchon, dit Landry qui était la
bonne foi même ; je suis dans mon tort, je l'ai senti,
et j'en ai eu de la honte ; j'aurais dû te parler ; j'en
ai eu l'intention, mais tu m'as fait une mine si courroucée que je n'ai point su m'y prendre.

— Et si vous étiez venu le lendemain de l'affaire me
dire une parole d'amitié, vous ne m'auriez point trouvée courroucée ; vous auriez su tout de suite que je ne
voulais point de paiement, et nous serions amis : au
lieu qu'à cette heure, j'ai mauvaise opinion de vous,
et j'aurais dû vous laisser débrouiller avec le follet
comme vous auriez pu. Bonsoir, Landry de la Bessonnière ; allez sécher vos habits ; allez dire à vos parents :

« Sans ce petit guenillon de grelet, j'aurais, ma foi, bu un bon coup, ce soir, dans la rivière. »

Parlant ainsi, la petite Fadette lui tourna le dos, et marcha du côté de sa maison en chantant :

> Prends ta leçon et ton paquet,
> Landry Barbeau le bessonnet.

À cette fois, Landry sentit comme un grand repentir dans son âme, non qu'il fût disposé à aucune sorte d'amitié pour une fille qui paraissait avoir plus d'esprit que de bonté, et dont les vilaines manières ne plaisaient point, même à ceux qui s'en amusaient. Mais il avait le cœur haut et ne voulait point garder un tort sur sa conscience. Il courut après elle, et la rattrapant par sa cape :

— Voyons, Fanchon Fadet, lui dit-il, il faut que cette affaire-là s'arrange et se finisse entre nous. Tu es mécontente de moi, et je ne suis pas bien content de moi-même. Il faut que tu me dises ce que tu souhaites et pas plus tard que demain je te l'apporterai.

— Je souhaite ne jamais te voir, répondit la Fadette très durement ; et n'importe quelle chose tu m'apporteras, tu peux bien compter que je te la jetterai au nez.

— Voilà des paroles trop rudes pour quelqu'un qui vous offre réparation. Si tu ne veux point de cadeau, il y a peut-être moyen de te rendre service et de te montrer par là qu'on te veut du bien et non pas du mal. Allons, dis-moi ce que j'ai à faire pour te contenter.

— Vous ne sauriez donc me demander pardon et souhaiter mon amitié ? dit la Fadette en s'arrêtant.

— Pardon, c'est beaucoup demander, répondit Landry, qui ne pouvait vaincre sa hauteur à l'endroit d'une fille qui n'était point considérée en proportion de l'âge qu'elle commençait à avoir, et qu'elle ne portait pas toujours aussi raisonnablement qu'elle l'aurait dû ; quant à ton amitié, Fadette, tu es si drôlement bâtie dans ton esprit, que je ne saurais y avoir grand'fiance. Demande-moi donc une chose qui puisse se donner tout de suite, et que je ne sois pas obligé de te reprendre.

— Eh bien, dit la Fadette d'une voix claire et sèche, il en sera comme vous le souhaitez, besson Landry. Je vous ai offert votre pardon, et vous n'en voulez point. À présent, je vous réclame ce que vous m'avez promis, qui est d'obéir à mon commandement, le jour où vous en serez requis. Ce jour-là, ce ne sera pas plus tard que demain à la Saint-Andoche, et voici ce que je veux : Vous me ferez danser trois bourrées après la messe, deux bourrées après vêpres, et encore deux bourrées après l'Angélus, ce qui fera sept. Et dans toute votre journée, depuis que vous serez levé jusqu'à ce que vous soyez couché, vous ne danserez aucune autre bourrée avec n'importe qui, fille ou femme. Si vous ne le faites, je saurai que vous avez trois choses bien laides en vous : l'ingratitude, la peur et le manque de parole. Bonsoir, je vous attends demain pour ouvrir la danse, à la porte de l'église.

Et la petite Fadette, que Landry avait suivie jusqu'à sa maison, tira la corillette* et entra si vite que la porte fut poussée et recorillée avant que le besson eût pu répondre un mot.

XIV

Landry trouva d'abord l'idée de la Fadette si drôle qu'il pensa à en rire plus qu'à s'en fâcher. « Voilà, se dit-il, une fille plus folle que méchante, et plus désintéressée qu'on ne croirait, car son paiement ne ruinera pas ma famille. » Mais, en y songeant, il trouva l'acquit de sa dette plus dur que la chose ne semblait. La petite Fadette dansait très bien ; il l'avait vue gambiller* dans les champs ou sur le bord des chemins, avec les pâtours, et elle s'y démenait comme un petit diable, si vivement qu'on avait peine à la suivre en mesure. Mais elle était si peu belle et si mal attifée*, même les dimanches, qu'aucun garçon de l'âge de Landry ne l'eût fait danser, surtout devant du monde. C'est tout au plus si les porchers et les gars qui n'avaient point encore fait leur première communion la trouvaient digne d'être invitée, et les belles de campagne n'aimaient point à l'avoir dans leur danse. Landry se sentit donc tout à fait humilié d'être voué à une pareille danseuse ; et quand il se souvint qu'il s'était fait promettre au moins trois bourrées par la belle Madelon, il se demanda comment elle prendrait l'affront qu'il serait forcé de lui faire en ne les réclamant point.

Comme il avait froid et faim, et qu'il craignait toujours de voir le follet se mettre après lui, il marcha vite sans trop songer et sans regarder derrière lui. Dès qu'il fut rendu, il se sécha et conta qu'il n'avait point vu le gué à cause de la grand'nuit, et qu'il avait eu de la peine à sortir de l'eau ; mais il eut honte de confesser la peur qu'il avait eue, et il ne parla ni du feu follet, ni de la petite Fadette. Il se coucha en se disant que ce serait bien assez tôt le lendemain pour se tourmenter de la conséquence de cette mauvaise rencontre ; mais quoi qu'il fît, il ne put dormir que très mal. Il fit plus de cinquante rêves, où il vit la petite Fadette à califourchon sur le fadet, qui était fait comme un grand coq rouge et qui tenait, dans une de ses pattes, sa lanterne de corne avec une chandelle dedans, dont les rayons s'étendaient sur toute la joncière. Et alors la petite Fadette se changeait en un grelet gros comme une chèvre, et elle lui criait, en voix de grelet, une chanson qu'il ne pouvait comprendre, mais où il entendait toujours des mots sur la même rime : grelet, fadet, cornet, capet, follet, bessonnet, Sylvinet. Il en avait la tête cassée, et la clarté du follet lui semblait si vive et si prompte que, quand il s'éveilla, il en avait encore les orblutes*, qui sont petites boules noires, rouges ou bleues, lesquelles nous semblent être devant nos yeux, quand nous avons regardé avec trop d'assurance les orbes du soleil ou de la lune.

Landry fut si fatigué de cette mauvaise nuit qu'il s'endormait tout le long de la messe, et mêmement il n'entendit pas une parole du sermon de M. le curé, qui, pourtant, loua et magnifia on ne peut mieux les vertus et propriétés du bon saint Andoche. En sortant de l'église, Landry était si chargé de langueur qu'il avait oublié la Fadette. Elle était pourtant devant le porche, tout auprès de la belle Madelon, qui se tenait là, bien sûre que la première invitation serait pour elle. Mais quand il s'approcha pour lui parler, il lui fallut bien voir le grelet qui fit un pas en avant et lui dit bien haut avec une hardiesse sans pareille :

— Allons, Landry, tu m'as invitée hier soir pour la première danse, et je compte que nous allons n'y pas manquer.

Landry devint rouge comme le feu, et voyant Madelon devenir rouge aussi, pour le grand étonnement et le grand dépit qu'elle avait d'une pareille aventure, il prit courage contre la petite Fadette.

— C'est possible que je t'aie promis de te faire danser, grelet, lui dit-il ; mais j'avais prié une autre auparavant, et ton tour viendra après que j'aurai tenu mon premier engagement.

— Non pas, repartit la Fadette avec assurance. Ta souvenance te fait défaut, Landry ; tu n'as promis à personne avant moi, puisque la parole que je te réclame est de l'an dernier, et que tu n'as fait que me la renouveler hier soir. Si la Madelon a envie de danser avec toi aujourd'hui, voici ton besson qui est tout pareil à toi et qu'elle prendra à ta place. L'un vaut l'autre.

— Le grelet a raison, répondit la Madelon avec fierté en prenant la main de Sylvinet ; puisque vous avez fait une promesse si ancienne, il faut la tenir, Landry. J'aime bien autant danser avec votre frère.

— Oui, oui, c'est la même chose, dit Sylvinet tout naïvement. Nous danserons tous les quatre.

Il fallut bien en passer par là pour ne pas attirer l'attention du monde, et le grelet commença à sautiller avec tant d'orgueil et de prestesse, que jamais bourrée ne fut mieux marquée ni mieux enlevée. Si elle eût été pimpante et gentille, elle eût fait plaisir à voir, car elle dansait par merveille, et il n'y avait pas une belle qui n'eût voulu avoir sa légèreté et son aplomb ; mais le pauvre grelet était si mal habillé, qu'il en paraissait dix fois plus laid que de coutume. Landry, qui n'osait plus regarder Madelon, tant il était chagriné et humilié vis-à-vis d'elle, regarda sa danseuse, et la trouva beaucoup plus vilaine que dans ses guenilles de tous les jours ; elle avait cru se faire belle, et son dressage* était bon pour faire rire.

Elle avait une coiffe toute jaunie par le renfermé, qui, au lieu d'être petite et bien retroussée par le derrière, selon la nouvelle mode du pays, montrait de chaque côté de sa tête deux grands oreillons bien larges et bien plats ; et, sur le derrière de sa tête, la cayenne* retombait jusque sur son cou, ce qui lui donnait l'air de sa

grand'mère et lui faisait une tête large comme un bois-
seau sur un petit cou mince comme un bâton. Son cotil-
lon de droguet* était trop court de deux mains ; et,
comme elle avait grandi beaucoup dans l'année, ses bras
maigres, tout mordus par le soleil, sortaient de ses manches comme deux pattes d'aranelle*. Elle avait cependant un tablier d'incarnat* dont elle était bien fière,
mais qui lui venait de sa mère, et dont elle n'avait point
songé à retirer la bavousette*, que, depuis plus de dix
ans, les jeunesses ne portent plus. Car elle n'était point
de celles qui sont trop coquettes, la pauvre fille, elle
ne l'était pas assez et vivait comme un garçon, sans
souci de sa figure, et n'aimant que le jeu et la risée.
Aussi avait-elle l'air d'une vieille endimanchée, et on
la méprisait pour sa mauvaise tenue, qui n'était point
commandée par la misère, mais par l'avarice de sa
grand'mère, et le manque de goût de la petite-fille.

XV

Sylvinet trouvait étrange que son besson eût pris fantaisie de cette Fadette, que, pour son compte, il aimait encore moins que Landry ne faisait. Landry ne savait comment expliquer la chose et il aurait voulu se cacher sous terre. La Madelon était bien malcontente, et malgré l'entrain que la petite Fadette forçait leurs jambes de prendre, leurs figures étaient si tristes qu'on eût dit qu'ils portaient le diable en terre.

Aussitôt la fin de la première danse, Landry s'esquiva et alla se cacher dans son ouche. Mais au bout d'un instant, la petite Fadette, escortée du sauteriot, qui, pour ce qu'il avait une plume de paon et un gland de faux or à sa casquette, était plus rageur et plus braillard que de coutume, vint bientôt le relancer, amenant une bande de drôlesses plus jeunes qu'elle, car celles de son âge ne la fréquentaient guère. Quand Landry la vit avec toute cette volaille, qu'elle comptait prendre à témoin, en cas de refus, il se soumit et la conduisit sous les noyers où il aurait bien voulu trouver un coin pour danser avec elle sans être remarqué. Par bonheur pour lui, ni Madelon, ni Sylvinet n'étaient de ce côté-là, ni les gens de l'endroit ; et il voulut profiter de l'occasion pour remplir sa tâche et danser la troisième bourrée avec la Fadette. Il n'y avait autour d'eux que des étrangers qui n'y firent pas grande attention.

Sitôt qu'il eut fini, il courut chercher Madelon pour l'inviter à venir sous la ramée manger de la fromentée* avec lui. Mais elle avait dansé avec d'autres qui lui avaient fait promettre de se laisser régaler, et elle le refusa un peu fièrement. Puis, voyant qu'il se tenait dans un coin avec des yeux tout remplis de larmes, car le dépit et la fierté la rendaient plus jolie fille que jamais elle ne lui avait semblé, et l'on eût dit que tout le monde en faisait la remarque, elle mangea vite, se leva de table et dit tout haut : — Voilà les vêpres qui sonnent ; avec qui vais-je danser après ? — Elle s'était tournée du côté de Landry, comptant qu'il dirait bien vite : — Avec moi ! — Mais, avant qu'il eût pu desserrer les dents, d'autres s'étaient offerts, et la Madelon, sans daigner lui envoyer un regard de reproche ou de pitié, s'en alla à vêpres avec ses nouveaux galants.

Du plus vite que les vêpres furent chantées, la Madelon partit avec Pierre Aubardeau, suivie de Jean Aladenise et d'Étienne Alaphilippe, qui tous trois la firent danser l'un après l'autre, car elle n'en pouvait manquer, étant belle fille et non sans avoir. Landry la regardait du coin de l'œil, et la petite Fadette était restée dans l'église, disant de longues prières après les autres ; et elle faisait ainsi tous les dimanches, soit par grande dévotion selon les uns, soit, selon d'autres, pour mieux cacher son jeu avec le diable.

Landry fut bien peiné de voir que la Madelon ne montrait aucun souci à son endroit, qu'elle était rouge de plaisir comme une fraise, et qu'elle se consolait très bien de l'affront qu'il s'était vu forcé de lui faire. Il s'avisa alors de ce qui ne lui était pas encore venu à l'idée, à savoir qu'elle pouvait bien se ressentir d'un peu beaucoup de coquetterie, et que, dans tous les cas, elle n'avait pas pour lui grande attache, puisqu'elle s'amusait si bien sans lui.

Il est vrai qu'il se savait dans son tort, du moins en apparence ; mais elle l'avait vu bien chagriné sous la ramée, et elle aurait pu deviner qu'il y avait là-dessous quelque chose qu'il aurait voulu pouvoir lui expliquer. Elle ne s'en souciait mie pourtant, et elle était gaie comme un biquet, quand son cœur, à lui, se fendait de chagrin.

Quand elle eut contenté ses trois danseurs, Landry s'approcha d'elle, désirant lui parler en secret et se justifier de son mieux. Il ne savait comment s'y prendre pour l'emmener à l'écart, car il était encore dans l'âge où l'on n'a guère de courage avec les femmes ; aussi ne put-il trouver aucune parole à propos et la prit-il par la main pour s'en faire suivre ; mais elle lui dit d'un air moitié dépit, moitié pardon :

— Oui-da, Landry, tu viens donc me faire danser à la fin ?

— Non pas danser, répondit-il, car il ne savait pas feindre et n'avait plus l'idée de manquer à sa parole ; mais vous dire quelque chose que vous ne pouvez pas refuser d'entendre.

— Oh ! si tu as un secret à me dire, Landry, ce sera pour une autre fois, répondit Madelon en lui retirant sa main. C'est aujourd'hui le jour de danser et de se divertir. Je ne suis pas encore à bout de mes jambes, et puisque le grelet a usé les tiennes, va te coucher si tu veux, moi je reste.

Là-dessus elle accepta l'offre de Germain Audoux qui venait pour la faire danser. Et comme elle tournait le dos à Landry, Landry entendit Germain Audoux qui lui disait, en parlant de lui :

— Voilà un gars qui paraissait bien croire que cette bourrée-là lui reviendrait.

— Peut-être bien, dit Madelon en hochant la tête, mais ce ne sera pas encore pour son nez !

Landry fut grandement choqué de cette parole, et resta auprès de la danse pour observer toutes les allures de la Madelon, qui n'étaient point malhonnêtes, mais si fières et de telle nargue, qu'il s'en dépita ; et quand elle revint de son côté, comme il la regardait avec des yeux qui se moquaient un peu d'elle, elle lui dit par bravade :

— Eh bien donc, Landry, tu ne peux trouver une

danseuse, aujourd'hui. Tu seras, ma fine*, obligé de retourner au grelet.

— Et j'y retournerai de bon cœur, répondit Landry ; car si ce n'est pas la plus belle de la fête, c'est toujours celle qui danse le mieux.

Là-dessus, il s'en fut aux alentours de l'église pour chercher la petite Fadette, et il la ramena dans la danse, tout en face de la Madelon, et il y dansa deux bourrées sans quitter la place. Il fallait voir comme le grelet était fier et content ! Elle ne cachait point son aise, faisait reluire ses coquins d'yeux noirs, et relevait sa petite tête et sa grosse coiffe comme une poule huppée.

Mais, par malheur, son triomphe donna du dépit à cinq ou six gamins qui la faisaient danser à l'habitude, et qui, ne pouvant plus en approcher, eux qui n'avaient jamais été fiers avec elle, et qui l'estimaient beaucoup pour sa danse, se mirent à la critiquer, à lui reprocher sa fierté et à chuchoter autour d'elle : — Voyez donc la grelette qui croit charmer Landry Barbeau ! grelette, sautiote, farfadette, chat grillé, grillette, râlette —, et autres sornettes à la manière de l'endroit.

XVI

Et puis, quand la petite Fadette passait auprès d'eux, ils lui tiraient sa manche, ou avançaient leur pied pour la faire tomber, et il y en avait, des plus jeunes s'entend, et des moins bien appris, qui frappaient sur l'orillon* de sa coiffe et la lui faisaient virer d'une oreille à l'autre, en criant : — Au grand calot, au grand calot à la mère Fadet !

Le pauvre grelet allongea cinq ou six tapes à droite et à gauche ; mais tout cela ne servit qu'à attirer l'attention de son côté ; et les personnes de l'endroit commencèrent à se dire : — Mais voyez donc notre grelette, comme elle a de la chance aujourd'hui, que Landry Barbeau la fait danser à tout moment ! C'est vrai qu'elle danse bien, mais la voilà qui fait la belle fille et qui se carre* comme une agasse*. — Et parlant à Landry, il y en eut qui dirent :

— Elle t'a donc jeté un sort, mon pauvre Landry, que tu ne regardes qu'elle ? ou bien c'est que tu veux passer sorcier, et que bientôt nous te verrons mener les loups aux champs.

Landry fut mortifié ; mais Sylvinet, qui ne voyait rien de plus excellent et de plus estimable que son frère, le fut encore davantage de voir qu'il se donnait en risée à tant de monde, et à des étrangers qui commençaient aussi à s'en mêler, à faire des questions, et à dire :

— C'est bien un beau gars ; mais, tout de même, il a une drôle d'idée de se coiffer de la plus vilaine qu'il n'y ait pas dans toute l'assemblée. — La Madelon vint, d'un air de triomphe, écouter toutes ces moqueries, et, sans charité, elle y mêla son mot :

— Que voulez-vous ? dit-elle ; Landry est encore un petit enfant, et, à son âge, pourvu qu'on trouve à qui parler, on ne regarde pas si c'est une tête de chèvre ou une figure chrétienne.

Sylvinet prit alors Landry par le bras, en lui disant tout bas :

— Allons-nous-en, frère, ou bien il faudra nous fâcher : car on se moque, et l'insulte qu'on fait à la petite Fadette revient sur toi. Je ne sais pas quelle idée t'a pris aujourd'hui de la faire danser quatre ou cinq fois de suite. On dirait que tu cherches le ridicule ; finis cet amusement-là, je t'en prie. C'est bon pour elle de s'exposer aux duretés et au mépris du monde. Elle ne cherche que cela, et c'est son goût ; mais ce n'est pas le nôtre. Allons-nous-en, nous reviendrons après l'*Angélus*, et tu feras danser la Madelon qui est une fille bien comme il faut. Je t'ai toujours dit que tu aimais trop la danse, et que cela te ferait faire des choses sans raison.

Landry le suivit deux ou trois pas, mais il se retourna en entendant une grande clameur ; et il vit la petite Fadette que Madelon et les autres filles avaient livrée aux moqueries de leurs galants, et que les gamins, encouragés par les risées qu'on en faisait, venaient de décoiffer d'un coup de poing. Elle avait ses grands cheveux noirs qui pendaient sur son dos, et se débattait toute en colère et en chagrin ; car, cette fois, elle n'avait rien dit qui lui méritât d'être tant maltraitée, et elle pleurait de rage, sans pouvoir rattraper sa coiffe qu'un méchant galopin emportait au bout d'un bâton.

Landry trouva la chose bien mauvaise, et, son bon cœur se soulevant contre l'injustice, il attrapa le gamin, lui ôta la coiffe et le bâton, dont il lui appliqua un bon coup dans le derrière, revint au milieu des autres qu'il mit en fuite, rien que de se montrer, et, prenant le pauvre grelet par la main, il lui rendit sa coiffure.

La vivacité de Landry et la peur des gamins firent grandement rire les assistants. On applaudissait à Landry, mais la Madelon tournant la chose contre lui, il y eut des garçons de l'âge de Landry, et même de plus âgés, qui eurent l'air de rire à ses dépens.

Landry avait perdu sa honte ; il se sentait brave et fort, et un je ne sais quoi de l'homme fait lui disait qu'il remplissait son devoir en ne laissant pas maltraiter une femme, laide ou belle, petite ou grande, qu'il avait prise pour sa danseuse, au vu et su de tout le monde. Il s'aperçut de la manière dont on le regardait du côté de Madelon, et il alla tout droit vis-à-vis des Aladenise et des Alaphilippe, en leur disant :

— Eh bien ! vous autres, qu'est-ce que vous avez à en dire ? S'il me convient, à moi, de donner attention à cette fille-là, en quoi cela vous offense-t-il ? Et si vous en êtes choqués, pourquoi vous détournez-vous pour le dire tout bas ? Est-ce que je ne suis pas devant vous ? Est-ce que vous ne me voyez point ? On a dit par ici que j'étais encore un petit enfant ; mais il n'y a pas par ici un homme ou seulement un grand garçon qui me l'ait dit en face ! J'attends qu'on me parle, et nous verrons si l'on molestera la fille que ce petit enfant fait danser.

Sylvinet n'avait pas quitté son frère, et, quoiqu'il ne l'approuvât point d'avoir soulevé cette querelle, il se tenait tout prêt à le soutenir. Il y avait là quatre ou cinq grands jeunes gens qui avaient la tête de plus que les bessons ; mais, quand ils les virent si résolus, et comme, au fond, se battre pour si peu était à considérer, ils ne soufflèrent mot et se regardèrent les uns les autres, comme pour se demander lequel avait eu l'intention de se mesurer avec Landry. Aucun ne se présenta, et Landry, qui n'avait point lâché la main de la Fadette, lui dit :

— Mets vite ton coiffage*, Fanchon, et dansons, pour que je voie si on viendra te l'ôter.

— Non, dit la petite Fadette en essuyant ses larmes,

j'ai assez dansé pour aujourd'hui, et je te tiens quitte du reste.

— Non pas, non pas, il faut danser encore, dit Landry, qui était tout en feu de courage et de fierté. Il ne sera pas dit que tu ne puisses pas danser avec moi sans être insultée.

Il la fit danser encore, et personne ne lui adressa un mot ni un regard de travers. La Madelon et ses soupirants avaient été danser ailleurs. Après cette bourrée, la petite Fadette dit tout bas à Landry :

— À présent, c'est assez, Landry. Je suis contente de toi, et je te rends ta parole. Je retourne à la maison. Danse avec qui tu voudras ce soir.

Et elle s'en alla reprendre son petit frère qui se battait avec les autres enfants, et s'en alla si vite que Landry ne vit pas seulement par où elle se retirait.

XVII

Landry alla souper chez lui avec son frère ; et, comme celui-ci était bien soucieux de tout ce qui s'était passé, il lui raconta comme quoi il avait eu maille à partir la veille au soir avec le feu follet, et comment la petite Fadette l'en ayant délivré, soit par courage, soit par magie, elle lui avait demandé pour sa récompense de la faire danser sept fois à la fête de la Saint-Andoche. Il ne lui parla point du reste, ne voulant jamais lui dire quelle peur il avait eue de le trouver noyé l'an d'auparavant, et en cela il était sage, car ces mauvaises idées que les enfants se mettent quelquefois en tête y reviennent bientôt, si l'on y fait attention et si on leur en parle.

Sylvinet approuva son frère d'avoir tenu sa parole, et lui dit que l'ennui que cela lui avait attiré augmentait d'autant l'estime qui lui en était due. Mais, tout en s'effrayant du danger que Landry avait couru dans la rivière, il manqua de reconnaissance pour la petite Fadette. Il avait tant d'éloignement pour elle qu'il ne voulut point croire qu'elle l'eût trouvé là par hasard, ni qu'elle l'eût secouru par bonté.

— C'est elle, lui dit-il, qui avait conjuré le fadet pour te troubler l'esprit et te faire noyer ; mais Dieu ne l'a pas permis, parce que tu n'étais pas et n'as jamais été en état de péché mortel. Alors ce méchant grelet, abusant de ta bonté et de ta reconnaissance, t'a fait faire une promesse qu'elle savait bien fâcheuse et dommageable pour toi. Elle est très mauvaise, cette fille-là : toutes les sorcières aiment le mal, il n'y en a pas de bonnes. Elle savait bien qu'elle te brouillerait avec la Madelon et tes plus honnêtes connaissances. Elle voulait aussi te faire battre ; et si, pour la seconde fois, le bon Dieu ne t'avait point défendu contre elle, tu aurais bien pu avoir quelque mauvaise dispute et attraper du malheur.

Landry, qui voyait volontiers par les yeux de son frère, pensa qu'il avait peut-être bien raison, et ne défendit guère la Fadette contre lui. Ils causèrent ensemble sur le follet, que Sylvinet n'avait jamais vu, et dont il était bien curieux d'entendre parler, sans pourtant désirer de le voir. Mais ils n'osèrent pas en parler à leur mère, parce qu'elle avait peur, rien que d'y songer ; ni à leur père, parce qu'il s'en moquait, et en avait vu plus de vingt sans y donner d'attention.

On devait danser encore jusqu'à la grand'nuit ; mais Landry, qui avait le cœur gros à cause qu'il était pour de bon fâché contre la Madelon, ne voulut point profiter de la liberté que la Fadette lui avait rendue, et il aida son frère à aller chercher ses bêtes au pacage. Et comme cela le conduisit à moitié chemin de la Priche, et qu'il avait le mal de tête, il dit adieu à son frère au bout de la joncière. Sylvinet ne voulut point qu'il allât passer au gué des Roulettes, crainte que le follet ou le grelet ne lui fissent encore là quelque méchant jeu. Il lui fit promettre de prendre le plus long et d'aller passer à la planchette du grand moulin.

Landry fit comme son frère souhaitait, et au lieu de traverser la joncière, il descendit la traîne* qui longe la côte du Chaumois. Il n'avait peur de rien, parce qu'il y avait encore du bruit en l'air à cause de la fête. Il entendait tant soit peu les musettes et les cris des danseurs de la Saint-Andoche, et il savait bien que les esprits ne font leurs malices que quand tout le monde est endormi dans le pays.

Quand il fut au bas de la côte, tout au droit de la carrière, il entendit une voix gémir et pleurer, et tout d'abord il crut que c'était le courlis*. Mais, à mesure qu'il approchait, cela ressemblait à des gémissements humains, et, comme le cœur ne lui faisait jamais défaut quand il s'agissait d'avoir affaire à des êtres de son espèce, et surtout de leur porter secours, il descendit hardiment dans le plus creux de la carrière.

Mais la personne qui se plaignait ainsi fit silence en l'entendant venir.

— Qui pleure donc çà par ici ? demanda-t-il d'une voix assurée.

On ne lui répondit mot.

— Y a-t-il par là quelqu'un de malade ? fit-il encore.

Et comme on ne disait rien, il songea à s'en aller ; mais auparavant il voulut regarder emmy les pierres et les grands chardons qui encombraient l'endroit, et bientôt il vit, à la clarté de la lune qui commençait à monter, une personne couchée par terre tout de son long, la figure en avant et ne bougeant non plus que si elle était morte, soit qu'elle n'en valût guère mieux, soit qu'elle se fût jetée là dans une grande affliction, et que, pour ne pas se faire apercevoir, elle ne voulût point remuer.

Landry n'avait jamais encore vu ni touché un mort. L'idée que c'en était peut-être un lui fit une grande émotion ; mais il se surmonta, parce qu'il pensa devoir porter assistance à son prochain, et il alla résolument pour tâter la main de cette personne étendue, qui, se voyant découverte, se releva à moitié aussitôt qu'il fut auprès d'elle ; et alors Landry connut que c'était la petite Fadette.

XVIII

Landry fut fâché d'abord d'être obligé de trouver toujours la petite Fadette sur son chemin, mais comme elle paraissait avoir une peine, il en eut compassion. Et voilà l'entretien qu'ils eurent ensemble :

— Comment, Grelet, c'est toi qui pleurais comme ça ? Quelqu'un t'a-t-il frappée ou pourchassée encore, que tu te plains et que tu te caches ?

— Non, Landry, personne ne m'a molestée depuis que tu m'as si bravement défendue ; et d'ailleurs je ne crains personne. Je me cachais pour pleurer, et c'est tout, car il n'y a rien de si sot que de montrer sa peine aux autres.

— Mais pourquoi as-tu une si grosse peine ? Est-ce à cause des méchancetés qu'on t'a faites aujourd'hui ? Il y a eu un peu de ta faute ; mais il faut t'en consoler et ne plus t'y exposer.

— Pourquoi dites-vous, Landry, qu'il y a eu de ma faute ? C'est donc un outrage que je vous ai fait de souhaiter de danser avec vous, et je suis donc la seule fille qui n'ait pas le droit de s'amuser comme les autres ?

— Ce n'est point cela, Fadette ; je ne vous fais point de reproche d'avoir voulu danser avec moi. J'ai fait ce que vous souhaitiez, et je me suis conduit avec vous comme je devais. Votre tort est plus ancien que la journée d'aujourd'hui, et si vous l'avez eu, ce n'est point envers moi, mais envers vous-même, vous le savez bien.

— Non, Landry ; aussi vrai que j'aime Dieu, je ne connais pas ce tort-là ; je n'ai jamais songé à moi-même, et si je me reproche quelque chose, c'est de vous avoir causé du désagrément contre mon gré.

— Ne parlons pas de moi, Fadette, je ne vous fais aucune plainte ; parlons de vous ; et puisque vous ne vous connaissez point de défauts, voulez-vous que, de bonne foi et de bonne amitié, je vous dise ceux que vous avez ?

— Oui, Landry, je le veux, et j'estimerai cela la meilleure récompense ou la meilleure punition que tu puisses me donner pour le bien ou le mal que je t'ai fait.

— Eh bien, Fanchon Fadet, puisque tu parles si raisonnablement, et que, pour la première fois de ta vie, je te vois douce et traitable, je vas te dire pourquoi on ne te respecte pas comme une fille de seize ans devrait pouvoir l'exiger. C'est que tu n'as rien d'une fille et tout d'un garçon, dans ton air et dans tes manières ; c'est que tu ne prends pas soin de ta personne. Pour commencer, tu n'as point l'air propre et soigneux, et tu te fais paraître laide par ton habillement et ton langage. Tu sais bien que les enfants t'appellent d'un nom encore plus déplaisant que celui de grelet. Ils t'appellent souvent le *mâlot**. Eh bien, crois-tu que ce soit à propos, à seize ans, de ne point ressembler encore à une fille ? Tu montes sur les arbres comme un vrai chat-écurieux*, et quand tu sautes sur une jument, sans bride ni selle, tu la fais galoper comme si le diable était dessus. C'est bon d'être forte et leste ; c'est bon aussi de n'avoir peur de rien, et c'est un avantage de nature pour un homme. Mais pour une femme trop est trop, et tu as l'air de vouloir te faire remarquer. Aussi on te remarque, on te taquine, on crie après toi comme après un loup. Tu as de l'esprit et tu réponds des malices qui font rire ceux à qui elles ne s'adressent point. C'est encore bon d'avoir plus d'esprit que les autres ; mais à force de le montrer, on se fait des ennemis. Tu es curieuse, et quand tu as surpris les secrets des autres, tu les leur jettes à la figure bien durement, aussitôt que tu as à te plaindre d'eux. Cela te fait craindre, et on déteste ceux qu'on craint. On leur rend plus de mal qu'ils n'en font. Enfin, que tu sois sorcière ou non, je veux croire que tu as des connaissances, mais j'espère que tu ne t'es pas donnée aux mauvais esprits ; tu cherches à le paraître pour effrayer ceux qui te fâchent, et c'est toujours un assez vilain renom que tu te donnes là. Voilà tous tes torts, Fanchon Fadet, et c'est à cause de ces torts-là que les gens en ont avec toi. Rumine un peu la chose, et tu verras que si tu voulais être un peu plus comme les autres, on te saurait plus de gré de ce que tu as de plus qu'eux dans ton entendement.

— Je te remercie, Landry, répondit la petite Fadette, d'un air très sérieux, après avoir écouté le besson bien religieusement. Tu m'as dit à peu près ce que tout le monde me reproche, et tu me l'as dit avec beaucoup d'honnêteté et de ménagement, ce que les autres ne font point ; mais à présent veux-tu que je te réponde, et, pour cela, veux-tu t'asseoir à mon côté pour un petit moment ?

— L'endroit n'est guère agréable, dit Landry, qui ne se souciait point trop de s'attarder avec elle, et qui songeait toujours aux mauvais sorts qu'on l'accusait de jeter sur ceux qui ne s'en méfiaient point.

— Tu ne trouves point l'endroit agréable, reprit-elle, parce que vous autres riches vous êtes difficiles. Il vous faut du beau gazon pour vous asseoir dehors, et vous pouvez choisir dans vos prés et dans vos jardins les plus belles places et le meilleur ombrage. Mais ceux qui n'ont rien à eux n'en demandent pas si long au bon Dieu, et ils s'accommodent de la première pierre venue pour poser leur tête. Les épines ne blessent point leurs pieds, et là où ils se trouvent, ils observent tout ce qui est joli et avenant au ciel et sur la terre. Il n'y a point de vilain endroit, Landry, pour ceux qui connaissent la vertu et la douceur de toutes les choses que Dieu a faites. Moi, je sais, sans être sorcière, à quoi sont bonnes les moindres herbes que tu écrases sous tes pieds ; et quand je sais leur usage, je les regarde et ne méprise ni leur odeur ni leur figure. Je te dis cela, Landry, pour t'enseigner tout à l'heure une autre chose qui se rapporte aux âmes chrétiennes aussi bien qu'aux fleurs des jardins et aux ronces des carrières ; c'est que l'on méprise trop souvent ce qui ne paraît ni beau ni bon, et que, par là, on se prive de ce qui est secourable et salutaire.

— Je n'entends pas bien ce que tu veux signifier, dit Landry en s'asseyant auprès d'elle.

Et ils restèrent un moment sans parler, car la petite Fadette avait l'esprit envolé à des idées que Landry ne connaissait point ; et quant à lui, malgré qu'il en eût un peu d'embrouillement dans la tête, il ne pouvait pas s'empêcher d'avoir du plaisir à entendre cette fille ; car jamais il n'avait entendu une voix si douce et des paroles si bien dites que les paroles et la voix de la Fadette dans ce moment-là.

— Écoute, Landry, lui dit-elle, je suis plus à plaindre qu'à blâmer ; et si j'ai des torts envers moi-même, du moins n'en ai-je jamais eu de sérieux envers les autres ; et si le monde était juste et raisonnable, il ferait plus d'attention à mon bon cœur qu'à ma vilaine figure et à mes mauvais habillements. Vois un peu, ou apprends si tu ne le sais, quel a été mon sort depuis que je suis au monde. Je ne te dirai point de mal de ma pauvre mère qu'un chacun blâme et insulte, quoiqu'elle ne soit point là pour se défendre, et sans que je puisse le faire, moi qui ne sais pas bien ce qu'elle a fait de mal, ni pourquoi elle a été poussée à le faire. Eh bien ! le monde est si méchant, qu'à peine ma mère m'eut-elle délaissée, et comme je la pleurais encore bien amèrement, au moindre dépit que les autres enfants avaient contre moi, pour un jeu, pour un rien qu'ils se seraient pardonné entre eux, ils me reprochaient la faute de ma mère et voulaient me forcer à rougir d'elle. Peut-être qu'à ma place une fille raisonnable, comme tu dis, se fût abaissée dans le silence, pensant qu'il était prudent d'abandonner la cause de sa mère et de la laisser injurier pour se préserver de l'être. Mais moi, vois-tu, je ne le pouvais pas. C'était plus fort que moi. Ma mère était toujours ma mère, et qu'elle soit ce qu'on voudra, que je la retrouve ou que je n'en entende jamais parler, je l'aimerai toujours de toute la force de mon cœur. Aussi, quand on m'appelle enfant de coureuse et de vivandière, je suis en colère, non à cause de moi : je sais bien que cela ne peut m'offenser, puisque je n'ai rien fait de mal ; mais à cause de cette pauvre chère femme que mon devoir est de défendre. Et comme je ne peux ni ne sais la défendre, je la venge, en disant aux autres les vérités qu'ils méritent, et en leur montrant qu'ils ne valent pas mieux que celle à qui ils jettent la pierre. Voilà pourquoi ils disent que je suis curieuse et insolente, que je surprends leurs secrets pour les divulguer. Il est vrai que le bon Dieu m'a faite curieuse, si c'est l'être que de désirer connaître les choses cachées. Mais si on avait été bon et humain envers moi, je n'aurais pas songé à contenter ma curiosité aux dépens du prochain. J'aurais renfermé mon amusement dans la connaissance des secrets que m'enseigne ma grand'mère pour la guérison du corps humain. Les fleurs, les herbes, les pierres, les mouches, tous les secrets de nature, il y en aurait eu bien assez pour m'occuper et pour me divertir, moi qui aime à vaguer et à fureter partout. J'aurais toujours été seule, sans connaître l'ennui ; car mon plus grand plaisir est d'aller dans les endroits qu'on ne fréquente point et d'y rêvasser à cinquante choses dont je n'entends jamais parler aux personnes qui se croient bien sages et bien avisées. Si je me suis laissé attirer dans le commerce de mon prochain, c'est par l'envie que j'avais de rendre service avec les petites connaissances qui me sont venues et dont ma grand'mère elle-même fait souvent son profit sans rien dire. Eh bien, au lieu d'être remerciée honnêtement par tous les enfants de mon âge dont je guérissais les blessures et les maladies, et à qui j'enseignais mes remèdes sans demander jamais de récompense, j'ai

été traitée de sorcière, et ceux qui venaient bien doucement me prier quand ils avaient besoin de moi, me
disaient plus tard des sottises à la première occasion.

Cela me courrouçait, et j'aurais pu leur nuire, car
si je sais des choses pour faire du bien, j'en sais aussi
pour faire du mal ; et pourtant je n'en ai jamais fait
usage ; je ne connais point la rancune, et si je me venge
en paroles, c'est que je suis soulagée en disant tout de
suite ce qui me vient au bout de la langue, et qu'ensuite
je n'y pense plus et pardonne, ainsi que Dieu le commande. Quant à ne prendre soin ni de ma personne ni
de mes manières, cela devrait montrer que je ne suis
pas assez folle pour me croire belle, lorsque je sais que
je suis si laide que personne ne peut me regarder. On
me l'a dit assez souvent pour que je le sache ; et, en
voyant combien les gens sont durs et méprisants pour
ceux que le bon Dieu a mal partagés, je me suis fait
un plaisir de leur déplaire, me consolant par l'idée que
ma figure n'avait rien de repoussant pour le bon Dieu
et pour mon ange gardien, lesquels ne me la reproche-
raient pas plus que je ne la leur reproche moi-même.
Aussi, moi, je ne suis pas comme ceux qui disent : Voilà
une chenille, une vilaine bête ; ah ! qu'elle est laide !
il faut la tuer ! Moi, je n'écrase pas la pauvre créature
du bon Dieu, et si la chenille tombe dans l'eau, je lui
tends une feuille pour qu'elle se sauve. Et à cause de
cela on dit que j'aime les mauvaises bêtes et que je suis
sorcière, parce que je n'aime pas à faire souffrir une
grenouille, à arracher les pattes à une guêpe et à clouer
une chauve-souris vivante contre un arbre. Pauvre bête,
que je lui dis, si on doit tuer tout ce qui est vilain, je
n'aurais pas plus que toi le droit de vivre.

XIX

Landry fut, je ne sais comment, émotionné de la manière dont la petite Fadette parlait humblement et tranquillement de sa laideur, et, se remémorant sa figure, qu'il ne voyait guère dans l'obscurité de la carrière, il lui dit, sans songer à la flatter :

— Mais, Fadette, tu n'es pas si vilaine que tu le crois, ou que tu veux bien le dire. Il y en a de bien plus déplaisantes que toi à qui l'on n'en fait pas reproche.

— Que je le sois un peu de plus, un peu de moins, tu ne peux pas dire, Landry, que je suis une jolie fille. Voyons, ne cherche pas à me consoler, car je n'en ai pas de chagrin.

— Dame ! qu'est-ce qui sait comment tu serais si tu étais habillée et coiffée comme les autres ? Il y a une chose que tout le monde dit : c'est que si tu n'avais pas le nez si court, la bouche si grande et la peau si noire, tu ne serais point mal ; car on dit aussi que, dans tout le pays d'ici, il n'y a pas une paire d'yeux comme les tiens, et si tu n'avais point le regard si hardi et si moqueur, on aimerait à être bien vu de ces yeux-là.

Landry parlait de la sorte sans trop se rendre compte de ce qu'il disait. Il se trouvait en train de se rappeler les défauts et les qualités de la petite Fadette ; et, pour la première fois, il y donnait une attention et un intérêt dont il ne se serait pas cru capable un moment plus tôt. Elle y prit garde, mais n'en fit rien paraître, ayant trop d'esprit pour prendre la chose au sérieux.

— Mes yeux voient en bien ce qui est bon, dit-elle, et en pitié ce qui ne l'est pas. Aussi je me console bien de déplaire à qui ne me plaît point, et je ne conçois guère pourquoi toutes ces belles filles, que je vois courtisées, sont coquettes avec tout le monde, comme si tout le monde était de leur goût. Pour moi, si j'étais belle, je ne voudrais le paraître et me rendre aimable qu'à celui qui me conviendrait.

Landry pensa à la Madelon, mais la petite Fadette ne le laissa pas sur cette idée-là ; elle continua de parler comme s'ensuit :

— Voilà donc, Landry, tout mon tort envers les autres, c'est de ne point chercher à quêter leur pitié ou leur indulgence pour ma laideur. C'est de me montrer à eux sans aucun attifage pour la déguiser, et cela les offense et leur fait oublier que je leur ai fait souvent du bien, jamais de mal. D'un autre côté, quand même j'aurais soin de ma personne, où prendrais-je de quoi me faire brave* ? Ai-je jamais mendié, quoique je n'aie pas à moi un sou vaillant ? Ma grand'mère me donne-t-elle la moindre chose, si ce n'est la retirance et le manger ? Et si je ne sais point tirer parti des pauvres hardes que ma pauvre mère m'a laissées, est-ce ma faute, puisque personne ne me l'a enseigné, et que depuis l'âge de dix ans je suis abandonnée sans amour ni merci de personne ? Je sais bien le reproche qu'on me fait, et tu as eu la charité de me l'épargner : on dit que j'ai seize ans et que je pourrais bien me louer, qu'alors j'aurais des gages et le moyen de m'entretenir ; mais que l'amour de la paresse et du vagabondage me retient auprès de ma grand'mère, qui ne m'aime pourtant guère et qui a bien le moyen de prendre une servante.

— Eh bien, Fadette, n'est-ce point la vérité ? dit Landry. On te reproche de ne pas aimer l'ouvrage, et ta grand'mère elle-même dit à qui veut l'entendre, qu'elle aurait du profit à prendre une domestique à ta place.

— Ma grand'mère dit cela parce qu'elle aime à

gronder et à se plaindre. Et pourtant, quand je parle de la quitter, elle me retient, parce qu'elle sait que je lui suis plus utile qu'elle ne veut le dire. Elle n'a plus ses yeux ni ses jambes de quinze ans pour trouver les herbes dont elle fait ses breuvages et ses poudres, et il y en a qu'il faut aller chercher bien loin et dans des endroits bien difficiles. D'ailleurs, je te l'ai dit, je trouve moi-même aux herbes des vertus qu'elle ne leur connaît pas, et elle est bien étonnée quand je fais des drogues dont elle voit ensuite le bon effet. Quant à nos bêtes, elles sont si belles qu'on est tout surpris de voir un pareil troupeau à des gens qui n'ont de pacage autre que le communal. Eh bien, ma grand'mère sait à qui elle doit des ouailles* en si bonne laine et des chèvres en si bon lait. Va, elle n'a point envie que je la quitte, et je lui vaux plus gros que je ne lui coûte. Moi, j'aime ma grand'mère, encore qu'elle me rudoie et me prive beaucoup. Mais j'ai une autre raison pour ne pas la quitter, et je te la dirai si tu veux, Landry.

— Eh bien ! dis-la donc, répondit Landry qui ne se fatiguait point d'écouter la Fadette.

— C'est, dit-elle, que ma mère m'a laissé sur les bras, alors que je n'avais encore que dix ans, un pauvre enfant bien laid, aussi laid que moi, et encore plus disgracié, pour ce qu'il est éclopé de naissance, chétif, maladif, crochu, et toujours en chagrin et en malice parce qu'il est toujours en souffrance, le pauvre gars ! Et tout le monde le tracasse, le repousse et l'avilit, mon pauvre sauteriot ! Ma grand'mère le tance trop rudement et le frapperait trop, si je ne le défendais contre elle en faisant semblant de le tarabuster* à sa place. Mais j'ai toujours grand soin de ne pas le toucher pour de vrai, et il le sait bien, lui ! Aussi quand il a fait une faute, il accourt se cacher dans mes jupons, et il me dit : « Bats-moi avant que ma grand'mère ne me prenne ! » Et moi, je le bats pour rire, et le malin fait semblant de crier. Et puis je le soigne ; je ne peux pas toujours l'empêcher d'être en loques, le pauvre petit ; mais quand j'ai quelque nippe, je l'arrange pour l'habiller, et je le guéris quand il est malade, tandis que ma grand'mère le ferait mourir, car elle ne sait point soigner les enfants. Enfin, je le conserve à la vie, ce malingret, qui sans moi serait bien malheureux, et bientôt dans la terre à côté de notre pauvre père, que je n'ai pas pu empêcher de mourir. Je ne sais pas si je lui rends service en le faisant vivre, tortu et malplaisant comme il est ; mais c'est plus fort que moi, Landry, et quand je songe à prendre du service pour avoir quelque argent à moi et me retirer de la misère où je suis, mon cœur se fend de pitié et me fait reproche, comme si j'étais la mère de mon sauteriot, et comme si je le voyais périr par ma faute. Voilà tous mes torts et mes manquements, Landry. À présent, que le bon Dieu me juge ; moi, je pardonne à ceux qui me méconnaissent.

XX

Landry écoutait toujours la petite Fadette avec une grande contention* d'esprit, et sans trouver à redire à aucune de ses raisons. En dernier lieu, la manière dont elle parla de son petit frère le sauteriot, lui fit un effet, comme si, tout d'un coup, il se sentait de l'amitié pour elle, et comme s'il voulait être de son parti contre tout le monde.

— Cette fois-ci, Fadette, dit-il, celui qui te donnerait tort serait dans son tort le premier ; car tout ce que tu as dit là est très bien dit, et personne ne se douterait de ton bon cœur et de ton bon raisonnement. Pourquoi ne te fais-tu pas connaître pour ce que tu es ? on ne parlerait pas mal de toi, et il y en a qui te rendraient justice.

— Je te l'ai bien dit, Landry, reprit-elle. Je n'ai pas besoin de plaire à qui ne me plaît point.

— Mais si tu me le dis à moi, c'est donc que...

Là-dessus Landry s'arrêta, tout étonné de ce qu'il avait manqué de dire ; et, se reprenant :

— C'est donc, fit-il, que tu as plus d'estime pour moi que pour un autre ? Je croyais pourtant que tu me haïssais à cause que je n'ai jamais été bon pour toi.

— C'est possible que je t'aie haï un peu, répondit la petite Fadette ; mais si cela a été, cela n'est plus à partir d'aujourd'hui, et je vas te dire pourquoi, Landry. Je te croyais fier, et tu l'es ; mais tu sais surmonter ta fierté pour faire ton devoir, et tu y as d'autant plus de mérite. Je te croyais ingrat, et, quoique la fierté qu'on t'a enseignée te pousse à l'être, tu es si fidèle à ta parole que rien ne te coûte pour t'acquitter ; enfin, je te croyais poltron, et pour cela j'étais portée à te mépriser ; mais je vois que tu n'as que de la superstition, et que le courage, quand il s'agit d'un danger certain à affronter, ne te fait pas défaut. Tu m'as fait danser aujourd'hui, quoique tu en fusses bien humilié. Tu es même venu, après vêpres, me chercher auprès de l'église, au moment où je t'avais pardonné dans mon cœur après avoir fait ma prière, et où je ne songeais plus à te tourmenter. Tu m'as défendue contre de méchants enfants, et tu as provoqué de grands garçons qui, sans toi, m'auraient maltraitée. Enfin, ce soir, en m'entendant pleurer, tu es venu à moi pour m'assister et me consoler. Ne crois point, Landry, que j'oublierai jamais ces choses-là. Tu auras toute ta vie la preuve que j'en garde une grande souvenance, et tu pourras me requérir à ton tour, de tout ce que tu voudras, dans quelque moment que ce soit. Ainsi, pour commencer, je sais que je t'ai fait aujourd'hui une grosse peine. Oui, je le sais, Landry, je suis assez sorcière pour t'avoir deviné, encore que, ce matin, je ne m'en doutais point. Va, sois certain que j'ai plus de malice que de méchanceté, et que, si je t'avais su amoureux de la Madelon, je ne t'aurais pas brouillé avec elle, comme je l'ai fait en te forçant à danser avec moi. Cela m'amusait, j'en tombe d'accord, de voir que, pour danser avec une laideron comme moi, tu laissais de côté une belle fille ; mais je croyais que c'était seulement une petite piqûre à ton amour-propre. Quand j'ai peu à peu compris que c'était une vraie blessure dans ton cœur, que malgré toi, tu regardais toujours du côté de Madelon, et que son dépit te donnait envie de pleurer, j'ai pleuré aussi, vrai ! j'ai pleuré au moment où tu as voulu te battre contre ses galants, et tu as cru que c'étaient des larmes de repentance. Voilà pourquoi je pleurais encore si amèrement quand tu m'as surprise ici, et pourquoi je pleurerai jusqu'à ce que j'aie réparé le mal que j'ai causé à un bon et brave garçon comme je connais à présent que tu l'es.

— Et, en supposant, ma pauvre Fanchon, dit Landry, tout ému des larmes qu'elle recommençait à verser, que tu m'aies causé une fâcherie avec une fille dont je serais amoureux comme tu dis, que pourrais-tu donc faire pour nous remettre en bon accord ?

— Fie-toi à moi, Landry, répondit la petite Fadette. Je ne suis pas assez sotte pour ne pas m'expliquer comme il faut. La Madelon saura que tout le tort est venu de moi. Je me confesserai à elle et je te rendrai blanc comme neige. Si elle ne te rend pas son amitié demain, c'est qu'elle ne t'a jamais aimé et...

— Et que je ne dois pas la regretter, Fanchon ; et comme elle ne m'a jamais aimé, en effet, tu prendrais une peine inutile. Ne le fais donc pas, et console-toi du petit chagrin que tu m'as fait. J'en suis déjà guéri.

— Ces peines-là ne guérissent pas si vite, répondit la petite Fadette ; et puis, se ravisant : — Du moins à ce qu'on dit, fit-elle. C'est le dépit qui te fait parler, Landry. Quand tu auras dormi là-dessus, demain viendra et tu seras bien triste jusqu'à ce que tu aies fait la paix avec cette belle fille.

— Peut-être bien, dit Landry, mais, à cette heure, je te baille ma foi que je n'en sais rien et que je n'y pense point. Je m'imagine que c'est toi qui veux me faire accroire que j'ai beaucoup d'amitié pour elle, et moi, il me semble que si j'en ai eu, c'était si petitement que j'en ai quasiment perdu souvenance.

— C'est drôle, dit la petite Fadette en soupirant, c'est donc comme ça que vous aimez, vous, les garçons ?

— Dame ! vous autres filles, vous n'aimez pas mieux ; puisque vous vous choquez si aisément et que vous vous consolez si vite avec le premier venu. Mais nous parlons là de choses que nous n'entendons peut-être pas encore, du moins toi, ma petite Fadette, qui vas toujours te gaussant des amoureux. Je crois bien que tu t'amuses de moi encore à cette heure, en voulant arranger mes affaires avec la Madelon. Ne le fais pas, te

dis-je, car elle pourrait croire que je t'en ai chargée, et
elle se tromperait. Et puis ça la fâcherait peut-être de
penser que je me fais présenter à elle comme son amoureux attitré ; car la vérité est que je ne lui ai encore
jamais dit un mot d'amourette, et que, si j'ai eu du
contentement à être auprès d'elle et à la faire danser,
elle ne m'a jamais donné le courage de le lui faire assavoir par mes paroles. Par ainsi, laissons passer la chose ;
elle en reviendra d'elle-même si elle veut, et si elle n'en
revient pas, je crois bien que je n'en mourrai point.

— Je sais mieux ce que tu penses là-dessus que toi-
même, Landry, reprit la petite Fadette. Je te crois
quand tu me dis que tu n'as jamais fait connaître ton
amitié à la Madelon par des paroles ; mais il faudrait
qu'elle fût bien simple pour ne l'avoir pas connue dans
tes yeux, aujourd'hui surtout. Puisque j'ai été cause
de votre fâcherie, il faut que je sois cause de votre
contentement, et c'est la bonne occasion de faire comprendre à Madelon que tu l'aimes. C'est à moi de le
faire et je le ferai si finement et si à propos, qu'elle ne
pourra point t'accuser de m'y avoir provoquée. Fie-
toi, Landry, à la petite Fadette, au pauvre vilain grelet, qui n'a point le dedans aussi laid que le dehors ;
et pardonne-lui de t'avoir tourmenté, car il en résul-
tera pour toi un grand bien. Tu connaîtras que s'il est
doux d'avoir l'amour d'une belle, il est utile d'avoir
l'amitié d'une laide ; car les laides ont du désintéresse-
ment et rien ne leur donne dépit ni rancune.

— Que tu sois belle ou laide, Fanchon, dit Landry
en lui prenant la main, je crois comprendre déjà que
ton amitié est une très bonne chose, et si bonne, que
l'amour en est peut-être une mauvaise en comparaison.
Tu as beaucoup de bonté, je le connais à présent ; car
je t'ai fait un grand affront auquel tu n'as pas voulu
prendre garde aujourd'hui, et quand tu dis que je me
suis bien conduit avec toi, je trouve, moi, que j'ai agi
fort malhonnêtement.

— Comment donc ça, Landry ? Je ne sais pas en
quoi...

— C'est que je ne t'ai pas embrassée une seule fois
à la danse, Fanchon, et pourtant c'était mon devoir et
mon droit, puisque c'est la coutume. Je t'ai traitée
comme on fait des petites filles de dix ans, qu'on ne
se baisse pas pour embrasser, et pourtant tu es quasiment de mon âge ; il n'y a pas plus d'un an de différence. Je t'ai donc fait une injure, et si tu n'étais pas
si bonne fille, tu t'en serais bien aperçue.

— Je n'y ai pas seulement pensé, dit la petite
Fadette ; et elle se leva, car elle sentait qu'elle mentait,
et elle ne voulait pas le faire paraître. Tiens, dit-elle en
se forçant pour être gaie, écoute comme les grelets chantent dans les blés en chaume ; ils m'appellent par mon
nom, et la chouette est là-bas qui me crie l'heure que
les étoiles marquent dans le cadran du ciel.

— Je l'entends bien aussi, et il faut que je rentre à
la Priche ; mais avant que je te dise adieu, Fadette, est-
ce que tu ne veux pas me pardonner ?

— Mais je ne t'en veux pas, Landry, et je n'ai pas
de pardon à te faire.

— Si fait, dit Landry, qui était tout agité d'un je ne
sais quoi, depuis qu'elle lui avait parlé d'amour et
d'amitié, d'une voix si douce que celle des bouvreuils
qui gazouillaient en dormant dans les buissons paraissait dure auprès. Si fait, tu me dois un pardon, c'est
de me dire qu'il faut à présent que je t'embrasse pour
réparer de l'avoir omis dans le jour.

La petite Fadette trembla un peu ; puis, tout aussitôt reprenant sa bonne humeur :

— Tu veux, Landry, que je te fasse expier ton tort
par une punition. Eh bien ! je t'en tiens quitte, mon
garçon. C'est bien assez d'avoir fait danser la laide, ce
serait trop de vertu que de vouloir l'embrasser.

— Tiens ! ne dis pas ça, s'exclama Landry en lui prenant la main et le bras tout ensemble ; je crois que ça
ne peut être une punition de t'embrasser... à moins que
la chose ne te chagrine et ne te répugne, venant de
moi...

Et quand il eut dit cela, il fit un tel souhait d'em-

brasser la petite Fadette, qu'il tremblait de peur qu'elle
n'y consentît point.

— Écoute, Landry, lui dit-elle de sa voix douce et
flatteuse*, si j'étais belle, je te dirais que ce n'est le lieu
ni l'heure de s'embrasser comme en cachette. Si j'étais
coquette, je penserais, au contraire, que c'est l'heure
et le lieu, parce que la nuit cache ma laideur, et qu'il
n'y a ici personne pour te faire honte de ta fantaisie.
Mais, comme je ne suis ni coquette ni belle, voilà ce
que je te dis : Serre-moi la main en signe d'honnête amitié, et je serai contente d'avoir ton amitié, moi qui n'en
ai jamais eu, et qui n'en souhaiterai jamais d'autre.

— Oui, dit Landry, je serre ta main de tout mon
cœur, entends-tu, Fadette ? Mais la plus honnête amitié, et c'est celle que j'ai pour toi, n'empêche point
qu'on s'embrasse. Si tu me dénies cette preuve-là, je
croirai que tu as encore quelque chose contre moi.

Et il tenta de l'embrasser par surprise ; mais elle y
fit résistance, et, comme il s'y obstinait, elle se mit à
pleurer en disant :

— Laisse-moi, Landry, tu me fais beaucoup de peine.

Landry s'arrêta tout étonné, et si chagriné de la voir
encore dans les larmes, qu'il en eut comme du dépit.

— Je vois bien, lui dit-il, que tu ne dis pas la vérité
en me disant que mon amitié est la seule que tu veuil-
les avoir. Tu en as une plus forte qui te défend de
m'embrasser.

— Non, Landry, répondit-elle en sanglotant ; mais
j'ai peur que, pour m'avoir embrassée la nuit, sans me
voir, vous ne me haïssiez quand vous me reverrez au
jour.

— Est-ce que je ne t'ai jamais vue ? dit Landry impa-
tienté ; est-ce que je ne te vois pas, à présent ? Tiens,
viens un peu à la lune, je te vois bien, et je ne sais pas
si tu es laide, mais j'aime ta figure, puisque je t'aime,
voilà tout.

Et puis il l'embrassa, d'abord tout en tremblant, et
puis, il y revint avec tant de goût qu'elle en eut peur,
et lui dit en le repoussant :

— Assez ! Landry, assez ! on dirait que tu m'embrasses de colère ou que tu penses à Madelon. Apaise-toi, je lui parlerai demain, et demain tu l'embrasseras avec plus de joie que je ne peux t'en donner.

Là-dessus, elle sortit vitement des abords de la carrière, et partit de son pied léger.

Landry était comme affolé, et il eut envie de courir après elle. Il s'y reprit à trois fois avant de se décider à redescendre du côté de la rivière. Enfin, sentant que le diable était après lui, il se mit à courir aussi et ne s'arrêta qu'à la Priche.

Le lendemain, quand il alla voir ses bœufs au petit jour, tout en les affenant* et les câlinant, il pensait en lui-même à cette causerie d'une grande heure qu'il avait eue dans la carrière du Chaumois avec la petite Fadette, et qui lui avait paru comme un instant. Il avait encore la tête alourdie par le sommeil et par la fatigue d'esprit d'une journée si différente de celle qu'il aurait dû passer. Et il se sentait tout troublé et comme épeuré de ce qu'il avait senti pour cette fille, qui lui revenait devant les yeux, laide et de mauvaise tenue, comme il l'avait toujours connue. Il s'imaginait par moments avoir rêvé le souhait qu'il avait fait de l'embrasser, et le contentement qu'il avait eu de la serrer contre son cœur, comme s'il avait senti un grand amour pour elle, comme si elle lui avait paru tout d'un coup plus belle et plus aimable que pas une fille sur terre.

— Il faut qu'elle soit charmeuse comme on le dit, bien qu'elle s'en défende, pensait-il, car pour sûr elle m'a ensorcelé hier soir, et jamais dans toute ma vie je n'ai senti pour père, mère, sœur ou frère, non pas, certes, pour la belle Madelon, et non pas même pour mon cher besson Sylvinet, un élan d'amitié pareil à celui que, pendant deux ou trois minutes, cette diablesse m'a causé. S'il avait pu voir ce que j'avais dans le cœur, mon pauvre Sylvinet, c'est du coup qu'il aurait été mangé par la jalousie. Car l'attache que j'avais pour Madelon ne faisait point de tort à mon frère, au lieu que si je devais rester seulement tout un jour affolé et enflambé comme je l'ai été pour un moment à côté de cette Fadette, j'en deviendrais insensé et je ne connaîtrais plus qu'elle dans le monde.

Et Landry se sentait comme étouffé de honte, de fatigue et d'impatience. Il s'asseyait sur la crèche de ses bœufs, et avait peur que la charmeuse ne lui eût ôté le courage, la raison et la santé.

Mais, quand le jour fut un peu grand et que les laboureurs de la Priche furent levés, ils se mirent à le plaisanter sur sa danse avec le vilain grelet, et ils la firent si laide, si mal élevée, si mal attifée dans leurs moqueries, qu'il ne savait où se cacher, tant il avait de honte, non seulement de ce qu'on avait vu, mais de ce qu'il se gardait bien de faire connaître.

Il ne se fâcha pourtant point, parce que les gens de la Priche étaient tous ses amis et ne mettaient point de mauvaise intention dans leurs taquineries. Il eut même le courage de leur dire que la petite Fadette n'était pas ce qu'on croyait, qu'elle en valait bien d'autres, et qu'elle était capable de rendre de grands services. Là-dessus on le railla encore.

— Sa mère, je ne dis pas, firent-ils ; mais elle, c'est un enfant qui ne sait rien, et si tu as une bête malade, je ne te conseille pas de suivre ses remèdes, car c'est une petite bavarde qui n'a pas le moindre secret pour guérir. Mais elle a celui d'endormir les gars, à ce qu'il paraît, puisque tu ne l'as guère quittée à la Saint-Andoche, et tu feras bien d'y prendre garde, mon pauvre Landry, car on t'appellerait bientôt le grelet de la grelette et le follet de la Fadette. Le diable se mettrait après toi. Georgeon* viendrait tirer nos draps de lit et boucler le crin de notre chevaline*. Nous serions obligés de te faire exorciser.

— Je crois bien, disait la petite Solange, qu'il aura mis un de ses bas à l'envers hier matin. Ça attire les sorciers, et la petite Fadette s'en est bien aperçue.

XXI

Sur le jour, Landry, étant occupé à la couvraille*,
vit passer la petite Fadette. Elle marchait vite et allait
du côté d'une taille où Madelon faisait de la feuille pour
ses moutons. C'était l'heure de délier les bœufs, parce
qu'ils avaient fait leur demi-journée ; et Landry, en les
reconduisant au pacage, regardait toujours courir la
petite Fadette, qui marchait si légère qu'on ne la voyait
point fouler l'herbe. Il était curieux de savoir ce qu'elle
allait dire à Madelon, et, au lieu de se presser d'aller
manger sa soupe, qui l'attendait dans le sillon encore
chaud du fer de la charrue, il s'en alla doucement le
long de la taille, pour écouter ce que tramaient ensemble ces deux jeunesses. Il ne pouvait les voir, et, comme
Madelon marmottait des réponses d'une voix sourde,
il ne savait point ce qu'elle disait ; mais la voix de la
petite Fadette, pour être douce, n'en était pas moins
claire, et il ne perdait pas une de ses paroles, encore
qu'elle ne criât point du tout. Elle parlait de lui à la
Madelon, et elle lui faisait connaître, ainsi qu'elle l'avait
promis à Landry, la parole qu'elle lui avait prise, dix
mois auparavant, d'être à commandement pour une
chose dont elle le requerrait à son plaisir. Et elle expliquait cela si humblement et si gentillement que c'était
plaisir de l'entendre. Et puis, sans parler du follet ni
de la peur que Landry en avait eue, elle conta qu'il avait
manqué de se noyer en prenant à faux le gué des Roulettes, la veille de Saint-Andoche. Enfin, elle exposa

du bon côté tout ce qui en était, et elle démontra que tout le mal venait de la fantaisie et de la vanité qu'elle avait eues de danser avec un grand gars, elle qui n'avait jamais dansé qu'avec les petits.

Là-dessus, la Madelon, écolérée*, éleva la voix pour dire :

— Qu'est-ce que me fait tout cela ? Danse toute ta vie avec les bessons de la Bessonnière, et ne crois pas, grelet, que tu me fasses le moindre tort, ni la moindre envie.

Et la Fadette reprit :

— Ne dites pas des paroles si dures pour le pauvre Landry, Madelon, car Landry vous a donné son cœur, et si vous ne voulez le prendre il en aura plus de chagrin que je ne saurais dire.

Et pourtant elle le dit, et en si jolies paroles avec un ton si caressant et en donnant à Landry de telles louanges, qu'il aurait voulu retenir toutes ses façons de parler pour s'en servir à l'occasion, et qu'il rougissait d'aise en s'entendant approuver de la sorte.

La Madelon s'étonna aussi pour sa part du joli parler de la petite Fadette ; mais elle la dédaignait trop pour le lui témoigner.

— Tu as une belle jappe* et une fière hardiesse, lui dit-elle, et on dirait que ta grand'mère t'a fait une leçon pour essayer d'enjôler le monde ; mais je n'aime pas à causer avec les sorcières, ça porte malheur, et je te prie de me laisser, grelet cornu. Tu as trouvé un galant, garde-le, ma mignonne, car c'est le premier et le dernier qui aura fantaisie pour ton vilain museau. Quant à moi, je ne voudrais pas de ton reste, quand même ça serait le fils du roi. Ton Landry n'est qu'un sot, et il faut qu'il soit bien peu de chose, puisque, croyant me l'avoir enlevé, tu viens me prier déjà de le reprendre. Voilà un beau galant pour moi, dont la petite Fadette elle-même ne se soucie point !

— Si c'est là ce qui vous blesse, répondit la Fadette d'un ton qui alla jusqu'au fond du cœur de Landry, et si vous êtes fière à ce point de ne vouloir être juste qu'après m'avoir humiliée, contentez-vous donc, et mettez sous vos pieds, belle Madelon, l'orgueil et le courage du pauvre grelet des champs. Vous croyez que je dédaigne Landry, et que, sans cela, je ne vous prierais pas de lui pardonner. Eh bien, sachez si cela vous plaît, que je l'aime depuis longtemps déjà, que c'est le seul garçon auquel j'aie jamais pensé, et peut-être celui à qui je penserai toute ma vie ; mais que je suis trop raisonnable et trop fière aussi pour jamais penser à m'en faire aimer. Je sais ce qu'il est, et je sais ce que je suis. Il est beau, riche et considéré ; je suis laide, pauvre et méprisée. Je sais donc très bien qu'il n'est point pour moi, et vous avez dû voir comme il me dédaignait à la fête. Alors soyez donc satisfaite, puisque celui que la petite Fadette n'ose pas seulement regarder, vous voit avec des yeux remplis d'amour. Punissez la petite Fadette en vous moquant d'elle et en lui reprenant celui qu'elle n'oserait vous disputer. Que si ce n'est par amitié pour lui, ce soit au moins pour punir mon insolence ; et promettez-moi, quand il reviendra s'excuser auprès de vous, de le bien recevoir et de lui donner un peu de consolation.

Au lieu d'être apitoyée par tant de soumission et de dévouement, la Madelon se montra très dure, et renvoya la petite Fadette en lui disant toujours que Landry était bien ce qu'il lui fallait, et que, quant à elle, elle le trouvait trop enfant et trop sot. Mais le grand sacrifice que la Fadette avait fait d'elle-même porta son fruit, en dépit des rebuffades de la belle Madelon. Les femmes ont le cœur fait en cette mode, qu'un jeune gars commence à leur paraître un homme sitôt qu'elles le voient estimé et choyé par d'autres femmes. La Madelon, qui n'avait jamais pensé bien sérieusement à Landry, se mit à y penser beaucoup, aussitôt qu'elle eut renvoyé la Fadette. Elle se remémora tout ce que cette belle parleuse lui avait dit de l'amour de Landry, et en songeant que la Fadette en était éprise au point d'oser le lui avouer, elle se glorifia de pouvoir tirer vengeance de cette pauvre fille.

Elle alla, le soir, à la Priche, dont sa demeurance

n'était éloignée que de deux ou trois portées de fusil, et, sous couleur de chercher une de ses bêtes qui s'était mêlée aux champs avec celles de son oncle, elle se fit voir à Landry, et de l'œil, l'encouragea à s'approcher pour lui parler.

Landry s'en aperçut très bien ; car, depuis que la petite Fadette s'en mêlait, il était singulièrement dégourdi d'esprit. « La Fadette est sorcière, pensa-t-il, elle m'a rendu les bonnes grâces de Madelon, et elle a plus fait pour moi, dans une causette d'un quart d'heure, que je n'aurais su faire dans une année. Elle a un esprit merveilleux et un cœur comme le bon Dieu n'en fait pas souvent. »

Et, en pensant à cela, il regardait Madelon, mais si tranquillement qu'elle se retira sans qu'il se fût encore décidé de lui parler. Ce n'est point qu'il fût honteux devant elle ; sa honte s'était envolée sans qu'il sût comment ; mais, avec la honte, le plaisir qu'il avait eu à la voir, et aussi l'envie qu'il avait eue de s'en faire aimer.

À peine eut-il soupé qu'il fit mine d'aller dormir. Mais il sortit de son lit par la ruelle, glissa le long des murs et s'en fut droit au gué des Roulettes. Le feu follet y faisait encore sa petite danse ce soir-là. Du plus loin qu'il le vit sautiller, Landry pensa : « C'est tant mieux, voici le fadet, la Fadette n'est pas loin. » Et il passa le gué sans avoir peur, sans se tromper, et il alla jusqu'à la maison de la mère Fadet, furetant et regardant de tous côtés. Mais il y resta un bon moment sans voir de lumière et sans entendre aucun bruit. Tout le monde était couché. Il espéra que le grelet, qui sortait souvent le soir après que sa grand'mère et son sauteriot étaient endormis, vaguerait quelque part aux environs. Il se mit à vaguer de son côté. Il traversa la Joncière, il alla à la carrière du Chaumois, sifflant et chantant pour se faire remarquer ; mais il ne rencontra que le blaireau qui fuyait dans les chaumes, et la chouette qui sifflait sur son arbre. Force lui fut de rentrer sans avoir pu remercier la bonne amie qui l'avait si bien servi.

XXII

Toute la semaine se passa sans que Landry pût rencontrer la Fadette, de quoi il était bien étonné et bien soucieux. « Elle va croire encore que je suis ingrat, pensait-il, et pourtant, si je ne la vois point, ce n'est pas faute de l'attendre et de la chercher. Il faut que je lui aie fait de la peine en l'embrassant quasi malgré elle dans la carrière, et pourtant ce n'était pas à mauvaise intention, ni dans l'idée de l'offenser. »

Et il songea durant cette semaine plus qu'il n'avait songé dans toute sa vie ; il ne voyait pas clairement dans sa propre cervelle, mais il était pensif et agité, et il était obligé de se forcer pour travailler, car, ni les grands bœufs, ni la charrue reluisante, ni la belle terre rouge, humide de la fine pluie d'automne, ne suffisaient plus à ses contemplations et à ses rêvasseries.

Il alla voir son besson le jeudi soir, et il le trouva soucieux comme lui. Sylvinet était un caractère différent du sien, mais pareil quelquefois par le contrecoup. On aurait dit qu'il devinait que quelque chose avait troublé la tranquillité de son frère, et pourtant il était loin de se douter de ce que ce pouvait être. Il lui demanda s'il avait fait la paix avec Madelon, et, pour la première fois, en lui disant que oui, Landry lui fit volontairement un mensonge. Le fait est que Landry n'avait pas dit un mot à Madelon, et qu'il pensait avoir le temps de le lui dire ; rien ne le pressait.

Enfin vint le dimanche, et Landry arriva des premiers

à la messe. Il entra avant qu'elle fût sonnée, sachant que la petite Fadette avait coutume d'y venir dans ce moment-là, parce qu'elle faisait toujours de longues prières, dont un chacun se moquait. Il vit une petite, agenouillée dans la chapelle de la sainte Vierge, et qui, tournant le dos, cachait sa figure dans ses mains pour prier avec recueillement. C'était bien la posture de la petite Fadette, mais ce n'était ni son coiffage, ni sa tournure, et Landry ressortit pour voir, s'il ne la trouverait point sous le porche, qu'on appelle chez nous une guenillière*, à cause que les gredots peilleroux*, qui sont mendiants loqueteux, s'y tiennent pendant les offices.

Les guenilles de la Fadette furent les seules qu'il n'y vit point ; il entendit la messe sans l'apercevoir, et ce ne fut qu'à la préface que, regardant encore cette fille qui priait si dévotement dans la chapelle, il lui vit lever la tête et reconnut son grelet, dans un habillement et un air tout nouveaux pour lui. C'était bien toujours son pauvre dressage, son jupon de droguet, son devanteau rouge et sa coiffe de linge sans dentelle, mais elle avait reblanchi, recoupé et recousu tout cela dans le courant de la semaine. Sa robe était plus longue et tombait plus convenablement sur ses bas, qui étaient bien blancs, ainsi que sa coiffe, laquelle avait pris la forme nouvelle et s'attachait gentillement sur ses cheveux noirs bien lissés ; son fichu était neuf et d'une jolie couleur jaune doux qui faisait valoir sa peau brune. Elle avait aussi rallongé son corsage, et, au lieu d'avoir l'air d'une pièce de bois habillée, elle avait la taille fine et ployante, comme le corps d'une belle mouche à miel. De plus, je ne sais pas avec quelle mixture de fleurs ou d'herbes elle avait lavé pendant huit jours son visage et ses mains, mais sa figure pâle et ses mains mignonnes avaient l'air aussi net et aussi doux que la blanche épine du printemps.

Landry, la voyant si changée, laissa tomber son livre d'heures, et, au bruit qu'il fit, la petite Fadette se retourna tout à fait et le regarda, tout en même temps

qu'il la regardait. Et elle devint un peu rouge, pas plus
que la petite rose des buissons ; mais cela la fit paraître
quasi belle, d'autant plus que ses yeux noirs, auxquels
jamais personne n'avait pu trouver à redire, laissèrent
échapper un feu si clair qu'elle en parut transfigurée.
Et Landry pensa encore : « Elle est sorcière ; elle a
voulu devenir belle de laide qu'elle était, et la voilà belle
par miracle. » Il en fut comme transi de peur, et sa peur
ne l'empêchait point pourtant d'avoir une telle envie
de s'approcher d'elle et de lui parler, que, jusqu'à la
fin de la messe, le cœur lui en sauta d'impatience.

Mais elle ne le regarda plus, et, au lieu de se mettre
à courir et à folâtrer avec les enfants après sa prière,
elle s'en alla si discrètement qu'on eut à peine le temps
de la voir si changée et si amendée. Landry n'osa point
la suivre, d'autant que Sylvinet ne le quittait point des
yeux, mais, au bout d'une heure, il réussit à s'échapper, et cette fois, le cœur le poussant et le dirigeant,
il trouva la petite Fadette qui gardait sagement ses bêtes
dans le petit chemin creux qu'on appelle la *Traîne-au-*
Gendarme, parce qu'un gendarme du roi y a été tué
par les gens de la Cosse, dans les anciens temps,
lorsqu'on voulait forcer le pauvre monde à payer la
taille et à faire la corvée, contrairement aux termes de
la loi, qui était déjà bien assez dure, telle qu'on l'avait
donnée.

XXIII

Comme c'était dimanche, la petite Fadette ne cousait ni ne filait en gardant ses ouailles. Elle s'occupait à un amusement tranquille que les enfants de chez nous prennent quelquefois bien sérieusement. Elle cherchait le trèfle à quatre feuilles, qui se trouve bien rarement et qui porte bonheur à ceux qui peuvent mettre la main dessus.

— L'as-tu trouvé Fanchon ? lui dit Landry aussitôt qu'il fut à côté d'elle.

— Je l'ai trouvé souvent, répondit-elle ; mais cela ne porte point bonheur comme on croit, et rien ne me sert d'en avoir trois brins dans mon livre.

Landry s'assit auprès d'elle, comme s'il allait se mettre à causer. Mais voilà que tout d'un coup il se sentit plus honteux* qu'il ne l'avait jamais été auprès de Madelon, et que, pour avoir eu l'intention de dire bien des choses, il ne put trouver un mot.

La petite Fadette prit honte aussi, car si le besson ne lui disait rien, du moins il la regardait avec des yeux étranges. Enfin, elle lui demanda pourquoi il paraissait étonné en la regardant.

— À moins, dit-elle, que ce ne soit à cause que j'ai arrangé mon coiffage. En cela j'ai suivi ton conseil, et j'ai pensé que, pour avoir l'air raisonnable, il fallait commencer par m'habiller raisonnablement. Aussi, je n'ose pas me montrer, car j'ai peur qu'on ne m'en fasse

encore reproche, et qu'on ne dise que j'ai voulu me rendre moins laide sans y réussir.

— On dira ce qu'on voudra, dit Landry, mais je ne
sais pas ce que tu as fait pour devenir jolie ; la vérité
est que tu l'es aujourd'hui, et qu'il faudrait se crever
les yeux pour ne point le voir.

— Ne te moque pas, Landry, reprit la petite Fadette.
On dit que la beauté tourne la tête aux belles, et que
la laideur fait la désolation des laides. Je m'étais habi-
tuée à faire peur, et je ne voudrais pas devenir sotte
en croyant faire plaisir. Mais ce n'est pas de cela que
tu venais me parler, et j'attends que tu me dises si la
Madelon t'a pardonné.

— Je ne viens pas pour te parler de la Madelon. Si
elle m'a pardonné je n'en sais rien et ne m'en informe
point. Seulement, je sais que tu lui as parlé, et si bien
parlé que je t'en dois grand remerciement.

— Comment sais-tu que je lui ai parlé ? Elle te l'a
donc dit ? En ce cas, vous avez fait la paix ?

— Nous n'avons point fait la paix ; nous ne nous
aimons pas assez, elle et moi, pour être en guerre. Je
sais que tu lui as parlé, parce qu'elle l'a dit à quelqu'un
qui me l'a rapporté.

La petite Fadette rougit beaucoup, ce qui l'embellit
encore, car jamais jusqu'à ce jour-là elle n'avait eu sur
les joues cette honnête couleur de crainte et de plaisir
qui enjolive les plus laides ; mais, en même temps, elle
s'inquiéta en songeant que la Madelon avait dû répéter ses paroles, et la donner en risée pour l'amour dont
elle s'était confessée au sujet de Landry.

— Qu'est-ce que Madelon a donc dit de moi ? de-
manda-t-elle.

— Elle a dit que j'étais un grand sot, qui ne plaisait
à aucune fille, pas même à la petite Fadette ; que la
petite Fadette me méprisait, me fuyait, s'était cachée
toute la semaine pour ne me point voir, quoique, toute
la semaine, j'eusse cherché et couru de tous côtés pour
rencontrer la petite Fadette. C'est donc moi qui suis

la risée du monde, Fanchon, parce que l'on sait que je t'aime et que tu ne m'aimes point.

— Voilà de méchants propos, répondit la Fadette tout étonnée, car elle n'était pas assez sorcière pour deviner que, dans ce moment-là, Landry était plus fin qu'elle ; je ne croyais pas la Madelon si menteuse et si perfide. Mais il faut lui pardonner cela, Landry, car c'est le dépit qui la fait parler, et le dépit c'est l'amour.

— Peut-être bien, dit Landry, c'est pourquoi tu n'as point de dépit contre moi, Fanchon. Tu me pardonnes tout, parce que, de moi, tu méprises tout.

— Je n'ai point mérité que tu me dises cela, Landry ; non vrai, je ne l'ai pas mérité. Je n'ai jamais été assez folle pour dire la menterie* qu'on me prête. J'ai parlé autrement à Madelon. Ce que je lui ai dit n'était que pour elle, mais ne pouvait te nuire, et aurait dû, bien au contraire, lui prouver l'estime que je faisais de toi.

— Écoute, Fanchon, dit Landry, ne disputons pas sur ce que tu as dit, ou sur ce que tu n'as point dit. Je veux te consulter, toi qui es savante. Dimanche dernier, dans la carrière, j'ai pris pour toi, sans savoir comment cela m'est venu, une amitié si forte que de toute la semaine je n'ai mangé ni dormi mon soûl. Je ne veux rien te cacher, parce qu'avec une fille aussi fine que toi, ça serait peine perdue. J'avoue donc que j'ai eu honte de mon amitié le lundi matin, et j'aurais voulu m'en aller bien loin pour ne plus retomber dans cette folleté*. Mais lundi soir, j'y étais déjà retombé si bien, que j'ai passé le gué à la nuit, sans m'inquiéter du follet, qui aurait voulu m'empêcher de te chercher, car il était encore là, et quand il m'a fait sa méchante risée, je la lui ai rendue. Depuis lundi, tous les matins, je suis comme imbécile, parce que l'on me plaisante sur mon goût pour toi ; et, tous les soirs, je suis comme fou, parce que je sens mon goût plus fort que la mauvaise honte. Et voilà qu'aujourd'hui je te vois gentille et de si sage apparence, que tout le monde va s'en étonner aussi, et qu'avant quinze jours, si tu continues comme cela, non seulement on me pardonnera d'être amoureux

de toi, mais encore il y en aura d'autres qui le seront
bien fort. Je n'aurai donc pas de mérite à t'aimer ; tu
ne me devras guère de préférence. Pourtant, si tu te
souviens de dimanche dernier, jour de la Saint-
Andoche, tu te souviendras aussi que je t'ai demandé,
dans la carrière, la permission de t'embrasser, et que
je l'ai fait avec autant de cœur que si tu n'avais pas
été réputée laide et haïssable. Voilà tout mon droit,
Fadette. Dis-moi si cela peut compter, et si la chose te
fâche au lieu de te persuader.

La petite Fadette avait mis sa figure dans ses deux
mains, et elle ne répondit point. Landry croyait, par
ce qu'il avait entendu de son discours à la Madelon,
qu'il était aimé d'elle, et il faut dire que cet amour-là
lui avait fait tant d'effet qu'il avait commandé tout
d'un coup le sien. Mais, en voyant la pose honteuse
et triste de cette petite, il commença à craindre qu'elle
n'eût fait un conte à la Madelon, pour, par bonne intention, faire réussir le raccommodement qu'elle négociait.
Cela le rendit encore plus amoureux, et il en prit du
chagrin. Il lui ôta ses mains du visage, et la vit si pâle
qu'on eût dit qu'elle allait mourir ; et, comme il lui
reprochait vivement de ne pas répondre à l'affolement
qu'il se sentait pour elle, elle se laissa aller sur la terre,
joignant ses mains et soupirant, car elle était suffoquée
et tombait en faiblesse.

XXIV

Landry eut bien peur, et lui frappa dans les mains pour la faire revenir. Ses mains étaient froides comme des glaces et raides comme du bois. Il les échauffa et les frotta bien longtemps dans les siennes, et quand elle put retrouver la parole, elle lui dit :

— Je crois que tu te fais un jeu de moi, Landry. Il y a des choses dont il ne faut pourtant point plaisanter. Je te prie donc de me laisser tranquille et de ne me parler jamais, à moins que tu n'aies quelque chose à me demander, auquel cas je serai toujours à ton service.

— Fadette, Fadette, dit Landry, ce que vous dites là n'est point bon. C'est vous qui vous êtes jouée de moi. Vous me détestez, et pourtant vous m'avez fait croire autre chose.

— Moi ! dit-elle tout affligée. Qu'est-ce que je vous ai donc fait accroire ? Je vous ai offert et donné une bonne amitié comme celle que votre besson a pour vous, et peut-être meilleure ; car moi, je n'avais pas de jalousie, et, au lieu de vous traverser dans vos amours, je vous y ai servi.

— C'est la vérité, dit Landry. Tu as été bonne comme le bon Dieu, et c'est moi qui ai tort de te faire des reproches. Pardonne-moi, Fanchon, et laisse-moi t'aimer comme je pourrai. Ce ne sera peut-être pas aussi tranquillement que j'aime mon besson ou ma sœur Nanette, mais je te promets de ne plus chercher à t'embrasser si cela te répugne.

Et, faisant retour sur lui-même, Landry s'imagina qu'en effet la petite Fadette n'avait pour lui que de l'amitié bien tranquille ; et, parce qu'il n'était ni vain ni fanfaron, il se trouva aussi craintif et aussi peu avancé auprès d'elle que s'il n'eût point entendu de ses deux oreilles ce qu'elle avait dit de lui à la belle Madelon.

Quant à la petite Fadette, elle était assez fine pour connaître enfin que Landry était bel et bien amoureux comme un fou, et c'est pour le trop grand plaisir qu'elle en avait qu'elle s'était trouvée comme en pâmoison pendant un moment. Mais elle craignait de perdre trop vite un bonheur si vite gagné ; à cause de cette crainte, elle voulait donner à Landry le temps de souhaiter vivement son amour.

Il resta auprès d'elle jusqu'à la nuit, car, encore qu'il n'osât plus lui conter fleurette, il en était si épris et il prenait tant de plaisir à la voir et à l'écouter parler, qu'il ne pouvait se décider à la quitter un moment. Il joua avec le sauteriot, qui n'était jamais loin de sa sœur, et qui vint bientôt les rejoindre. Il se montra bon pour lui, et s'aperçut bientôt que ce pauvre petit, si maltraité par tout le monde, n'était ni sot, ni méchant avec qui le traitait bien ; mêmement, au bout d'une heure, il était si bien apprivoisé et si reconnaissant qu'il embrassait les mains du besson et l'appelait mon Landry, comme il appelait sa sœur ma Fanchon ; et Landry était compassionné* et attendri pour lui, trouvant tout le monde et lui-même dans le passé bien coupables envers les deux pauvres enfants de la mère Fadet, lesquels n'avaient besoin, pour être les meilleurs de tous, que d'être un peu aimés comme les autres.

Le lendemain et les jours suivants, Landry réussit à voir la petite Fadette, tantôt le soir, et alors il pouvait causer un peu avec elle, tantôt le jour, en la rencontrant dans la campagne ; et encore qu'elle ne pût s'arrêter longtemps, ne voulant point et ne sachant point manquer à son devoir, il était content de lui avoir dit quatre ou cinq mots de tout son cœur et de l'avoir regardée de tous ses yeux. Et elle continuait à être gentille dans son parler, dans son habillement et dans ses manières avec tout le monde ; ce qui fit que tout le monde y prit garde, et que bientôt on changea de ton et de manières avec elle. Comme elle ne faisait plus rien qui ne fût à propos, on ne l'injuria plus et, comme elle ne s'entendit plus injurier, elle n'eut plus tentation d'invectiver, ni de chagriner personne.

Mais, comme l'opinion des gens ne tourne pas aussi vite que nos résolutions, il devait encore s'écouler du temps avant qu'on passât pour elle du mépris à l'estime et de l'aversion au bon vouloir. On vous dira plus tard comment se fit ce changement ; quant à présent, vous pouvez bien vous imaginer vous-mêmes qu'on ne donna pas grosse part d'attention au rangement* de la petite Fadette. Quatre ou cinq bons vieux et bonnes vieilles, de ceux qui regardent s'élever la jeunesse avec indulgence, et qui sont, dans un endroit, comme les pères et mères à tout le monde, devisaient quelquefois entre eux sous les noyers de la Cosse, en regardant tout ce petit ou jeune monde grouillant autour d'eux, ceux-ci jouant aux quilles, ceux-là dansant. Et les vieux disaient :

— Celui-ci sera un beau soldat s'il continue, car il a le corps trop bon pour réussir à se faire exempter ; celui-là sera finet* et entendu comme son père ; cet autre aura bien la sagesse et la tranquillité de sa mère ; voilà une jeune Lucette qui promet une bonne servante de ferme ; voici une grosse Louise qui plaira à plus d'un, et quant à cette petite Marion, laissez-la grandir, et la raison lui viendra bien comme aux autres.

Et, quand ce venait au tour de la petite Fadette à être examinée et jugée :

— La voilà qui s'en va bien vite, disait-on, sans vouloir chanter ni danser. On ne la voit plus depuis la Saint-Andoche. Il faut croire qu'elle a été grandement choquée de ce que les enfants d'ici l'ont décoiffée à la danse ; aussi a-t-elle changé son grand calot, et à présent on dirait qu'elle n'est pas plus vilaine qu'une autre.

— Avez-vous fait attention comme la peau lui a blanchi depuis un peu de temps ? disait une fois la mère

Couturier. Elle avait la figure comme un œuf de caille,
à force qu'elle était couverte de taches de rousseur ;
et la dernière fois que je l'ai vue de près, je me suis
étonnée de la trouver si blanche, et mêmement si pâle
que je lui ai demandé si elle n'avait point eu la fièvre.
À la voir comme elle est maintenant, on dirait qu'elle
pourra se refaire ; et, qui sait ? il y en a eu de laides
qui devenaient belles en prenant dix-sept ou dix-huit ans.

— Et puis la raison vient, dit le père Naubin, et une
fille qui s'en ressent* apprend à se rendre élégante et
agréable. Il est bien temps que le grelet s'aperçoive
qu'elle n'est point un garçon. Mon Dieu, on pensait
qu'elle tournerait si mal que ça serait une honte pour
l'endroit. Mais elle se rangera et s'amendera comme
les autres. Elle sentira bien qu'elle doit se faire pardonner d'avoir eu une mère si blâmable, et vous verrez
qu'elle ne fera point parler d'elle.

— Dieu veuille, dit la mère Courtillet, car c'est vilain
qu'une fille ait l'air d'un chevau échappé ; mais j'en
espère aussi de cette Fadette, car je l'ai rencontrée devant
z'hier, et au lieu qu'elle se mettait toujours derrière moi
à contrefaire ma boiterie, elle m'a dit bonjour et m'a
demandé mon portement* avec beaucoup d'honnêteté.

— Cette petite-là dont vous parlez est plus folle que
méchante, dit le père Henri. Elle n'a point mauvais
cœur, c'est moi qui vous le dis ; à preuve qu'elle a souvent gardé mes petits enfants aux champs avec elle, par
pure complaisance quand ma fille était malade ; et elle
les soignait très bien, et ils ne la voulaient plus quitter.

— C'est-il vrai ce qu'on a raconté, reprit la mère
Couturier, qu'un des bessons au père Barbeau s'en était
affolé à la dernière Saint-Andoche ?

— Allons donc ! répondit le père Naubin ; il ne faut
pas prendre ça au sérieux. C'était une amusette
d'enfants et les Barbeau ne sont point bêtes, les enfants
pas plus que le père ni la mère, entendez-vous ?

Ainsi devisait-on sur la petite Fadette et le plus souvent on n'y pensait mie, parce qu'on ne la voyait presque plus.

XXV

Mais qui la voyait souvent et faisait grande attention à elle, c'était Landry Barbeau. Il en était comme
enragé en lui-même, quand il ne pouvait lui parler à
son aise ; mais sitôt qu'il se trouvait un moment avec
elle, il était apaisé et content de lui parce qu'elle lui
enseignait la raison et le consolait dans toutes ses idées.
Elle jouait avec lui un petit jeu qui était peut-être enta-
ché d'un peu de coquetterie ; du moins, il le pensait
quelquefois ; mais comme son motif était l'honnêteté,
et qu'elle ne voulait point de son amour, à moins qu'il
n'eût bien tourné et retourné la chose dans son esprit,
il n'avait point droit de s'en offenser. Elle ne pouvait
pas le suspecter de la vouloir tromper sur la force de
cet amour-là, car c'était une espèce d'amour comme
on n'en voit pas souvent chez les gens de campagne,
lesquels aiment plus patiemment que ceux des villes.
Et justement Landry était d'un caractère patient plus
que d'autres, jamais on n'aurait pu présager qu'il se
laisserait brûler si fort à la chandelle, et qui l'eût su
(car il le cachait bien) s'en fût grandement émerveillé.
Mais la petite Fadette, voyant qu'il s'était donné à elle
si entièrement et si subitement, avait peur que ce ne fût
feu de paille, ou bien encore qu'elle-même prenant feu
du mauvais côté, la chose n'allât plus loin entre eux
que l'honnêteté ne permet à deux enfants qui ne sont
point encore en âge d'être mariés, du moins au dire

des parents et de la prudence : car l'amour n'attend
guère, et quand une fois il s'est mis dans le sang de
deux jeunesses, c'est miracle s'il attend l'approbation
d'autrui.

Mais la petite Fadette, qui avait été dans son apparence plus longtemps enfant qu'une autre, possédait
au-dedans une raison et une volonté bien au-dessus
de son âge. Pour que cela fût, il fallait qu'elle eût
un esprit d'une fière force, car son cœur était aussi
ardent, et plus encore peut-être que le cœur et le sang
de Landry. Elle l'aimait comme une folle, et pourtant
elle se conduisit avec une grande sagesse ; car si le
jour, la nuit, à toute heure de son temps, elle pensait
à lui et séchait d'impatience de le voir et d'envie de
le caresser, aussitôt qu'elle le voyait, elle prenait un
air tranquille, lui parlait raison, feignait même de ne
point encore connaître le feu d'amour, et ne lui permettait pas de lui serrer la main plus haut que le
poignet.

Et Landry, qui, dans les endroits retirés où ils se trouvaient souvent ensemble, et mêmement quand la nuit
était bien noire, aurait pu s'oublier jusqu'à ne plus se
soumettre à elle, tant il était ensorcelé, craignait pourtant si fort de lui déplaire, et se tenait pour si peu
certain d'être aimé d'amour, qu'il vivait aussi innocem-
ment avec elle que si elle eût été sa sœur, et lui Jeanet,
le petit sauteriot.

Pour le distraire de l'idée qu'elle ne voulait point
encourager, elle l'instruisait dans les choses qu'elle
savait, et dans lesquelles son esprit et son talent naturel avaient surpassé l'enseignement de sa grand-mère.
Elle ne voulait faire mystère de rien à Landry, et,
comme il avait toujours un peu peur de la sorcellerie,
elle mit tous ses soins à lui faire comprendre que le diable n'était pour rien dans les secrets de son savoir.

— Va, Landry, lui dit-elle un jour, tu n'as que faire
de l'intervention du mauvais esprit. Il n'y a qu'un esprit
et il est bon, car c'est celui de Dieu. Lucifer est de

l'invention de monsieur le Curé, et Georgeon, de l'invention des vieilles commères de campagne. Quand j'étais toute petite, j'y croyais, et j'avais peur des maléfices de ma grand'mère. Mais elle se moquait de moi, car l'on a bien raison de dire que si quelqu'un doute de tout, c'est celui qui fait tout croire aux autres, et que personne ne croit moins à Satan que les sorciers qui feignent de l'invoquer à tout propos. Ils savent bien qu'ils ne l'ont jamais vu et qu'ils n'ont jamais reçu de lui aucune assistance. Ceux qui ont été assez simples pour y croire et pour l'appeler n'ont jamais pu le faire venir, à preuve le meunier de la Passe-aux-Chiens, qui, comme ma grand'mère me l'a raconté, s'en allait aux quatre chemins avec une grosse trique, pour appeler le diable, et lui donner, disait-il, une bonne vannée*. Et on l'entendait crier dans la nuit : « Viendras-tu, figure de loup ? Viendras-tu, chien enragé ? Viendras-tu, Georgeon du diable ? » Et jamais Georgeon ne vint. Si bien que ce meunier en était devenu quasi fou de vanité, disant que le diable avait peur de lui.

— Mais, disait Landry, ce que tu crois là, que le diable n'existe point, n'est pas déjà trop chrétien, ma petite Fanchon.

— Je ne peux pas disputer là-dessus, répondit-elle ; mais s'il existe, je suis bien assurée qu'il n'a aucun pouvoir pour venir sur la terre nous abuser et nous demander notre âme pour la retirer du bon Dieu. Il n'aurait pas tant d'insolence, et, puisque la terre est au bon Dieu, il n'y a que le bon Dieu qui puisse gouverner les choses et les hommes qui s'y trouvent.

Et Landry, revenu de sa folle peur, ne pouvait pas s'empêcher d'admirer combien, dans toutes ses idées et dans toutes ses prières, la petite Fadette était bonne chrétienne. Mêmement elle avait une dévotion plus jolie que celle des autres. Elle aimait Dieu avec tout le feu de son cœur, car elle avait en toutes choses la tête vive et le cœur tendre ; et quand elle parlait de cet amour-là à Landry, il se sentait tout étonné d'avoir été enseigné à dire des prières et à suivre des pratiques qu'il n'avait jamais pensé à comprendre, et où il se portait respectueusement de sa personne par l'idée de son devoir, sans que son cœur se fût jamais échauffé d'amour pour son Créateur, comme celui de la petite Fadette.

XXVI

Tout en devisant et marchant avec elle, il apprit la propriété des herbes et toutes les recettes pour la guérison des personnes et des bêtes. Il essaya bientôt l'effet des dernières sur une vache au père Caillaud, qui avait pris l'enflure* pour avoir mangé trop de vert ; et, comme le vétérinaire l'avait abandonnée, disant qu'elle n'en avait pas pour une heure, il lui fit boire un breuvage que la petite Fadette lui avait appris à composer. Il le fit secrètement ; et, au matin, comme les laboureurs, bien contrariés de la perte d'une si belle vache, venaient la chercher pour la jeter dans un trou, ils la trouvèrent debout et commençant à flairer la nourriture, ayant bon œil, et quasiment toute désenflée. Une autre fois, un poulain fut mordu de la vipère, et Landry, suivant toujours les enseignements de la petite Fadette, le sauva bien lestement. Enfin, il put essayer aussi le remède contre la rage sur un chien de la Priche, qui fut guéri et ne mordit personne. Comme Landry cachait de son mieux ses accointances avec la petite Fadette, il ne se vanta pas de sa science, et on n'attribua la guérison de ses bêtes qu'aux grands soins qu'il leur avait donnés. Mais le père Caillaud, qui s'y entendait aussi, comme tout bon fermier ou métayer doit le faire, s'étonna en lui-même, et dit :

— Le père Barbeau n'a pas de talent pour le bestiau*, et mêmement il n'a point de bonheur ; car il en a beaucoup perdu l'an dernier, et ce n'était pas la première fois. Mais Landry y a la main très heureuse, et c'est une chose avec laquelle on vient au monde. On l'a ou on ne l'a pas ; et, quand même on irait étudier dans les écoles comme les *artistes**, cela ne sert de rien si on n'y est adroit de naissance. Or je vous dis que Landry est adroit, et que son idée lui fait trouver ce qui convient. C'est un grand don de la nature qu'il a reçu, et ça lui vaudra mieux que du capital pour bien conduire une ferme.

Ce que disait le père Caillaud n'était pas d'un homme crédule et sans raison, seulement il se trompait en attribuant un don de nature à Landry : Landry n'en avait pas d'autre que celui d'être soigneux et entendu à appliquer les recettes de son enseignement. Mais le don de nature n'est point une fable, puisque la petite Fadette l'avait, et qu'avec si peu de leçons raisonnables que sa grand'mère lui avait données, elle découvrait et devinait, comme qui invente, les vertus que le bon Dieu a mises dans certaines herbes et dans certaines manières de les employer. Elle n'était point sorcière pour cela, elle avait raison de s'en défendre ; mais elle avait l'esprit qui observe, qui fait des comparaisons, des remarques, des essais, et cela c'est un don de nature, on ne peut pas le nier. Le père Caillaud poussait la chose un peu plus loin. Il pensait que tel bouvier ou tel laboureur a la main plus ou moins bonne, et que, par la seule vertu de sa présence dans l'étable, il fait du bien ou du mal aux animaux. Et pourtant, comme il y a toujours un peu de vrai dans les plus fausses croyances, on doit accorder que les bons soins, la propreté, l'ouvrage fait en conscience, ont une vertu pour amener à bien ce que la négligence ou la bêtise font empirer.

Comme Landry avait toujours mis son idée et son goût dans ces choses-là, l'amitié qu'il avait conçue pour la Fadette s'augmenta de toute la reconnaissance qu'il lui dut pour son instruction et de toute l'estime qu'il faisait du talent de cette jeune fille. Il lui sut alors grand gré de l'avoir forcé à se distraire de l'amour dans les promenades et les entretiens qu'il faisait avec elle, et il reconnut aussi qu'elle avait pris plus à cœur l'intérêt et l'utilité de son amoureux, que le plaisir de se laisser courtiser et flatter sans cesse comme il l'eût souhaité d'abord.

Landry fut bientôt si épris qu'il avait mis tout à fait sous ses pieds la honte de laisser paraître son amour pour une petite fille réputée laide, mauvaise et mal élevée. S'il y mettait de la précaution, c'était à cause de son besson, dont il connaissait la jalousie et qui avait eu déjà un grand effort à faire pour accepter sans dépit l'amourette que Landry avait eue pour Madelon, amourette bien petite et bien tranquille au prix de ce qu'il sentait maintenant pour Fanchon Fadet.

Mais, si Landry était trop animé dans son amour pour y mettre de la prudence, en revanche, la petite Fadette, qui avait un esprit porté au mystère, et qui, d'ailleurs, ne voulait pas mettre Landry trop à l'épreuve des taquineries du monde, la petite Fadette, qui en fin de compte l'aimait trop pour consentir à lui causer des peines dans sa famille, exigea de lui un si grand secret qu'ils passèrent environ un an avant que la chose se découvrît. Landry avait habitué Sylvinet à ne plus surveiller tous ses pas et démarches, et le pays, qui n'est guère peuplé et qui est tout coupé de ravins et tout couvert d'arbres, est bien propice aux secrètes amours.

Sylvinet, voyant que Landry ne s'occupait plus de la Madelon, quoiqu'il eût accepté d'abord ce partage de son amitié comme un mal nécessaire rendu plus doux par la honte* de Landry et la prudence de cette fille, se réjouit bien de penser que Landry n'était pas pressé de lui retirer son cœur pour le donner à une femme, et, la jalousie le quittant, il le laissa plus libre de ses occupations et de ses courses, les jours de fêtes et de repos. Landry ne manquait pas de prétextes pour aller et venir, et le dimanche soir surtout, il quittait la Bessonnière de bonne heure et ne rentrait à la Priche que sur le minuit ; ce qui lui était bien commode parce qu'il s'était fait donner un petit lit dans le carphanion*. Vous me reprendrez peut-être sur ce mot-là, parce que le maître d'école s'en fâche et veut qu'on dise *carpha-naüm* ; mais, s'il connaît le mot, il ne connaît point la chose, car j'ai été obligé de lui apprendre que c'était l'endroit de la grange voisin des étables, où l'on serre les jougs, les chaînes, les ferrages et épelettes de toute espèce qui servent aux bêtes de labour et aux instruments du travail de la terre. De cette manière, Landry pouvait rentrer à l'heure qu'il voulait sans réveiller personne, et il avait toujours son dimanche à lui jusqu'au lundi matin, pour ce que le père Caillaud et son fils aîné, qui tous deux étaient des hommes très sages, n'allant jamais dans les cabarets et ne faisant point noce de tous les jours fériés, avaient coutume de prendre sur eux tout le soin et toute la surveillance de la ferme ces jours-là ; afin, disaient-ils, que toute la jeunesse de la maison, qui travaillait plus qu'eux dans la semaine, pût s'ébattre et se divertir en liberté, selon l'ordonnance du bon Dieu.

Et durant l'hiver, où les nuits sont si froides qu'on pourrait difficilement causer d'amour en pleins champs, il y avait pour Landry et la petite Fadette un bon refuge dans la tour à Jacot, qui est un ancien colombier de redevance, abandonné des pigeons depuis longues années, mais qui est bien couvert et bien fermé, et qui dépend de la ferme au père Caillaud. Mêmement il s'en servait pour y serrer le surplus de ses denrées, et comme Landry en avait la clef, et qu'il est situé sur les confins des terres de la Priche, non loin du gué des Roulettes, et dans le milieu d'une luzernière bien close, le diable eût été fin s'il eût été surprendre là les entretiens de ces deux jeunes amoureux. Quand le temps était doux, ils allaient parmi les tailles, qui sont jeunes bois de coupe et dont le pays est tout parsemé. Ce sont encore bonnes retraites pour les voleurs et les amants, et comme de voleurs il n'en est point dans notre pays, les amants en profitent, et n'y trouvent pas plus la peur que l'ennui.

XXVII

Mais, comme il n'est secret qui puisse durer, voilà qu'un beau jour de dimanche, Sylvinet, passant le long du mur du cimetière, entendit la voix de son besson qui parlait à deux pas de lui, derrière le retour que faisait le mur. Landry parlait bien doucement ; mais Sylvinet connaissait si bien sa parole, qu'il l'aurait devinée, quand même il ne l'aurait pas entendue.

— Pourquoi ne veux-tu pas venir danser ? disait-il à une personne que Sylvinet ne voyait point. Il y a si longtemps qu'on ne t'a point vue t'arrêter après la messe, qu'on ne trouverait pas mauvais que je te fasse danser, moi qui suis censé ne plus quasiment te connaître. On ne dirait pas que c'est par amour, mais par honnêteté, et parce que je suis curieux de savoir si, après tant de temps, tu sais encore bien danser.

— Non, Landry, non, répondit une voix que Sylvinet ne reconnut point, parce qu'il y avait longtemps qu'il ne l'avait entendue, la petite Fadette s'étant tenue à l'écart de tout le monde, et de lui particulièrement.

— Non, disait-elle, il ne faut pas qu'on fasse attention à moi, ce sera le mieux, et si tu me faisais danser une fois, tu voudrais recommencer tous les dimanches, et il n'en faudrait pas tant pour faire causer. Crois ce que je t'ai toujours dit, Landry, que le jour où l'on saura que tu m'aimes sera le commencement de nos peines. Laisse-moi m'en aller, et quand tu auras passé une partie du jour avec ta famille et ton besson, tu viendras me rejoindre où nous sommes convenus.

— C'est pourtant triste de ne jamais danser ! dit Landry ; tu aimais tant la danse, mignonne, et tu dansais si bien ! Quel plaisir ça me serait de te tenir par la main et de te faire tourner dans mes bras, et de te voir, si légère et si gentille, ne danser qu'avec moi !

— Et c'est justement ce qu'il ne faudrait point, reprit-elle. Mais je vois bien que tu regrettes la danse, mon bon Landry, et je ne sais pas pourquoi tu y as renoncé. Va donc danser un peu ; ça me fera plaisir de songer que tu t'amuses, et je t'attendrai plus patiemment.

— Oh ! tu as trop de patience, toi ! dit Landry d'une voix qui n'en marquait guère, mais moi, j'aimerais mieux me faire couper les deux jambes que de danser avec des filles que je n'aime point, et que je n'embrasserais pas pour cent francs.

— Eh bien ! si je dansais, reprit Fadette, il me faudrait danser avec d'autres qu'avec toi, et me laisser embrasser aussi.

— Va-t'en, va-t'en bien vitement, dit Landry ; je ne veux point qu'on t'embrasse.

Sylvinet n'entendit plus rien que des pas qui s'éloignaient, et, pour n'être point surpris aux écoutes par son frère, qui revenait vers lui, il entra vivement dans le cimetière et le laissa passer.

Cette découverte-là fut comme un coup de couteau dans le cœur de Sylvinet. Il ne chercha point à découvrir quelle était la fille que Landry aimait si passionnément. Il en avait bien assez de savoir qu'il y avait une personne pour laquelle Landry le délaissait et qui avait toutes ses pensées, au point qu'il les cachait à son besson, et que celui-ci n'en recevait point la confidence. « Il faut qu'il se défie de moi, pensa-t-il, et que cette fille qu'il aime tant le porte à me craindre et à me détester. Je ne m'étonne plus de voir qu'il est toujours si ennuyé à la maison, et si inquiet quand je veux me promener avec lui. J'y renonçais, croyant voir qu'il avait le goût d'être seul ; mais, à présent, je me garderai bien d'essayer à le troubler. Je ne lui dirai rien ; il m'en voudrait d'avoir surpris ce qu'il n'a pas voulu me confier. Je souffrirai tout seul, pendant qu'il se réjouira d'être débarrassé de moi. »

Sylvinet fit comme il se promettait, et même il le poussa plus loin qu'il n'était besoin, car non seulement il ne chercha plus à retenir son frère auprès de lui, mais encore, pour ne le point gêner, il quittait le premier la maison et allait rêvasser tout seul dans son ouche, ne voulant point aller dans la campagne : « Parce que, pensait-il, si je venais à y rencontrer Landry, il s'imaginerait que je l'épie et me ferait bien voir que je le dérange. »

Et peu à peu son ancien chagrin, dont il s'était quasiment guéri, lui revint si lourd et si obstiné, qu'on ne tarda pas à le voir sur sa figure. Sa mère l'en reprit doucement ; mais, comme il avait honte, à dix-huit ans, d'avoir les mêmes faiblesses d'esprit qu'il avait eues à quinze, il ne voulut jamais confesser ce qui le rongeait.

Ce fut ce qui le sauva de la maladie ; car le bon Dieu n'abandonne que ceux qui s'abandonnent eux-mêmes, et celui qui a le courage de renfermer sa peine est plus fort contre elle que celui qui s'en plaint. Le pauvre besson prit comme une habitude d'être triste et pâle ; il eut, de temps en temps, un ou deux accès de fièvre et, tout en grandissant toujours un peu, il resta assez délicat et mince de sa personne. Il n'était pas bien soutenu à l'ouvrage, et ce n'était point sa faute, car il savait que le travail lui était bon ; et c'était bien assez d'ennuyer son père par sa tristesse, il ne voulait pas le fâcher et lui faire tort par sa lâcheté. Il se mettait donc à l'ouvrage, et travaillait de colère contre lui-même. Aussi en prenait-il souvent plus qu'il ne pouvait en supporter ; et le lendemain il était si las qu'il ne pouvait plus rien faire.

— Ce ne sera jamais un fort ouvrier, disait le père Barbeau ; mais il fait ce qu'il peut, et quand il peut, il ne s'épargne même pas assez. C'est pourquoi je ne veux point le mettre chez les autres ; car, par la crainte qu'il a des reproches et le peu de force que Dieu lui a donné il se tuerait bien vite, et j'aurais à me le reprocher toute ma vie.

La mère Barbeau goûtait fort ces raisons-là et faisait tout son possible pour égayer Sylvinet. Elle consulta plusieurs médecins sur sa santé et ils lui dirent, les uns qu'il fallait le ménager beaucoup, et ne plus lui faire boire que du lait, parce qu'il était faible ; les autres, qu'il fallait le faire travailler beaucoup et lui donner du bon vin, parce qu'étant faible, il avait besoin de se fortifier. Et la mère Barbeau ne savait lequel écouter, ce qui arrive toujours quand on prend plusieurs avis.

Heureusement que, dans le doute, elle n'en suivit aucun, et que Sylvinet marcha dans la route que le bon Dieu lui avait ouverte, sans y rencontrer de quoi le faire verser à droite ou à gauche, et il traîna son petit mal sans être trop foulé, jusqu'au moment où les amours de Landry firent un éclat, et où Sylvinet vit augmenter sa peine de toute celle qui fut faite à son frère.

XXVIII

Ce fut la Madelon qui découvrit le pot aux roses ;
et, si elle le fit sans malice, encore en tira-t-elle un mauvais parti. Elle s'était bien consolée de Landry, et,
n'ayant pas perdu beaucoup de temps à l'aimer, elle
n'en avait guère demandé pour l'oublier. Cependant
il lui était resté sur le cœur une petite rancune qui
n'attendait que l'occasion pour se faire sentir, tant il
est vrai que le dépit chez les femmes dure plus que le
regret.

Voici comment la chose arriva. La belle Madelon,
qui était renommée pour son air sage et pour ses manières fières avec les garçons, était cependant très coquette
en dessous, et pas moitié si raisonnable ni si fidèle dans
ses amitiés que le pauvre grelet, dont on avait si mal
parlé et si mal auguré. Adonc la Madelon avait déjà
eu deux amoureux, sans compter Landry, et elle se pro-
nonçait pour un troisième, qui était son cousin, le fils
cadet au père Caillaud de la Priche. Elle se prononça
si bien qu'étant surveillée par le dernier à qui elle avait
donné de l'espérance, et craignant qu'il ne fît un éclat,
ne sachant où se cacher pour causer à loisir avec le
nouveau, elle se laissa persuader par celui-ci d'aller
babiller dans le colombier où justement Landry avait
d'honnêtes rendez-vous avec la petite Fadette.

Cadet Caillaud avait bien cherché la clef de ce colombier, et ne l'avait point trouvée parce qu'elle était toujours dans la poche de Landry ; et il n'avait osé la

demander à personne, parce qu'il n'avait pas de bonnes raisons pour en expliquer la demande. Si bien que personne, hormis Landry, ne s'inquiétait de savoir où elle était. Cadet Caillaud, songeant qu'elle était perdue, ou que son père la tenait dans son trousseau, ne se gêna pas pour enfoncer la porte. Mais le jour où il le fit, Landry et Fadette se trouvaient là, et ces quatre amoureux se trouvèrent bien penauds en se voyant les uns les autres. C'est ce qui les engagea tous également à se taire et à ne rien ébruiter.

Mais la Madelon eut comme un retour de jalousie et de colère, en voyant Landry, qui était devenu un des plus beaux garçons du pays et des plus estimés, garder, depuis la Saint-Andoche, une si belle fidélité à la petite Fadette, et elle forma la résolution de s'en venger. Pour cela, sans en rien confier à Cadet Caillaud, qui était honnête homme et ne s'y fût point prêté, elle se fit aider d'une ou deux jeunes fillettes de ses amies, lesquelles, un peu dépitées aussi du mépris que Landry paraissait faire d'elles en ne les priant plus jamais à danser, se mirent à surveiller si bien la petite Fadette, qu'il ne leur fallut pas grand temps pour s'assurer de son amitié avec Landry. Et sitôt qu'elles les eurent épiés et vus une ou deux fois ensemble, elles en firent grand bruit dans tout le pays, disant à qui voulait les écouter, et Dieu sait si la médisance manque d'oreilles pour se faire entendre et de langues pour se faire répéter, que Landry avait fait une mauvaise connaissance dans la personne de la petite Fadette.

Alors toute la jeunesse femelle s'en mêla, car lorsqu'un garçon de belle mine et de bon avoir s'occupe d'une personne, c'est comme une injure à toutes les autres, et si l'on peut trouver à mordre sur cette personne-là, on ne s'en fait pas faute. On peut dire aussi que, quand une méchanceté est exploitée par les femmes, elle va vite et loin.

Aussi, quinze jours après l'aventure de la tour à Jacot, sans qu'il fût question de la tour, ni de Madelon, qui avait eu bien soin de ne pas se mettre en avant, et qui feignait même d'apprendre comme une nouvelle ce qu'elle avait dévoilé la première à la sourdine, tout le monde savait, petits et grands, vieilles et jeunes, les amours de Landry le besson avec Fanchon le grelet.

Et le bruit en vint jusqu'aux oreilles de la mère Barbeau, qui s'en affligea beaucoup et n'en voulut point parler à son homme. Mais le père Barbeau l'apprit d'autre part, et Sylvain, qui avait bien discrètement gardé le secret de son frère, eut le chagrin de voir que tout le monde le savait.

Or, un soir que Landry songeait à quitter la Besson- ∾ nière de bonne heure, comme il avait coutume de faire, son père lui dit, en présence de sa mère, de sa sœur aînée et de son besson :

— Ne sois pas si hâteux* de nous quitter, Landry, car j'ai à te parler ; mais j'attends que ton parrain soit ici, car c'est devant ceux de la famille qui s'intéressent le plus à ton sort, que je veux te demander une explication.

Et quand le parrain, qui était l'oncle Landriche, fut arrivé, le père Barbeau parla en cette manière :

— Ce que j'ai à te dire te donnera un peu de honte, mon Landry ; aussi n'est-ce pas sans un peu de honte moi-même, et sans beaucoup de regret, que je me vois obligé de te confesser devant ta famille. Mais j'espère que cette honte te sera salutaire et te guérira d'une fantaisie qui pourrait te porter préjudice.

Il paraît que tu as fait une connaissance qui date de la dernière Saint-Andoche, il y aura prochainement un an. On m'en a parlé dès le premier jour, car c'était une chose imaginante* que de te voir danser tout un jour de fête avec la fille la plus laide, la plus malpropre et la plus mal famée de notre pays. Je n'ai pas voulu y prêter attention, pensant que tu en avais fait un amusement, et je n'approuvais pas précisément la chose, parce que, s'il ne faut pas fréquenter les mauvaises gens, encore ne faut-il pas augmenter leur humiliation et le malheur qu'ils ont d'être haïssables à tout le monde. J'avais négligé de t'en parler, pensant, à te

voir triste le lendemain, que tu t'en faisais reproche à
toi-même et que tu n'y retournerais plus. Mais voilà
que, depuis une semaine environ, j'entends dire bien
autre chose, et, encore que ce soit par des personnes
dignes de foi, je ne veux point m'y fier, à moins que
tu ne me le confirmes. Si je t'ai fait tort en te soupçonnant, tu ne l'imputeras qu'à l'intérêt que je te porte
et au devoir que j'ai de surveiller ta conduite ; car, si
la chose est une fausseté, tu me feras un grand plaisir
en me donnant ta parole et en me faisant connaître
qu'on t'a desservi à tort dans mon opinion.

— Mon père, dit Landry, voulez-vous bien me dire
de quoi vous m'accusez, et je vous répondrai selon la
vérité et le respect que je vous dois.

— On t'accuse, Landry, je crois te l'avoir suffisamment donné à entendre, d'avoir un commerce malhonnête avec la petite-fille de la mère Fadet, qui est une
assez mauvaise femme ; sans compter que la propre
mère de cette malheureuse fille a vilainement quitté son
mari, ses enfants et son pays pour suivre les soldats.
On t'accuse de te promener de tous les côtés avec la
petite Fadette, ce qui me ferait craindre de te voir
engagé par elle dans de mauvaises amours, dont toute
ta vie tu pourrais avoir à te repentir. Entends-tu, à la
fin ?

— J'entends bien, mon cher père, répondit Landry,
et souffrez-moi encore une question avant que je vous
réponde. Est-ce à cause de sa famille, ou seulement à
cause d'elle-même, que vous regardez la Fanchon
Fadette comme une mauvaise connaissance pour moi ?

— C'est sans doute à cause de l'une et de l'autre,
reprit le père Barbeau avec un peu plus de sévérité qu'il
n'en avait mis au commencement ; car il s'était attendu
à trouver Landry bien penaud, et il le trouvait tranquille et comme résolu à tout. C'est d'abord, fit-il,
qu'une mauvaise parenté est une vilaine tache, et que
jamais une famille estimée et honorée comme est la
mienne ne voudrait faire alliance avec la famille Fadet.
C'est ensuite que la petite Fadet, par elle-même, n'ins-

pire d'estime et de confiance à personne. Nous l'avons
vue s'élever et nous savons tous ce qu'elle vaut. J'ai
bien entendu dire, et je reconnais pour l'avoir vu deux
ou trois fois, que depuis un an elle se tient mieux, ne
court plus avec les petits garçons et ne parle mal à personne. Tu vois que je ne veux pas m'écarter de la justice ; mais cela ne me suffit pas pour croire qu'une
enfant qui a été si mal élevée puisse jamais faire une
honnête femme, et connaissant la grand'mère comme
je l'ai connue, j'ai tout lieu de craindre qu'il n'y ait
là une intrigue montée pour te soutirer des promesses
et te causer de la honte et de l'embarras. On m'a même
dit que la petite était enceinte, ce que je ne veux point
croire à la légère, mais ce qui me peinerait beaucoup,
parce que la chose te serait attribuée et reprochée, et
pourrait finir par un procès et du scandale.

Landry, qui, depuis le premier mot, s'était bien promis d'être prudent et de s'expliquer avec douceur, perdit patience. Il devint rouge comme le feu, et se levant :

— Mon père, dit-il, ceux qui vous ont dit cela ont
menti comme des chiens. Ils ont fait une telle insulte
à Fanchon Fadet, que si je les tenais là, il faudrait qu'ils
eussent à se dédire ou à se battre avec moi, jusqu'à ce
qu'il en restât un de nous par terre. Dites-leur qu'ils
sont des lâches et des païens ; et qu'ils viennent donc
me le dire en face, ce qu'ils vous ont insinué en traî-
tres, et nous en aurons beau jeu !

— Ne te fâche pas comme cela, Landry, dit Sylvinet tout abattu de chagrin ; mon père ne t'accuse point
d'avoir fait du tort à cette fille ; mais il craint qu'elle
ne se soit mise dans l'embarras avec d'autres, et qu'elle
ne veuille faire croire, en se promenant de jour et de
nuit avec toi, que c'est à toi de lui donner une réparation.

XXIX

La voix de son besson adoucit un peu Landry ; mais les paroles qu'il disait ne purent passer sans qu'il les relevât.

— Frère, dit-il, tu n'entends rien à tout cela. Tu as toujours été prévenu contre la petite Fadette, et tu ne la connais point. Je m'inquiète bien peu de ce qu'on peut dire de moi ; mais je ne souffrirai point ce qu'on dit contre elle, et je veux que mon père et ma mère sachent de moi, pour se tranquilliser, qu'il n'y a point sur la terre deux filles aussi honnêtes, aussi sages, aussi bonnes, aussi désintéressées que cette fille-là. Si elle a le malheur d'être mal apparentée, elle en a d'autant plus de mérite à être ce qu'elle est, et je n'aurais jamais cru que des âmes chrétiennes pussent lui reprocher le malheur de sa naissance.

— Vous avez l'air vous-même de me faire un reproche, Landry, dit le père Barbeau en se levant aussi, pour lui montrer qu'il ne souffrirait pas que la chose allât plus loin entre eux. Je vois à votre dépit, que vous en tenez pour cette Fadette plus que je n'aurais souhaité. Puisque vous n'en avez ni honte ni regret, nous n'en parlerons plus. J'aviserai à ce que je dois faire pour vous prévenir d'une étourderie de jeunesse. À cette heure, vous devez retourner chez vos maîtres.

— Vous ne vous quitterez pas comme ça, dit Sylvinet en retenant son frère, qui commençait à s'en aller. Mon père, voilà Landry qui a tant de chagrin de vous avoir déplu qu'il ne peut rien dire. Donnez-lui son pardon et l'embrassez, car il va pleurer à nuitée, et il serait trop puni par votre mécontentement.

Sylvinet pleurait, la mère Barbeau pleurait aussi, et aussi la sœur aînée, et l'oncle Landriche. Il n'y avait que le père Barbeau et Landry qui eussent les yeux secs ; mais ils avaient le cœur bien gros et on les fit s'embrasser. Le père n'exigea aucune promesse, sachant bien que, dans les cas d'amour, ces promesses-là sont chanceuses*, et ne voulant point compromettre son autorité ; mais il fit comprendre à Landry que ce n'était point fini et qu'il y reviendrait. Landry s'en alla courroucé et désolé. Sylvinet eût bien voulu le suivre ; mais il n'osa, à cause qu'il présumait bien qu'il allait faire part de son chagrin à la Fadette, et il se coucha si triste que, de toute la nuit, il ne fit que soupirer et rêver de malheur dans la famille.

Landry s'en alla frapper à la porte de la petite Fadette. La mère Fadet était devenue si sourde qu'une fois endormie rien ne l'éveillait, et depuis quelque temps Landry, se voyant découvert, ne pouvait causer avec Fanchon que le soir dans la chambre où dormaient la vieille et le petit Jeanet ; et là encore, il risquait gros, car la vieille sorcière ne pouvait pas le souffrir et l'eût fait sortir avec des coups de balai bien plutôt qu'avec des compliments. Landry raconta sa peine à la petite Fadette, et la trouva grandement soumise et courageuse. D'abord elle essaya de lui persuader qu'il ferait bien, dans son intérêt à lui, de reprendre son amitié et de ne plus penser à elle. Mais quand elle vit qu'il s'affligeait et se révoltait de plus en plus, elle l'engagea à l'obéissance en lui donnant à espérer du temps à venir.

— Écoute, Landry, lui dit-elle, j'avais toujours eu prévoyance de ce qui nous arrive, et j'ai souvent songé à ce que nous ferions, le cas échéant. Ton père n'a point de tort, et je ne lui en veux pas ; car c'est par grande amitié pour toi qu'il craint de te voir épris d'une personne aussi peu méritante que je le suis. Je lui pardonne donc un peu de fierté et d'injustice à mon endroit ; car nous ne pouvons pas disconvenir que ma première petite jeunesse a été folle, et toi-même me l'as reproché le jour où tu as commencé à m'aimer. Si depuis un an, je me suis corrigée de mes défauts, ce n'est pas assez de temps pour qu'il y prenne confiance, comme il te l'a dit aujourd'hui. Il faut donc que le temps passe encore là-dessus, et, peu à peu, les préventions qu'on avait contre moi s'en iront, les vilains mensonges qu'on fait à présent tomberont d'eux-mêmes. Ton père et ta mère verront bien que je suis sage et que je ne veux pas te débaucher ni te tirer de l'argent. Ils rendront justice à l'honnêteté de mon amitié, et nous pourrons nous voir et nous parler sans nous cacher de personne ; mais en attendant il faut que tu obéisses à ton père, qui, j'en suis certaine, va te défendre de me fréquenter.

— Jamais je n'aurai ce courage-là, dit Landry, j'aimerais mieux me jeter dans la rivière.

— Eh bien ! si tu ne l'as pas, je l'aurai pour toi, dit la petite Fadette ; je m'en irai, moi, je quitterai le pays pour un peu de temps. Il y a déjà deux mois qu'on m'offre une bonne place en ville. Voilà ma grand'mère si sourde et si âgée, qu'elle ne s'occupe presque plus de faire et de vendre ses drogues, et qu'elle ne peut plus donner ses consultations. Elle a une parente très bonne, qui lui offre de venir demeurer avec elle, et qui la soignera bien, ainsi que mon pauvre sauteriot...

La petite Fadette eut la voix coupée, un moment, par l'idée de quitter cet enfant, qui était, avec Landry, ce qu'elle aimait le plus au monde ; mais elle reprit courage et dit :

— À présent, il est assez fort pour se passer de moi. Il va faire sa première communion, et l'amusement d'aller au catéchisme avec les autres enfants le distraira du chagrin de mon départ. Tu dois avoir observé qu'il est devenu assez raisonnable, et que les autres garçonnets ne le font plus guère enrager. Enfin, il le faut, vois-tu, Landry ; il faut qu'on m'oublie un peu, car il y a, à cette heure, une grande colère et une grande jalousie contre moi dans le pays. Quand j'aurai passé un an ou deux au loin, et que je reviendrai avec de bons témoignages et une bonne renommée, laquelle j'acquerrai plus aisément ailleurs qu'ici, on ne nous tourmentera plus, et nous serons meilleurs amis que jamais.

Landry ne voulut pas écouter cette proposition-là ; il ne fit que se désespérer, et s'en retourna à la Priche dans un état qui aurait fait pitié au plus mauvais cœur.

Deux jours après, comme il menait la cuve pour la vendange, Cadet Caillaud lui dit :

— Je vois, Landry, que tu m'en veux, et que, depuis quelque temps, tu ne me parles pas. Tu crois sans doute que c'est moi qui ai ébruité tes amours avec la petite Fadette, et je suis fâché que tu puisses croire une pareille vilenie de ma part. Aussi vrai que Dieu est au ciel, jamais je n'en ai soufflé un mot, et mêmement c'est un chagrin pour moi qu'on t'ait causé ces ennuis-là ; car j'ai toujours fait grand cas de toi, et jamais je n'ai fait injure à la petite Fadette. Je puis même dire que j'ai de l'estime pour cette fille depuis ce qui nous est arrivé au colombier, dont elle aurait pu bavarder pour sa part, et dont jamais personne n'a rien su, tant elle a été discrète. Elle aurait pu s'en servir pourtant, à seules fins de tirer vengeance de la Madelon, qu'elle sait bien être l'auteur de tous ces caquets ; mais elle ne l'a point fait, et je vois, Landry, qu'il ne faut point se fier aux apparences et aux réputations. La Fadette, qui passait pour méchante, a été bonne ; la Madelon, qui passait pour bonne, a été bien traître, non seulement envers la Fadette et envers toi, mais encore avec moi, qui, pour l'heure, ai grandement à me plaindre de sa fidélité.

Landry accepta de bon cœur les explications de Cadet Caillaud, et celui-ci le consola de son mieux de son chagrin.

— On t'a fait bien des peines, mon pauvre Landry, lui dit-il en finissant ; mais tu dois t'en consoler par la bonne conduite de la petite Fadette. C'est bien, à elle, de s'en aller, pour faire finir le tourment de ta famille, et je viens de le lui dire à elle-même, en lui faisant mes adieux au passage.

— Qu'est-ce que tu me dis là, Cadet ? s'exclama Landry, elle s'en va ? elle est partie ?

— Ne le savais-tu pas ? dit Cadet. Je pensais que c'était chose convenue entre vous, et que tu ne la conduisais point pour n'être pas blâmé. Mais elle s'en va, pour sûr ; elle a passé au droit de chez nous il n'y a pas plus d'un quart d'heure, et elle avait son petit paquet sous le bras. Elle allait à Château-Meillant, et, à cette heure, elle n'est pas plus loin que Vieille-Ville, ou bien la côte d'Urmont.

Landry laissa son aiguillon accoté au frontal de ses bœufs, prit sa course et ne s'arrêta que quand il eut rejoint la petite Fadette, dans le chemin de sable qui descend des vignes d'Urmont à la Fremelaine.

Là, tout épuisé par le chagrin et la grande hâte de sa course, il tomba en travers du chemin, sans pouvoir lui parler, mais en lui faisant connaître par signes qu'elle aurait à marcher sur son corps avant de le quitter.

Quand il se fut un peu remis, la Fadette lui dit :

— Je voulais t'épargner cette peine, mon cher Landry, et voilà que tu fais tout ce que tu peux pour m'ôter le courage. Sois donc un homme, et ne m'empêche pas d'avoir du cœur ; il m'en faut plus que tu ne penses, et quand je songe que mon pauvre petit Jeanet me cherche et crie après moi, à cette heure, je me sens si faible que, pour un rien, je me casserais la tête sur ces pierres. Ah ! je t'en prie, Landry, aide-moi au lieu de me détourner de mon devoir ; car, si je ne m'en vas pas aujourd'hui, je ne m'en irai jamais, et nous serons perdus.

— Fanchon, Fanchon, tu n'as pas besoin d'un grand courage, répondit Landry. Tu ne regrettes qu'un enfant qui se consolera bientôt, parce qu'il est enfant. Tu ne te soucies pas de mon désespoir ; tu ne connais pas ce que c'est que l'amour ; tu n'en as point pour moi, et tu vas m'oublier vite, ce qui fait que tu ne reviendras peut-être jamais.

— Je reviendrai, Landry ; je prends Dieu à témoin que je reviendrai dans un an au plus tôt, dans deux ans au plus tard, et que je t'oublierai si peu que je n'aurai jamais d'autre ami ni d'autre amoureux que toi.

— D'autre ami, c'est possible, Fanchon, parce que tu n'en retrouveras jamais un qui te soit soumis comme je le suis ; mais d'autre amoureux, je n'en sais rien ; qui peut m'en répondre ?

— C'est moi qui t'en réponds !

— Tu n'en sais rien toi-même, Fadette, tu n'as jamais aimé, et quand l'amour te viendra, tu ne te souviendras guère de ton pauvre Landry. Ah ! si tu m'avais aimé de la manière dont je t'aime, tu ne me quitterais pas comme ça.

— Tu crois, Landry ? dit la petite Fadette en le regardant d'un air triste et bien sérieux. Peut-être bien que tu ne sais ce que tu dis. Moi, je crois que l'amour me commanderait encore plus que ce que l'amitié me fait faire.

— Eh bien, si c'était l'amour qui te commande, je n'aurais pas tant de chagrin. Oh ! oui, Fanchon, si c'était l'amour, je crois quasiment que je serais heureux dans mon malheur. J'aurais de la confiance dans ta parole et de l'espérance dans l'avenir ; j'aurais le courage que tu as, vrai !... Mais ce n'est pas de l'amour, tu me l'as dit bien des fois, et je l'ai vu à ta grande tranquillité à côté de moi.

— Ainsi tu crois que ce n'est pas l'amour, dit la petite Fadette ; tu en es bien assuré ?

Et, le regardant toujours, ses yeux se remplirent de larmes qui tombèrent sur ses joues, tandis qu'elle souriait d'une manière bien étrange.

— Ah ! mon Dieu ! mon bon Dieu ! s'écria Landry

en la prenant dans ses bras, si je pouvais m'être trompé !

— Moi, je crois bien que tu t'es trompé, en effet, répondit la petite Fadette, toujours souriant et pleurant ; je crois bien que, depuis l'âge de treize ans, le pauvre Grelet a remarqué Landry et n'en a jamais remarqué d'autre. Je crois bien que, quand elle le suivait par les champs et par les chemins, en lui disant des folies et des taquineries pour le forcer à s'occuper d'elle, elle ne savait point encore ce qu'elle faisait, ni ce qui la poussait vers lui. Je crois bien que, quand elle s'est mise un jour à la recherche de Sylvinet, sachant que Landry était dans la peine, et qu'elle l'a trouvé au bord de la rivière, tout pensif, avec un petit agneau sur ses genoux, elle a fait un peu la sorcière avec Landry, afin que Landry fût forcé à lui en avoir de la reconnaissance. Je crois bien que, quand elle l'a injurié au gué des Roulettes, c'est parce qu'elle avait du dépit et du chagrin de ce qu'il ne lui avait jamais parlé depuis. Je crois bien que, quand elle a voulu danser avec lui, c'est parce qu'elle était folle de lui et qu'elle espérait lui plaire par sa jolie danse. Je crois bien que, quand elle pleurait dans la carrière du Chaumois, c'était pour le repentir et la peine de lui avoir déplu. Je crois bien aussi que, quand il voulait l'embrasser et qu'elle s'y refusait, quand il lui parlait d'amour et qu'elle lui répondait en paroles d'amitié, c'était par la crainte qu'elle avait de perdre cet amour-là en le contentant trop vite. Enfin je crois que, si elle s'en va en se déchirant le cœur, c'est par l'espérance qu'elle a de revenir digne de lui dans l'esprit de tout le monde, et de pouvoir être sa femme, sans désoler et sans humilier sa famille.

Cette fois Landry crut qu'il deviendrait tout à fait fou. Il riait, il criait et il pleurait ; et il embrassait Fanchon sur ses mains, sur sa robe ; et il l'eût embrassée sur ses pieds, si elle avait voulu le souffrir ; mais elle le releva et lui donna un vrai baiser d'amour dont il faillit mourir ; car c'était le premier qu'il eût jamais reçu d'elle, ni d'aucune autre, et, du temps qu'il en tombait comme pâmé sur le bord du chemin, elle ramassa son paquet, toute rouge et confuse qu'elle était, et se sauva en lui défendant de la suivre et en lui jurant qu'elle reviendrait.

XXX

Landry se soumit et revint à la vendange, bien surpris de ne pas se trouver malheureux comme il s'y était
attendu, tant c'est une grande douceur de se savoir
aimé, et tant la foi est grande quand on aime grandement. Il était si étonné et si aise qu'il ne put se défendre d'en parler à Cadet Caillaud, lequel s'étonna aussi,
et admira la petite Fadette pour avoir si bien su se
défendre de toute faiblesse et de toute imprudence,
depuis le temps qu'elle aimait Landry et qu'elle en était
aimée.

— Je suis content de voir, lui dit-il, que cette fille-là
a tant de qualités, car, pour mon compte, je ne l'ai
jamais mal jugée, et je peux même dire que si elle avait
fait attention à moi, elle ne m'aurait point déplu. À
cause des yeux qu'elle a, elle m'a toujours semblé plutôt belle que laide, et, depuis un certain temps, tout
le monde aurait bien pu voir, si elle avait voulu plaire,
qu'elle devenait chaque jour plus agréable. Mais elle
t'aimait uniquement, Landry, et se contentait de ne
point déplaire aux autres ; elle ne cherchait d'autre
approbation que la tienne, et je te réponds qu'une
femme de ce caractère-là m'aurait bien convenu. D'ailleurs si petite et si enfant que je l'ai connue, j'ai toujours considéré qu'elle avait un grand cœur, et si l'on
allait demander à chacun de dire en conscience et en
vérité ce qu'il en pense et ce qu'il en sait, chacun serait
obligé de témoigner pour elle ; mais le monde est fait

comme cela que quand deux ou trois personnes se mettent après une autre, toutes s'en mêlent, lui jettent la pierre et lui font une mauvaise réputation sans trop savoir pourquoi ; et comme si c'était pour le plaisir d'écraser qui ne peut se défendre.

Landry trouvait un grand soulagement à entendre raisonner Cadet Caillaud de la sorte, et, depuis ce jour-là il fit une grande amitié avec lui, et se consola un peu de ses ennuis en les lui confiant. Et mêmement, il lui dit un jour :

— Ne pense plus à cette Madelon, qui ne vaut rien et qui nous a fait des peines à tous deux, mon brave Cadet. Tu es de même âge et rien ne te presse de te marier. Or, moi, j'ai une petite sœur, Nanette, qui est jolie comme un cœur, qui est bien élevée, douce, mignonne, et qui prend seize ans. Viens nous voir un peu plus souvent ; mon père t'estime beaucoup, et quand tu connaîtras bien notre Nanette, tu verras que tu n'auras pas de meilleure idée que celle de devenir mon beau-frère.

— Ma foi, je ne dis pas non, répondit Cadet, et si la fille n'est point accordée par ailleurs, j'irai chez toi tous les dimanches.

Le soir du départ de Fanchon Fadet, Landry voulut aller voir son père pour lui apprendre l'honnête conduite de cette fille qu'il avait mal jugée, et, en même temps, pour lui faire, sous toutes réserves quant à l'avenir, ses soumissions quant au présent. Il eut le cœur bien gros en passant devant la maison de la mère Fadet ; mais il s'arma d'un grand courage, en se disant que, sans le départ de Fanchon, il n'aurait peut-être pas su de longtemps le bonheur qu'il avait d'être aimé d'elle. Et il vit la mère Fanchette, qui était la parente et la marraine à Fanchon, laquelle était venue pour soigner la vieille et le petit à sa place. Elle était assise devant la porte, avec le sauteriot sur ses genoux. Le pauvre Jeanet pleurait et ne voulait point aller au lit, parce que sa Fanchon n'était point encore rentrée, disait-il, et que c'était à elle à lui faire dire ses prières et à le coucher. La mère Fanchette le réconfortait de son mieux, et Landry entendit avec plaisir qu'elle lui parlait avec beaucoup de douceur et d'amitié. Mais sitôt que le sauteriot vit passer Landry, il s'échappa des mains de la Fanchette, au risque d'y laisser une de ses pattes, et courut se jeter dans les jambes du besson, l'embrassant et le questionnant et le conjurant de lui ramener sa Fanchon. Landry le prit dans ses bras, et, tout en pleurant, le consola comme il put. Il voulut lui donner une grappe de beaux raisins qu'il portait dans un petit panier, de la part de la mère Caillaud, à la mère Barbeau ; mais Jeanet, qui était d'habitude assez gourmand, ne voulut rien sinon que Landry lui promettrait d'aller querir sa Fanchon, et il fallut que Landry le lui promît en soupirant, sans quoi il ne se fût point soumis à la Fanchette.

Le père Barbeau ne s'attendait guère à la grande résolution de la petite Fadette. Il en fut content ; mais il eut comme du regret de ce qu'elle avait fait, tant il était homme juste et de bon cœur.

— Je suis fâché, Landry, dit-il, que tu n'aies pas eu le courage de renoncer à la fréquenter. Si tu avais agi selon ton devoir, tu n'aurais pas été la cause de son départ. Dieu veuille que cette enfant n'ait pas à souffrir dans sa nouvelle condition, et que son absence ne fasse pas de tort à sa grand'mère et à son petit frère ; car s'il y a beaucoup de gens qui disent du mal d'elle, il y en a aussi quelques-uns qui la défendent et qui m'ont assuré qu'elle était très bonne et très serviable pour sa famille. Si ce qu'on m'a dit qu'elle est enceinte est une fausseté, nous le saurons bien, et nous la défendrons comme il faut ; si, par malheur, c'est vrai, et que tu en sois coupable, Landry, nous l'assisterons et ne la laisserons pas tomber dans la misère. Que tu ne l'épouses jamais, Landry, voilà tout ce que j'exige de toi.

— Mon père, dit Landry, nous jugeons la chose différemment vous et moi. Si j'étais coupable de ce que vous pensez, je vous demanderais, au contraire, votre permission pour l'épouser. Mais comme la petite Fadette est aussi innocente que ma sœur Nanette, je ne vous demande rien encore que de me pardonner le chagrin que je vous ai causé. Nous parlerons d'elle plus tard, ainsi que vous me l'avez promis.

Il fallut bien que le père Barbeau en passât par cette condition de ne pas insister davantage. Il était trop prudent pour brusquer les choses et se devait tenir pour content de ce qu'il avait obtenu.

Depuis ce moment-là il ne fut plus question de la petite Fadette à la Bessonnière. On évita même de la nommer, car Landry devenait rouge, et tout aussitôt pâle, quand son nom échappait à quelqu'un devant lui, et il était bien aisé de voir qu'il ne l'avait pas plus oubliée qu'au premier jour.

XXXI

D'abord Sylvinet eut comme un contentement d'égoïste en apprenant le départ de la Fadette, et il se flatta que dorénavant son besson n'aimerait que lui et ne le quitterait plus pour personne. Mais il n'en fut point ainsi. Sylvinet était bien ce que Landry aimait le mieux au monde après la petite Fadette ; mais il ne pouvait se plaire longtemps dans sa société, parce que Sylvinet ne voulut point se départir de son aversion pour Fanchon. Aussitôt que Landry essayait de lui en parler et de le mettre dans ses intérêts, Sylvinet s'affligeait, lui faisait reproche de s'obstiner dans une idée si répugnante à leurs parents et si chagrinante pour lui-même. Landry, dès lors, ne lui en parla plus ; mais, comme il ne pouvait pas vivre sans en parler, il partageait son temps entre Cadet Caillaud et le petit Jeanet, qu'il emmenait promener avec lui, à qui il faisait répéter son catéchisme et qu'il instruisait et consolait de son mieux. Et quand on le rencontrait avec cet enfant, on se fût moqué de lui, si l'on eût osé. Mais, outre que Landry ne se laissait jamais bafouer en quoi que ce soit, il était plutôt fier que honteux de montrer son amitié pour le frère de Fanchon Fadet, et c'est par là qu'il protestait contre le dire de ceux qui prétendaient que le père Barbeau, dans sa sagesse, avait bien vite eu raison de cet amour-là. Sylvinet, voyant que son frère ne revenait pas autant à lui qu'il l'aurait souhaité, et se trouvant réduit à porter sa jalousie sur le petit Jeanet et sur Cadet

Caillaud ; voyant, d'un autre côté, que sa sœur
Nanette, laquelle, jusqu'alors, l'avait toujours consolé
et réjoui par des soins très doux et des attentions
mignardes, commençait à se plaire beaucoup dans la
société de ce même Cadet Caillaud, dont les deux familles approuvaient fort l'inclination ; le pauvre Sylvinet,
dont la fantaisie était de posséder à lui tout seul l'amitié de ceux qu'il aimait, tomba dans un ennui mortel,
dans une langueur singulière, et son esprit se rembru-
nit si fort qu'on ne savait par où le prendre pour le
contenter. Il ne riait plus jamais ; il ne prenait goût à
rien, il ne pouvait plus guère travailler, tant il se
consumait et s'affaiblissait. Enfin on craignit pour sa
vie, car la fièvre ne le quittait presque plus, et, quand
il l'avait un peu plus que d'habitude, il disait des choses qui n'avaient pas grand'raison et qui étaient cruel-
les pour le cœur de ses parents. Il prétendait n'être aimé
de personne, lui qu'on avait toujours choyé et gâté plus
que tous les autres dans la famille. Il souhaitait la mort,
disant qu'il n'était bon à rien ; qu'on l'épargnait par
compassion de son état, mais qu'il était une charge pour
ses parents, et que la plus grande grâce que le bon Dieu
pût lui faire, ce serait de les débarrasser de lui.

Quelquefois le père Barbeau, entendant ces paroles
peu chrétiennes, l'en blâmait avec sévérité. Cela n'amenait rien de bon. D'autres fois, le père Barbeau le conju-
rait, en pleurant, de mieux reconnaître son amitié.
C'était encore pire : Sylvinet pleurait, se repentait,
demandait pardon à son père, à sa mère, à son besson, à toute sa famille ; et la fièvre revenait plus forte,
après qu'il avait donné cours à la trop grande tendresse
de son cœur malade.

On consulta les médecins à nouveau. Ils ne conseil-
lèrent pas grand'chose. On vit, à leur mine, qu'ils
jugeaient que tout le mal venait de cette bessonnerie,
qui devait tuer l'un ou l'autre, le plus faible des deux
conséquemment. On consulta aussi la Baigneuse* de
Clavières, la femme la plus savante du canton après la
Sagette, qui était morte, et la mère Fadet, qui com-

mençait à tomber en enfance. Cette femme habile répondit à la mère Barbeau :

— Il n'y aurait qu'une chose pour sauver votre enfant, c'est qu'il aimât les femmes.

— Et justement il ne les peut souffrir, dit la mère Barbeau : jamais on n'a vu un garçon si fier et si sage, et, depuis le moment où son besson s'est mis l'amour en tête, il n'a fait que dire du mal de toutes les filles que nous connaissons. Il les blâme toutes de ce qu'une d'entre elles (et malheureusement ce n'est pas la meilleure) lui a enlevé, comme il prétend, le cœur de son besson.

— Eh bien, dit la Baigneuse, qui avait un grand jugement sur toutes les maladies du corps et de l'esprit, votre fils Sylvinet, le jour où il aimera une femme, l'aimera encore plus follement qu'il n'aime son frère. Je vous prédis cela. Il a une surabondance d'amitié dans le cœur, et, pour l'avoir toujours portée sur son besson, il a oublié quasiment son sexe, et, en cela, il a manqué à la loi du bon Dieu, qui veut que l'homme chérisse une femme plus que père et mère, plus que frères et sœurs. Consolez-vous, pourtant, il n'est pas possible que la nature ne lui parle pas bientôt, quelque retardé qu'il soit dans cette idée-là ; et la femme qu'il aimera qu'elle soit pauvre, ou laide, ou méchante, n'hésitez point à la lui donner en mariage ; car, selon toute apparence, il n'en aimera pas deux en sa vie. Son cœur a trop d'attache pour cela, et, s'il faut un grand miracle de nature pour qu'il se sépare un peu de son besson, il en faudrait un encore plus grand pour qu'il se séparât de la personne qu'il viendrait à lui préférer.

L'avis de la Baigneuse parut fort sage au père Barbeau, et il essaya d'envoyer Sylvinet dans les maisons où il y avait de belles et bonnes filles à marier. Mais, quoique Sylvinet fût joli garçon et bien élevé, son air indifférent et triste ne réjouissait pas le cœur des filles. Elles ne lui faisaient aucune avance, et lui qui était si timide, il s'imaginait, à force de les craindre, qu'il les détestait.

Le père Caillaud, qui était le grand ami et un des meilleurs conseils de la famille, ouvrit alors un autre avis :

— Je vous ai toujours dit, fit-il, que l'absence était le meilleur remède. Voyez Landry ! il devenait insensé pour la petite Fadette, et pourtant, la petite Fadette partie, il n'a perdu ni la raison ni la santé, il est même moins triste qu'il ne l'était souvent, car nous avions observé cela et nous n'en savions point la cause. À présent il paraît tout à fait raisonnable et soumis. Il en serait de même de Sylvinet si, pendant cinq ou six mois, il ne voyait point du tout son frère. Je vas vous dire le moyen de les séparer tout doucement. Ma ferme de la Priche va bien ; mais, en revanche, mon propre bien, qui est du côté d'Arthon, va au plus mal, à cause que, depuis environ un an, mon colon* est malade et ne peut se remettre. Je ne veux point le mettre dehors, parce qu'il est un véritable homme de bien. Mais si je pouvais lui envoyer un bon ouvrier pour l'aider, il se remettrait, vu qu'il n'est malade que de fatigue et de trop grand courage. Si vous y consentez, j'enverrai donc Landry passer dans mon bien le reste de la saison. Nous le ferons partir sans dire à Sylvinet que c'est pour longtemps. Nous lui dirons, au contraire, que c'est pour huit jours. Et puis, les huit jours passés, on lui parlera de huit autres jours, et toujours ainsi jusqu'à ce qu'il y soit accoutumé ; suivez mon conseil, au lieu de flatter toujours la fantaisie d'un enfant que vous avez trop épargné et rendu trop maître chez vous.

Le père Barbeau inclinait à suivre ce conseil, mais la mère Barbeau s'en effraya. Elle craignait que ce ne fût pour Sylvinet le coup de la mort. Il fallut transiger avec elle ; elle demandait qu'on fît d'abord l'essai de garder Landry quinze jours à la maison, pour savoir si son frère, le voyant à toute heure, ne se guérirait point. S'il empirait, au contraire, elle se rendrait à l'avis du père Caillaud.

Ainsi fut fait. Landry vint de bon cœur passer le temps requis à la Bessonnière, et on l'y fit venir sous le prétexte que son père avait besoin d'aide pour battre le reste de son blé, Sylvinet ne pouvant plus travailler. Landry mit tous ses soins et toute sa bonté à rendre son frère content de lui. Il le voyait à toute heure, il couchait dans le même lit, il le soignait comme s'il eût été un petit enfant. Le premier jour, Sylvinet fut bien joyeux ; mais, le second, il prétendit que Landry s'ennuyait avec lui, et Landry ne put lui ôter cette idée. Le troisième jour, Sylvinet fut en colère, parce que le sauteriot vint voir Landry, et que Landry n'eut point le courage de le renvoyer. Enfin, au bout de la semaine, il y fallut renoncer, car Sylvinet devenait de plus en plus injuste, exigeant et jaloux de son ombre. Alors on pensa à mettre à exécution l'idée du père Caillaud, et encore que Landry n'eût guère d'envie d'aller à Arthon parmi des étrangers, lui qui aimait tant son endroit, son ouvrage, sa famille et ses maîtres, il se soumit à tout ce qu'on lui conseilla de faire dans l'intérêt de son frère.

XXXII

Cette fois, Sylvinet manqua mourir le premier jour ;
mais le second, il fut plus tranquille, et le troisième,
la fièvre le quitta. Il prit de la résignation d'abord et
de la résolution ensuite ; et, au bout de la première
semaine, on reconnut que l'absence de son frère lui
valait mieux que sa présence. Il trouvait, dans le raisonnement que sa jalousie lui faisait en secret, un motif
pour être quasi satisfait du départ de Landry. Au
moins, se disait-il, dans l'endroit où il va, et où il ne
connaît personne, il ne fera pas tout de suite de nouvelles amitiés. Il s'ennuiera un peu, il pensera à moi
et me regrettera. Et quand il reviendra il m'aimera
davantage.

Il y avait déjà trois mois que Landry était absent,
et environ un an que la petite Fadette avait quitté le
pays, lorsqu'elle y revint tout d'un coup, parce que sa
grand'mère était tombée en paralysie. Elle la soigna
d'un grand cœur et d'un grand zèle ; mais l'âge est la
pire des maladies, et au bout de quinze jours, la mère
Fadet rendit l'âme sans y songer. Trois jours après,
ayant conduit au cimetière le corps de la pauvre vieille,
ayant rangé la maison, déshabillé et couché son frère,
et embrassé sa bonne marraine qui s'était retirée pour
dormir dans l'autre chambre, la petite Fadette était
assise bien tristement devant son petit feu, qui
n'envoyait guère de clarté, et elle écoutait chanter le
grelet de sa cheminée, qui semblait lui dire :

Grelet, grelet, petit grelet,
Toute Fadette a son fadet.

La pluie tombait et grésillait sur le vitrage, et Fanchon pensait à son amoureux, lorsqu'on frappa à la
porte, et une voix lui dit :

— Fanchon Fadet, êtes-vous là, et me reconnaissez-
vous ?

Elle ne fut point engourdie pour aller ouvrir et grande
fut sa joie en se laissant serrer sur le cœur de son ami
Landry. Landry avait eu connaissance de la maladie
de la grand'mère et du retour de Fanchon. Il n'avait
pu résister à l'envie de la voir, et il venait à la nuit pour
s'en aller avec le jour. Ils passèrent donc toute la nuit
à causer au coin du feu, bien sérieusement et bien sagement, car la petite Fadette rappelait à Landry que le
lit où sa grand'mère avait rendu l'âme était à peine
refroidi, et que ce n'était l'heure ni l'endroit pour
s'oublier dans le bonheur. Mais, malgré leurs bonnes
résolutions, ils se sentirent bien heureux d'être ensemble et de voir qu'ils s'aimaient plus qu'ils ne s'étaient
jamais aimés.

Comme le jour approchait, Landry commença pourtant à perdre courage, et il priait Fanchon de le cacher
dans son grenier pour qu'il pût encore la voir la nuit
suivante. Mais, comme toujours, elle le ramena à la raison. Elle lui fit entendre qu'ils n'étaient plus séparés
pour longtemps, car elle était résolue à rester au pays.

— J'ai pour cela, lui dit-elle, des raisons que je te
ferai connaître plus tard et qui ne nuiront pas à l'espérance que j'ai de notre mariage. Va achever le travail
que ton maître t'a confié, puisque, selon ce que ma
marraine m'a conté, il est utile à la guérison de ton frère
qu'il ne te voie pas encore de quelque temps.

— Il n'y a que cette raison-là qui puisse me décider
à te quitter, répondit Landry ; car mon pauvre besson
m'a causé bien des peines, et je crains qu'il ne m'en
cause encore. Toi, qui es si savante, Fanchonnette, tu
devrais bien trouver un moyen de le guérir.

— Je n'en connais pas d'autre que le raisonnement, répondit-elle ; car c'est son esprit qui rend son corps malade, et qui pourrait guérir l'un, guérirait l'autre. Mais il a tant d'aversion pour moi, que je n'aurai jamais l'occasion de lui parler et de lui donner des consolations.

— Et pourtant tu as tant d'esprit, Fadette, tu parles si bien, tu as un don si particulier pour persuader ce que tu veux, quand tu en prends la peine, que si tu lui parlais seulement une heure, il en ressentirait l'effet. Essaie-le, je te le demande. Ne te rebute pas de sa fierté et de sa mauvaise humeur. Oblige-le à t'écouter. Fais cet effort-là pour moi, ma Fanchon, et pour la réussite de nos amours aussi, car l'opposition de mon père ne sera pas le plus petit de nos empêchements.

Fanchon promit, et ils se quittèrent après s'être répété plus de deux cents fois qu'ils s'aimaient et s'aimeraient toujours.

XXXIII

Personne ne sut dans le pays que Landry y était venu. Quelqu'un qui l'aurait pu dire à Sylvinet l'aurait fait retomber dans son mal, il n'eût point pardonné à son frère d'être venu voir la Fadette et non pas lui.

À deux jours de là, la petite Fadette s'habilla très proprement, car elle n'était plus sans sou ni maille, et son deuil était de belle sergette* fine. Elle traversa le bourg de la Cosse, et comme elle avait beaucoup grandi, ceux qui la virent passer ne la reconnurent pas tout d'abord. Elle avait considérablement embelli à la ville ; étant mieux nourrie et mieux abritée, elle avait pris du teint et de la chair autant qu'il convenait à son âge, et l'on ne pouvait plus la prendre pour un garçon déguisé, tant elle avait la taille belle et agréable à voir. L'amour et le bonheur avaient mis aussi sur sa figure et sur sa personne ce je ne sais quoi qui se voit et ne s'explique point. Enfin elle était non pas la plus jolie fille du monde, comme Landry se l'imaginait, mais la plus avenante, la mieux faite, la plus fraîche et peut-être la plus désirable qu'il y eût dans le pays.

Elle portait un grand panier passé à son bras, et entra à la Bessonnière, où elle demanda à parler au père Barbeau. Ce fut Sylvinet qui la vit le premier, et il se détourna d'elle, tant il avait de déplaisir à la rencontrer. Mais elle lui demanda où était son père, avec tant d'honnêteté, qu'il fut obligé de lui répondre et de la conduire à la grange, où le père Barbeau était occupé

à chapuser*. La petite Fadette ayant prié alors le père
Barbeau de la conduire en un lieu où elle pût lui parler
secrètement, il ferma la porte de la grange et lui dit
qu'elle pouvait lui dire tout ce qu'elle voudrait.

La petite Fadette ne se laissa pas essotir* par l'air
froid du père Barbeau. Elle s'assit sur une botte de
paille, lui sur une autre, et elle lui parla de la sorte :

— Père Barbeau, encore que ma défunte grand'mère
eût du dépit contre vous, et vous du dépit contre moi,
il n'en est pas moins vrai que je vous connais pour
l'homme le plus juste et le plus sûr de tout notre pays.
Il n'y a qu'un cri là-dessus, et ma grand'mère elle-
même, tout en vous blâmant d'être fier, vous rendait
la même justice. De plus, j'ai fait, comme vous savez,
une amitié très longue avec votre fils Landry. Il m'a
souventes fois parlé de vous, et je sais par lui, encore
mieux que par tout autre, ce que vous êtes et ce que
vous valez. C'est pourquoi je viens vous demander un
service, et vous donner ma confiance.

— Parlez, Fadette, répondit le père Barbeau ; je n'ai
jamais refusé mon assistance à personne, et si c'est quelque chose que ma conscience ne me défende pas, vous
pouvez vous fier à moi.

— Voici ce que c'est, dit la petite Fadette en soulevant son panier et en le plaçant entre les jambes du père
Barbeau. Ma défunte grand'mère avait gagné dans sa
vie, à donner des consultations et à vendre des remèdes, plus d'argent qu'on ne pensait ; comme elle ne
dépensait quasi rien et ne plaçait rien, on ne pouvait
savoir ce qu'elle avait dans un vieux trou de son cellier, qu'elle m'avait souvent montré en me disant :
« Quand je n'y serai plus, c'est là que tu trouveras ce
que j'aurai laissé ; c'est ton bien et ton avoir, ainsi que
celui de ton frère ; et si je vous prive un peu à présent,
c'est pour que vous en trouviez davantage un jour. Mais
ne laisse pas les gens de loi toucher à cela, ils te le
feraient manger en frais. Garde-le quand tu le tiendras,
cache-le toute la vie, pour t'en servir sur tes vieux jours
et ne jamais manquer. »

Quand ma pauvre grand'mère a été ensevelie, j'ai donc obéi à son commandement ; j'ai pris la clef du cellier, et j'ai défait les briques du mur, à l'endroit qu'elle m'avait montré. J'y ai trouvé ce que je vous apporte dans ce panier, père Barbeau, en vous priant de m'en faire le placement comme vous l'entendrez, après avoir satisfait à la loi que je ne connais guère, et m'avoir préservée des gros frais que je redoute.

— Je vous suis obligé de votre confiance, Fadette, dit le père Barbeau sans ouvrir le panier, quoiqu'il en fût un peu curieux, mais je n'ai pas le droit de recevoir votre argent ni de surveiller vos affaires. Je ne suis point votre tuteur. Sans doute votre grand'mère a fait un testament ?

— Elle n'a point fait de testament, et la tutrice que la loi me donne, c'est ma mère. Or, vous savez que je n'ai point de ses nouvelles depuis longtemps, et que je ne sais si elle est morte ou vivante, la pauvre âme ! Après elle, je n'ai d'autre parenté que celle de ma marraine Fanchette, qui est une brave et honnête femme, mais tout à fait incapable de gérer mon bien et même de le conserver et de le tenir serré. Elle ne pourrait se défendre d'en parler et de le montrer à tout le monde, et je craindrais, ou qu'elle n'en fît un mauvais placement, ou qu'à force de le laisser manier par les curieux, elle ne le fît diminuer sans y prendre garde ; car la pauvre chère marraine, elle n'est point dans le cas d'en savoir faire le compte.

— C'est donc une chose de conséquence ? dit le père Barbeau, dont les yeux s'attachaient en dépit de lui-même sur le couvercle du panier ; et il le prit par l'anse pour le soupeser. Mais il le trouva si lourd qu'il s'en étonna, et dit :

— Si c'est de la ferraille, il n'en faut pas beaucoup pour charger un cheval.

La petite Fadette, qui avait un esprit du diable, s'amusa en elle-même de l'envie qu'il avait de voir le panier. Elle fit mine de l'ouvrir ; mais le père Barbeau aurait cru manquer à sa dignité en la laissant faire.

— Cela ne me regarde point, dit-il, et puisque je ne puis le prendre en dépôt, je ne dois point connaître vos affaires.

— Il faut pourtant bien, père Barbeau, dit la Fadette, que vous me rendiez au moins ce petit service-là. Je ne suis pas beaucoup plus savante que ma marraine pour compter au-dessus de cent. Ensuite je ne sais pas la valeur de toutes les monnaies anciennes et nouvelles, et je ne puis me fier qu'à vous pour me dire si je suis riche ou pauvre, et pour savoir au juste le compte de mon avoir.

— Voyons donc, dit le père Barbeau qui n'y tenait plus : ce n'est pas un grand service que vous me demandez là, et je ne dois point vous le refuser.

Alors la petite Fadette releva lestement les deux couvercles du panier, et en tira deux gros sacs, chacun de la contenance de deux mille francs écus.

— Eh bien ! c'est assez gentil, lui dit le père Barbeau, et voilà une petite dot qui vous fera rechercher par plusieurs.

— Ce n'est pas le tout, dit la petite Fadette ; il y a encore là, au fond du panier, quelque petite chose que je ne connais guère.

Et elle tira une bourse de peau d'anguille, qu'elle versa dans le chapeau du père Barbeau. Il y avait cent louis d'or frappés à l'ancien coin, qui firent arrondir les yeux au brave homme ; et, quand il les eut comptés et remis dans la peau d'anguille, elle en tira une seconde de la même contenance, et puis une troisième, et puis une quatrième, et finalement, tant en or qu'en argent et menue monnaie, il n'y avait, dans le panier, pas beaucoup moins de quarante mille francs.

C'était environ le tiers en plus de tout l'avoir que le père Barbeau possédait en bâtiments, et, comme les gens de campagne ne réalisent guère en espèces sonnantes, jamais il n'avait vu tant d'argent à la fois.

Si honnête homme et si peu intéressé que soit un paysan, on ne peut pas dire que la vue de l'argent lui fasse de la peine ; aussi le père Barbeau en eut, pour un moment, la sueur au front. Quand il eut tout compté :

— Il ne te manque, pour avoir quarante fois mille francs, dit-il, que vingt-deux écus, et autant dire que tu hérites pour ta part de deux mille belles pistoles sonnantes ; ce qui fait que tu es le plus beau parti du pays, petite Fadette, et que ton frère, le sauteriot, peut bien être chétif et boiteux toute sa vie : il pourra aller visiter ses biens en carriole. Réjouis-toi donc, tu peux te dire riche et le faire assavoir, si tu désires trouver vite un beau mari.

— Je n'en suis point pressée, dit la petite Fadette, et je vous demande, au contraire, de me garder le secret sur cette richesse-là, père Barbeau. J'ai la fantaisie, laide comme je suis, de ne point être épousée pour mon argent, mais pour mon bon cœur et ma bonne renommée ; et comme j'en ai une mauvaise dans ce pays-ci, je désire y passer quelque temps pour qu'on s'aperçoive que je ne la mérite point.

— Quant à votre laideur, Fadette, dit le père Barbeau en relevant ses yeux qui n'avaient point encore lâché de couver le panier, je puis vous dire, en conscience, que vous en avez diantrement rappelé, et que vous vous êtes si bien refaite à la ville que vous pouvez passer à cette heure pour une très gente* fille. Et quant à votre mauvaise renommée, si, comme j'aime à le croire, vous ne la méritez point, j'approuve votre idée de tarder un peu et de cacher votre richesse, car il ne manque point de gens qu'elle éblouirait jusqu'à vouloir vous épouser, sans avoir pour vous, au préalable, l'estime qu'une femme doit désirer de son mari.

Maintenant, quant au dépôt que vous voulez faire entre mes mains, ce serait contre la loi et pourrait m'exposer plus tard à des soupçons et à des incriminations*, car il ne manque point de mauvaises langues ; et, d'ailleurs, à supposer que vous ayez le droit de disposer de ce qui est à vous, vous n'avez point celui de placer à la légère ce qui est à votre frère mineur. Tout ce que je pourrai faire, ce sera de demander une consultation pour vous, sans vous nommer. Je vous ferai savoir alors la manière de mettre en sûreté et en bon rapport l'héritage de votre mère et le vôtre, sans passer par les mains des hommes de chicane, qui ne sont pas tous bien fidèles. Remportez donc tout ça, et cachez-le encore jusqu'à ce que je vous aie fait réponse. Je m'offre à vous, dans l'occasion, pour porter témoignage devant les mandataires de votre cohéritier, du chiffre de la somme que nous avons comptée, et que je vais écrire dans un coin de ma grange pour ne pas l'oublier.

C'était tout ce que voulait la petite Fadette, que le père Barbeau sût à quoi s'en tenir là-dessus. Si elle se sentait un peu fière devant lui d'être riche, c'est parce qu'il ne pouvait plus l'accuser de vouloir exploiter Landry.

XXXIV

Le père Barbeau, la voyant si prudente, et compre-
nant combien elle était fine, se pressa moins de lui faire
son dépôt et son placement, que de s'enquérir de la
réputation qu'elle s'était acquise à Château-Meillant,
où elle avait passé l'année. Car, si cette belle dot le ten-
tait et lui faisait passer par-dessus la mauvaise parenté,
il n'en était pas de même quand il s'agissait de l'honneur de la fille qu'il souhaitait avoir pour bru. Il alla
donc lui-même à Château-Meillant, et prit ses infor-
mations en conscience. Il lui fut dit que non seulement
la petite Fadette n'y était point venue enceinte et n'y
avait point fait d'enfant, mais encore qu'elle s'y était
si bien comportée qu'il n'y avait point le plus petit
blâme à lui donner. Elle avait servi une vieille religieuse
noble, laquelle avait pris plaisir à en faire sa société plus
que sa domestique, tant elle l'avait trouvée de bonne
conduite, de bonnes mœurs et de bon raisonnement.
Elle la regrettait beaucoup, et disait que c'était une
parfaite chrétienne, courageuse, économe, propre, soigneuse, et d'un si aimable caractère, qu'elle n'en retrouverait jamais une pareille. Et comme cette vieille dame
était assez riche, elle faisait de grandes charités, en quoi
la petite Fadette la secondait merveilleusement pour soigner les malades, préparer les médicaments, et s'instruire de plusieurs beaux secrets que sa maîtresse avait
appris dans son couvent, avant la révolution.

Le père Barbeau fut bien content, et il revint à la

Cosse, décidé à éclaircir la chose jusqu'au bout. Il assembla sa famille et chargea ses enfants aînés, ses frères et toutes ses parentes, de procéder prudemment à une enquête sur la conduite que la petite Fadette avait tenue depuis qu'elle était en âge de raison, afin que, si tout le mal qu'on avait dit d'elle n'avait pour cause que des enfantillages, on pût s'en moquer ; au lieu que si quelqu'un pouvait affirmer l'avoir vue commettre une mauvaise action ou faire une chose indécente, il eût à maintenir contre elle la défense qu'il avait faite à Landry de la fréquenter. L'enquête fut faite avec la prudence qu'il souhaitait, et sans que la question de dot fût ébruitée, car il n'en avait dit mot, même à sa femme.

Pendant ce temps-là, la petite Fadette vivait très retirée dans sa petite maison, où elle ne voulut rien changer, sinon de la tenir si propre qu'on se fût miré dans ses pauvres meubles. Elle fit habiller proprement son petit sauteriot, et, sans le faire paraître, elle le mit ainsi qu'elle-même et sa marraine, à une bonne nourriture, qui fit vivement son effet sur l'enfant ; il se refit du mieux qu'il était possible, et sa santé fut bientôt aussi bonne qu'on pouvait le souhaiter. Le bonheur amenda vite son tempérament ; et, n'étant plus menacé et tancé par sa grand'mère, ne rencontrant plus que des caresses, des paroles douces et de bons traitements, il devint un gars fort mignon, tout plein de petites idées drôles et aimables, et ne pouvant plus déplaire à personne, malgré sa boiterie et son petit nez camard*.

Et, d'autre part, il y avait un si grand changement dans la personne et dans les habitudes de Fanchon Fadet, que les méchants propos furent oubliés, et que plus d'un garçon, en la voyant marcher si légère et de si belle grâce, eût souhaité qu'elle fût à la fin de son deuil, afin de pouvoir la courtiser et la faire danser.

Il n'y avait que Sylvinet Barbeau qui n'en voulût point revenir sur son compte. Il voyait bien qu'on manigançait quelque chose à propos d'elle dans sa famille, car le père ne pouvait se tenir d'en parler souvent, et quand il avait reçu rétractation de quelque ancien mensonge fait sur le compte de Fanchon, il s'en applaudissait dans l'intérêt de Landry, disant qu'il ne pouvait souffrir qu'on eût accusé son fils d'avoir mis à mal une jeunesse innocente.

Et l'on parlait aussi du prochain retour de Landry, et le père Barbeau paraissait souhaiter que la chose fût agréée du père Caillaud. Enfin Sylvinet voyait bien qu'on ne serait plus si contraire aux amours de Landry, et le chagrin lui revint. L'opinion, qui vire à tout vent, était depuis peu en faveur de la Fadette ; on ne la croyait pas riche, mais elle plaisait, et, pour cela, elle déplaisait d'autant plus à Sylvinet qui voyait en elle la rivale de son amour pour Landry.

De temps en temps, le père Barbeau laissait échapper devant lui le mot de mariage, et disait que ses bessons ne tarderaient pas à être en âge d'y penser. Le mariage de Landry avait toujours été une idée désolante à Sylvinet, et comme le dernier mot de leur séparation. Il reprit les fièvres, et la mère consulta encore les médecins.

Un jour, elle rencontra la marraine Fanchette, qui, l'entendant se lamenter dans son inquiétude, lui demanda pourquoi elle allait consulter si loin et dépenser tant d'argent, quand elle avait sous la main une remégeuse* plus habile que toutes celles du pays, et qui ne voulait point exercer pour de l'argent, comme l'avait fait sa grand'mère, mais pour le seul amour du bon Dieu et du prochain. Et elle nomma la petite Fadette.

La mère Barbeau en parla à son mari, qui n'y fut point contraire. Il lui dit qu'à Château-Meillant la Fadette était tenue en réputation de grand savoir, et que de tous les côtés on venait la consulter aussi bien que sa dame.

La mère Barbeau pria donc la Fadette de venir voir Sylvinet, qui gardait le lit, et de lui donner son assistance.

Fanchon avait cherché plus d'une fois l'occasion de lui parler, ainsi qu'elle l'avait promis à Landry, et

jamais il ne s'y était prêté. Elle ne se fit donc pas
semondre* et courut voir le pauvre besson. Elle le
trouva endormi dans la fièvre, et pria la famille de la
laisser seule avec lui. Comme c'est la coutume des remé-
geuses d'agir en secret, personne ne la contraria et ne
resta dans la chambre.

D'abord, la Fadette posa sa main sur celle du besson qui pendait sur le bord du lit ; mais elle le fit si
doucement, qu'il ne s'en aperçut pas, encore qu'il eût
le sommeil si léger qu'une mouche, en volant, l'éveillait. La main de Sylvinet était chaude comme du feu,
et elle devint plus chaude encore dans celle de la petite
Fadette. Il montra de l'agitation, mais sans essayer de
retirer sa main. Alors, la Fadette lui mit son autre main
sur le front, aussi doucement que la première fois, et
il s'agita encore plus. Mais, peu à peu, il se calma, et
elle sentit que la tête et la main de son malade se rafraî-
chissaient de minute en minute et que son sommeil
devenait aussi calme que celui d'un petit enfant. Elle
resta ainsi auprès de lui jusqu'à ce qu'elle le vît disposé à s'éveiller ; et alors elle se retira derrière son
rideau, et sortit de la chambre et de la maison, en disant
à la mère Barbeau :

— Allez voir votre garçon et donnez-lui quelque
chose à manger, car il n'a plus la fièvre ; et ne lui parlez point de moi surtout, si vous voulez que je le gué-
risse. Je reviendrai ce soir, à l'heure où vous m'avez
dit que son mal empirait, et je tâcherai de couper encore
cette mauvaise fièvre.

XXXV

La mère Barbeau fut bien étonnée de voir Sylvinet sans fièvre, et elle lui donna vitement à manger, dont il profita avec un peu d'appétit. Et, comme il y avait six jours que cette fièvre ne l'avait point lâché, et qu'il n'avait rien voulu prendre, on s'extasia beaucoup sur le savoir de la petite Fadette, qui, sans l'éveiller, sans lui rien faire boire, et par la seule vertu de ses conjurations, à ce que l'on pensait, l'avait déjà mis en si bon chemin.

Le soir venu, la fièvre recommença et bien fort. Sylvinet s'assoupissait, battait la campagne en rêvassant, et, quand il s'éveillait, avait peur des gens qui étaient autour de lui.

La Fadette revint, et, comme le matin, resta seule avec lui pendant une petite heure, ne faisant d'autre magie que de lui tenir les mains et la tête bien doucement, et de respirer fraîchement auprès de sa figure en feu.

Et, comme le matin, elle lui ôta le délire et la fièvre ; et quand elle se retira, recommandant toujours qu'on ne parlât point à Sylvinet de son assistance, on le trouva dormant d'un sommeil paisible, n'ayant plus la figure rouge et ne paraissant plus malade.

Je ne sais où la Fadette avait pris cette idée-là. Elle lui était venue par hasard et par expérience, auprès de son petit frère Jeanet, qu'elle avait plus de dix fois ramené de l'article de la mort en ne lui faisant pas d'autre remède que de le rafraîchir avec ses mains et son haleine, ou le réchauffer de la même manière quand la grand'fièvre le prenait en froid*. Elle s'imaginait que l'amitié et la volonté d'une personne en bonne santé, et l'attouchement d'une main pure et bien vivante, peuvent écarter le mal, quand cette personne est douée d'un certain esprit et d'une grande confiance dans la bonté de Dieu. Aussi, tout le temps qu'elle imposait les mains, disait-elle en son âme de belles prières au bon Dieu. Et ce qu'elle avait fait pour son petit frère, ce qu'elle faisait maintenant pour le frère de Landry, elle n'eût voulu l'essayer sur aucune autre personne qui lui eût été moins chère, et à qui elle n'eût point porté un si grand intérêt ; car elle pensait que la première vertu de ce remède-là, c'était la forte amitié que l'on offrait dans son cœur au malade, sans laquelle Dieu ne vous donnait aucun pouvoir sur son mal.

Et lorsque la petite Fadette charmait ainsi la fièvre de Sylvinet, elle disait à Dieu, dans sa prière, ce qu'elle lui avait dit lorsqu'elle charmait la fièvre de son frère : « Mon bon Dieu, faites que ma santé passe de mon corps dans ce corps souffrant et, comme le doux Jésus vous a offert sa vie pour racheter l'âme de tous les humains, si telle est votre volonté de m'ôter la vie pour la donner à ce malade, prenez-la ; je vous la rends de bon cœur, en échange de sa guérison que je vous demande. »

La petite Fadette avait bien songé à essayer la vertu de cette prière auprès du lit de mort de sa grand'mère ; mais elle ne l'avait osé, parce qu'il lui avait semblé que la vie de l'âme et du corps s'éteignait dans cette vieille femme, par l'effet de l'âge et de la loi de la nature qui est la propre volonté de Dieu. Et la petite Fadette, qui mettait, comme on le voit, plus de religion que de diablerie dans ses charmes, eût craint de lui déplaire en lui demandant une chose qu'il n'avait point coutume d'accorder sans miracle aux autres chrétiens.

Que le remède fût inutile ou souverain de lui-même, il est bien sûr qu'en trois jours, elle débarrassa Sylvinet de sa fièvre, et qu'il n'eût jamais su comment si, en s'éveillant un peu vite, la dernière fois qu'elle vint, il ne l'eût vue penchée sur lui et lui retirant tout doucement ses mains.

D'abord il crut que c'était une apparition, et il referma les yeux pour ne point la voir ; mais, ayant demandé ensuite à sa mère si la Fadette ne l'avait point tâté à la tête et au pouls, ou si c'était un rêve qu'il avait fait, la mère Barbeau, à qui son mari avait touché enfin quelque chose de ses projets et qui souhaitait voir Sylvinet revenir de son déplaisir envers elle, lui répondit qu'elle était venue en effet, trois jours durant, matin et soir, et qu'elle lui avait merveilleusement coupé sa fièvre en le soignant en secret.

Sylvinet parut n'en rien croire ; il dit que sa fièvre s'en était allée d'elle-même, et que les paroles et secrets de la Fadette n'étaient que vanités et folies ; il resta bien tranquille et bien portant pendant quelques jours, et le père Barbeau crut devoir en profiter pour lui dire quelque chose de la possibilité du mariage de son frère, sans toutefois nommer la personne qu'il avait en vue.

— Vous n'avez pas besoin de me cacher le nom de la future que vous lui destinez, répondit Sylvinet. Je sais bien, moi, que c'est cette Fadette qui vous a tous charmés.

En effet, l'enquête secrète du père Barbeau avait été si favorable à la petite Fadette, qu'il n'avait plus d'hésitation et qu'il souhaitait grandement pouvoir rappeler Landry. Il ne craignait plus que la jalousie du besson, et il s'efforçait à le guérir de ce travers, en lui disant que son frère ne serait jamais heureux sans la petite Fadette. Sur quoi Sylvinet répondait :

— Faites donc, car il faut que mon frère soit heureux.

Mais on n'osait pas encore parce que Sylvinet retombait dans sa fièvre aussitôt qu'il paraissait avoir agréé la chose.

XXXVI

Cependant le père Barbeau avait peur que la petite Fadette ne lui gardât rancune de ses injustices passées, et que, s'étant consolée de l'absence de Landry, elle ne songeât à quelque autre. Lorsqu'elle était venue à la Bessonnière pour soigner Sylvinet, il avait essayé de lui parler de Landry ; mais elle avait fait semblant de ne pas entendre, et il se voyait bien embarrassé.

Enfin, un matin, il prit sa résolution et alla trouver ✑ la petite Fadette.

— Fanchon Fadet, lui dit-il, je viens vous faire une question à laquelle je vous prie de me donner une réponse en tout honneur et vérité. Avant le décès de votre grand'mère, aviez-vous idée des grands biens qu'elle devait vous laisser ?

— Oui, père Barbeau, répondit la petite Fadette, j'en avais quelque idée, parce que je l'avais vue souvent compter de l'or et de l'argent, et que je n'avais jamais vu sortir de la maison que des gros sous, et aussi parce qu'elle m'avait dit souvent, quand les autres jeunesses se moquaient de mes guenilles : « Ne t'inquiète pas de ça, petite. Tu seras plus riche qu'elles toutes, et un jour arrivera où tu pourras être habillée de soie depuis les pieds jusqu'à la tête, si tel est ton bon plaisir. »

— Et alors, reprit le père Barbeau, aviez-vous fait savoir la chose à Landry, et ne serait-ce point à cause de votre argent que mon fils faisait semblant d'être épris de vous ?

✑ Voir *Au fil du texte*, p. XIX.

— Pour cela, père Barbeau, répondit la petite
Fadette, ayant toujours eu l'idée d'être aimée pour mes
beaux yeux, qui sont la seule chose qu'on ne m'ait
jamais refusée, je n'étais pas assez sotte pour aller dire
à Landry que mes beaux yeux étaient dans des sacs de
peau d'anguille ; et pourtant, j'aurais pu le lui dire sans
danger pour moi ; car Landry m'aimait si honnêtement, et d'un si grand cœur, que jamais il ne s'est
inquiété de savoir si j'étais riche ou misérable.

— Et depuis que votre grand'mère est décédée, ma
chère Fanchon, reprit le père Barbeau, pouvez-vous me
donner votre parole d'honneur que Landry n'a point
été informé par vous, ou par quelque autre, de ce qui
en est ?

— Je vous la donne, dit la Fadette. Aussi vrai que
j'aime Dieu, vous êtes, après moi, la seule personne au
monde qui ait connaissance de cette chose-là.

— Et, pour ce qui est de l'amour de Landry, pensez-
vous, Fanchon, qu'il vous l'ait conservé ? et avez-vous
reçu, depuis le décès de votre grand'mère, quelque marque qu'il ne vous ait point été infidèle ?

— J'ai reçu la meilleure marque là-dessus, répondit-
elle ; car je vous confesse qu'il est venu me voir trois
jours après le décès, qu'il m'a juré qu'il mourrait de
chagrin, ou qu'il m'aurait pour sa femme.

— Et vous, Fadette, que lui répondiez-vous ?

— Cela, père Barbeau, je ne serais pas obligée de
vous le dire ; mais je le ferai pour vous contenter. Je
lui répondais que nous avions encore le temps de songer au mariage, et que je ne me déciderais pas volontiers pour un garçon qui me ferait la cour contre le gré
de ses parents.

Et comme la petite Fadette disait cela d'un ton assez
fier et dégagé, le père Barbeau en fut inquiet.

— Je n'ai pas le droit de vous interroger, Fanchon
Fadet, dit-il, et je ne sais point si vous avez l'intention
de rendre mon fils heureux ou malheureux pour toute
sa vie ; mais je sais qu'il vous aime terriblement, et si
j'étais en votre lieu, avec l'idée que vous avez d'être

aimée pour vous-même, je me dirais : Landry Barbeau m'a aimée quand je portais des guenilles, quand tout le monde me repoussait, et quand ses parents eux-mêmes avaient le tort de lui en faire un grand péché. Il m'a trouvée belle quand tout le monde me déniait l'espérance de le devenir ; il m'a aimée en dépit des peines que cet amour-là lui suscitait ; il m'a aimée absente comme présente ; enfin, il m'a si bien aimée que je ne peux pas me méfier de lui, et que je n'en veux jamais avoir d'autre pour mari.

— Il y a longtemps que je me suis dit tout cela, père Barbeau, répondit la petite Fadette ; mais, je vous le répète, j'aurais la plus grande répugnance à entrer dans une famille qui rougirait de moi et ne céderait que par faiblesse et compassion.

— Si ce n'est que cela qui vous retient, décidez-vous, Fanchon, reprit le père Barbeau ; car la famille de Landry vous estime et vous désire. Ne croyez point qu'elle a changé parce que vous êtes riche. Ce n'est point la pauvreté qui nous répugnait de vous, mais les mauvais propos tenus sur votre compte. S'ils avaient été bien fondés, jamais, mon Landry eût-il dû en mourir, je n'aurais consenti à vous appeler ma bru ; mais j'ai voulu avoir raison de tous ces propos-là ; j'ai été à Château-Meillant tout exprès ; je me suis enquis de la moindre chose dans ce pays-là et dans le nôtre, et maintenant je reconnais qu'on m'avait menti et que vous êtes une personne sage et honnête, ainsi que Landry l'affirmait avec tant de feu. Par ainsi, Fanchon Fadet, je viens vous demander d'épouser mon fils, et si vous dites *oui*, il sera ici dans huit jours.

Cette ouverture, qu'elle avait bien prévue, rendit la petite Fadette bien contente ; mais ne voulant pas le laisser voir, parce qu'elle voulait à tout jamais être respectée de sa future famille, elle n'y répondit qu'avec ménagement. Et alors le père Barbeau lui dit :

— Je vois, ma fille, qu'il vous reste quelque chose sur le cœur contre moi et contre les miens. N'exigez pas qu'un homme d'âge vous fasse des excuses ;

contentez-vous d'une bonne parole, et, quand je vous
dis que vous serez aimée et estimée chez nous,
rapportez-vous-en au père Barbeau, qui n'a encore
trompé personne. Allons, voulez-vous donner le baiser de paix au tuteur que vous vous étiez choisi, ou au
père qui veut vous adopter ?

La petite Fadette ne put se défendre plus longtemps ;
elle jeta ses deux bras au cou du père Barbeau ; et son
vieux cœur en fut tout réjoui.

XXXVII

Leurs conventions furent bientôt faites. Le mariage aurait lieu sitôt la fin du deuil de Fanchon ; il ne s'agissait plus que de faire revenir Landry ; mais quand la mère Barbeau vint voir Fanchon le soir même, pour l'embrasser et lui donner sa bénédiction, elle objecta qu'à la nouvelle du prochain mariage de son frère, Sylvinet était retombé malade, et elle demandait qu'on attendît encore quelques jours pour le guérir ou le consoler.

— Vous avez fait une faute, mère Barbeau, dit la petite Fadette, en confirmant à Sylvinet qu'il n'avait point rêvé en me voyant à son côté au sortir de sa fièvre. À présent, son idée contrariera la mienne, et je n'aurai plus la même vertu pour le guérir pendant son sommeil. Il se peut même qu'il me repousse et que ma présence empire son mal.

— Je ne le pense point, répondit la mère Barbeau ; car tantôt, se sentant mal, il s'est couché en disant : « Où est donc cette Fadette ? M'est avis qu'elle m'avait soulagé. Est-ce qu'elle ne reviendra plus ? » Et je lui ai dit que je venais vous chercher, dont il a paru content et même impatient.

— J'y vais, répondit la Fadette ; seulement, cette fois, il faudra que je m'y prenne autrement, car, je vous le dis, ce qui me réussissait avec lui lorsqu'il ne me savait point là, n'opérera plus.

— Et ne prenez-vous donc avec vous ni drogues ni remèdes ? dit la mère Barbeau.

— Non, dit la Fadette ; son corps n'est pas bien malade, c'est à son esprit que j'ai affaire ; je vas essayer d'y faire entrer le mien, mais je ne vous promets point de réussir. Ce que je puis vous promettre, c'est d'attendre patiemment le retour de Landry et de ne pas vous demander de l'avertir avant que nous n'ayons tout fait pour ramener son frère à la santé. Landry me l'a si fortement recommandé que je sais qu'il m'approuvera d'avoir retardé son retour et son contentement.

Quand Sylvinet vit la petite Fadette auprès de son lit, il parut mécontent et ne lui voulut point répondre comment il se trouvait. Elle voulait lui toucher le pouls, mais il retira sa main, il tourna sa figure du côté de la ruelle du lit. Alors la Fadette fit signe qu'on la laissât seule avec lui, et quand tout le monde fut sorti, elle éteignit la lampe et ne laissa entrer dans la chambre que la clarté de la lune, qui était pleine dans ce moment-là. Et puis elle revint auprès de Sylvinet, et lui dit d'un ton de commandement auquel il obéit comme un enfant :

— Sylvinet, donnez-moi vos deux mains dans les miennes, et répondez-moi selon la vérité ; car je ne me suis pas dérangée pour de l'argent, et si j'ai pris la peine de venir vous soigner, ce n'est pas pour y être mal reçue et mal remerciée de vous. Faites donc attention à ce que je vas vous demander et à ce que vous allez me dire, car il ne vous serait pas possible de me tromper.

— Demandez-moi ce que vous jugerez à propos, Fadette, répondit le besson, tout essoti* de s'entendre parler si sévèrement par cette moqueuse de petite Fadette, à laquelle au temps passé, il avait si souvent répondu à coups de pierres.

— Sylvain Barbeau, reprit-elle, il paraît que vous souhaitez mourir.

Sylvain trébucha un peu dans son esprit avant de répondre, et comme la Fadette lui serrait la main un peu fort et lui faisait sentir sa grande volonté, il dit avec beaucoup de confusion :

— Ne serait-ce pas ce qui pourrait m'arriver de plus

heureux, de mourir, lorsque je vois bien que je suis une peine et un embarras à ma famille par ma mauvaise santé et par...

— Dites tout, Sylvain, il ne me faut rien celer.

— Et par mon esprit soucieux que je ne puis changer, reprit le besson tout accablé.

— Et aussi par votre mauvais cœur, dit la Fadette d'un ton si dur qu'il en eut de la colère et de la peur encore plus.

XXXVIII

— Pourquoi m'accusez-vous d'avoir un mauvais cœur ? dit-il ; vous me dites des injures, quand vous voyez que je n'ai pas la force de me défendre.

— Je vous dis vos vérités, Sylvain, reprit la Fadette, et je vais vous en dire bien d'autres. Je n'ai aucune pitié de votre maladie, parce que je m'y connais assez pour voir qu'elle n'est pas bien sérieuse, et que, s'il y a un danger pour vous, c'est celui de devenir fou, à quoi vous tentez de votre mieux, sans savoir où vous mènent votre malice et votre faiblesse d'esprit.

— Reprochez-moi ma faiblesse d'esprit, dit Sylvinet ; mais quant à ma malice, c'est un reproche que je ne crois point mériter.

— N'essayez pas de vous défendre, répondit la petite Fadette ; je vous connais un peu mieux que vous ne vous connaissez vous-même, Sylvain, et je vous dis que la faiblesse engendre la fausseté ; et c'est pour cela que vous êtes égoïste et ingrat.

— Si vous pensez si mal de moi, Fanchon Fadet, c'est sans doute que mon frère Landry m'a bien maltraité dans ses paroles, et qu'il vous a fait voir le peu d'amitié qu'il me portait, car, si vous me connaissez ou croyez me connaître, ce ne peut être que par lui.

— Voilà où je vous attendais, Sylvain. Je savais bien ⚭ que vous ne diriez pas trois paroles sans vous plaindre de votre besson et sans l'accuser ; car l'amitié que vous avez pour lui, pour être trop folle et désordonnée, tend

⚭ Voir *Au fil du texte*, p. XXI.

à se changer en dépit et en rancune. À cela je connais que vous êtes à moitié fou, et que vous n'êtes point bon. Eh bien ! je vous dis, moi, que Landry vous aime dix mille fois plus que vous ne l'aimez, à preuve qu'il ne vous reproche jamais rien, quelque chose que vous lui fassiez souffrir, tandis que vous lui reprochez toutes choses, alors qu'il ne fait que vous céder et vous servir. Comment voulez-vous que je ne voie pas la différence entre lui et vous ? Aussi, plus Landry m'a dit de bien de vous, plus de mal j'en ai pensé, parce que j'ai considéré qu'un frère si bon ne pouvait être méconnu que par une âme injuste.

— Aussi, vous me haïssez, Fadette ? je ne m'étais point abusé là-dessus, et je savais bien que vous m'ôtiez l'amour de mon frère en lui disant du mal de moi.

— Je vous attendais encore là, maître Sylvain, et je suis contente que vous me preniez enfin à partie. Eh bien ! je vas vous répondre que vous êtes un méchant cœur et un enfant du mensonge, puisque vous méconnaissez et insultez une personne qui vous a toujours servi et défendu dans son cœur, connaissant pourtant bien que vous lui étiez contraire ; une personne qui s'est cent fois privée du plus grand et du seul plaisir qu'elle eût au monde, le plaisir de voir Landry et de rester avec lui, pour envoyer Landry auprès de vous et pour vous donner le bonheur qu'elle se retirait. Je ne vous devais pourtant rien. Vous avez toujours été mon ennemi, et, du plus loin que je me souvienne, je n'ai jamais rencontré un enfant si dur et si hautain que vous l'étiez avec moi. J'aurais pu souhaiter d'en tirer vengeance et l'occasion ne m'a pas manqué. Si je ne l'ai point fait et si je vous ai rendu à votre insu le bien pour le mal, c'est que j'ai une grande idée de ce qu'une âme chrétienne doit pardonner à son prochain pour plaire à Dieu. Mais, quand je vous parle de Dieu, sans doute vous ne m'entendez guère, car vous êtes son ennemi et celui de votre salut.

— Je me laisse dire par vous bien des choses, Fadette ;

mais celle-ci est trop forte, et vous m'accusez d'être un païen.

— Est-ce que vous ne m'avez pas dit tout à l'heure que vous souhaitiez la mort ? Et croyez-vous que ce soit là une idée chrétienne ?

— Je n'ai pas dit cela, Fadette, j'ai dit que...

Et Sylvinet s'arrêta tout effrayé en songeant à ce qu'il avait dit, et qui lui paraissait impie devant les remontrances de la Fadette.

Mais elle ne le laissa point tranquille, et, continuant à le tancer :

— Il se peut, dit-elle, que votre parole fût plus mauvaise que votre idée, car j'ai bien dans la mienne que vous ne souhaitez point tant la mort qu'il vous plaît de le laisser croire afin de rester maître dans votre famille, de tourmenter votre pauvre mère qui s'en désole, et votre besson qui est assez simple pour croire que vous voulez mettre fin à vos jours. Moi, je ne suis pas votre dupe, Sylvain. Je crois que vous craignez la mort autant et même plus qu'un autre, et que vous vous faites un jeu de la peur que vous donnez à ceux qui vous chérissent. Cela vous plaît de voir que les résolutions les plus sages et les plus nécessaires cèdent toujours devant la menace que vous faites de quitter la vie ; et, en effet, c'est fort commode et fort doux de n'avoir qu'un mot à dire pour faire tout plier autour de soi. De cette manière, vous êtes le maître à tous ici. Mais, comme cela est contre nature, et que vous y arrivez par des moyens que Dieu réprouve, Dieu vous châtie, vous rendant encore plus malheureux que vous ne le seriez en obéissant au lieu de commander. Et voilà que vous vous ennuyez d'une vie qu'on vous a faite trop douce. Je vais vous dire ce qui vous a manqué pour être un bon et sage garçon, Sylvain. C'est d'avoir eu des parents bien rudes, beaucoup de misère, pas de pain tous les jours et des coups bien souvent. Si vous aviez été élevé à la même école que moi et mon frère Jeanet, au lieu d'être ingrat, vous seriez reconnaissant de la moindre chose. Tenez, Sylvain, ne vous retranchez pas sur votre bessonnerie. Je sais qu'on a beaucoup trop dit autour de vous que cette amitié bessonnière était une loi de nature qui devait vous faire mourir si on la contrariait, et vous avez cru obéir à votre sort en portant cette amitié à l'excès ; mais Dieu n'est pas si injuste que de nous marquer pour un mauvais sort dans le ventre de nos mères. Il n'est pas si méchant que de nous donner des idées que nous ne pourrions jamais surmonter, et vous lui faites injure, comme un superstitieux que vous êtes, en croyant qu'il y a dans le sang de votre corps plus de force et de mauvaise destinée qu'il n'y a dans votre esprit de résistance et de raison. Jamais, à moins que vous ne soyez fou, je ne croirai que vous ne pourriez pas combattre votre jalousie, si vous le vouliez. Mais vous ne le voulez pas, parce qu'on a trop caressé le vice de votre âme, et que vous estimez moins votre devoir que votre fantaisie.

Sylvinet ne répondit rien et laissa la Fadette le réprimander bien longtemps encore sans lui faire grâce d'aucun blâme. Il sentait qu'elle avait raison au fond, et qu'elle ne manquait d'indulgence que sur un point : c'est qu'elle avait l'air de croire qu'il n'avait jamais combattu son mal et qu'il s'était bien rendu compte de son égoïsme ; tandis qu'il avait été égoïste sans le vouloir et sans le savoir. Cela le peinait et l'humiliait beaucoup, et il eût souhaité lui donner une meilleure idée de sa conscience. Quant à elle, elle savait bien qu'elle exagérait, et elle le faisait à dessein de lui tarabuster* beaucoup l'esprit avant de le prendre par la douceur et la consolation. Elle se forçait donc pour lui parler durement et pour lui paraître en colère, tandis que, dans son cœur, elle sentait tant de pitié et d'amitié pour lui, qu'elle était malade de sa feinte, et qu'elle le quitta plus fatiguée qu'elle ne le laissait.

XXXIX

La vérité est que Sylvinet n'était pas moitié si malade qu'il le paraissait et qu'il se plaisait à le croire. La petite Fadette, en lui touchant le pouls, avait reconnu d'abord que la fièvre n'était pas forte, et que s'il avait un peu de délire, c'est que son esprit était plus malade et plus affaibli que son corps. Elle crut donc devoir le prendre par l'esprit en lui donnant d'elle une grande crainte, et dès le jour elle retourna auprès de lui. Il n'avait guère dormi, mais il était tranquille et comme abattu. Sitôt qu'il la vit, il lui tendit sa main au lieu de la lui retirer comme il avait fait la veille.

— Pourquoi m'offrez-vous votre main, Sylvain ? lui dit-elle ; est-ce pour que j'examine votre fièvre ? Je vois bien à votre figure que vous ne l'avez plus.

Sylvinet, honteux d'avoir à retirer sa main qu'elle n'avait point voulu toucher, lui dit :

— C'était pour vous dire bonjour, Fadette, et pour vous remercier de tant de peine que vous prenez pour moi.

— En ce cas, j'accepte votre bonjour, dit-elle en lui prenant la main et en la gardant dans la sienne ; car jamais je ne repousse une honnêteté, et je ne vous crois point assez faux pour me marquer de l'intérêt si vous n'en sentiez pas un peu pour moi.

Sylvain ressentit un grand bien, quoique tout éveillé, d'avoir sa main dans celle de la Fadette, et lui dit d'un ton très doux :

— Vous m'avez pourtant bien malmené hier au soir, Fanchon, et je ne sais comment il se fait que je ne vous en veut point. Je vous trouve même bien bonne de venir me voir, après tout ce que vous avez à me reprocher.

La Fadette s'assit auprès de son lit et lui parla tout autrement qu'elle n'avait fait la veille ; elle y mit tant de bonté, tant de douceur et de tendresse, que Sylvain en éprouva un soulagement et un plaisir d'autant plus grands qu'il l'avait jugée plus courroucée contre lui. Il pleura beaucoup, se confessa de tous ses torts, et lui demanda même son pardon et son amitié avec tant d'esprit et d'honnêteté, qu'elle reconnut bien qu'il avait le cœur meilleur que la tête. Elle le laissa s'épancher, le grondant encore quelquefois, et, quand elle voulait quitter sa main, il la retenait, parce qu'il lui semblait que cette main le guérissait de sa maladie et de son chagrin en même temps.

Quand elle le vit au point où elle le voulait, elle lui dit :

— Je vas sortir, et vous vous lèverez, Sylvain, car vous n'avez plus la fièvre, et il ne faut pas rester à vous dorloter, tandis que votre mère se fatigue à vous servir et perd son temps à vous tenir compagnie. Vous mangerez ensuite ce que votre mère vous présentera de ma part. C'est de la viande, et je sais que vous vous en dites dégoûté, et que vous ne vivez plus que de mauvais herbages. Mais il n'importe, vous vous forcerez, et, quand même vous y auriez de la répugnance, vous n'en ferez rien paraître. Cela fera plaisir à votre mère de vous voir manger du solide ; et quant à vous, la répugnance que vous aurez surmontée et cachée sera moindre la prochaine fois, et nulle la troisième. Vous verrez si je me trompe. Adieu donc, et qu'on ne me fasse pas revenir de si tôt pour vous, car je sais que vous ne serez plus malade si vous ne voulez plus l'être.

— Vous ne reviendrez donc pas ce soir ? dit Sylvinet. J'aurais cru que vous reviendriez.

— Je ne suis pas médecin pour de l'argent, Sylvain,

et j'ai autre chose à faire que de vous soigner quand vous n'êtes pas malade.

— Vous avez raison, Fadette ; mais le désir de vous voir, vous croyez que c'était encore de l'égoïsme ; c'était autre chose, j'avais du soulagement à causer avec vous.

— Eh bien, vous n'êtes pas impotent, et vous connaissez ma demeurance*. Vous n'ignorez pas que je vais être votre sœur par le mariage comme je le suis déjà par l'amitié ; vous pouvez donc bien venir causer avec moi, sans qu'il y ait à cela rien de répréhensible.

— J'irai, puisque vous l'agréez, dit Sylvinet. À revoir donc, Fadette ; je vas me lever, quoique j'aie un grand mal de tête, pour n'avoir point dormi et m'être bien désolé toute la nuit.

— Je veux bien vous ôter encore ce mal de tête, dit-elle ; mais songez que ce sera le dernier, et que je vous commande de bien dormir la prochaine nuit.

Elle lui imposa la main sur le front, et, au bout de cinq minutes, il se trouva si rafraîchi et si consolé qu'il ne sentait plus aucun mal.

— Je vois bien, lui dit-il, que j'avais tort de m'y refuser, Fadette ; car vous êtes grande remégeuse, et vous savez charmer la maladie. Tous les autres m'ont fait du mal par leurs drogues, et vous, rien que de me toucher, vous me guérissez ; je pense que si je pouvais toujours être auprès de vous, vous m'empêcheriez d'être jamais malade ou fautif. Mais, dites-moi, Fadette, n'êtes-vous plus fâchée contre moi ? et voulez-vous compter sur la parole que je vous ai donnée de me soumettre à vous entièrement ?

— J'y compte, dit-elle, et, à moins que vous ne changiez d'idée, je vous aimerai comme si vous étiez mon besson.

— Si vous pensiez ce que vous me dites là, Fanchon, vous me diriez tu et non pas vous ; car ce n'est pas la coutume des bessons de se parler avec tant de cérémonie.

— Allons, Sylvain, lève-toi, mange, cause, promène-toi et dors, dit-elle en se levant. Voilà mon commandement pour aujourd'hui. Demain tu travailleras.

— Et j'irai te voir, dit Sylvinet.

— Soit, dit-elle ; et elle s'en alla en le regardant d'un air d'amitié et de pardon, qui lui donna soudainement la force et l'envie de quitter son lit de misère et de fainéantise.

XL

La mère Barbeau ne pouvait assez s'émerveiller de l'habileté de la petite Fadette, et, le soir, elle disait à son homme :

— Voilà Sylvinet qui se porte mieux qu'il n'a fait depuis six mois ; il a mangé de tout ce qu'on lui a présenté aujourd'hui, sans faire ses grimaces accoutumées, et ce qu'il y a de plus imaginant*, c'est qu'il parle de la petite Fadette comme du bon Dieu. Il n'y a pas de bien qu'il ne m'en ait dit, et il souhaite grandement le retour et le mariage de son frère. C'est comme un miracle, et je ne sais pas si je dors ou si je veille.

— Miracle ou non, dit le père Barbeau, cette fille-là a un grand esprit, et je crois bien que ça doit porter bonheur de l'avoir dans une famille.

Sylvinet partit trois jours après pour aller querir son frère à Arthon. Il avait demandé à son père et à la Fadette, comme une grande récompense, de pouvoir être le premier à lui annoncer son bonheur.

— Tous les bonheurs me viennent donc à la fois, dit Landry en se pâmant de joie dans ses bras, puisque c'est toi qui viens me chercher, et que tu parais aussi content que moi-même.

Ils revinrent ensemble sans s'amuser en chemin, comme on peut croire, et il n'y eut pas de gens plus heureux que les gens de la Bessonnière quand ils se virent tous attablés pour souper avec la petite Fadette et le petit Jeanet au milieu d'eux.

La vie leur fut bien douce à tretous* pendant une demi-année ; car la jeune Nanette fut accordée à Cadet Caillaud, qui était le meilleur ami de Landry après ceux de sa famille. Et il fut arrêté que les deux noces se feraient en même temps. Sylvinet avait pris pour la Fadette une amitié si grande qu'il ne faisait rien sans la consulter, et elle avait sur lui tant d'empire qu'il semblait la regarder comme sa sœur. Il n'était plus malade, et de jalousie il n'en était plus question. Si quelquefois encore il paraissait triste et en train de rêvasser, la Fadette le réprimandait, et tout aussitôt il devenait souriant et communicatif.

Les deux mariages eurent lieu le même jour et à la même messe, et, comme le moyen ne manquait pas, on fit de si belles noces que le père Caillaud, qui, de sa vie, n'avait perdu son sang-froid, fit mine d'être un peu gris le troisième jour. Rien ne corrompit la joie de Landry et de toute la famille, et mêmement on pourrait dire de tout le pays ; car les deux familles, qui étaient riches, et la petite Fadette, qui l'était autant que les Barbeau et les Caillaud tout ensemble, firent à tout le monde de grandes honnêtetés et de grandes charités. Fanchon avait le cœur trop bon pour ne pas souhaiter de rendre le bien pour le mal à tous ceux qui l'avaient mal jugée. Mêmement, par la suite, quand Landry eut acheté un beau bien qu'il gouvernait on ne peut mieux par son savoir et celui de sa femme, elle y fit bâtir une jolie maison, à l'effet d'y recueillir tous les enfants malheureux de la commune durant quatre heures par chaque jour de la semaine, et elle prenait elle-même la peine, avec son frère Jeanet, de les instruire, de leur enseigner la vraie religion, et même d'assister les plus nécessiteux dans leur misère. Elle se souvenait d'avoir été une enfant malheureuse et délaissée, et les beaux enfants qu'elle mit au monde furent stylés* de bonne heure à être affables et compatissants pour ceux qui n'étaient ni riches ni choyés.

☞ Mais qu'advint-il de Sylvinet au milieu du bonheur de sa famille ? une chose que personne ne put comprendre et qui donna grandement à songer au père Barbeau. Un mois environ après le mariage de son frère et de sa sœur, comme son père l'engageait aussi à chercher et à prendre femme, il répondit qu'il ne se sentait aucun goût pour le mariage, mais qu'il avait, depuis quelque temps, une idée qu'il voulait contenter, laquelle était d'être soldat et de s'engager.

Comme les mâles ne sont pas trop nombreux dans les familles de chez nous, et que la terre n'a pas plus de bras qu'il n'en faut, on ne voit quasiment jamais d'engagement volontaire. Aussi chacun s'étonna grandement de cette résolution, de laquelle Sylvinet ne pouvait donner aucune autre raison, sinon sa fantaisie et un goût militaire que personne ne lui avait jamais connu. Tout ce que surent dire ses père et mère, frères et sœurs, et Landry lui-même, ne put l'en détourner, et on fut forcé d'en aviser Fanchon, qui était la meilleure tête et le meilleur conseil de la famille.

Elle causa deux grandes heures avec Sylvinet, et quand on les vit se quitter, Sylvinet avait pleuré, sa belle-sœur aussi ; mais ils avaient l'air si tranquilles et si résolus, qu'il n'y eut plus d'objections à soulever lorsque Sylvinet dit qu'il persistait, et Fanchon, qu'elle approuvait sa résolution et en augurait pour lui un grand bien dans la suite des temps.

Comme on ne pouvait pas être bien sûr qu'elle n'eût pas là-dessus des connaissances plus grandes encore que celles qu'elle avouait, on n'osa point résister davantage, et la mère Barbeau elle-même se rendit, non sans verser beaucoup de larmes. Landry était désespéré ; mais sa femme lui dit :

— C'est la volonté de Dieu et notre devoir à tous de laisser partir Sylvain. Crois que je sais bien ce que je te dis, et ne m'en demande pas davantage.

Landry fit la conduite à son frère le plus loin qu'il put, et quand il lui rendit son paquet, qu'il avait voulu tenir jusque-là sur son épaule, il lui sembla qu'il lui donnait son propre cœur à emporter. Il revint trouver sa chère femme, qui eut à le soigner ; car pendant un grand mois le chagrin le rendit véritablement malade.

Quant à Sylvain, il ne le fut point, et continua sa route jusqu'à la frontière ; car c'était le temps des grandes belles guerres de l'empereur Napoléon. Et, quoiqu'il n'eût jamais eu le moindre goût pour l'état militaire, il commanda si bien à son vouloir, qu'il fut bientôt remarqué comme bon soldat, brave à la bataille comme un homme qui ne cherche que l'occasion de se faire tuer, et pourtant doux et soumis à la discipline comme un enfant, en même temps qu'il était dur à son propre corps comme les plus anciens. Comme il avait reçu assez d'éducation pour avoir de l'avancement, il en eut bientôt, et, en dix années de temps, de fatigues, de courage et de belle conduite, il devint capitaine, et encore avec la croix par-dessus le marché.

— Ah ! s'il pouvait enfin revenir ! dit la mère Barbeau à son mari, le soir après le jour où ils avaient reçu de lui une jolie lettre pleine d'amitié pour eux, pour Landry, pour Fanchon, et enfin pour tous les jeunes ou vieux de la famille ; le voilà quasiment général, et il serait bien temps pour lui de se reposer !

— Le grade qu'il a est assez joli sans l'augmenter, dit le père Barbeau, et cela ne fait pas moins un grand honneur à une famille de paysans !

— Cette Fadette avait bien prédit que la chose arriverait, reprit la mère Barbeau. Oui-da qu'elle l'avait annoncé !

— C'est égal, dit le père, je ne m'expliquerai jamais comment son idée a tourné tout à coup de ce côté-là, et comment il s'est fait un pareil changement dans son humeur, lui qui était si tranquille et si ami de ses petites aises.

— Mon vieux, dit la mère, notre bru en sait là-dessus plus long qu'elle n'en veut dire ; mais on n'attrape pas une mère comme moi, et je crois bien que j'en sais aussi long que notre Fadette.

— Il serait bien temps de me le dire, à moi ! reprit le père Barbeau.

— Eh bien, répliqua la mère Barbeau, notre Fanchon est trop grande charmeuse, et tellement qu'elle avait charmé Sylvinet plus qu'elle ne l'aurait souhaité. Quand elle vit que le charme opérait si fort, elle eût voulu le retenir ou l'amoindrir ; mais elle ne le put, et notre Sylvain, voyant qu'il pensait trop à la femme de son frère, est parti par grand honneur et grande vertu, en quoi la Fanchon l'a soutenu et approuvé.

— Si c'est ainsi, dit le père Barbeau en se grattant l'oreille, j'ai bien peur qu'il ne se marie jamais, car la Baigneuse de Clavières a dit, dans les temps, que lorsqu'il serait épris d'une femme, il ne serait plus si affolé* de son frère ; mais qu'il n'en aimerait jamais qu'une en sa vie, parce qu'il avait le cœur trop sensible et trop passionné.

LES CLÉS DE L'ŒUVRE

I - AU FIL DU TEXTE

II - DOSSIER HISTORIQUE ET LITTÉRAIRE

Pour approfondir votre lecture, LIRE vous propose une sélection commentée :
- de morceaux « classiques » devenus incontournables, signalés par ●◆ (droit au but).
- d'extraits représentatifs de l'œuvre, signalés par ᴄ◈ (en flânant).

AU FIL DU TEXTE

Par Chantal Chemla, professeur de lettres classiques.

I - DÉCOUVRIR

La phrase clé

« [...] la petite-fille de la mère Fadet, qu'on appelait dans le pays la petite Fadette, autant pour ce que c'était son nom de famille que pour ce qu'on voulait qu'elle fût un peu sorcière aussi » (chap. VIII, p. 79).

• LA DATE

Écrit en juillet-août 1848, à Nohant, où George Sand s'est réfugiée après l'échec de la manifestation du 15 mai, le roman est publié en décembre 1848 dans le journal *Le Crédit* et paraît en librairie en août 1849. Rappelons que c'est le 10 décembre 1848 que Louis-Napoléon Bonaparte est élu président de la République.

La date de sa publication situe donc *La Petite Fadette* après *La Mare au diable* (août 1846) et avant *François le Champi*, sorti en librairie en janvier 1850, mais qui était terminé à la fin de 1847, puisque sa parution dans le *Journal des débats* fut interrompue par la révolution. D'ailleurs, dans une lettre à Pierre-Jules Hetzel, datée du 29 juillet 1848 – citée dans le dossier historique et littéraire, document 1, p. 250 –, George Sand annonce qu'elle se met au travail pour écrire « une espèce de Champi ».

L'année 1849 sera marquée, dans la vie personnelle de George Sand, par la naissance, au mois de mai, de sa petite-fille Jeanne Gabrielle Clésinger et, au mois d'octobre, par la mort de Frédéric Chopin.

• LE TITRE

George Sand donne la clé du titre dans une lettre à Pierre-Jules Hetzel, en date du mardi 8 août 1848, citée elle aussi dans le dossier historique et littéraire, document 2, p. 251 : « Fadette est le diminutif de *fade*, *fée*, le féminin de *fade*, *farfadet*, etc. »

Le mot, issu du latin *fata*, dérivé de *fatum* (= destin), désigne, selon Littré, un « être fantastique à qui on attribuait un pouvoir surnaturel, le don de divination et une très grande influence sur la destinée ». C'est, dans le roman, le surnom de l'héroïne, Fanchon Fadet (Fadet est en outre son nom de famille, ce qui donne une justification de plus à son surnom). Tout semble donc clair, à deux détails près. En effet, lorsqu'on lit le roman, on s'aperçoit que la petite Fadette ne fait son apparition qu'au chapitre VIII (p. 79) et que les véritables héros sont Landry et Sylvain. Là encore, la lettre de George Sand précédemment citée donne une intéressante indication : « Le vrai titre serait : *les bessons* […]. *Bessons* signifie *jumeaux qui se ressemblent* mais je crains ce mot pour les oreilles parisiennes, bien qu'il soit en usage dans les trois quarts de la France. S'il ne vous va pas, n'y substituez pas les *Jumeaux*, car c'est trop dire son sujet d'avance. » Donc l'auteur a choisi volontairement un titre qui égare le lecteur et aiguise sa curiosité.

• COMPOSITION

Le point de vue de l'auteur

Le pacte de lecture

Dans la *Préface de 1848* (p. 30), George Sand se présente comme l'auteur-scripteur, qui ne fait que fixer par écrit un récit entendu de la bouche du Chanvreur. L'auteur s'efface donc derrière un narrateur. Ce narrateur, omniscient, sonde l'âme et le cœur des personnages : « et sa volonté y était sincère », affirme-t-il de Sylvain (p. 96). Il est capable de rendre compte des conversations les plus secrètes, par exemple celles que Fadette a avec Landry au cours de leurs rendez-vous secrets, ou, plus fort encore, les propos qu'elle tient à Sylvain pour le sortir de sa maladie. C'est qu'en fait le narrateur adopte successivement le point de vue des divers personnages. Le plus généralement, c'est celui de Landry (par exemple, pp. 72, 76, 101, 122-123, 149, 156, 164…) ou de Sylvain (pp. 64, 88-89, 96, 173, 176-177) – ce qui corrobore l'idée qu'ils sont les héros du roman –, mais on a aussi celui du père et de la mère Barbeau (pp. 72, 95, 221…), de Madelon (p. 180…) et, au fur et à mesure de l'avancement du récit, le point de vue de Fadette s'impose (pp. 164, 168, 212…).

Le narrateur, qui n'est pas un personnage du roman, n'est pourtant pas totalement extérieur, puisque, à diverses reprises, il emploie la première personne pour exprimer son opinion : « *pour ma part, je* n'ai jamais ajouté foi […] non plus que *je* n'accorde grande croyance… » (p. 78) ; « de plus, *je ne sais pas* avec quelle mixture de fleurs ou d'herbes » (p. 156). Ou bien il donne au lecteur des renseignements, par exemple sur l'origine du nom du chemin appelé « la *Traîne-au-Gendarme* » (p. 157). Enfin, le roman est parsemé de phrases au présent en forme de maximes, ou, du moins, de vérités incontestables aux yeux du narrateur, porte-parole de la sagesse populaire : « l'amitié, à force d'être grande, peut quelquefois devenir un mal » (p. 69) ; « le chagrin ne donne pas beaucoup de raisonnement » (p. 79) ; « Les femmes ont le cœur fait en cette mode, qu'un jeune gars commence à leur paraître un homme sitôt qu'elles le voient estimé et choyé par d'autres femmes » (p. 153) ; « tant il est vrai que le dépit chez les femmes dure plus que le regret » (p. 179), etc.

Les objectifs d'écriture

Si nous nous reportons une fois de plus à la *Préface de 1848* (pp. 29-30), nous voyons que l'auteur reconnaît avoir eu deux objectifs : d'abord trouver « dans les rêves de la pastorale, dans un certain idéal de la vie champêtre », un dérivatif au « monde réel ». Autrement dit, pour se distraire d'une actualité peu réjouissante, celle de la révolution de 1848 et de l'échec de ses idéaux politiques, George Sand se tourne vers l'innocence et le charme de son cher Berry, pour y chercher réconfort et consolation, pour elle et ses amis prisonniers politiques – d'où la dédicace à Armand Barbès. D'autre part, il s'agit pour elle de compléter la série de ses « contes villageois ».

Structure de l'œuvre

La Petite Fadette comporte quarante chapitres, assez courts (de deux à sept pages). Mais ces chapitres ne correspondent pas à des unités dans le récit : certains d'entre eux sont fortement liés par une sorte d'enjambement du récit de l'un à l'autre, et la véritable interruption peut se faire au milieu de l'un d'eux. Ainsi on peut considérer comme formant un tout les chapitres II et III, VII à X, XXVII à XXX, XXXVII et XXXVIII. Les chapitres XI à XIV forment également un récit suivi (l'épisode du gué et du follet) qui s'arrête au milieu du chapitre XIV, à la page 118. Il en est de même des chapitres XVII à XX (l'entretien qui déclenchera l'amour de Landry pour la petite Fadette), jusqu'à la page 149,

où la dernière partie du chapitre commence par « Le lendemain… ». Même chose pour les chapitres XXIII et XXIV, où l'on
trouve, à la page 164 : « Le lendemain et les jours suivants… »
C'est une technique d'écriture assez courante dans le feuilleton,
où, pour ménager l'intérêt du lecteur, on coupe l'épisode avant
son dénouement, ou on en commence un autre dans les limites
de la publication du jour.

Les sept premiers chapitres sont exclusivement consacrés
aux « bessons », de leur naissance à leur adolescence. Ils trai-
tent essentiellement des problèmes soulevés par cette gémellité,
en particulier pour Sylvinet. Cette première partie s'achève
avec la fugue du jeune garçon : c'est l'occasion pour la petite
Fadette d'entrer dans la vie de Landry, à qui elle arrache une
promesse à sa discrétion (chapitre IX, p. 87). Malgré son inquiétude à ce sujet, le jeune garçon n'entend plus parler de la petite
Fadette, jusqu'au jour, la veille de la Saint-Andoche, « fête
patronale du bourg de la Cosse », où Landry, égaré par un feu
follet, ne parvient pas à franchir le gué et ne doit son salut qu'à
l'intervention de la jeune fille. Devant l'attitude peu amicale du
garçon, Fadette exige en accomplissement de sa promesse d'être
sa cavalière au bal du village, le lendemain. Landry est atterré,
non seulement parce que la jeune fille est laide, mal fagotée
et a mauvaise réputation, mais aussi parce qu'il s'est engagé
à faire danser la belle Madelon, qui ne semble pas lui être
insensible.

Le jour de la Saint-Andoche marque le tournant du roman,
par l'importance des événements, mais aussi par la place cen-
trale qu'il occupe dans l'œuvre et la longueur de l'épisode :
quatre chapitres (XIV à XVII) pour le bal lui-même et la bagarre
qui le termine ; trois chapitres (XVIII à XX) pour la suite de la soirée, une longue conversation dans une carrière entre Landry et
Fadette, au cours de laquelle la jeune fille fait connaître sa
vraie nature. Les sentiments de Landry vis-à-vis d'elle basculent
au cours de cette nuit. Nous sommes alors à la moitié du roman.

La seconde partie de *La Petite Fadette* est consacrée à la
naissance et au développement de l'amour entre Landry et
Fadette. Dès le dimanche suivant la Saint-Andoche, la jeune
fille semble transformée. Les propos tenus par Landry sur son
apparence physique et ses manières ont produit leur effet et
nous assistons à une vraie métamorphose : la sauvageonne
devient une jeune personne convenable. Après le bal, cette journée est le deuxième moment crucial du roman, puisque c'est ce

soir-là que Landry découvre véritablement son amour et le déclare à Fadette (chapitre XXIII, pp. 161-162).

C'est aux chapitres XXVII et XXVIII que l'amour des deux jeunes gens est découvert, d'abord par Sylvain, puis par Madelon. Le premier, blessé dans son amour fraternel, garde le secret, mais la jeune fille, jalouse, est moins discrète, puisque, quinze jours après « l'aventure de la tour à Jacot », « tout le monde le savait ». Le père Barbeau réunit une sorte de conseil de famille et intime à Landry l'ordre de renoncer à la petite Fadette, ce qu'il refuse en s'opposant aux siens.

Les choses vont se précipiter : pour épargner à Landry les affrontements avec son père, Fadette part pour la ville, où elle trouve un emploi (chapitre XXX) ; Sylvain tombe malade, et Landry s'éloigne, car il semble que sa présence aggrave l'état de son jumeau (chapitre XXXI). La mort de la grand-mère de Fadette (chapitre XXXII) oblige la jeune fille à rentrer au pays. Devenue riche, grâce aux économies patiemment accumulées par la vieille femme, Fadette est considérée d'un autre œil par le père Barbeau (chapitre XXXIII), et, après avoir réussi à guérir Sylvain de son mal, elle épouse Landry, tandis que Sylvain, pour oublier l'impossible amour qu'il a conçu pour sa jeune belle-sœur, s'engage dans l'armée.

On peut remarquer que ce roman, qui a un double sujet – la relation difficile entre les deux jumeaux et l'amour de Landry et de Fadette –, a aussi un double épilogue. D'abord le mariage des deux amoureux, qui peut se résumer par : ils se marièrent, vécurent heureux, eurent de beaux enfants, et firent le bien autour d'eux. Mais les choses ne s'arrêtent pas là, car le narrateur ajoute : « Mais qu'advint-il de Sylvinet au milieu du bonheur de sa famille ? » et c'est donc le sort de Sylvain qui fermera définitivement le roman.

II - LIRE

Pour approfondir votre lecture, LIRE vous propose une sélection commentée :
- *de morceaux « classiques » devenus incontournables, signalés par ●◇ (droit au but).*
- *d'extraits représentatifs de l'œuvre, signalés par ◡◇ (en flânant).*

●◇ 1 - *Une prédiction bien inutile* de « La mère Sagette étant appelée… » à « … pauvres enfants hors de chez nous ».	I pp. 37-40

Situation initiale : La naissance de jumeaux est ressentie comme un phénomène inquiétant. Leur mère se lamente : « On m'a dit qu'il n'y avait rien de plus chanceux et de plus malaisé à élever que des bessons. »

On a recours à la « sage-femme » – au sens étymologique : celle « qui a de la connaissance ». Sa réponse, bien structurée, comporte deux parties : la première se veut rassurante, la seconde, qui répond à une question inquiète du père Barbeau, est en forme d'avertissement.

La mère Sagette – au nom prédestiné – se présente comme celle qui sait : « Fiez-vous à moi [...]. Il y a cinquante ans que je fais le métier de sage-femme [...]. Ce n'est donc pas la première fois que je reçois des jumeaux [...]. C'est la vraie vérité [...] mais écoutez ce qu'une femme d'expérience va vous dire. » Elle peut donc parler avec autorité, en employant un ton et des formules péremptoires. Les verbes sont au futur, comme il convient à une prédiction certaine : « ces deux bessons-là vivront bel et bien, et ne seront pas plus malades que d'autres enfants [...]. Consolez-vous donc, mère Barbeau, ça vous sera un plaisir de les voir grandir. »

Mise en garde : « par tous les moyens que vous pourrez imaginer, empêchez-les de se confondre l'un avec l'autre et de s'accoutumer à ne pas se passer l'un de l'autre. »

Nous sommes dans la situation du conte de fées ou du mythe, où, sur le berceau du nouveau-né, fée ou oracle tentent de conjurer le destin en donnant aux parents des instructions précises. Mais, évidemment, les choses tournent de telle sorte que la destinée s'accomplira quand même.

Ainsi, dans notre histoire, les parents sont pleins de bonne volonté. On ne met pas en doute les paroles de la mère Sagette, et on commence même à lui obéir, en cherchant une nourrice pour l'un des deux enfants. Mais le sens de l'économie paysanne se révolte devant une dépense qui paraît superflue : la mère a suffisamment de lait, pourquoi donc payer une nourrice ? Et puis, c'est dur de se séparer d'un de ses enfants. Bref, on remet à plus tard de suivre les prescriptions de la mère Sagette.

Le lecteur sait déjà que cette négligence sera dommageable à l'équilibre des bessons.

| ☞ 2 - *La jalousie de Sylvinet* | VII |
| de « Landry ne pouvait pas deviner… » à « … une seule fois manqué d'y venir ». | pp. 67-70 |

Naturellement, comme l'avait prévu la mère Sagette (« Ce que je vous dis là, j'ai grand'peur que vous ne le mettiez dans l'oreille du chat », p. 38), les parents Barbeau n'ont pas suivi ses conseils : inséparables, vêtus de la même manière, les jumeaux forment très vite ce que Dorothy Burlingham, citée par René Zazzo, appelle un « gang en miniature ». Mais leur vie insouciante va être troublée, à l'adolescence, par la nécessité de mettre l'un des deux « en condition ».

C'est Landry qui se dévoue et quitte le foyer familial pour s'engager chez le père Caillaud, à la Priche. Très vite, il développe des qualités de conscience et de responsabilité qui font de lui un homme, alors que Sylvain, resté sous le toit paternel, ne sait que « se pendre aux jupons de sa mère comme un petit enfant » (p. 57). Notons que, dans les chapitres V et VI, le narrateur ne parle de Sylvinet, quand il ne le désigne ni par son nom ni par le pronom personnel, que comme d'un « enfant », ajoutant le qualificatif de « petit » ou de « pauvre », et que la comparaison qui lui vient à l'esprit est celle d'un « oiseau » qui « se pousse dans le nid contre son frère pour se réchauffer ».

Les visites de Sylvinet à la Priche sont autant d'occasions de montrer les différences qui s'installent entre les deux frères, jusque-là en tout point identiques. Landry est tourné vers les autres, s'épanouit dans son travail auquel il « pren[d] plaisir ». Sylvinet, replié sur lui-même, ne considère le monde que par rapport au couple qu'il forme avec son jumeau, et montre de l'hostilité à tout ce qui peut s'immiscer entre eux. Son langage est celui de la jalousie. Ainsi, il oppose l'univers de la Cosse où ils étaient deux et celui de la Priche où Landry est seul : « *Te* voilà bien épris de *ces* grands bœufs ; *tu* ne penses plus à *nos* petits taurins […] qui étaient […] si doux et si mignons avec nous deux […]. *Tu* ne m'as pas seulement demandé des nouvelles de *notre* vache […], et qui *me* regarde d'un air tout triste […] comme si elle comprenait que *je suis tout seul*… » Ou bien il dénigre avec une mauvaise foi sans faille les produits de la ferme qui lui a enlevé son frère et les gens qui y habitent. Il reproche à son frère tout instant de plaisir qu'il peut éprouver loin de lui, et sa jalousie s'étend aux membres de sa propre famille, sa petite sœur par exemple, pour les moments qu'ils passent avec Landry. Pas de doute : les symptômes sont bien ceux d'une jalousie maladive, d'une jalousie amoureuse, pourrait-on dire, tant il est vrai que les jumeaux forment un couple plutôt qu'une paire.

Ces excès finissent par lasser Landry, et, comme dans un couple d'amants, il se produit des scènes. Le narrateur résume la situation dans une expression frappante : Sylvinet en arrive à « haïr l'objet de tant d'amour ». Cette formule semble sortie tout droit d'une tragédie de Racine !

Sylvinet, jaloux, malheureux, fait une fugue. Peut-être même, comme le craint sa mère, songe-t-il au suicide. Toujours est-il que c'est cette fugue qui va amener dans la famille Barbeau et dans le roman l'intervention d'un nouveau personnage, la petite Fadette.

3 - *Une famille inquiétante*	VIII
de « Enfin l'idée lui vint d'aller… » à « … les voyait venir de son côté ».	pp. 77-81

Présentation d'un groupe de personnages qui va jouer un rôle important dans la suite de l'intrigue.

Éléments intéressants sur la superstition paysanne.

Comme la Sagette, la mère Fadet est détentrice d'une science, mais elle a une réputation redoutable. Moitié guérisseuse, moitié sorcière, on lui prête des pouvoirs surnaturels et sans doute quelque peu diaboliques. Elle utilise ses connaissances pour guérir les gens, et elle en a sauvé un certain nombre. Il serait donc normal de lui en avoir de la gratitude, mais « comme dans la campagne, on n'est jamais savant sans être quelque peu sorcier », sa réputation est plutôt sulfureuse. On lui prête des pouvoirs surnaturels et pas toujours bénéfiques. Elle pourrait dire, comme la petite Fadette plus tard (pp. 137-138) : « j'ai été traitée de sorcière, et ceux qui venaient bien doucement me prier quand ils avaient besoin de moi, me disaient plus tard des sottises à la première occasion. »

Cette vieille femme ne vit pas seule. Elle a recueilli ses deux petits-enfants orphelins qu'elle élève sans tendresse excessive, car c'est une femme rude. Ces deux enfants sont disgraciés par la nature, au point qu'ils ont reçu respectivement les sobriquets de « grelet » (grillon) et de « sauteriot » (sauterelle). L'aînée est aussi connue sous le nom de « la petite Fadette, autant pour ce que c'était son nom de famille que pour ce qu'on voulait qu'elle fût un peu sorcière aussi » (voir ci-dessus « Le titre »). Elle forme, avec son petit frère, un couple qui s'oppose au couple des jumeaux, à la fois par l'aspect physique et par la situation sociale ; en outre, une certaine inimitié règne entre les deux familles. Les seuls échanges entre elles semblent être des quolibets lors de rencontres sur les chemins.

Place du passage dans le récit : rien ne semble prédisposer Landry et Fadette à une relation amoureuse, dont la possibilité apparaît peut-être, pour le lecteur, dans le soin que met le narrateur à en montrer le caractère improbable.

D'autre part, le narrateur y prend une certaine distance par rapport à l'ensemble des villageois, et même par rapport à son héros, dont la naïveté et la crédulité seront, par la suite, tournées en dérision, puis combattues par la petite Fadette.

∾ 4 - *Le pacte avec la sorcière*	IX
de « Mais la petite Fadette… » à « … je te tiens quitte de ta parole ».	pp. 84-87

Éconduit par la mère Fadet, Landry trouve sur son chemin la petite-fille de la vieille, qui le terrorise par ses propos mena-

çants. Il est particulièrement vulnérable car il s'agit de son besson, mais aussi à cause d'une certaine propension à la crédulité.

Le passage tout entier est dominé par l'idée de la sorcellerie :
– Lexique : « par quelque sorcellerie […] par quelque accointance avec le follet de la rivière […] tel entendement avec le
  diable […] d'une manière qui ne lui paraissait pas naturelle ».
– Aspect physique et attitude de la petite Fadette : « toujours
  ricanant et toujours lui disant que sans elle il ne retrouverait
  jamais son besson […] elle se percha comme une pie sur la
  barre […] son jupon s'était enflé ; ses vilains cheveux noirs
  sortant de sa coiffe […] s'étaient dressés comme des crins
  […] et la Fadette, debout sur la barre, lui paraissait deux fois
  plus grande qu'à l'ordinaire […] en sautant comme une grenouille […] elle avait des yeux si ardents qu'on eût dit le lutin
  en personne ».
– Éléments naturels : le vent souffle, l'orage se lève brusque-
  ment.

Tout conspire donc à donner à la scène une atmosphère surnaturelle et fantastique.

Landry essaie bien d'amadouer cette drôle de fille, qui lui fait
si peur ; mais il lui faut en passer par ses volontés, et s'engage
alors une négociation sur le prix dont il devra payer le service
rendu. D'abord Landry propose son couteau, ce qui est sans
doute pour lui un gros sacrifice, mais reste dans le domaine des
échanges normaux entre enfants. Mais Fadette fait monter les
enchères : une poule, une chèvre… Landry est prêt à tout promettre pour retrouver son frère. Mais, finalement, ce qu'elle
demande, c'est un blanc-seing : « je ne te réclamerai rien jusqu'au jour où je me serai décidée à t'aller trouver pour te requérir d'une chose qui sera à mon commandement et que tu feras
sans retard ni regret ». La formule est à la fois précise et sèche,
dans son expression quasi juridique (*te requérir de, à mon commandement*), et vague dans son contenu. Landry s'engage, mais
il ne sait pas à quoi exactement, ni à quelle date il devra exécuter
sa promesse. On comprend dès lors que, pendant les mois qui
suivent, le jeune garçon soit tourmenté par cette imprudente promesse. Ainsi, dans le début du chapitre XI, le champ lexical
dominant est celui de l'inquiétude : « souci […] inquiétude
[…] il craignait […] cette peur-là […] la peur qu'il avait […] il]
n'osa la regarder […] n'osa point lui porter la parole » (pp. 99-
101).

Ainsi, comme ceux qui, dans les contes, vendent leur âme au diable sans savoir au juste quand ils auront à s'acquitter de leur dette, Landry vit sous le coup d'une menace, et l'attitude apparemment indifférente de la petite Fadette ne le rassure qu'à moitié.

◆◇ **5 - *Le passage du gué***
de « Quand il fut au droit du gué… »
à « … est fait pour chauffer et brûler ».

XI-XIII
pp. 105-111

La scène se passe environ un an après la précédente. C'est de nouveau l'automne « qui est une saison où les sorciers et les follets commencent à se donner du bon temps, à cause des brouillards qui les aident à cacher leurs malices et maléfices ». Plus précisément, c'est le jour de la Saint-Andoche, « qui est la fête patronale du bourg de la Cosse et qui tombe aux derniers jours de septembre ». La date n'est pas indifférente, puisque c'est elle qui va inspirer à la petite Fadette l'idée de réclamer son dû.

Landry se trouve une nouvelle fois en difficulté dans le voisinage de la maison de la mère Fadet. En effet il doit, à la nuit tombée, traverser le gué des Roulettes.

Les conditions sont favorables à l'intervention du surnaturel :
– Insistance sur l'aisance avec laquelle le jeune homme devrait *normalement* franchir le cours d'eau : « Landry connaissait si bien le gué qu'il ne pouvait guère s'y tromper. D'ailleurs on voyait de là, à travers les arbres qui étaient plus d'à moitié dépouillés de feuilles, la petite clarté qui sortait de la maison de la mère Fadet ; et en regardant cette clarté, pour peu qu'on marchât dans la direction, il n'y avait point chance de faire mauvaise route. »
– Inexplicable modification de l'espace familier : le niveau de l'eau est plus haut que d'habitude, alors que rien ne justifie cette montée subite ; d'autre part, la lumière de la maison de la mère Fadet, grâce à laquelle Landry se repère, change apparemment de place, comme si un génie malfaisant voulait l'égarer.

Dans un premier temps, Landry garde sa faculté de raisonnement : il est seulement « étonné » et fait différentes tentatives pour sortir de cette mauvaise passe. Ce n'est que lorsqu'il s'aperçoit que la lumière sur laquelle il se guidait est en fait un feu follet que « Landry [a] peur et [manque] perdre la tête ». Dans tout ce passage, le narrateur adopte le point de vue de Landry afin de transmettre au lecteur l'affolement du jeune garçon. Ainsi « de retourner sur ses pas n'était pas le moyen de faire fuir le feu follet », ou « On sait qu'il s'obstine à courir après ceux qui courent... » semblent des vérités objectives, alors que c'est le reflet de ce que Landry a entendu raconter aux vieux du village.

C'est à ce moment qu'apparaît la petite Fadette, d'abord sous une forme insolite : une voix qui chante et qui jure. La jeune fille ne semble pas autrement émue par le feu follet qui inquiète si fort Landry, et cette tranquillité est bien la preuve pour lui qu'elle est une « petite sorcière ». Elle le guide et lui fait passer le gué sans encombre, lui rendant service pour la seconde fois.

➡ 6 - *La vraie nature de la petite Fadette*
    de « – Eh bien, Fanchon Fadet... »
    à « ... plus que toi le droit de vivre ».
	XVIII
	pp. 134-138

Landry, tenu par sa parole, a dû, au bal de la Saint-Andoche, faire danser exclusivement la petite Fadette, ce qui lui a attiré l'inimitié de la belle Madelon et les railleries des jeunes gens du village. Il a même été obligé de faire le coup de poing, pour défendre sa cavalière de ceux qui, poussés par les autres jeunes filles, la molestaient. En rentrant à la nuit chez son maître, Landry trouve sur sa route la petite Fadette en larmes et les deux jeunes gens vont, pour la première fois, avoir une véritable conversation.

Le passage est en quelque sorte un double portrait de la jeune fille : d'abord, par la voix de Landry, Fadette est placée devant l'image qu'elle donne d'elle aux autres. Puis elle-même va exposer ce qu'elle est en réalité. Tout le texte est donc bâti sur l'opposition entre l'apparence et la réalité.

Tout le discours de Landry est une critique de l'image de la petite Fadette : « tu n'as rien d'une fille et tout d'un garçon, *dans ton air et dans tes manières* [...] ; *tu n'as point l'air* propre et soigneux, et *tu te fais paraître* laide [...], crois-tu que ce soit à propos, à seize ans, *de ne point ressembler encore à une fille ?* [...] *comme* un vrai chat-écurieux [...] *comme si* le diable était dessus [...] *tu as l'air de* vouloir te faire remarquer [...] à force de le *montrer* [...] tu cherches à le *paraître* [...] c'est toujours *un assez vilain renom* que tu te donnes là [...] si tu voulais être un peu plus *comme* les autres […]. » Notons la solennité avec laquelle il s'adresse à elle en l'appelant « Fanchon Fadet », marquant ainsi sa différence avec les gens du village qui lui donnent du « grelet » ou du « mâlot ».

La réponse de Fadette est construite comme une plaidoirie.

– Introduction en forme d'apologue. Tout ce qui est dans la nature est l'œuvre de Dieu, et, partant, tout a son utilité : « l'on méprise trop souvent ce qui ne paraît ni beau ni bon, et […] par là, on se prive de ce qui est secourable et salutaire. » Ce principe « se rapporte aux âmes chrétiennes aussi bien qu'aux fleurs des jardins et aux ronces des carrières », ce qui signifie que, sous son apparence rebutante, la petite Fadette cache des vertus de cœur qu'il faut savoir reconnaître, comme on apprend l'action bienfaisante d'herbes et de plantes d'aspect rebutant.

– Première partie : les confidences de Fadette. Elles prouvent qu'elle a pour Landry une certaine estime, et qu'elle le considère différemment des autres gens du village. Attitude défensive : elle n'est pas responsable de l'inconduite de sa mère qu'on lui reproche ; d'ailleurs, quels que soient les torts de cette dernière, la piété filiale commande d'honorer son souvenir et de la défendre. Or, si l'histoire de sa mère est bien connue de tous, il est évident que, dans chaque famille, on peut trouver des secrets non moins déshonorants. Tout ce qu'on pourrait reprocher à la petite Fadette, c'est de chercher à découvrir ces secrets pour les jeter à son tour à la face de ses persécuteurs, mais c'est de bonne guerre.

– Deuxième partie : Fadette présente le côté positif de sa personnalité. Elle a « la connaissance des secrets […] pour la guérison du corps humain ». Au lieu de garder égoïstement cette science pour elle seule, elle la met, « sans demander jamais de récompense », au service des enfants du village, qui la paient d'ingratitude.

– Troisième partie : réponse aux reproches de Landry sur son manque de coquetterie. On lui a si souvent répété qu'elle était laide, on s'est tellement moqué d'elle, que, par esprit de rébellion, elle ne veut faire aucun effort qui pourrait laisser croire à ses persécuteurs qu'elle cherche à leur plaire.

– Conclusion : comme l'introduction, c'est une réflexion sur la nature. Tout le monde a le droit de vivre, et la laideur n'entraîne pas condamnation.

– Constantes références à la morale, à Dieu et à sa Création :
« ceux qui n'ont rien à eux n'en demandent pas si long au bon
Dieu [...]. Il n'y a point de vilain endroit [...] pour ceux qui
connaissent la vertu et la douceur de toutes les choses que
Dieu a faites. [...] Il est vrai que le bon Dieu m'a faite
curieuse [...] je n'y pense plus et pardonne, ainsi que Dieu le
commande [...] ceux que le bon Dieu a mal partagés [...] ma
figure n'avait rien de repoussant pour le bon Dieu et pour
mon ange gardien [...]. Moi, je n'écrase pas la pauvre créature du bon Dieu... » Chaque fois qu'il s'agit de ce qu'on
pourrait considérer comme une erreur de la nature, ou une injustice de Dieu, Fadette prend bien soin d'utiliser l'expression
« le bon Dieu », montrant par là sa soumission à la volonté
divine. C'est bien la preuve que les accusations portées contre
elle sont injustifiées, et que, loin d'être une sorcière, elle est
une bonne chrétienne, meilleure sans doute que les villageois qui, en l'insultant, manquent à la charité.

<table>
<tr><td>☞ 7 - L'affrontement père-fils</td><td>XXVIII</td></tr>
<tr><td>de « Or, un soir que Landry songeait... »</td><td>XXIX</td></tr>
<tr><td>à « ... rêver de malheur dans la famille ».</td><td>pp. 181-186</td></tr>
</table>

Landry et Fadette réussissent à garder leur amour secret pendant un an, mais finissent par être découverts, par la faute de
l'indiscrétion de Madelon.

Landry doit s'expliquer devant un conseil de famille impro-
visé. La scène comporte plusieurs mouvements, au fur et à
mesure que la tension monte entre le père et le fils.

– Le père commence son propos avec modération : les rumeurs
qu'il a entendues sont peut-être fausses, et, en tout état de
cause, il peut s'agir d'une « fantaisie », d'un caprice, auquel
il convient de mettre fin rapidement. Il se garde, dans ce premier temps, de prononcer des propos définitifs, ne donne
pas de noms et ne parle que de façon allusive, en enveloppant
ses accusations de formules et de circonlocutions destinées à
en atténuer la sévérité : « Si je t'ai fait tort en te soupçonnant,
tu ne l'imputeras qu'à l'intérêt que je te porte et au devoir que
j'ai de surveiller ta conduite. »

– Attitude peu coopérative de Landry, ce qui fait monter le
ton. Le père met les points sur les *i* et emploie des mots bles-

sants pour Fadette, et donc pour Landry : « un commerce malhonnête », « cette malheureuse fille », « de mauvaises amours ». Il s'impatiente : « je crois te l'avoir suffisamment donné à entendre […]. Entends-tu, à la fin ? »

– Résistance inattendue de Landry, qui demande encore une précision : reproche-t-on à Fadette sa propre conduite ou sa famille ? Le père commence à se fâcher, et ses propos deviennent franchement insultants : « une mauvaise parenté est une vilaine tache ». Quant à Fadette, elle ne sera jamais « une honnête femme » ; d'ailleurs, ce n'est qu'une intrigante, qui voudrait rendre Landry responsable d'une grossesse résultant de son inconduite. Les mots employés sont très forts : « intrigue montée […] honte […] embarras […] procès […] scandale ».

– Landry ne se contient plus en entendant ainsi insulter la jeune fille qu'il aime et, à son tour, il emploie des termes injurieux : « ceux qui vous ont dit cela *ont menti comme des chiens*. […] Dites-leur qu'ils sont des *lâches* et des *païens*. » Il est tout prêt à se battre pour défendre l'honneur de sa dame. Cette réaction fâche et inquiète le père Barbeau qui, diplomatiquement, n'insiste pas davantage pour la soirée. Mais la bonne entente de la famille est brisée pour la première fois, comme en témoigne le brusque passage du *tu* au *vous* (non seulement le père Barbeau, mais Sylvain, en lui disant *vous*, prend ses distances avec Landry) et, si le père et le fils échangent un baiser avant de se séparer, chacun des deux en a gros sur le cœur.

∽ **8 - *La demande en mariage***	XXXVI
de « Enfin, un matin, il prit sa résolution… » à « … et son vieux cœur en fut tout réjoui ».	pp. 221-224

La petite Fadette a fait la preuve de son honnêteté et de sa sagesse. En outre, ce qui ne gâte rien, elle est devenue riche grâce à l'héritage que lui a laissé sa grand-mère. Rien ne s'oppose donc plus à ce qu'elle épouse Landry. Mais le voudra-t-elle encore, maintenant qu'elle peut prétendre aux plus beaux partis, après la façon dont le père Barbeau a parlé d'elle au temps de sa misère ?

Le chapitre XXXVI est une scène de demande en mariage. Si le sujet est on ne peut plus classique, la manière de le traiter est originale.

Des acteurs, pour ainsi dire, dépareillés : mélange des générations. Ce n'est ici ni un mariage discuté et décidé par les parents des fiancés ni une scène romantique entre les deux jeunes gens. Le futur beau-père demande la main de la jeune fille en s'adressant directement à elle. À cela on peut trouver des justifications : d'abord, la petite Fadette n'a pas de famille ; mais peut-être l'auteur a-t-il voulu illustrer ainsi la différence entre les deux jeunes gens. Fadette, au lieu de s'abandonner à son destin d'enfant pauvre et maltraitée, a su, par sa volonté et sa force d'âme, devenir un modèle de femme indépendante, alors que Landry, enfant protégé et choyé, n'est pas encore complètement sorti de la tutelle paternelle, même si l'amour a commencé à en faire un homme.

Une demande en mariage menée comme une affaire : le père Barbeau voudrait bien ne pas laisser échapper la fortune de Fadette et fait valoir la priorité de son fils sur d'éventuels rivaux. Quant à Fadette, bien qu'elle ait prévu et organisé le déroulement des événements, et qu'elle soit bien décidée à épouser Landry, elle s'offre le malin plaisir de faire durer l'incertitude, soucieuse de ne pas se déprécier en donnant un accord trop rapide. Elle répond aux questions du père Barbeau, et, au fur et à mesure de ses réponses, on cerne un peu mieux sa personnalité :

– Discrétion : bien que sachant depuis longtemps qu'elle deviendrait riche, un jour, elle n'en a jamais fait état, même quand elle était persécutée.
– Jugement : en se taisant même vis-à-vis de Landry, elle s'est assurée d'être aimée pour elle-même.
– Respect des convenances : elle refuse d'épouser Landry sans le consentement de ses parents.

Une scène pleine d'humour. Par exemple, Fadette redonne à l'expression *être aimée pour ses beaux yeux* son sens concret, en précisant : « être aimée pour mes beaux yeux, qui sont la seule chose qu'on ne m'ait jamais refusée », et elle évoque une image cocasse : « mes beaux yeux étaient dans des sacs de peau d'anguille ». Elle marque un point en révélant au père Barbeau le serment de Landry : « il m'a juré qu'il mourrait de chagrin, ou qu'il m'aurait pour sa femme. »

☞ **9 - *Un traitement de choc***	XXXVIII
de « Voilà où je vous attendais, Sylvain… » à « … plus fatiguée qu'elle ne le laissait ».	pp. 229-232

Fadette emploie ses dons de guérisseuse à soigner la mysté-rieuse maladie qui ronge Sylvain.

Le diagnostic a été vite fait : « son corps n'est pas bien malade, c'est à son esprit que j'ai affaire » (p. 226).

Le traitement est rude, puisque ce garçon qui a toujours été choyé, traité dans sa famille avec douceur et ménagements (cf. pp. 63, 94…), va être soudain bousculé et mis devant ses responsabilités. De victime, il va devenir accusé, et, malgré ses efforts pour rejeter la responsabilité sur les autres, il finit par se reconnaître coupable.

En effet, chacune de ses tentatives se heurte à l'argumentation implacable de la jeune fille : sa jalousie et sa souffrance ne sont pas, comme il le prétend, une preuve de son affection pour Landry, mais une manifestation de son caractère égoïste et tyrannique. Contrairement à ce qu'il voudrait faire croire, Fadette ne l'a jamais desservi auprès de son frère et n'a jamais cherché à éloigner l'un de l'autre les bessons ; bien au contraire, c'est elle-même qui, souvent, a renvoyé Landry retrouver Syl-vinet, alors qu'elle aurait pu garder son amoureux auprès d'elle. Enfin, elle porte le coup décisif en accusant clairement le jeune garçon de faire pression sur son entourage, en exerçant un véri-table chantage au suicide. Cette peur, qu'il entretient chez ceux qu'il aime, depuis le jour où Landry a été placé chez le père Caillaud, lui permet d'agir à sa guise, en enfant gâté : « c'est fort commode et fort doux de n'avoir qu'un mot à dire pour faire tout plier autour de soi ».

La jeune fille termine son discours par une véritable leçon de métaphysique : il n'y a pas de fatalité attachée à la condition de jumeau, car Dieu a créé l'homme libre de choisir sa desti-née : « Il n'est pas si méchant que de nous donner des idées que nous ne pourrions jamais surmonter. » Sylvain est donc seul responsable de son malheur ; le verdict de Fadette tombe, tranchant : « vous estimez moins votre devoir que votre fan-taisie ».

Le traitement est efficace, et, si douloureux qu'il soit, il ne provoque chez le malade aucune révolte. Au contraire, à partir de ce moment, comme un animal dompté, il devient doux et

obéissant. « C'est comme un miracle », témoigne la mère Barbeau, devant la transformation de son fils. Rien ni personne ne
s'opposent plus au mariage de Fadette et de Landry.

☞ **10 - *Le fin mot de l'histoire***
    de « Mais qu'advint-il de Sylvinet... »
    à « ... trop sensible et trop passionné ».

XL
pp. 238-241

Épilogue attendu du conte ou du roman traditionnels : allé-
gresse générale. Tout est bien, qui finit bien.
– Mariage de Landry et de Fadette.
– Mariage, le même jour, de Nanette, la jeune sœur des jumeaux,
  avec Cadet Caillaud, « qui était le meilleur ami de Landry
  après ceux de sa famille ».
– Ils vivront heureux, auront beaucoup d'enfants et utiliseront
  leur fortune à secourir les malheureux autour d'eux.
  Deuxième épilogue : *La Petite Fadette* est le roman de deux
jumeaux. En se mariant, Landry a rompu le couple gémellaire.
Son frère, qui a eu tant de mal à accepter l'idée qu'ils étaient
deux, doit maintenant trouver son propre destin.
– Notons la manière dont le narrateur introduit cette espèce
  d'appendice à la conclusion du roman : « Mais qu'advint-il de
  Sylvinet au milieu du bonheur de sa famille ? » La phrase
  implique que ce bonheur ne l'atteint pas directement, qu'il se
  sent pour ainsi dire laissé pour compte. D'autre part le
  connecteur « mais » qui commence la phrase, alors qu'il n'y
  a apparemment aucune opposition avec ce qui précède, met
  en liaison les derniers paragraphes du roman avec une question implicite à laquelle répondrait le narrateur-conteur.
– Sylvain, donc, contre toute attente, s'engage dans l'armée.
  Personne n'y comprend rien, et, en cette occasion encore,
  c'est Fadette, devenue sa belle-sœur, qui seule recueille ses
  confidences et s'entremet pour lui faciliter les choses avec la
  famille.
– La clé de l'énigme est donnée dans les derniers mots du
  roman, non par Fadette, qui, pour être devenue Fanchon Barbeau, ne manque pas à sa discrétion naturelle, mais par la
  mère qui a deviné, en observant son fils, qu'il nourrissait
  pour les pouvoirs de la petite Fadette le même étonnement
  que leurs candides faire-valoir témoignent à Sherlock Holmes

ou au chevalier Dupin, devant leurs capacités de déduction : en effet, dans le chapitre x, le narrateur explique tout naturellement comment Fadette a pu savoir ce qu'elle a dit à Landry (p. 93). Paradoxalement, c'est ici la petite sauvageonne qui, tout en montrant une piété sans faille, fait appel à la raison contre les superstitions. Elle connaît des « secrets », cependant « elle n'était point sorcière pour cela, elle avait raison de s'en défendre ; mais elle avait *l'esprit qui observe, qui fait des comparaisons, des remarques, des essais* » (p. 172).

III - POURSUIVRE

• LECTURES CROISÉES

Dans *La Petite Fadette*, George Sand peint la France des campagnes, des traditions et des superstitions.

L'épisode du gué, où Landry manque de se noyer, rappelle, dans *La Mare au diable* (Pocket Classiques, n° 6008), l'aventure de Germain et Marie égarés sur la lande (chap. VII, pp. 74-75).

« Germain connaissait le chemin jusqu'au Magnier ; mais il pensa qu'il aurait plus court en ne prenant pas l'avenue de Chanteloube, mais en descendant par Presles et la Sépulture, direction qu'il n'avait pas l'habitude de prendre quand il allait à la foire. Il se trompa et perdit encore un peu de temps avant d'entrer dans le bois ; encore n'y entra-t-il point par le bon côté, et il ne s'en aperçut pas, si bien qu'il tourna le dos à Fourche et gagna beaucoup plus haut du côté d'Ardentes.

« Ce qui l'empêchait alors de s'orienter, c'était un brouillard qui s'élevait avec la nuit, un de ces brouillards des soirs d'automne que la blancheur du clair de lune rend plus vagues et plus trompeurs encore. Les grandes flaques d'eau dont les clairières sont semées exhalaient des vapeurs si épaisses que, lorsque la Grise les traversait, on ne s'en apercevait qu'au clapotement de ses pieds et à la peine qu'elle avait à les tirer de la vase.

« Quand on eut enfin trouvé une belle allée bien droite, et qu'arrivé au bout, Germain chercha à voir où il était, il s'aperçut bien qu'il s'était perdu ; car le père Maurice, en lui expliquant son chemin, lui avait dit qu'à la sortie des bois il aurait à descendre un bout de côte très raide, à traverser une immense prairie et à passer deux fois la rivière à gué. Il lui avait même recommandé d'entrer dans cette rivière avec précaution, parce qu'au commencement de la saison il y avait eu de grandes pluies et que l'eau pouvait être un peu haute. Ne voyant ni descente, ni prairie, ni rivière, mais la lande unie et blanche comme une nappe de neige, Germain s'arrêta, chercha une maison, attendit un passant, et ne trouva rien qui pût le renseigner. Alors il revint sur ses pas et rentra dans les bois. Mais le brouillard s'épaissit encore plus, la lune fut tout à fait voilée, les chemins étaient affreux, les fondrières profondes. Par deux fois, la Grise faillit s'abattre ; chargée comme elle l'était, elle perdait courage, et si elle conservait assez de discernement pour ne pas se heurter contre les arbres, elle ne pouvait empêcher que ceux qui la montaient n'eussent affaire à de grosses branches, qui barraient le chemin à la hauteur de leurs têtes et qui les mettaient fort en danger. Germain perdit son chapeau dans une de ces rencontres et eut grand-peine à le retrouver. Petit-Pierre s'était endormi, et, se laissant aller comme un sac, il embarrassait tellement les bras de son père, que celui-ci ne pouvait plus ni soutenir ni diriger le cheval.

« – Je crois que nous sommes ensorcelés, dit Germain en s'arrêtant : car ces bois ne sont pas assez grands pour qu'on s'y perde, à moins d'être ivre, et il y a deux heures au moins que nous y tournons sans pouvoir en sortir. »

Deux figures de rebouteux.
– L'une, dans *L'Enfant maudit* (1831-1836), d'Honoré de Balzac :

« Jamais en aucun temps les nobles ne furent moins instruits en sciences naturelles, et jamais l'astrologie judiciaire ne fut plus en honneur, car jamais on ne désira plus vivement connaître l'avenir. Cette ignorance et cette curiosité générale avaient amené la plus grande confusion dans les connaissances humaines ; tout y était pratique personnelle, car les nomenclatures de la théorie manquaient encore ; l'imprimerie exigeait de grands frais, les communications scientifiques avaient peu de rapidité ; l'Église persécutait encore les sciences tout d'examen qui se basaient sur l'analyse des phénomènes naturels. La persécution engendrait le mystère. Donc, pour le peuple comme pour les grands, physicien et alchimiste, mathématicien et astronome, astrologue et nécromancien, étaient six attributs qui se confondaient en la personne du médecin. Dans ce temps, le médecin supérieur était soupçonné de cultiver la magie ; tout en guérissant ses malades, il devait tirer des horoscopes. Les princes protégeaient d'ailleurs ces génies auxquels se révélait l'avenir, ils les logeaient chez eux et les pensionnaient. Le fameux Corneille Agrippa, venu en France pour être le médecin de Henri II, ne voulut pas, comme le faisait Nostradamus, pronostiquer l'avenir, et il fut congédié par Catherine de Médicis qui le remplaça par Cosme Ruggieri. Les hommes supérieurs à leur temps et qui travaillaient aux sciences étaient donc difficilement appréciés ; tous inspiraient la terreur qu'on avait pour les sciences occultes et leurs résultats.

« Sans être précisément un de ces fameux mathématiciens, l'homme enlevé par le comte jouissait en Normandie de la réputation équivoque attachée à un médecin chargé d'œuvres ténébreuses. Cet homme était l'espèce de sorcier que les paysans nomment encore, dans plusieurs endroits de la France, un *rebouteur*. Ce nom appartenait à quelques génies bruts qui, sans étude apparente, mais par des connaissances héréditaires et souvent par l'effet d'une longue pratique dont les observations s'accumulaient dans une famille, *reboutaient*, c'est-à-dire remettaient les jambes et les bras cassés, guérissaient bêtes et gens de certaines maladies, et possédaient des secrets prétendus merveilleux pour le traitement des cas graves. Non seulement maître Antoine Beauvouloir, tel était le nom du rebouteur, avait eu pour aïeul et pour père deux fameux praticiens desquels il tenait d'importantes traditions, mais encore il était instruit en médecine ; il s'occupait de sciences naturelles. Les gens de la campagne voyaient son cabinet plein de livres et de choses étranges qui donnaient à ses succès une teinte de magie. Sans passer précisément pour sorcier, Antoine Beauvouloir imprimait, à trente lieues à la ronde, un respect voisin de la terreur aux gens du peuple ; et, chose plus dangereuse pour lui-même, il avait à sa disposition des secrets de vie et de mort qui concernaient les familles nobles du pays. Comme son grand-père et son père, il était célèbre par son habileté dans les accouchements, avortements et fausses couches. Or, dans ces temps de désordres, les fautes furent assez fréquentes et les passions assez mauvaises pour que la haute noblesse se vît obligée d'initier souvent maître Antoine Beauvouloir à des secrets honteux ou terribles. Nécessaire à sa sécurité, sa discrétion était à toute épreuve ; aussi sa clientèle le payait-elle généreusement, en sorte que sa fortune héréditaire s'augmentait beaucoup. Toujours en route, tantôt surpris comme il venait de l'être par le comte, tantôt obligé de passer plusieurs jours chez quelque grande dame, il ne s'était pas encore marié ; d'ailleurs sa renommée avait empêché plusieurs filles de l'épouser. Incapable de chercher des consolations dans les hasards de son métier qui lui conférait tant de pouvoir sur les faiblesses féminines, le pauvre rebouteur se sentait fait pour les joies de la famille, et ne pouvait se les donner. Ce bonhomme cachait un excellent cœur sous les apparences trompeuses d'un caractère gai, en harmonie avec sa figure joufflue, avec ses formes rondes, avec la vivacité de son petit corps gras et la franchise de son parler. Il désirait donc se marier pour avoir une fille qui transportât ses biens à quelque pauvre gentilhomme ; car il n'aimait pas son état de rebouteur, et voulait faire sortir sa famille de la situation où la mettaient les préjugés du temps. Son caractère s'était d'ailleurs assez bien accommodé de la joie et des repas qui couronnaient ses principales opérations. L'habitude d'être partout l'homme le plus important avait ajouté à sa gaieté constitutive une dose de vanité grave. Ses impertinences étaient presque toujours bien reçues dans les moments de crise, où il se plaisait à opérer avec une certaine lenteur magistrale. De plus, il était curieux comme un rossignol, gourmand comme un lévrier et bavard comme le sont les diplomates qui parlent sans jamais rien trahir de leurs secrets. À ces défauts près, développés en lui par les aventures multipliées où le jetait sa profession, Antoine Beauvouloir passait pour être le moins mauvais homme de la Normandie. Quoiqu'il appartînt au petit nombre d'esprits supérieurs à leur temps, un bon sens de campagnard normand lui avait conseillé de tenir cachées ses idées acquises et les vérités qu'il découvrait. »

– L'autre, dans les *Souvenirs d'enfance et de jeunesse* (1883), d'Ernest Renan, est l'extraordinaire personnage que l'auteur appelle le « broyeur de lin » (ce qui n'est pas sans rappeler, comme un écho, malgré toutes les différences, le « chanvreur » de George Sand).

« Il était très pauvre ; mais il le dissimulait par devoir d'état. Ces nobles de campagne avaient autrefois certains privilèges qui les aidaient à vivre un peu différemment des paysans ; tout cela s'était perdu avec le temps. Kermelle était dans un grand embarras. Sa qualité de noble lui défendait de travailler aux champs ; il se tenait renfermé chez lui tout le jour, et s'occupait à huis clos à une besogne qui n'exigeait pas le plein air. Quand le lin a roui, on lui fait subir une sorte de décortication qui ne laisse subsister que la fibre textile. Ce fut le travail auquel le pauvre Kermelle crut pouvoir se livrer sans déroger. Personne ne le voyait, l'honneur professionnel était sauf ; mais tout le monde le savait, et, comme alors chacun avait un sobriquet, il fut bientôt connu dans le pays sous le nom de « broyeur de lin ». Ce surnom, ainsi qu'il arrive d'ordinaire, prit la place du nom véritable, et ce fut de la sorte qu'il fut universellement désigné.

« C'était comme un patriarche vivant. Tu rirais si je te disais avec quoi le broyeur de lin suppléait à l'insuffisante rémunération de son pauvre petit travail. On croyait que, comme chef, il était dépositaire de la force de son sang, qu'il possédait éminemment les dons de sa race, et qu'il pouvait, avec sa salive et ses attouchements, la relever quand elle était affaiblie. On était persuadé que, pour opérer des guérisons de cette sorte, il fallait un nombre énorme de quartiers de noblesse, et que lui seul les avait. Sa maison était entourée, à certains jours, de gens venus de vingt lieues à la ronde. Quand un enfant marchait tardivement, avait les jambes faibles, on le lui apportait. Il trempait son doigt dans sa salive, traçait des onctions sur les reins de l'enfant, que cela fortifiait. Il faisait tout cela gravement, sérieusement. Que veux-tu ! on avait la foi alors ; on était si simple et si bon ! Lui, pour rien au monde, il n'aurait voulu être payé, et puis les gens qui venaient étaient trop pauvres pour s'acquitter en argent ; on lui offrait en cadeau une douzaine d'œufs, un morceau de lard, une poignée de lin, une motte de beurre, un lot de pommes de terre, quelques fruits. Il acceptait. Les nobles des villes se moquaient de lui, mais bien à tort : il connaissait le pays ; il en était l'âme et l'incarnation.

« À l'époque de la Révolution, il émigra à Jersey ; on ne voit pas bien pourquoi ; certainement on ne lui aurait fait aucun mal ; mais les nobles de Tréguier lui dirent que le roi l'ordonnait, et il partit avec les autres. Il revint de bonne heure, trouva sa vieille maison que personne n'avait voulu occuper, dans l'état où il l'avait laissée. À l'époque des indemnités, on essaya de lui persuader qu'il avait perdu quelque chose, et il y avait plus d'une bonne raison à faire valoir. Les autres nobles étaient fâchés de le voir si pauvre, et auraient voulu le relever ; cet esprit simple n'entra pas dans les raisonnements qu'on lui fit. Quand on lui demanda de déclarer ce qu'il avait perdu : "Je n'avais rien, dit-il, je n'ai pu rien perdre." On ne réussit pas à tirer de lui d'autre réponse, et il resta pauvre comme auparavant. »

Une figure de sorcière chez Michelet (*La Sorcière*, 1862, chap. IX, « Satan médecin ») :

« Le grand et puissant docteur de la Renaissance, Paracelse, en brûlant les livres savants de toute l'ancienne médecine, les grecs, les juifs et les arabes, déclare n'avoir rien appris que de la médecine populaire, des *bonnes femmes*, des *bergers* et des *bourreaux* ; ceux-ci étaient souvent d'habiles chirurgiens (rebouteurs d'os cassés, démis), et de bons vétérinaires.

« Je ne doute pas que son livre admirable et plein de génie sur les *Maladies des femmes*, le premier qu'on ait écrit sur ce grand sujet, si profond, si attendrissant, ne soit sorti spécialement de l'expérience des femmes même, de celles à qui les autres demandaient secours : j'entends par là les sorcières qui partout étaient sages-femmes. Jamais, dans ces temps, la femme n'eût admis un médecin mâle, ne se fût confiée à lui, ne lui eût dit ses secrets. Les sorcières observaient seules, et furent, pour la femme surtout, le seul et unique médecin.

« Ce que nous savons le mieux de leur médecine, c'est qu'elles employaient beaucoup, pour les usages les plus divers, pour calmer, pour stimuler, une grande famille de plantes, équivoques, fort dangereuses, qui rendirent les plus grands services. On les nomme avec raison : les *Consolantes* (Solanées).

« Famille immense et populaire, dont la plupart des espèces sont surabondantes, sous nos pieds, aux haies, partout. Famille tellement nombreuse, qu'un seul de ses genres a huit cents espèces. Rien de plus facile à trouver, rien de plus vulgaire. Mais ces plantes sont la plupart d'un emploi fort hasardeux. Il a fallu de l'audace pour en préciser les doses, l'audace peut être du génie.

« Prenons par en bas l'échelle ascendante de leurs énergies. Les premières sont tout simplement potagères et bonnes à manger (les aubergines, les tomates, mal appelées pommes d'amour). D'autres de ces innocentes sont le calme et la douceur même, les molènes (bouillon blanc), si utiles aux fomentations.

« Vous rencontrez au-dessus une plante déjà suspecte, que plusieurs croyaient un poison, la plante miellée d'abord, amère ensuite, qui semble dire le mot de Jonathas : "J'ai mangé un peu de miel, et voilà pourquoi je meurs." Mais cette mort est utile, c'est l'amortissement de la douleur. La douce-amère, c'est son nom, dut être le premier essai de l'homéopathie hardie, qui, peu à peu, s'éleva aux plus dangereux poisons. La légère irritation, les picotements qu'elle donne purent la désigner pour remède des maladies dominantes de ces temps, celles de la peau.

« La jolie fille désolée de se voir parée de rougeurs odieuses, de boutons, de dartres vives, venait pleurer pour ce secours. Chez la femme, l'altération était encore plus cruelle. Le sein, le plus délicat objet de toute la nature, et ses vaisseaux qui dessous forment une fleur incomparable, est par la facilité de s'injecter, de s'engorger, le plus parfait instrument de douleur. Douleurs âpres, impitoyables, sans repos. Combien de bon cœur elle eût accepté tout poison ! Elle ne marchandait pas avec la sorcière, lui mettait entre ses mains la pauvre mamelle alourdie.

« De la douce-amère, trop faible, on montait aux morelles noires, qui ont un peu plus d'action. Cela calmait quelques jours. Puis la femme revenait pleurer : "Eh bien, ce soir, tu reviendras... Je te chercherai quelque chose. Tu le veux. C'est un grand poison."

« La sorcière risquait beaucoup. Personne alors ne pensait qu'appliqués extérieurement, ou pris à très faible dose, les poisons sont des remèdes. Les plantes que l'on confondait sous le nom d'*herbes aux sorcières* semblaient des ministres de mort. Telles qu'on eût trouvées dans ses mains, l'auraient fait croire empoisonneuse ou fabricatrice de charmes maudits. Une foule aveugle, cruelle en proportion de sa peur, pouvait, un matin, l'assommer à coups de pierres, lui faire subir l'épreuve de l'eau (la noyade). Ou enfin, chose plus terrible, on pouvait, la corde au cou, la traîner à la cour d'Église, qui en eût fait une pieuse fête, eût édifié le peuple en la jetant au bûcher.

« Elle se hasarde pourtant, va chercher la terrible plante ; elle y va au soir, au matin, quand elle a moins peur d'être rencontrée. Pourtant, un petit berger était là, le dit au village : "Si vous l'aviez vue comme moi, se glisser dans les décombres de la masure ruinée, regarder de tous côtés, marmotter je ne sais quoi !... Oh ! elle m'a fait bien peur... Si elle m'avait trouvé, j'étais perdu... Elle eût pu me transformer en lézard, en crapaud, en chauve-souris... Elle a pris une vilaine herbe, la plus vilaine que j'aie vue ; d'un jaune pâle de malade, avec des traits rouge et noir, comme on dit les flammes d'enfer. L'horrible, c'est que toute la tige était velue comme un homme, de longs poils noirs et collants. Elle l'a rudement arrachée, en grognant, et tout à coup je ne l'ai plus vue. Elle n'a pu courir si vite ; elle se sera envolée... Quelle terreur que cette femme ! Quel danger pour le pays !"

« Il est certain que la plante effraye. C'est la jusquiame, cruel et dangereux poison, mais puissant émollient, doux cataplasme sédatif qui résout, détend, endort la douleur, guérit souvent.

« Un autre de ces poisons, la *belladone*, ainsi nommée sans doute par la reconnaissance, était puissant pour calmer les convulsions qui parfois surviennent dans l'enfantement, qui ajoutent le danger au danger, la terreur à la terreur de ce suprême moment. Mais quoi ! une main maternelle insinuait ce doux poison, endormait la mère et charmait la porte sacrée ; l'enfant, tout comme aujourd'hui, où l'on emploie le chloroforme, seul opérait sa liberté, se précipitait dans la vie.

« La *belladone* guérit de la danse en faisant danser. Audacieuse homéopathie, qui d'abord dut effrayer ; c'était la *médecine à rebours*, contraire généralement à celle que les chrétiens connaissaient, estimaient seule, d'après les Arabes et les Juifs.

« Comment y arriva-t-on ? Sans doute par l'effet si simple du grand principe satanique *que tout doit se faire à rebours*, exactement à l'envers de ce que fait le monde sacré. Celui-ci avait l'horreur des poisons. Satan les emploie, et il en fait des remèdes. L'Église croit par des moyens spirituels (sacrements, prières), agir même sur les corps. Satan, au rebours, emploie des moyens matériels pour agir même sur l'âme ; il fait boire l'oubli, l'amour, la rêverie, toute passion. Aux bénédictions du prêtre il oppose des passes magnétiques, par de douces mains de femmes, qui endorment les douleurs. »

À la page 138 du roman, la profession de foi de la petite Fadette, son amour de toutes les créatures, fussent-elles les plus humbles et les plus disgraciées, sont à rapprocher de ce poème de Victor Hugo, dans *Les Contemplations*, livre III, XXVII (Pocket Classiques, n° 6040, p. 236).

> J'aime l'araignée et j'aime l'ortie,
>   Parce qu'on les hait ;
> Et que rien n'exauce et que tout châtie
>   Leur morne souhait ;
>
> Parce qu'elles sont maudites, chétives,
>   Noirs êtres rampants ;
> Parce qu'elles sont les tristes captives
>   De leur guet-apens ;
>
> Parce qu'elles sont prises dans leur œuvre ;
>   Ô sort ! fatals nœuds !
> Parce que l'ortie est une couleuvre,
>   L'araignée un gueux ;
>
> Parce qu'elles ont l'ombre des abîmes,
>   Parce qu'on les fuit,
> Parce qu'elles sont toutes deux victimes
>   De la sombre nuit.
>
> Passants, faites grâce à la plante obscure,
>   Au pauvre animal.

Plaignez la laideur, plaignez la piqûre,
          Oh ! plaignez le mal !

Il n'est rien qui n'ait sa mélancolie ;
          Tout veut un baiser.
Dans leur fauve horreur, pour peu qu'on oublie
          De les écraser,

Pour peu qu'on leur jette un œil moins superbe,
          Tout bas, loin du jour,
La vilaine bête et la mauvaise herbe
          Murmurent : Amour !

                                        Juillet 1842.

• **PISTES DE RECHERCHES**

Les jumeaux dans la légende et la littérature

La gémellité est une source de fantasmes, et les mythes gémellaires sont fréquents dans les légendes : des Dioscures à Romulus et Rémus, en passant par Jacob et Esaü. (Voir sur ce point : C. Aziza *et al.*, *Dictionnaire des symboles et thèmes littéraires*, Nathan, 1978, entrée : « Anomalies », pp. 20-21.)

Dans la littérature contemporaine, le thème a été traité principalement par Michel Tournier (*Les Météores*, Gallimard, 1975), mais aussi par Bruce Chatwin (*Les Jumeaux de Black Hill*, Grasset, 1984).

La Petite Fadette, roman ou conte ?

On pourra se poser la question en étudiant les personnages des vieilles femmes du village, le rôle des prédictions dans la structure de l'œuvre, ainsi que le système narratif.

La peinture des paysans dans *La Petite Fadette* et dans les autres romans champêtres de George Sand.

• **PARCOURS CRITIQUE**

On trouvera dans le dossier historique et littéraire, pp. 305 à 314, des remarques critiques, auxquelles on peut ajouter ces deux jugements.

Le premier, d'Anatole France, porte sur l'ensemble de l'œuvre de George Sand :

« Madame Sand demeura toujours bien persuadée que la grande affaire des hommes, c'est l'amour. Elle avait raison à moitié. La faim et l'amour sont les deux axes du monde. L'humanité roule tout entière sur l'amour et la faim. Ce que Balzac a vu surtout dans l'homme, c'est la faim [...]. George Sand n'a pas moins de grandeur, pour ne nous avoir montré que des amoureux » (*La Vie littéraire*, « George Sand et l'idéalisme dans l'art »).

Le second, extrait du *Dictionnaire des œuvres* (Laffont-Bompiani, 1983), s'applique plus particulièrement à *La Petite Fadette* :

« La fiction poétique se mêle harmonieusement à la réalité dans ce tableau où la nature, rendue avec une grande finesse de touche, et les personnages, jusqu'aux plus humbles, ont la fraîcheur gracieuse d'une idylle. »

• **UNE ŒUVRE / UN TÉLÉFILM**

– *La Petite Fadette*, téléfilm de L. Iglesis (FR, 1978).

DOSSIER HISTORIQUE ET LITTÉRAIRE

I - REPÈRES BIOGRAPHIQUES

1804   Naissance d'Aurore Amandine Lucile, fille de Maurice Dupin de Francueil et de Sophie Delaborde.

1808   Mort de Maurice Dupin.

1821   Hérite de Nohant.

1822   Mariage avec Casimir Dudevant. Deux enfants : Maurice et Solange.

1830   Rencontre avec Jules Sandeau.

1831   Rejoint Sandeau à Paris.
        Décembre : *Rose et Blanche*.

1832   *Indiana. Valentine. La Marquise (N).*
        Travaille avec Henri de Latouche ; Gustave Planche et Buloz lui ouvrent *La Revue des Deux Mondes* ; a pour amis Sainte-Beuve, Balzac, Mérimée, François Rollinat, Marie Dorval.

1833   *Lélia. Metella (N). Aldo le Rimeur.*
        Musset. Voyage à Venise (décembre 1833-mars 1834).

1834   Delacroix fait le portrait de Sand, à la demande de Buloz. *Jacques*.

1835   Mars : rupture avec Musset. Avril : rencontre Michel de Bourges. *André. Leone Leoni*.

1836   Chopin, rue d'Antin, reçoit Mickiewicz, Berlioz, Meyerbeer, Heine, Delacroix.
        Rue Laffitte, les mêmes chez Liszt et Marie d'Agoult, et Sand.
        Simon. Séparation officielle des époux Dudevant. Voyage en Suisse, retrouve Liszt et Marie d'Agoult.

1837   *Mauprat.*
          Sainte-Beuve recommande à Sand la lecture de
          Leroux. Encourage des poètes populaires, dont
          Agricol Perdiguier.

1838   *Le Compagnon du tour de France. Gabriel. Spi-
          ridion.* Liaison avec Chopin ; voyage à Major-
          que.

1841   *Horace* (dans *La Revue indépendante*). *Un hiver
          à Majorque* (dans *La Revue des Deux Mondes*).
          Sand fonde avec Pierre Leroux *La Revue indé-
          pendante.*

1842   Delacroix à Nohant.

Fév. 1842-mars 1843 : *Consuelo, La Comtesse de Rudolstadt,*
          dans *La Revue indépendante.*

1844   *Jeanne* (dans *Le Constitutionnel*). Lancement de
          L'Éclaireur de l'Indre, journal régional
          socialiste.

1845   *Le Meunier d'Angibault* (dans *La Réforme*).

1846   *La Mare au diable. Teverino. Isidora.*

1847   *Lucrezia Floriani. Piccinino. François le Champi*
          (déc., dans *Le Journal des débats*). *Le Péché de
          M. Antoine.* Solange épouse le sculpteur Clésin-
          ger. Fin de la liaison avec Chopin.

1848   Scènes affreuses entre Sand, Solange et Clésin-
          ger. Hetzel lui demande d'écrire pour le futur
          Spectateur républicain : *François le Champi*
          finit de se publier dans *Le Journal des Débats.*
    1-2   Maurice part à Paris.
   16-2   Dernier concert de Chopin à Pleyel.
   21-2   Sand démissionne de la Société des gens de
          Lettres.
 23/24-2 Barricades, abdication de Louis-Philippe.
    1-3   Sand arrive à Paris jusqu'au 7.
   12-3   Proclamation de la République à Nohant, dont
          Maurice devient maire.
   15-3   Ledru-Rollin la charge de donner des articles
          au *Bulletin de la République,* ce qu'elle fait
          jusqu'au 29 avril (n° 22).
   21-3   Sand retourne à Paris.

8-4   Sand refuse de donner sa candidature aux élections.

9-4 au 23-4   Trois numéros du journal *La Cause du peuple*, lancé et rédigé par Sand.

15-4   Le bulletin du 15 avril fait scandale : elle y suggère que le peuple a le devoir de défendre la République contre le gouvernement et la réaction.

23-4   Élection des représentants du peuple.

2-5   Jusqu'au 11 juin, participation au journal *La Vraie République*.

15-5   Tentative de coup d'État avorté.

17-5   Sand quitte Paris ; ses amis Blanc et Barbès, Blanqui, Raspail, Leroux sont emprisonnés ; retour à Nohant.

28-5   Cavaignac est nommé chef du pouvoir exécutif.

23/24/25-6   Émeutes parisiennes, état de siège, répression.

15-10   Hetzel demande que *La Petite Fadette* soit publiée dans *Le Crédit,* favorable à Cavaignac.

16-10   Sand achève une pièce tirée de *François le Champi*.

4-11   Vote de la Constitution.

12-11   Accord : *La Petite Fadette* paraît donc en feuilleton dans *Le Crédit* entre le 14 décembre 1848 et le 1er janvier 1849, puis chez Michel Lévy.

10-12   Élection de Louis Napoléon Bonaparte comme président de la République.

1849   *François le Champi*, à l'Odéon.

1850   *La Petite Fadette* adaptée en comédie vaudeville par Lafont et Bourgeois. Liaison avec le sculpteur Manceau.

1851   *Le Château des déserts*. Divers théâtre : *Claudie, Le Mariage de Victorine*.

1852   Théâtre : *Les Vacances de Pandolphe* (échec).

1853   *Les Maîtres sonneurs* (dans *Le Constitutionnel*). *Mauprat* à l'Odéon.

1854 *Histoire de ma vie* (dans *La Presse*).

1855 Voyage en Italie.

1856 Théâtre : *Lucie, Françoise, Comme il vous plaira*.

1857 *La Daniella* (dans *La Presse*).

1858 *Les Beaux messieurs de Bois Doré* (dans *La Presse*). *Légendes rustiques*.

1859 *Elle et Lui. Jean de la Roche* (dans *La Revue des Deux Mondes*).

1860 *Constance Verrier. Le Marquis de Villemer* (dans *La Revue des Deux Mondes*).

1861 L'empereur lui offre une « subvention » de 20 000 F qu'elle refuse.

1862 Mariage de Maurice Sand avec Lina Calamatta.

1863 *Mademoiselle de la Quintinie* (dans *La Revue des Deux Mondes*).

1864 *Le Marquis de Villemer* à l'Odéon.

1865 *Laura*. Mort de Manceau.

1866 Liaison avec Marchal. Séjour à Croisset chez Flaubert.

1868 *Mademoiselle Merquem*.

1869 *La Petite Fadette*, opéra-comique.

1871 Mort de Casimir Dudevant. *Césarine Dietrich*.

1872 *Nanon* (dans *Le Temps*). *Rêveries et souvenirs*.

1873 Visite de Tourgueniev et de Flaubert.

1874 *Ma sœur Jeanne* (dans *La Revue des Deux Mondes*).

1875 *Flamarande* et *La Tour de Percemont* (dans *La Revue des Deux Mondes*).

1876 8 juin : meurt, obsèques le 10, avec Renan, Flaubert, Dumas fils, …

1878 *Contes d'une Grand-mère*.

II - LE TEMPS DE GENÈSE DE
LA PETITE FADETTE

*L'année 1848 et la retombée des activités révolutionnaires de George Sand se prêtent mal aux projets littéraires ambitieux, mais il faut bien vivre et faire vivre sa famille. La Petite Fadette n'est pas un projet aimé, même s'il apparaît finalement satisfaisant. Le commentaire sur son contenu est très mince dans la Correspondance de Sand : la préoccupation principale est qu'il soit vendable. Les auteurs sont à la merci des directeurs de journaux, leurs ouvrages se testant en feuilletons avant de passer en livres. Devoir faire affaire avec un journal qui n'est pas de son bord politique n'est pas une réjouissance. Pactiser avec le réel, c'est aussi évaluer la cote financière à laquelle on a droit, et nous avons fait figurer, à côté des discussions précises de Sand, un récapitulatif des prix du marché littéraire tel qu'il apparaît dans l'*Histoire de l'édition française*.*

Si le roman en cours est mal aimé, les amitiés et solidarités politiques et affectives sont au cœur des préoccupations de George Sand. Elle-même a couru des risques, et est en butte à des calomnies aussi variées que démesurées. Mais ses amis les plus chers sont en prison (Armand Barbès, qu'elle considère comme un des rares honnêtes hommes de la Révolution), en exil pour ne pas être en prison (Louis Blanc), encore en combat (Giuseppe Mazzini, dans la Révolution italienne qui commence). Tous ont à dire sur la conduite des peuples, la place des intellectuels dans le progrès, la nature des forces de répression et de peur, les espoirs qui restent et la forme idéale du gouvernement du futur. Plus que jamais, les lettres sont un moyen de cohésion, d'analyse, de tendresse. On ne saurait trop encourager le lecteur à se pencher sur les tomes 8 et 9 de la Correspondance *de Sand qui dans leurs 1 500 pages ne représentent que ces années 1848 et 1849, lettres familières et familiales ou lettres plus lointaines (dont quelques lettres à Marx et Bakounine, ces révolutionnaires du futur) qui dessinent le champ du socialisme romantique, de sa religion exaltée d'un Peuple enfant, Peuple Christ, Peuple espoir, au milieu de l'échec démocratique. Nous ne pouvons hélas qu'en donner des fragments.*

A - FACILE À ÉCRIRE, DIFFICILE À PLACER. LES QUESTIONS CONCRÈTES À TRAVERS LA CORRESPONDANCE

• *Document 1*

À PIERRE-JULES HETZEL

[Nohant, 29 juillet 1848.]

Mon vieux, je suis à l'œuvre, mais je ne sais pas si vous faites un journal ou une revue, si les chapitres seront des feuilletons, et quel sera le format. Il n'y a rien de si gênant que de ne pas savoir dès le début comment il faut couper les repos.

Répondez-moi courrier par courrier ce que vous auriez dû me dire tout de suite.

Ne fût-ce que deux lignes, écrivez.

Je vous fais une espèce de Champi, cela vous va-t-il ?

Bonjour, occupez-vous de ma Titine.

G. S.

Il me serait impossible sous le coup des événements de faire quelque chose qui eût la couleur de mes idées, sans liberté entière. Je fais donc quelque chose que j'aurais pu faire il y a un an. Mais vous me laisserez dire un peu dans une espèce de préface, pourquoi je reviens *aux bergeries*.

(Tome 8, p. 575)

• *Document 2*

À PIERRE-JULES HETZEL

Nohant, mardi [8 août 1848.]

Cher vieux, je suis malade depuis trois jours, mais malade comme un vrai chien. J'ai eu des crampes d'estomac et presque des convulsions. Je vais bien aujourd'hui, mais je suis à bas, et je ne pourrai travailler que demain. Ne vous inquiétez pourtant pas. J'arriverai dans 8 à 10 jours à terminer ce petit roman qui avançait déjà pas mal et qui déjà faisait pleurer le *pôtu*[1]. Il est vrai que le *pôtu* a le cœur très sensible et les larmes faciles. Mais je sais que vous êtes presque aussi bête que lui et pourvu que vous soyez contents tous les deux, le public qui est généralement encore plus bête que nous trois, le sera probablement.

Il s'agit aujourd'hui de vous envoyer un titre. Vous savez que c'est là où l'auteur s'embarrasse le plus. Le vrai titre serait : *les bessons*. C'est un mot berrichon, tout aussi bon français ancien que le *Champi*. *Bessons* signifie *jumeaux qui se ressemblent* mais je crains ce mot pour les oreilles parisiennes, bien qu'il soit en usage dans les trois quarts de la France. S'il ne vous va pas, n'y substituez pas les *Jumeaux*, car c'est trop dire son sujet d'avance. On pourrait donner alors le nom de l'héroïne qui s'appelle *la petite Fadette*. Fadette est le diminutif de *fade, fée*, le féminin de *fade, farfadet*, etc. C'est *français* aussi, bien que berrichon, et *parce que* berrichon, qui est selon moi la vraie langue.

Voyez et décidez. Mon sujet est si simple et si nu que je ne vois guère moyen de chercher midi à 14 heures pour un titre. [...]

En bonne logique, je mérite mieux que Balzac. Non que j'aie autant de talent mais parce que j'ai mieux *ménagé* le mien et que la marchandise est moins vulgarisée et plus soignée quant à l'étiquette. Je n'ai jamais été poussée comme lui au gaspillage de mon cerveau par des nécessités de position, et jusqu'ici j'ai toujours été payée plus cher. Mais il en sera ce que vous déciderez. Un peu plus ou un peu moins

---

1. Surnom du poète-artisan, Charles Poncy, son ami. En berrichon, signifie « l'idiot », « l'empoté ».

de malaise en ce moment m'importe peu, pourvu que cela ne fasse pas règle pour l'avenir. Je vous ai laissé arbitre. Si c'était vous que cela regarde, je ne vous ferais même pas cette objection.

(Tome 8, pp. 592-594)

• *Document 3*

À PIERRE-JULES HETZEL

[Nohant, 15 août 1848.]

Cher ami, je vous envoie le projet de traité que vous m'indiquez pour l'affaire de *Célio*. Si l'affaire est consentie du côté de Delavigne, faites-lui recopier et signer cet arrangement et qu'il vous le remette en échange du papier signé de moi, ci-inclus. J'ai un des billets protestés entre les mains. L'autre est dans mes papiers à Paris. Je les annule par le traité. Si Mr Delavigne veut les ravoir je vous enverrai celui que j'ai, et me procurerai l'autre promptement. Mais je crois qu'il peut être tranquille. Jusqu'à ce que les billets retournent tous les deux dans ses mains, ils ne sortiront pas des miennes. Vous reprendrez le manuscrit de *Célio* que je ferai reprendre chez vous, et que je m'amuserai à rafistoler pendant que je n'ai rien de mieux à faire. Enfin dans 8 ou dix jours quand vous m'enverrez l'argent du *Spectateur* en échange de *La petite Fadette*, vous me retiendrez 500 f. que vous remettrez à Mr Delavigne et il mentionnera sur son traité ou par un reçu à part, que je suis quitte. Prenez la peine, mon enfant, d'arranger tout cela ; j'aurais bien mieux aimé que vous prissiez ce malheureux *Célio* pour le *Spectateur*, au lieu de me faire faire un autre roman, malade comme je suis. Enfin le voilà qui avance beaucoup, ce nouveau-né, et vous l'aurez dans huit jours, plutôt que dans quinze. Il va sur des roulettes, et m'amuserait et me distrairait beaucoup, si je *me se* portais bien, comme dit une vieille bête de polonais de nos amis.

Merci de votre charmante lettre pour le préfet de la Dordogne. Je la lui envoie à Paris, car Marc Dufraisse m'écrit en même temps que vous, et me dit qu'il l'attend aujourd'hui ou demain. Il lui remettra donc votre épître. Vous, de votre côté, voyez-le, je vous en prie, et faites-lui demander la révocation de ce *percepteur* et non *receveur particulier* comme vous le lui dites. Quel grand *ébervigé* [1] vous faites ! Heureusement vous ne savez pas le berrichon.

La petite Fadette fera un bon volume de 250 000 lettres. C'est ce que je vendais 4 et 5 000 f. *avant la révolution*. M'en ferez-vous donner 3 000 ? (mais sans prime aux abonnés). Faites pour le mieux. Je suis dans une misère qui m'inquiète sérieusement. Je m'impose sans regret toutes les privations personnelles. Mais tous ceux à qui je dois sont après moi, et tous ceux qui me doivent me plantent là. Que faire si les créanciers ne veulent pas prendre patience ? mon mobilier de Nohant ne vaut pas 4 sous, mais je l'aime. Il est pour moi toute une vie de souvenirs. Ce serait pour moi un vrai chagrin qu'il fût saisi. Trouvez-moi donc du travail après la *Fadette*. Fourrez-moi *Célio* quelque part.

Bonsoir vieux, les enfants vous embrassent. Votre fils ne grandit pas, mais en revanche le pôtu grossit.

J'aime mieux garder votre embrassade que de la lui donner. À vous.

George.

(Tome 8, pp. 598-599)

• *Document 4*

À PIERRE-JULES HETZEL

[Nohant,] 23 août [1848.]

Cher ami, répondez donc aux lettres qu'on vous écrit. Arrangez-vous mon affaire avec Delavigne, et celle avec votre *Spectateur* ? Voilà *La petite Fadette* finie, c'est bonne mesure comme vous me le demandiez, 260 000 lettres et 24 feuilletons, et je crois que cela aura plus de succès que le *Champi* et *La mare au diable*. C'est réussi, enfin, et l'Académie de Nohant, dont Marquis fait partie, déclare que ça mérite le prix Monthyon [2].

1. Ébervigé : Jaubert donne comme équivalents *étourdi, effaré*.
2. Prix qui récompense un acte de dévouement décerné par une institution charitable.

Mais le prix que le journal voudra m'en donner je ne le sais pas, et dans le fichu temps où nous sommes, je ne veux pas le livrer sans un bout de traité et sans l'argent comptant. J'aime mieux qu'il se garde dans un tiroir chez moi, que de flâner comme ce pauvre *Célio*. Je vous ai demandé de demander pour moi 3 000 f. je ne crois pas que ce soit de l'exigence — Pourtant je m'en rapporterai à votre décision ainsi que je vous l'ai dit. Vous remettriez 500 f. à Delavigne en échange du manuscrit de *Célio* et du petit arrangement signé de lui, et vous m'enverriez le reste par le cousin du Pôtu qui va venir à Nohant passer quinze jours. J'ai une occasion pour envoyer le manuscrit de la *Petite Fadette* à la fin de ce mois. Est-ce assez tôt ? Je pense que oui, puisque ce n'est pas encore annoncé dans le *Spectateur*. Je dis une *occasion,* parce que vous savez que je ne peux me fier aux envois par le chemin de fer, les petits paquets et même les gros s'y égarent merveilleusement, et par la poste, c'est énorme.

Répondez-moi donc. *Il n'est que temps* comme dit Lambert.

(Tome 8, p. 604)

• *Document 5*

À PIERRE-JULES HETZEL

[Nohant, 8 septembre 1848.]

Cher ami, je ne comprends rien à vos difficultés avec *Le Spectateur républicain*, et peu importe. Mais depuis votre long silence, votre absence, et la lettre de Mr Rousset [1] je devais croire que j'avais à traiter avec lui directement. Voilà pourquoi je lui ai répondu de voir Bertholdi et je n'osais plus vous entretenir d'une affaire que vous sembliez avoir abandonnée. J'étais même un peu fâchée contre vous de cet abandon de mes intérêts, lorsque j'avais reçu de vous la demande, c'est-à-dire la *commande* de ce roman. Voilà ce que c'est que de ne point écrire. Enfin vous voilà revenu à *mes moutons.* Empêchez donc qu'on ne les tonde trop et faites agréer à votre bailleur de fonds un prix, que j'ai mis moi-même au plus bas,

---

1. Du *Spectateur républicain*.

afin de hâter la question et de n'avoir pas à être marchandée. Faites-lui observer que le roman a 270 000 lettres, et que j'ai vendu 5 000 et plus le volume de *200 000* lettres. Le plus bas prix que j'aie reçu encore c'est 4 000 f. pour 250 000 lettres. Je sacrifie donc environ le tiers. On veut me faire sacrifier la moitié, c'est trop, et si en me demandant ce roman, vous m'aviez dit que j'allais barbouiller tant de papier pour 2 500 f., je vous aurais dit *non* tout de suite. J'aurais mieux fait de hâter le travail de mes mémoires, que j'ai interrompu pour faire ce roman.

Quant à la question de payement vous m'écriviez positivement, en me faisant la demande, que je serais *payée comptant, argent contre manuscrit*, et j'ai compté là-dessus, car, pour moi, votre parole a toujours valu un traité. Rappelez donc à la personne qui fait les fonds, que vous vous êtes engagé à cet égard, et décidez-la à ne pas vous donner un démenti. Je savais bien que ce travail ne serait pas lucratif. J'étais très malade et très peu en train de m'y mettre. Mais la nécessité de faire honneur à des engagements pressants pour ce moisci m'a décidée. Cela m'a empêchée de faire un emprunt que je ne retrouverais plus à contracter en ce moment, à la veille de mes échéances. Tenez bon, je vous en prie, et ne sacrifiez pas le pauvre au riche, quoique ce soit la mode en ce moment.

Je vous prie aussi de terminer l'affaire de *Célio*, ce sera 500 f. à retenir pour Delavigne sur le prix de *La petite Fadette* et vous pouvez lui faire attendre ce payement un mois ou deux, et seulement 2 500 à me payer maintenant.

Bonsoir, mon cher vieux, j'ai à vous remercier de toutes les bonnes démarches que vous avez faites pour Bertholdi et qui ont porté leur fruit.

Merci donc et de cœur.

George Sand.

8-7-48.

(Tome 8, pp. 618-619)

• *Document 6*

À LOUIS JOURDAN [1]

[Nohant, 19 octobre 1848.]

Mon cher monsieur Jourdan, ma *Petite Fadette* est à votre disposition, à moins toutefois que mon homme d'affaires *Mr Falempin* n'en ait disposé ainsi que je l'y avais autorisé. Mais ce n'est pas probable, parce que j'ai reçu hier de ses nouvelles et qu'il ne m'en parlait pas. C'est donc chez lui, rue d'Antin 14, que vous trouverez le manuscrit si nous nous mettons d'accord sur les conditions, comme je l'espère.

Ces conditions sont les mêmes que M. Hetzel avait acceptées pour *Le Spectateur républicain*, 3 000 f. le roman fournirait deux petits in-8os et, *avant la révolution* je vendais 4 et 5 000 f. un seul de ces volumes minces, aux journaux. Je m'étais taxée moi-même avec Hetzel au plus bas prix possible. La seule difficulté était qu'il ne voulait pas me payer comptant, mais seulement la moitié comptant, et le reste à un mois d'échéance. J'étais décidée à en passer par là, malgré un pressant besoin de numéraire, lorsque *Le Spectateur* a cessé de paraître. Si vous pouviez me faire payer de suite ces 3 000 f. vous me délivreriez d'un grand souci, car précisément dans ce moment-ci, il m'est impossible de trouver chez nos banquiers de province, même chez les usuriers, le complément d'un petit cautionnement que je cherche, pour le mari de ma fille adoptive, et faute de ce complément, qui doit être versé de suite, il risque de ne pas pouvoir prendre possession d'un petit emploi qui assurerait l'existence de mon enfant. Ainsi, si je vous prie de me payer de suite n'y voyez pas une marque de méfiance, ni une exigence, mais une prière que je vous fais de me rendre un vrai service.

Les autres conditions sont toutes simples et d'usage courant. Vous publieriez le roman en feuilleton, sans le reproduire aucunement, et je rentrerais dans mon droit de le publier en librairie un mois après la publication du dernier feuilleton dans votre journal. Vous m'enverriez les épreuves à

---

1. Rédacteur en chef du *Crédit*.

corriger, et vous me restituerez le manuscrit, que mon fils redemande toujours, comme sa *propriété* au point de vue du *sentiment*.

Voilà tout, je crois. Si cela vous agrée, rédigez-moi cela en trois lignes, pour que je sois en règle avec l'administration de votre journal, s'il venait à changer de mains, et signez. Si les choses de ce monde étaient stables, vous pensez bien que je ne demanderais d'*écrit* ni à vous, ni à Mr Duveyrier.

Rappelez-moi à son bon souvenir, et soyez bien certain que vous êtes resté dans le mien au nombre de mes meilleures sympathies.

Tout à vous.

George Sand.

(Tome 8, pp. 664-665)

• *Document 7*

TRAITÉ AVEC *LE CRÉDIT*
POUR *LA PETITE FADETTE*

[Nohant, le 12 novembre 1848.]

Entre les soussignés,

Madame Aurore Dupin (George Sand) épouse judiciairement séparée de corps et de biens d'avec Mr François Casimir Dudevant et demeurant à Nohant (Indre),

Et Monsieur Léopold Amail, Directeur du journal *Le Crédit*, demeurant à Paris, rue Montmartre, 154,

a été convenu ce qui suit :

Article Ier. Madame Aurore Dupin vend et cède à Monsieur Amail qui l'accepte, moyennant la somme de *Deux mille francs* payée comptant l'autorisation de publier en feuilletons dans le journal *le Crédit* un roman en deux volumes intitulé *La Petite Fadette* ;

Art. 2. La publication sera terminée le 1er février 1849, époque à laquelle Mme A. Dupin rentrera dans tous ses droits ;

Art. 3. Il ne sera point fait de primes ou tirage à part ;

Art. 4. Mme A. Dupin se réserve la correction de toutes les épreuves qui devront être rendues par Mme A. Dupin, cinq jours après la mise à la poste à Paris ;

Art. 5. Mme A. Dupin se réserve aussi la propriété du manuscrit ;

Art. 6. La publication sera faite intégralement, seulement il sera loisible au gérant du journal de supprimer la préface intitulée : « *Pourquoi je reviens à mes moutons* », mais en indiquant cette suppression dans une note dont les termes seront convenus avec Mme A. Dupin ;

(Tome 8, p. 701)

• *Document 8*

À PIERRE-JULES HETZEL

[Nohant, décembre 1848.]

[...] Au fait j'aurais eu grand besoin de votre intervention pour le placement de *La petite Fadette* à un prix raisonnable, et Jourdan a été aussi *chien* que le temps qui court. Ce n'est pas que je puisse mépriser 500 f. dans ce moment-ci, mais je vous présumais obsédé. Votre fréquent et long silence me montrait bien que vous n'aviez pas un moment à vous, et je ne voulais pas vous accabler de moi.

Je suis bien aise que cette *Fadette* vous plaise. Ces sortes de *fadaises* me coûtent peu de fatigue morale, mais seulement une certaine fatigue physique quand il faut se presser.

Il n'est donc guère étonnant que j'aie trouvé la force de les imaginer au milieu de nos malheurs. À présent cela aurait moins de mérite encore, car je suis redevenue très calme. Je ne vous dirai pas pourquoi, je n'en sais rien. Cela s'est fait en moi en voyant la grande majorité du peuple voter pour Louis Bonaparte. Je me suis sentie alors comme résignée devant cette volonté du peuple qui semble nous dire : « Je ne veux pas aller plus vite que cela, et je prendrai le chemin qui me plaira. » Aussi ai-je repris mon travail comme un bon ouvrier qui retourne à sa tâche, et j'ai beaucoup avancé mes mémoires. C'est un travail qui me plaît et ne me fatigue pas. J'espère que vous en serez content, et que vous aurez encore quelques bonnes larmes de sympathie au bord des yeux en les lisant. Lisez-vous ceux de Chateaubriand ! Ils me sont bien utiles pour m'enseigner *comment il ne faut pas se poser*. Certes je ne ferai jamais rien d'aussi beau, mais je ne ferai rien d'aussi froid et d'aussi guindé. C'est une grande et belle nature de gentilhomme, mais une nature d'homme qui n'a rien de sympathique, rien d'humain pour ainsi dire.

(Tome 8, pp. 756-757)

*Pour comparer les paiements reçus, quelques chiffres, empruntés à l'*Histoire de l'édition française, *Promodis, 1988, tome 3, pp. 152-153.*

Rappelons que l'institution des droits d'auteur ne date que de la Révolution, et qu'ils consistent encore, en 1850, en une somme fixe, qui est évidemment plus ou moins forte selon la notoriété de l'auteur et la vente escomptée.

• *Document 9*

PAIEMENTS ANTÉRIEURS À 1850

(Voir tableau pages 260-261)

PAIEMENTS APRÈS 1850

(Voir tableau pages 262-263)

ROMAN	POÉSIE	ESSAIS HISTOIRE	THÉÂTRE ÉDITÉ
SUE : *Le Juif errant* 1844 : 100 000 F.		THIERS : Hist. du Consulat 1845-1862 : 500 000 F. (10 vol.) CHATEAUBRIAND : *Mémoires* 156 000 F. + rente 12 000 F. THIERS : *Hist. de la Révolution* 1824 sq. : 50 000 F.	
SUE : *Les Mystères de Paris* 1842 : 26 500 F.	LAMARTINE : *Harmonies* 1830 : 27 000 F.	VAPEREAU : *Dict. des contemporains* 1855 : 21 000 F.	HUGO : *Hernani* 1830 : 15 000 F. DUMAS : *Christine* 1830 : 12 000 F.
BALZAC : *Modeste Mignon* 1844 : 11 000 F. (vol.) + 9 500 F. (feuilleton)	LAMARTINE : *Nouvelles Méditations* 1823 : 14 000 F.		
SAND : *Jeanne* 1844 : feuil. : 10 000 F.		MICHELET : *Hist. de la Révolution* 1847 : 7 000 F.	
SAND : *Lelia* 1833 : 6 000 F.	HUGO : *Feuilles d'Automne* 1832 : 6 000 F.		DUMAS : *Henri III et sa cour* 1829 : 6 000 F.

de KOCK : 5 000 F. GOZLAN : *Médecin du Pecq* 1838 : 4 500 F. BALZAC : *Le Père Goriot* 1835 : 3 500 F. GAUTIER : *Mlle de Maupin* 1835 : 1 500 F. BALZAC : *La Peau de chagrin* 1829 : 1 125 F.	HUGO : *Odes* 1825 : 3 000 F. HUGO : *Odes* 1822 : 1 000 F. SAINTE-BEUVE : *Joseph Delorme* 1829 : 500 F.	MICHELET : *Intr. à l'Hist. Univ.* 1831 : 1 180 F. AMPÈRE : *Cours de Littérature* 1840 : 1 000 F. par vol.	SCRIBE : 2 actes 2 000 F. Paiement usuel : 400 F. l'acte

ROMAN	POÉSIE	ESSAIS HISTOIRE	THÉÂTRE ÉDITÉ
HUGO : *Les Misérables* 1862 : 300 000 F.		RENAN : *Vie de Jésus* 1863 : 195 000 F.	
DAUDET : dernier vol. de *Tartarin* 1890 : 100 000 F.		LAMARTINE : *Hist. des Médicis* 1853 : 120 000 F.	
ZOLA : 1re éd. des *Rougon-Macquart* 1888 et 1900 : 30 / 60 000 F.	HUGO : *Les Contemplations* 1856 : 20 000 F.	CLEMENCEAU : *Recueil sur l'affaire Dreyfus* 1899-1903 : 20 000 F.	
FLAUBERT : *Éducation Sentimentale* 1869 : 16 000 F.			
FLAUBERT : *Salambo* 1862 : 10 000 F.			

SÉGUR : 3 000 F. par vol.

FLAUBERT : *Mme Bovary*
1857 : 1 300 F.

FROMENTIN : *Dominique*
1863 : 1 200 F.

GAUTIER :
Le Roman de la momie
1857 : 1er éd. : 500 F.

MALOT : 1er roman 400 F.

DARIEN : *Le Voleur*
perte de 3-4 000 F. pour l'éd.

VERLAINE :
choix de Poèmes
1898 : 500 F.

BAUDELAIRE :
Fleurs du mal
1857 : 325 F.

VERLAINE : *Sagesse*
à compte d'auteur

SAINTE BEUVE : *Port Royal*
vers. déf. : 5-6 000 F.

GOBINEAU : *Trois ans en Asie*
1859 : 1 000 F.

TAINE : *Voyage... Pyrénées*
1855 : 600 F.

TAINE : Thèse : compte d'auteur

LAMARTINE : *Saül*
1850 : 4 000 F.

BECQUE : *La Parisienne*
3 000 F.

ALEXIS :
Celle qu'on n'épouse pas
1879 : 105 F.

B - LES IDÉAUX :
LA RÉVOLUTION, LE PEUPLE

• *Document 10*

À CHARLOTTE MARLIANI

[Nohant, mi-juillet 1848.]

Merci, mon amie, j'aurais été inquiète de vous si vous ne m'aviez pas écrit, car au désastre général on tremble d'avoir à ajouter quelque désastre particulier. On souffre et on craint dans tous ceux qu'on aime. Je suis navrée, je n'ai pas besoin de vous le dire, et je ne crois plus à l'existence d'une république qui commence par tuer ses prolétaires. Voilà une étrange solution donnée au problème de la misère. C'est du Malthus tout pur.

D'ici à quelque temps, outre que je serais peut-être hors d'état de me conduire *prudemment* à Paris, il faut que je tienne en respect par ma présence une bande considérable d'imbéciles de La Châtre qui parlent tous les jours de venir mettre le feu chez moi. Ils ne sont braves, ni au physique, ni au moral, et quand ils viennent se promener par ici, je vais au milieu d'eux, et ils m'ôtent leur chapeau. Mais quand ils ont passé, ils se hasardent à crier : *à bas les communisques !* Ils espéraient me faire peur et s'aperçoivent enfin qu'ils n'y réussissent pas. Mais on ne sait à quoi peuvent les pousser une douzaine de bourgeois réactionnaires qui leur font sur moi les contes les plus ridicules. Ainsi pendant les événements de Paris, ils prétendaient que j'avais caché chez moi Ledru-Rollin, 200 communistes et 400 fusils.

D'autres mieux intentionnés, mais aussi bêtes accouraient au milieu de la nuit pour me dire que ma maison était cernée par des brigands, et ils le croyaient si bien qu'ils m'ont amené la gendarmerie. Heureusement tous les gendarmes sont nos amis et ne donnent pas dans les folies qui pourraient me faire empoigner un beau matin sans forme de procès. Les autorités sont pour nous aussi ; mais si on les change, ce qui est possible, nous serons peut-être un peu persécutés. Tous mes amis ont quitté le pays, à tort selon moi. Il faut faire face à ces petits orages, éclaboussures inévitables du malheur général.

Bonsoir, amie, quels jours de larmes et d'indignation, j'ai honte aujourd'hui d'être française, moi qui naguère en étais si heureuse ! Quoi qu'il arrive, je vous aime.

George.

(Tome 8, pp. 544-545)

• *Document 11*

À JÉRÔME-PIERRE GILLAND

Nohant, 22 juillet 1848.

Mon ami,

J'ai reçu vos deux bonnes lettres. Je n'ai pas besoin de vous dire le plaisir et la peine qu'elles m'ont fait et combien je pense à vous sans cesse avec une tendresse et une tristesse infinies. Je vous écrirai longuement quand vous serez en liberté, ce qui ne peut tarder, j'espère, puisqu'il n'y a absolument rien contre vous, et que tous vos amis pourraient témoigner, non seulement de vos actes, mais de vos pensées. Nos souffrances matérielles passeront ou s'adouciront je l'espère, mais ce qui ne passera pas c'est l'effroyable tristesse où nous plonge l'état des choses et des esprits. Vous savez que je n'ai pas de *passions politiques* dans le sens étroit du mot. C'est-à-dire que ce n'est pas parce que Mr Untel remplace Mr Untel au pouvoir que je regarde la patrie comme sauvée ou comme perdue. Les hommes du pouvoir sont faits pour passer vite en temps de révolution et ils doivent bien s'y préparer en acceptant des fonctions quelconques. C'est pourquoi je ne plains pas mes amis, quand ils succombent dans ces luttes éphémères. Ou ils n'ont pas été à la hauteur de leur mission, ou ils sont mis en demeure par les réactions, de se retirer et de s'abstenir. Dans les deux cas, leur chute est un fait inévitable qu'il faut accepter comme un accident, comme une phase historique bien ou mal accomplie. Ce qui m'affecte, ce n'est donc pas le monde politique proprement dit, c'est le monde moral, dont la politique n'est qu'un résultat, et je trouve le monde moral affreusement malade et égaré. Les hommes sont sans courage, sans foi, sans sincérité, sans grandeur, sans lumière, sans dévouement. Et cela dans toutes les classes. Par instinct de race peut-être, ou par amour inné pour les victimes dans l'humanité, j'ai toujours chéri le peuple, avec *partialité* comme on dit, et j'en conviens, parce que les affections *impartiales*, dans le sens que le scepticisme a donné à ce mot, sont quelque chose que je ne comprends pas. J'ai chéri le peuple comme on aime l'enfant qui n'a pas la notion nette du bien et du mal, et dont toutes les pensées peuvent tourner à bien si, avec le temps on les dirige vers le bien. C'est dans le peuple que j'ai trouvé les plus nobles types, les plus sincères attachements, les plus patientes vertus, et cette simplicité de cœur que je préfère à toutes les complications de l'intelligence. Je sais que, comme l'enfant, le peuple a des violences et des penchants qu'il faut réprimer. Je sais que le mal veille auprès de son âme comme le vieux Satan auprès de toute âme humaine pour s'en emparer. Mais le mal commis par l'homme privé d'éducation, et abandonné à tous les aveugles penchants de la nature inculte, me paraît toute autre chose que le mal commis par l'homme qui *sait* et qui *juge*. Le mot du Christ qui vous est revenu à l'esprit [1], au moment de votre arrestation, est si vrai ! Enfin la classe instruite me semble toujours responsable, abstraitement parlant, du mal commis par la classe ignorante, et vous qui, par exception avez l'intelligence aussi éclairée que ceux qui ont fait leurs études classiques, vous devez bien sentir que le paysan à sa charrue, le manœuvre qui ne sait pas lire, sont moins coupables dans leurs préjugés, dans leurs colères, dans leurs vices même, que nous ne le serions nous-mêmes, si nous tombions dans ces erreurs et dans ces excès, contre lesquels la lumière de l'esprit nous met en garde.

Jugez donc quelle douleur pour moi, quand je vois qu'on enseigne sciemment le mal aux simples et aux ignorants ! Vous pouvez en juger par vous-même. Je vois un bouleversement social terrible qui s'accomplit comme sous la loi d'une fatalité aveugle et sans entrailles ; je vois la lutte s'établir pour la question du pain, pour savoir si le pauvre a droit au travail tandis que le riche a droit à l'oisiveté. Toute notre vie nous verrons cette lutte se continuer comme je la vois préparer depuis 40 ans, et il n'est pas probable que nous en verrons

---

1. « Pardonnez-leur, mon Dieu, car ils ne savent ce qu'ils font. »

la fin. Elle passera par toutes les phases et par toutes les vicissitudes que le mystère de la destinée humaine leur [*sic*] a assignés d'avance, et nous savons bien que tôt ou tard, dans l'avenir, les hommes s'apercevront qu'il n'est pas de bonheur sans la réconciliation de tous les intérêts et de tous les sentiments. Mais jusque-là que d'erreurs se commettront, que de maux s'appesantiront sur la tête des pauvres humains ! Quand même la question matérielle se résoudrait facilement, si les cœurs ne sont pas changés et guéris, nous n'en serons pas plus heureux. Le règne du mal sera long, si on en juge par la disposition des esprits, et par la science diabolique de ceux qui exploitent la crédulité du pauvre et de l'ignorant. Hélas ! on ne peut juger du lendemain que par le jour qui s'écoule ! Pour combien de temps sommes-nous mauvais et désespérés ? La foi en Dieu reçoit une grave atteinte quand le mal règne ainsi sur la terre. Et pourtant, on ne peut pas ne pas croire !

(Tome 8, pp. 548-550)

• *Document 12*

À GIUSEPPE MAZZINI

[Nohant, septembre 1848.]

J'ai donc su vos malheurs, vos douleurs, vos agitations ; je n'avais pas besoin de les lire pour les apprécier. Je n'avais qu'à interroger mon propre cœur pour y trouver toutes vos souffrances, et je sais que vous avez dû ressentir aussi les miennes. Ce qui s'est passé à Milan est mortel à mon âme, comme ce qui s'est passé à Paris doit être déchirant pour la vôtre. Quand les peuples combattent pour la liberté, le monde devient la patrie de ceux qui servent cette cause. Mais votre situation est plus logique et plus claire que la nôtre, quoiqu'il y ait au fond les mêmes éléments. Vous avez l'étranger devant vous et les crimes de l'étranger s'expliquent comme la lutte du faux et du vrai. Mais nous qui avons tout recouvré en février, et qui laissons tout perdre, nous qui nous égorgeons les uns les autres sans aller au secours de personne, nous présentons au monde un spectacle inouï.

La bourgeoisie l'emporte, direz-vous, et il est tout simple

que l'égoïsme soit à l'ordre du jour. Mais pourquoi la bourgeoisie l'emporte-t-elle, quand le peuple est souverain, et que
le principe de sa souveraineté, le suffrage universel, est encore
debout ? Il faut enfin ouvrir les yeux, et cette vision de la
réalité est horrible. La majorité du peuple français est aveugle, crédule, ignorante, ingrate, méchante et bête ; elle est
bourgeoise enfin ! Il y a une minorité sublime dans les villes
industrielles et dans les grands centres, sans aucun lien avec
le peuple des campagnes, et destinée pour longtemps à être
écrasée par la majorité vendue à la bourgeoisie. Cette minorité porte dans ses flancs le peuple de l'avenir. Elle est le
martyr véritable de l'humanité. Mais à côté d'elle et autour
d'elle, le peuple, même celui qui combat avec elle en de certains jours, est monarchique. Nous qui n'avons pas vu les
journées de juin, nous avons cru, jusqu'à ce moment, que
les faubourgs de Paris avaient combattu pour le droit au travail. Sans doute, tous l'ont fait instinctivement ; mais voici
des élections nouvelles qui nous donnent le chiffre des opinions formulées. La majorité est à un prétendant, ensuite à
un juif qui paye les votes, et enfin en nombre plus limité,
aux socialistes [1]. Et, pourtant, Paris est la tête et le cœur des
socialistes. De leur côté, les chefs socialistes ne sont ni des
héros ni des saints. Ils sont entachés de l'immense vanité et
de l'immense petitesse qui caractérisent les années du règne
de Louis-Philippe.

Aucune idée ne trouve la formule de la vie. La majorité
de la Chambre vote la mort du peuple, et le peuple en masse
ne se lève pas sous le drapeau de la République. Il faut à ceux-
ci un empereur, à ceux-là des rois, à d'autres des révélateurs
bouffis et des théocrates. Nul ne sent en lui-même ce qu'il
est et ce qu'il doit être. C'est une effrayante confusion, une
anarchie morale complète et un état maladif où les plus cou-
rageux se découragent et souhaitent la mort.

La vie sortira, sans aucun doute, de cette dissolution du
passé, et quiconque sait ce que c'est qu'une idée ne peut être
ébranlé dans sa foi, en tant que principe. Mais l'homme n'a
qu'un jour à passer ici-bas, et les abstractions ne peuvent satisfaire que les âmes froides. En vain nous savons que l'avenir
est pour nous ; nous continuons à lutter et à travailler pour

---

1. Le prétendant : Louis Bonaparte (élu dans cinq départements),
le juif : Achille Fould, le socialiste : Raspail — élus à Paris.

cet avenir que nous ne verrons pas. Mais quelle vie sans soleil et sans joies ! quelle lourde chaîne à porter, quels ennuis profonds, quels dégoûts, quelle tristesse ! Voilà le pain trempé de larmes qu'il nous faut manger. Je vous avoue que je ne puis accepter de consolations et que l'espérance m'irrite. Je sais aussi bien que qui que ce soit qu'il faut aller en avant ; mais ceux qui me disent que c'est pour traverser *en personne* de plus riantes contrées, sont des enfants qui se croient assurés de vivre un siècle. J'aime mieux qu'on me laisse dans ma douleur. J'ai bien la force de boire le calice, je ne veux pas qu'on me dise qu'il est de miel quand j'y vois le sang et les larmes de l'humanité.

(Tome 8, pp. 638-639)

• *Document 13*

À ARMAND BARBÈS

[Nohant, 1er novembre 1848.]

Cher ami, Je suis toute triste et consternée de n'avoir pas de vos nouvelles depuis si longtemps. Je sais que vous vous portez bien (si on ne me trompe pas pour me rassurer !). Mais je suis inquiète quand même, parce que j'espérais que vous pourriez m'écrire, et apparemment vous ne l'avez pas pu. N'avez-vous pas reçu une lettre de moi, une seule ; car on ne m'a pas fourni, depuis, d'autre occasion et d'autre moyen de vous écrire. Je n'ose vous rien dire ; d'ailleurs, que vous dirais-je que vous ne sachiez aussi bien que moi ? Les événements sont tristes et sombres partout, mais l'avenir est toujours clair et beau pour ceux qui ont la foi. Depuis mai, je me suis mise en prison moi-même dans ma retraite, qui n'est point dure et cruelle comme la vôtre, mais où j'ai peut-être eu plus de tristesse et d'abattement que vous, âme généreuse et forte ! J'y ai même été moins en sûreté, car on m'a fait beaucoup de menaces. Vous savez que la peur n'est point mon mal, et nous sommes de ceux pour qui la vie n'est pas un bien, mais un rude devoir à porter jusqu'au bout. Cependant, ces cris, ces menaces me faisaient mal, parce que c'était l'expression de la haine, et c'est là notre calice. Être haï et redouté par ce peuple pour qui nous avons subi physiquement ou

moralement le martyre depuis que nous sommes au monde !
Il est ainsi fait et il sera ainsi tant que l'ignorance sera son
lot. Pourtant, on me dit que partout il commence à se réveiller, et en bien des endroits on crie aujourd'hui : « Vive Barbès ! » là où l'on criait naguère (et c'étaient souvent les mêmes
hommes) : « Mort à Barbès ! » — « Eh ! mon Dieu, me
disais-je, il est tout prêt, ce pauvre martyr, il l'a déjà subi
mille et mille fois et il l'a cherché à tous les instants de sa
vie. C'est sa destinée d'être le plus haï et le plus persécuté,
parce qu'il est le plus grand et le meilleur. »

Je fais souvent des châteaux en Espagne, c'est la ressource
des âmes brisées. Je m'imagine que, quand vous sortirez d'où
vous êtes, vous viendrez passer un an ou deux chez moi. Il
faudra bien que nous nous tenions tous coi, sous le règne du
président, quel qu'il soit ; car la partie, comme vous l'enten-
diez, est perdue pour un peu de temps. Le peuple veut faire
un nouvel essai de monarchie mitigée, il le fera à ses dépens,
et cela l'instruira mieux que tous nos efforts. Pendant ce
temps-là, nous reprendrons des forces dans le calme, nous
apprendrons la patience dans les moyens, les partis s'épure-
ront et l'écume se séparera de la lie. Enfin, la nation mûrira,
car elle est moitié verte et moitié pourrie, et peut-être que,
dans cet intervalle, nous aurons les seuls moments de bonheur que vous et moi aurons connus dans notre vie. Il nous
sera permis de respirer, et l'air de mes champs, l'affection
et les soins de ma famille vous feront une nouvelle santé et
une nouvelle vie. Laissez-moi faire ce rêve. Il me console et
me soutient dans l'épreuve que vous subissez et qui m'est peut-
être plus amère qu'à vous-même.

Adieu cher ami, l'ami qui vous porte ma lettre, essayera
de vous voir. S'il ne le peut, il essayera de vous la faire tenir
et de me rapporter un mot de vous. Mon fils vous embrasse
tendrement et nous vous aimons.

George.

(Tomé 8, pp. 681-682)

• *Document 14*

À PIERRE-JULES HETZEL

[Nohant, octobre 1848.]

[...] Les principes ! ils s'en vont en fumée ! ils seront absents de notre constitution [1]. Et pourtant l'Europe (l'univers) a les yeux sur notre œuvre. Je vous assure, que l'amour du vrai et du bien me consume comme ferait une passion, et que je vous envie ces orages domestiques dont vous me parliez *avant la révolution.* Ils vous brisaient, mais ils vous forçaient à vivre, et moi qui ne suis plus capable de prendre ma vie au tragique ni même de m'en préoccuper comme d'une chose qui en vaille la peine, je souffre amèrement de ne pas voir et sentir le progrès de l'humanité. Il se fait malgré tout, je le sais bien, mais c'est comme un volcan qui gronde si avant dans la terre qu'on ne sait ce qu'il porte dans ses entrailles. Vous dites une chose très vraie, qu'il n'y a plus de grands hommes et que Dieu ne veut plus de *gérants responsables.* Tant mieux. Ils ont trop mal géré. Il y a comme une fatalité sur eux. Voilà Leroux qui bat la campagne, Cavaignac ne sait pas ce que c'est que la France. Le prince Louis n'a pas de cervelle. Proudhon manque de quelque chose qui rend sa grande intelligence inféconde. La droite est perfide, la gauche est bête ou folle. Politiques et socialistes sont impuissants, creux ou farouches. Mais le peuple profite-t-il de toutes ces sottises ? Il va nous donner Louis Napoléon pour président, ou quelque autre sans savoir pourquoi. Mon pauvre cerveau est amoureux de logique et je n'en vois nulle part. [...]

(Tome 8, p. 647)

1. La Constitution sera promulguée le 4 novembre.

• *Document 15*

À PIERRE-JULES HETZEL

[Nohant, octobre 1849.]

[...] On est toujours gai à Nohant comme vous savez, mais je n'en demande pas moins vingt-cinq fois par jour pourquoi je supporte la vie et si je la supporterais longtemps. Ce qui me la rend plus acceptable, c'est que je n'ai jamais pris vis-à-vis de moi-même, l'engagement de l'accepter indéfiniment. Toutes mes affaires réglées, nous verrons.

Je m'afflige de vieillir sans voir rajeunir l'humanité. Pour mon compte, j'ai accepté les années, même avec reconnaissance, car elles m'ont donné le calme dont j'avais besoin. Mais le monde n'a ni calme, ni activité. Il ne sait être ni vieux, ni jeune. Il est bête, ingrat, égoïste, corrompu. Il n'accepte pas ses destinées, il ne les prévient pas, il ne les repousse pas. Il s'est fait passif de mauvaise grâce. Le hasard le mène, la fourberie l'exploite. Nous sommes devenus une triste race et on s'embête d'en être.

Je mènerai ma petite charrue tant qu'il faudra, mais le jour où je n'aurai plus rien à labourer, merci. Je ne vivrai pas pour le plaisir de vivre. Et vous ? vous m'avez dit cent fois ce que je vous dis là, mais vous avez des enfants tout petits, vous n'êtes pas au bout, et j'ai tort de vous parler de votre tâche, moi qui avance dans la mienne.

C'est égal, voyez-vous, il ne faut pas faire comme cette foule que nous blâmons, il ne faut pas vivre de mauvaise grâce. Il faut faire figure sereine et bonne contenance à ceux qu'on aime, même à ceux qu'on n'aime pas, tant qu'on est à l'œuvre, car on n'est pas ici pour soi.

Courage donc le plus souvent possible, bon cœur et bonne amitié toujours.

À vous.

(Tome 9, p. 280)

• *Document 16*

À GIUSEPPE MAZZINI

[octobre 1850.]

Il y a plus, si vous étiez à ma place vous seriez communiste comme je le suis, ni plus ni moins, parce que je crois que vous n'avez jugé le communisme que sur des œuvres encore incomplètes, quelques-unes absurdes et repoussantes, dont il n'y a même pas à se préoccuper. La vraie doctrine n'est pas exposée encore, et ne le sera pas de notre vivant. Je la sens profondément dans mon cœur et dans ma conscience, il me serait impossible probablement de la définir, par raison qu'un individu ne peut pas marcher trop en avant de son milieu historique, et qu'eussé-je la science et le talent qui me manquent, je n'aurais pas pour cela la divine clé de l'avenir. Tant de progrès paraissent impossibles qui seront tout simples dans un temps moins reculé que nous ne pensons ! Mon communisme suppose les hommes bien autres qu'ils ne sont, mais tels que je *sens* qu'ils doivent être. L'idéal, le rêve de mon bonheur social, est dans les sentiments que je trouve en moi-même, mais que je ne pourrais jamais faire entrer par la démonstration dans les cœurs fermés à ces sentiments-là. Je suis bien certaine que si je fouillais au fond de votre âme, j'y trouverais le même paradis que je trouve dans la mienne.

(Tome 9, p. 749)

III - ROMANESQUE, POPULAIRE, MERVEILLEUX

La Petite Fadette *s'inscrit dans des traditions littéraires et dans une série de romans de George Sand elle-même qui s'essaient à résoudre des questions d'écriture, entre réalisme et idéalisation. Première évidence à montrer : le Berry des romans exploite une géographie familière et proche, rêve sur le paysage. Cela ne garantit pas tout le réalisme, mais donne une vraisemblance à l'action. George Sand a été sensible aux questions que pose l'équilibre entre fiction, goût du rêve, réalisme et militantisme : elle s'en est souvent expliquée, et sans élaborer un « Art romanesque » définitif et clos, ses Préfaces indiquent ses choix, ses éventuelles réorientations. Nous ne donnons pas ici tout ce qui concerne le « roman champêtre » (on se reportera à l'édition « Lire et Voir les Classiques » en Presses Pocket de* La Mare au Diable*), mais plus précisément ce qui concerne les années 1848-1850 (préfaces des œuvres) et le lien entre le roman et les études folkloriques, même si ces textes sont plus tardifs. Un exemple de transmission de légendes, à quoi George Sand a consacré ses derniers livres, montre les sources de la rencontre de Landry et du follet au gué des Roulettes dans une légende du Berry.*

Par contraste, et pour apprécier l'originalité des choix possibles, d'autres solutions — dosages d'écrivains contemporains, œuvrant dans des perspectives différentes, et confrontés à ce même mélange de la réalité et du surnaturel. Nodier, qui choisit le fantastique (et que Sand connaît bien) ; Michelet, qui choisit l'histoire, mais dans une vision de la féminité magique qui n'est pas due à ses documents ; un ouvrage d'éducation positiviste dévot qui pourchasse la superstition dans un style non paysan assez étonnant auprès duquel le

parler berrichon de Sand est quasiment juste. On notera que,
dans les trois cas, le surnaturel est bien affaire de femme,
de passé qui remonte, de paganisme latent qui s'exprime dans
les consciences.

Deux exemples d'articles sur le roman rustique feront voir
que les critiques n'entrent pas dans de telles spéculations et
sont sensibles à une autre tradition plus ancienne et plus « lit-
téraire » : l'idylle. La morale est sauve, et les âmes sensibles
de tous âges et de tous sexes peuvent s'y risquer. Nous ne
*sommes sur ce point pas toujours sortis du XIX*e *siècle. Lisez*
tout de même lentement les récits de rencontre entre les amou-
reux : ils sont, dans la litote, plus riches qu'il n'y paraît.

A - LES ROMANS EN BERRY :
CARTOGRAPHIE

• *Document 17*

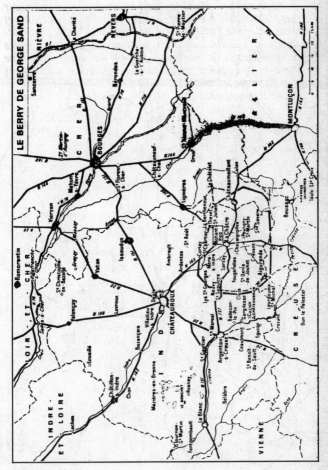

Cartes reproduites d'après G. Lubin, *George Sand en Berry*, Hachette, 1967.

• *Document 18*

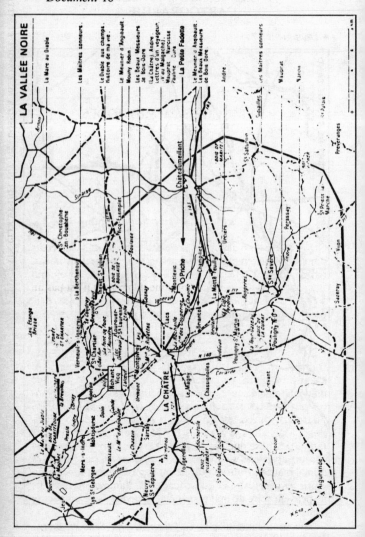

B - PRINCIPES ET MÉTHODES
DE GEORGE SAND

• *Document 19*

LETTRE À JEAN DESSOLIAIRE

[Nohant, novembre 1848.]

J'ai essayé de soulever des problèmes sérieux dans des écrits dont la forme frivole et toute de fantaisie, permet à l'imagination de se lancer dans une recherche de l'idéal absolu qui n'a pas d'inconvénients en politique. Un roman n'est pas un traité. Les personnages dissertent sans conséquence et cherchent, comme les individus qui causent au coin de leur feu, à se rendre raison du présent et de l'avenir. Les romans parlent au cœur et à l'imagination, et quand on vit dans une époque d'égoïsme et d'endurcissement on peut, sous cette forme, frapper fort pour réveiller les consciences et les cœurs, s'il s'agissait d'écrire une doctrine pour être mise en pratique immédiatement, ou de donner le dernier mot de ses croyances relativement à l'humanité, telle qu'elle est aujourd'hui, j'aurais été plus prudente et moins vague dans mes appréciations. Mais alors je n'aurais pas été une femme et j'aurais fait autre chose que des romans. Laissons l'imagination de chacun apprécier selon son goût et sa partie les ouvrages d'imagination. Pourvu que ces ouvrages soient animés d'un esprit de générosité et qu'ils tendent à l'amour du bien, ils ne peuvent faire de mal et même ils peuvent faire un peu de bien.

(Tome 8, p. 685.)

• *Document 20*

G. SAND

Préface de l'édition des *Œuvres Complètes*, chez Perrotin, en 1842-1844

1842.

Il se passe depuis dix ans, sur un tout petit coin de la scène littéraire, un phénomène étrange, à propos de mes romans. Ce ne serait pas la peine d'en parler, si, à cet exemple pris entre mille, ne se rapportaient pas tous les autres cas de même nature. Voici ce fait, à moi personnel au premier abord, et auquel se rattachent pourtant de grandes questions sociales :

Depuis dix ans, dans une série de romans que je n'ai pas pour cela la prétention de croire très importants ni très profonds, j'ai adressé aux hommes de mon temps une suite d'interrogations très sincères, auxquelles la critique n'a rien trouvé à répondre, sinon que j'étais bien indiscret de vouloir m'enquérir auprès d'elle de la vérité. J'ai demandé, avec beaucoup de réserve et de soumission au début, dans deux romans intitulés *Indiana* et *Valentine*, quelle était la moralité du mariage tel qu'on le contracte et tel qu'on le considère aujourd'hui. Il me fut par deux fois répondu que j'étais un questionneur dangereux, partant un romancier immoral.

Cette insistance à éluder la question, à la manière des catholiques, en condamnant l'esprit d'examen, m'étonna un peu de la part de journalistes chez lesquels je cherchais vainement la trace d'une religion ou d'une croyance quelconque. Cela me fit penser que l'ignorance de la critique n'était pas seulement relative aux questions sociales, mais s'étendait encore aux questions humaines ; et je me permis de lui demander, dans un roman intitulé *Lélia*, comment elle entendait et comment elle expliquait l'amour.

Cette nouvelle demande mit la critique dans une véritable fureur. Jamais roman n'avait déchaîné de tels anathèmes, ni soulevé d'aussi farouches indignations. J'étais un esprit pervers, un caractère odieux, une plume obscène, pour avoir esquissé le fantôme d'une femme qui cherche en vain l'amour dans le cœur des hommes de notre temps, et qui se retire au désert pour y rêver l'amour dont brûla sainte Thérèse. Cependant je ne demeurai pas convaincu que les Pères de l'Église, dont j'avais à cette époque la tête remplie, m'eussent inspiré la pensée d'un livre abominable.

Je fis un nouveau roman que j'intitulai *Jacques*, et dans lequel, prenant un homme pour type principal, je demandai encore, et cette fois au nom de l'homme, comme je l'avais fait jusqu'alors au nom de la femme, quel était l'idéal de l'amour dans le mariage. Cette fois, ce fut pis encore. J'étais l'ennemi du mariage, l'apologiste de la licence, le contempteur de la fidélité, le corrupteur de toutes les femmes, le fléau de tous les maris.

Plus tard, dans un roman appelé *Spiridion*, je demandai à mon siècle quelle était sa religion. On m'observa que cette préoccupation de mon cerveau *manquait d'actualité*. Les critiques qui m'avaient tant reproché de n'avoir ni foi ni loi, de n'être qu'un *artiste*, c'est-à-dire, dans leurs idées d'alors, un brouillon et un athée, m'adressèrent de doctes et paternels reproches sur ma prétention à une croyance, et m'accusèrent de vouloir me donner des airs de philosophe. « Restez artiste ! » me disait-on alors de toutes parts, comme Voltaire disait à son perruquier : « Fais des perruques. »

Plus tard encore, dans un roman intitulé *Le Compagnon du tour de France*, je demandai ce que c'était que le droit social et le droit humain ; quelle justice était praticable de nos jours, et comment il fallait s'y prendre pour persuader aux prolétaires que l'inégalité des droits et des moyens de développement était le dernier mot de la forme sociale et de la sagesse des lois. Il me fut répondu que j'en voulais trop savoir, que j'étais le courtisan de la populace, le séide d'un certain Jésus-Christ et de plusieurs autres raisonneurs très scélérats que la justice de tous les siècles et l'intérêt de tous les gouvernements avaient envoyés à la potence.

Muni d'aussi bons renseignements, éclairé, comme on voit, par les docteurs de la presse, atteint et convaincu du délit de curiosité, j'avoue que ces docteurs m'ont, du moins, appris une chose : c'est que la critique des journaux n'a pas le premier mot des énigmes sociales dont je lui ai ingénument demandé la solution. C'est pourquoi je continuerai à questionner mes contemporains, n'acceptant pas du tout ce raisonnement des conservateurs, qu'*on ne doit pas signaler le mal, à moins qu'on en ait trouvé le remède*. Si les questions sont des crimes, il y a un moyen de les faire cesser : c'est d'y répondre ; et je demande aux gens que ma curiosité scandalise de me mettre une bonne fois l'esprit en repos, en me prouvant que tout est clair et que tout va bien. Mais jusqu'ici, hélas ! ils ne m'ont fait d'autre réponse que celle de la chanson du roi Dagobert, ce grand politique des temps passés, s'il faut en croire la légende :

> « Apprends, lui dit le roi,
> Que je n'aime pas les *pourquoi.* »

Loin de moi l'intention de me présenter ici comme la victime des opinions et des préjugés, afin de repousser les critiques littéraires dont mes livres ont été l'objet. En matière d'art, j'admettrai volontiers la compétence de la critique, n'attribuant pas d'autre mérite à mes ouvrages que la sincérité et l'ardeur d'investigation qui les ont dictés, et ne cherchant pas ailleurs la cause de la popularité qu'ils ont acquise, en dépit de tous leurs défauts et des critiques qu'on en a faites.

Car vous cherchez tous avec moi, ô mes contemporains ! tous, vous avez besoin de la vérité, public et juges, lecteurs et critiques. C'est en vain que vous résistez aux voix qui s'élèvent de toute part : au fond des consciences parlent des voix bien plus éloquentes que la mienne ; et tel de vous m'a condamné pour la forme, qui, dans son âme sentait les mêmes douleurs, les mêmes révoltes, les mêmes besoins que moi. Mais, errant dans les ténèbres du doute, hommes malheureux que nous sommes ! il nous arrive souvent de prendre nos amis pour des ennemis, et réciproquement. Cela n'empêchera pas ceux de nous qui commencent à distinguer le crépuscule de la nuit, et à aimer l'humanité malgré les erreurs des hommes, de chercher toujours et de tenir fermes dans leurs mains ces mains qui les repoussent et qui les méconnaissent.

Vous tous qui m'avez tant de fois traduit au tribunal de l'opinion avec emportement, avec dureté, avec une sorte de haine personnelle, étrange, inexplicable !... je ne vous traduis point au tribunal de la postérité. Instruite de tous les mystères qui nous épouvantent, elle nous poussera tous ensemble dans l'abîme bienfaisant de l'oubli. De nos manifestations diverses, s'il reste une faible trace, nos enfants verront bien que tel d'entre nous qui gourmanda l'égoïsme et l'apathie des autres, les aima puissamment et n'en fut point sérieusement haï. Nos pères furent incertains et malheureux, diront-ils ; mais ils furent trop près de la vérité pour ne point se sentir échauffés déjà d'un rayon de la bonté divine.

• *Document 21*

G. SAND

Préface de l'édition des *Œuvres complètes*, chez Hetzel en 1851-1856.

Nohant, 12 avril 1851.

En publiant une édition complète de mes ouvrages dans le format le plus populaire aujourd'hui et au plus bas prix, je n'ai eu ni le dessein de m'enrichir en cas de succès, ni la prétention de faire un grand sacrifice dans le cas contraire. Mais je puis dire que ce qui m'a le plus préoccupée, c'est le désir de faire lire à la classe pauvre ou malaisée des ouvrages dont une grande partie a été composée pour elle. J'ai dû attendre pour m'y décider que l'habitude générale consacrât l'usage d'un format qui ne me semblait pas si commode, et qui néanmoins l'est devenu par l'habitude même.

J'ai voulu encore essayer de donner au peuple une édition aussi soignée que possible, sans augmenter d'un centime le prix de ces sortes de publications, et je crois y avoir réussi grâce aux soins généreux et intelligents de l'ami qui s'est fait mon éditeur.

Enfin, j'ai été heureuse d'obtenir le concours d'un grand talent [1] pour l'illustration de cette longue série d'ouvrages que j'offre à un peuple très artiste et très capable d'apprécier les choses d'art.

Dans cette longue série, plusieurs ouvrages (je puis dire le plus grand nombre) ont été inspirés par le désir d'éclairer le peuple sur ses devoirs autant que sur ses droits. Quelques-uns, les premiers surtout, n'ont été que le cri d'une âme fortement impressionnée, atteinte parfois de doute et de découragement ; peu pressée de conclure parce qu'elle craignait d'avoir à maudire l'humanité, qu'elle éprouvait le besoin d'aimer. Peu à peu la lumière s'est faite dans ce chaos d'émotions diverses à mesure que l'âge y amenait la réflexion. Mes instincts avaient toujours été révolutionnaires, en ce sens que

1. Tony Johannot.

l'injustice était un spectacle antipathique pour ma nature, et qu'un immense besoin d'équité chrétienne avait rempli ma vie dès mon plus jeune âge ; mais la confiance dans mes instincts ne m'est venue que peu à peu avec la certitude que le progrès est la loi vitale de l'humanité, et à mesure que je sentais ce progrès s'opérer en moi-même. Qui se sent vivre, sent et saisit la vie dans les autres ; et cette vie des autres vient alimenter et étendre la sienne propre. Je suis donc arrivée, sans grands efforts et sans fortes études, à cet état de lucidité dans la conviction où peut arriver toute âme sincère, sans qu'il lui soit besoin d'une trempe supérieure. Ce que je suis, tout le monde peut l'être ; ce que je vois, tout le monde peut le voir ; ce que j'espère, tout le monde peut y arriver. Il ne s'agit que d'aimer la vérité, et je crois que tout le monde sent le besoin de la trouver.

Je n'ai point révélé de vérité nouvelle dans mes ouvrages. Je n'y ai jamais songé, bien qu'on m'ait accusé, avec une ironie de mauvaise foi, d'avoir voulu, comme tant d'autres, jouer à la doctrine et à la secte. J'ai examiné autant que j'ai pu les idées qu'on soulevaient, autour de nous tous, les hommes de mon temps. J'ai chéri celles qui m'ont semblé généreuses et vraies ; je n'ai pas toujours tout compris dans les moyens pratiques que plusieurs ont proposés, soit qu'ils fussent obscurs, soit plutôt que mon cerveau fût impropre à saisir les combinaisons et les calculs des probabilités. Je ne me suis pas tourmenté dans mon impuissance ; j'ai trouvé qu'il me restait bien assez à faire en employant le genre de facultés qui m'était échu, au développement du sentiment de la justice et de l'amour de mes semblables. J'avais une nature d'artiste, et, quoi qu'on en dise, je n'ai jamais voulu être autre chose qu'un artiste ; ceux qui ont cru m'humilier et me blesser en proclamant que je n'étais pas de taille à faire un philosophe m'ont fait beaucoup de plaisir, car chacun a l'amour-propre d'aimer sa propre organisation et de s'y complaire comme l'animal dans son propre élément. Mais, en prétendant que mon organisation et ma vocation d'artiste s'opposaient en moi à l'intelligence et au développement des vérités sociales élémentaires et à l'amour des éternelles vérités dont le christianisme est la philosophie première, on a dit un sophisme tout à fait puéril. A-t-on jamais reproché aux peintres de la renaissance de se poser en théologiens parce qu'ils traitaient des sujets sacrés ! Les peintres flamands avaient-ils la prétention de se dire savants naturalistes parce qu'ils étudiaient et connaissaient les lois de la lumière ! Quel est donc l'artiste qui peut s'abstraire des choses divines et humaines, se passer du reflet des croyances de son époque, et vivre étranger au milieu où il respire ? Vraiment, jamais pédantisme ne fut poussé aussi loin dans l'absurde que cette théorie de l'art pour l'art, qui ne répond à rien, qui ne repose sur rien, et que personne au monde, pas plus ceux qui l'ont affichée que ceux qui l'ont combattue, n'a jamais pu mettre en pratique. L'art pour l'art est un mot creux, absolument faux et qu'on a perdu bien du temps à vouloir définir sans en venir à bout : parce qu'il est tout bonnement impossible de trouver un sens à ce qui n'en a pas.

Demandez à un poète, au plus exclusivement poète de tous les hommes, de faire des vers, seulement pour faire de beaux vers, et de n'y pas mettre l'ombre d'une idée philosophique, vous verrez s'il en vient à bout, ou bien vous verrez quels vers ce seront. Prenez la pièce la plus romantique, la plus purement descriptive des chefs de la prétendue doctrine de l'art pour l'art, et vous verrez si, au bout de dix vers, l'humanité, le sentiment et le souvenir de ses grandeurs ou de ses misères, ne viennent pas animer, expliquer, symboliser le tableau.

Quand M. Victor Hugo dit : *La mer était désespérée,* il met une âme dans la mer, une âme orageuse et troublée, une âme de poète, ou l'âme collective de l'humanité.

Les anciens disaient : *Tethys est en fureur* ; eux aussi personnifiaient les tumultes des passions humaines jusque dans ceux des éléments. C'est qu'il n'est pas possible d'être poète ou artiste, dans aucun genre et à quelque degré que ce soit, sans être un écho de l'humanité qui s'agite ou se plaint, qui s'exalte ou se désespère.

J'ai donc prêché à ma manière, comme l'ont fait avant moi et autour de moi, comme le feront toujours tous les artistes.

De tout temps, on a cherché querelle à ceux qui avaient le goût des nouveautés, comme disaient les anciens orthodoxes, c'est-à-dire la croyance au progrès, et le désir de combattre les abus et les erreurs de leur siècle.

On les étranglait, on les brûlait au temps passé. Aujourd'hui, on les exile, on les emprisonne, s'ils sont hommes ; on les insulte, on essaye de les outrager, s'ils sont femmes. Tout cela est bien facile à supporter quand on croit ; depuis l'estrapade des vieux siècles jusqu'à l'ironie injurieuse du nouveau, tout est fête et plaisir intérieur, soyez-en certains, ô contempteurs de l'avenir, pour quiconque a foi en l'avenir.

Vous perdez donc vos peines ; les hommes s'instruiront et travailleront à s'instruire les uns les autres, sous toutes les formes, depuis le trouvère avec son vieux luth, jusqu'à l'écrivain moderne avec l'idée nouvelle.

La vérité du temps a été dite aux hommes du temps. Certains esprits synthétiques la renferment dans une doctrine que l'on étudie, que l'on discute, que l'on juge, et qui laisse de grandes lueurs, lors même qu'elle est incomplète.

Les philosophes, les historiens, les politiques jettent la foi et la lumière à pleines mains, même ceux qui se trompent, car l'erreur des forts esprits est encore une instruction pour ceux qui cherchent et choisissent.

Les artistes viennent après eux, et sèment un peu de blé mêlé sans doute à des herbes folles. Mais ces folles herbes, le temps, le goût, la mode, qui, elle aussi, est une recherche du progrès dans le beau, en feront aisément justice. Le froment restera. Nos descendants souriront certainement de la quantité de paroles, de fictions, de *manières* qu'il nous a fallu employer pour dire ces paroles banales ; mais ils ne nous sauront pas mauvais gré de la préoccupation sérieuse qu'ils retrouveront au fond de nos œuvres, et ils jugeront, à l'embarras de notre parole, de la lutte que nous avons eu à soutenir pour préparer leurs conquêtes.

• *Document 22*

G. SAND

Légendes rustiques, Avant-Propos (1858).

Il faudrait trouver un nom à ce poème sans nom de la *fabulosité* ou *merveillosité* universelle, dont les origines remontent à l'apparition de l'homme sur la terre, et dont les versions, multipliées à l'infini, sont l'expression de l'imagination poétique de tous les temps et de tous les peuples.

Le chapitre des légendes rustiques sur les esprits et les visions de la nuit serait, à lui seul, un ouvrage immense. En quel coin de la terre pourrait-on se réfugier pour trouver l'imagination populaire (qui n'est jamais qu'une forme effacée ou altérée de quelque souvenir collectif) à l'abri de ces noires apparitions d'esprits malfaisants qui chassent devant eux les larves éplorées d'innombrables victimes ? Là où règne la paix, la guerre, la peste ou le désespoir ont passé, terribles, à une époque quelconque de l'histoire des hommes. Le blé qui pousse a le pied dans la chair humaine dont la poussière a engraissé nos sillons. Tout est ruine, sang et débris sous nos pas, et le monde fantastique qui enflamme ou stupéfie la cervelle du paysan est une histoire inédite des temps passés. Quand on veut remonter à la cause première des formes de sa fiction, on la trouve dans quelque récit tronqué et défiguré, où rarement on peut découvrir un fait avéré et consacré par l'histoire officielle.

Le paysan est donc, si l'on peut ainsi dire, le seul historien qui nous reste des temps antéhistoriques. Honneur et profit intellectuel à qui se consacrerait à la recherche de ces traditions merveilleuses de chaque hameau qui, rassemblées ou groupées, comparées entre elles et minutieusement disséquées, jetteraient peut-être de grandes lueurs sur la nuit profonde des âges primitifs.

Mais ceci serait l'ouvrage et le voyage de toute une vie, rien que pour explorer la France. Le paysan se souvient encore des récits de son aïeule, mais le faire parler devient chaque jour plus difficile. Il sait que celui qui l'interroge ne croit plus, et il commence à sentir une sorte de fierté, à coup sûr estimable, qui se refuse à servir de jouet à la curiosité. D'ailleurs, on ne saurait trop avertir les faiseurs de recherches, que les versions d'une même légende sont innombrables, et que chaque clocher, chaque famille, chaque chaumière a la sienne. C'est le propre de la littérature orale que cette diversité. La poésie rustique, comme la musique rustique, compte autant d'arrangeurs que d'individus.

J'aime trop le merveilleux pour être autre chose qu'un ignorant de profession. D'ailleurs, je ne dois pas oublier que j'écris le texte d'un album consacré à un choix de légendes recueillies sur place, et je m'efforcerai de rassembler, parmi mes souvenirs du jeune âge, quelques-uns des récits qui complètent la définition de certains types fantastiques communs à toute la France. C'est dans un coin du Berry, où j'ai passé ma vie, que je serai forcée de localiser mes légendes, puisque c'est là, et non ailleurs, que je les ai trouvées. Elles n'ont pas la grande poésie des chants bretons, où le génie et la foi de la vieille Gaule ont laissé des empreintes plus nettes que partout ailleurs. Chez nous, ces réminiscences sont plus vagues ou plus voilées. Le merveilleux de nos provinces centrales a plus d'analogie avec celui de la Normandie, dont une femme érudite, patiente et consciencieuse a tracé un tableau complet [1].

Cependant l'esprit gaulois a légué à toutes nos traditions rustiques de grands traits et une couleur qui se rencontrent dans toute la France, un mélange de terreur et d'ironie, une bizarrerie d'invention extraordinaire jointe à un symbolisme naïf qui atteste le besoin du *vrai* moral au sein de la fantaisie délirante.

Le Berry, couvert d'antiques débris des âges mystérieux, de tombelles, de dolmens, de menhirs, et de *mardelles* [2], semble avoir conservé dans ses légendes, des souvenirs antérieurs au culte des Druides : peut-être celui des Dieux Kabyres que nos antiquaires placent avant l'apparition des Kimris sur notre sol. Les sacrifices de victimes humaines semblent planer, comme une horrible réminiscence, dans certaines visions. Les cadavres ambulants, les fantômes mutilés, les hommes sans tête, les bras ou les jambes sans corps, peuplent nos landes et nos vieux chemins abandonnés.

Puis viennent les superstitions plus arrangées du Moyen Age, encore hideuses, mais tournant volontiers au burlesque ; les animaux impossibles dont les grimaçantes figures se tordent dans la sculpture romane ou gothique des églises ont continué d'errer vivants et hurlants autour des cimetières ou le long des ruines. Les âmes des morts frappent à la porte des maisons. Le sabbat des vices personnifiés, des diablotins étranges, passe, en sifflant, dans la nuée d'orage. Tout le passé se ranime, tous les êtres que la mort a dissous, les animaux même, retrouvent la voix, le mouvement et l'apparence ; les meubles, façonnés par l'homme et détruits violemment, se redressent et grincent sur leurs pieds vermoulus. Les pierres même se lèvent et parlent au passant effrayé ; les oiseaux de nuit lui chantent, d'une voix affreuse, l'heure de la mort qui toujours lui fauche et toujours passe, mais qui ne semble jamais définitive sur la face de la terre, grâce à cette croyance en vertu de laquelle tout être et toute chose protestent contre

---

1. *La Normandie romanesque et merveilleuse*, par Mlle Amélie Bosquet. (Note de G. Sand.)

2. Voyez pour ces mystérieux vestiges l'*Histoire du Berry*, par M. Raynal, etc. (Note de G. Sand.)

le néant et, réfugiés dans la région du merveilleux, illuminent la nuit de sinistres clartés ou peuplent la solitude de figures flottantes et de paroles mystérieuses.

GEORGE SAND.

Quiconque voudra faire un travail sérieux et savant sur le centre de la Gaule, devra consulter les excellents travaux de M. Raynal, l'historien du Berry, le texte des *Esquisses pittoresques* de MM. de la Tremblays et de la Villegille, les recherches de M. Laisnel de la Salle sur quelques locutions curieuses, etc.

G. S.

• *Document 23*

G. SAND

Légendes rustiques, Appendice.

CROYANCES ET LÉGENDES
DU CENTRE DE LA FRANCE

Mon regretté voisin et ami, Laisnel, était, du temps que nous étions jeunes, un grand blond à figure douce, parlant peu, ne riant jamais tout haut, ayant toujours l'air de prendre en patience nos jeux bruyants, mais, par le fait, s'amusant de tout plus que personne et sachant entretenir notre gaieté par un sourire sympathique accompagné de temps en temps d'un mot comique, excellent, qui, avec un merveilleux à-propos, résumait le sujet de nos rires ou de nos discussions [...]

Je savais déjà qu'il s'occupait de recherches ardues et minutieuses. Il en avait publié quelques fragments dans un journal de la localité. Il les continuait avec la patience sereine qu'il portait en toute chose. J'ignorais, à sa mort, s'il avait complété son œuvre ; peut-être même son excessive modestie l'eût-elle soustraite à la publicité. Mais voici que sa famille publie, par les soins sympathiques de M. Chaix, sous le titre de : *Croyances et Légendes du Centre de la France,* deux beaux volumes, dont le sous-titre, *Souvenirs du vieux temps, Coutumes et Traditions populaires comparées à celles des peuples anciens et modernes*, définit et résume clairement tout le livre. C'est un sujet qui a été souvent traité dans diverses provinces ; mais, chose rare, le livre tient ici parole à l'annonce et même au-delà, car c'est une étude complète, achevée, immensément riche : c'est l'occupation de toute une vie fixée volontairement dans le milieu même de son sujet ; c'est un examen de tous les jours, de tous les instants, aussitôt suivi de recherches dans le grand fonds de savoir que possédait l'auteur. Il était une des quatre ou cinq personnes lettrées qui connaissaient à fond le vrai parler du paysan de chez nous. Je ne saurais dire que, dans ces dernières années, il y en ait eu davantage et je ne sais s'il en existe encore autant aujourd'hui, car le paysan a oublié sa langue, et les vieux qui la parlaient purement ne sont plus.

Cela est fort regrettable ; le français du Berry était un français particulier, très ancien et longtemps inaltéré. Il avait mille originalités et mille grâces qu'on ne retrouve point ailleurs, et certaines locutions heureuses et bizarres dont nous n'avons nulle part l'équivalent.

Laisnel de la Salle aimait tellement cette langue qu'il n'avait réellement tout son esprit que quand il s'en servait. Elle lui servit grandement, car c'est grâce à elle qu'il entra dans la véritable intimité du paysan et connut à fond toutes ses idées, toutes ses croyances, toutes ses légendes. Mais il ne voulut point faire œuvre de poète ou d'artiste seulement ; il voulut rattacher, par un lien historique, ces choses particulières au sol, à la grande famille des versions universelles sur les mêmes objets.

La notion que nous avons aujourd'hui de l'histoire des hommes a fait un grand pas en avant au siècle dernier. Le combat des philosophes contre la superstition, avait relégué au rang des choses finies et méprisables tout le poétique bagage des croyances populaires, sans paraître se douter qu'il y avait là un gros chapitre essentiel dans l'histoire de la pensée. Grâce à l'école nouvelle dont MM. Littré, Renan et autres éminents écrivains nous ont révélé l'esprit, nous arrivons aujourd'hui à regarder l'histoire des fictions comme l'étude de l'homme même, puisque toute fiction est l'idéalisation d'une impression reçue dans un certain temps et dans un certain milieu historique. Plus on recule dans le passé, plus la fiction tient de place ; à ce point même qu'elle est la seule histoire des premiers âges. Elle seule nous révèle cet homme primitif qui semblait doué de peu de raison, mais qui s'éveillait à la vie intellectuelle par une horrible et magnifique exubérance d'imagination. Grâce à cette faculté, l'homme n'a jamais été un sauvage proprement dit, puisqu'il n'a pu devenir *l'homme* qu'à la condition de porter en lui un idéal, d'autant plus démesuré qu'il était plus ignorant des lois de la nature. C'est dans ce sens que les prodiges et les miracles ne sont pas de simples impostures. Les hallucinés sont des types humains très réels, et les merveilles du rêve sont encore des actes humains dont la suppression dans l'histoire anéantirait le sens de l'histoire.

Je ne dirai pas que la disparition de ces types et la perte de cette faculté de voir par les yeux du corps les fantômes de l'esprit, soient aujourd'hui regrettables. Si la poésie et la fantaisie y ont perdu, la conquête de la raison et de l'instruction est une assez belle chose pour que l'on se console. Telle est l'opinion de M. Laisnel et la mienne. Il n'en est pas moins urgent de dresser l'inventaire de ce merveilleux rustique, qui s'effacerait dans la nuit du passé, faute de poètes et d'historiens, et ce travail, mené à bien, a une importance sérieuse que ne diminue pas le charme ou l'amusement des fictions dont il traite. Mais le complément du mérite de cet ouvrage, c'est la recherche des parentés de noms et de versions des légendes. Par ce travail approfondi d'un esprit ingénieux, attentif aux moindres rapports, Laisnel de la Salle a jeté une vive lumière sur les croyances, au premier abord folles et bizarres, du paysan du Centre. Il a su les rattacher pour la plupart aux anciens cultes de l'univers entier et leur restituer ainsi un sens logique dont elles semblaient dépourvues. Son livre est donc du plus grand intérêt pour les personnes instruites, non seulement du Berry, mais de toutes les provinces et de tous les pays, car il n'est pas une de nos légendes qui n'ait ailleurs son équivalent sous un nom dérivé d'une source commune.

M. Bonnafoux, bibliothécaire de Guéret, a fait aussi des recherches intéressantes sur les superstitions de son département, et le Berry a eu déjà dans ce siècle-ci ses fidèles colligeurs de légendes : c'est un exemple à suivre partout, et il faut qu'on se dépêche, car les vieillards dépositaires de ces fictions s'en vont : les morts vont vite, et la jeunesse d'à présent ne voit plus errer dans la brume des soirs d'automne les *gnomes,* les *fades,* les *marses* ou *martes,* les *odets* ou *odins,* les animaux fantastiques des Celtes, des Grecs, des Romains, des Indiens et des Saxons [1].

Document 24

G. SAND

Légendes rustiques.

« LES FLAMBETTES »

Les flambeaux, ou *flambettes,* ou *flamboires,* que l'on appelle aussi les feux fous, sont ces météores bleuâtres que tout le monde a rencontrés la nuit ou vus danser sur la surface immobile des eaux dormantes. On dit que ces météores sont inertes par eux-mêmes, mais la moindre brise les agite, et ils prennent une apparence de mouvement qui amuse ou inquiète l'imagination, selon qu'elle est disposée à la tristesse ou à la poésie.

Pour les paysans, ce sont des âmes en peine qui leur demandent des prières, ou de méchantes âmes qui les entraînent dans une course désespérée et les mènent, après mille détours insidieux, au plus profond de l'étang ou de la rivière. Comme le lupeux et le follet, on les entend rire toujours plus distinctement à mesure qu'ils s'emparent de leur proie et la voient s'approcher du dénouement funeste et inévitable.

Les croyances varient beaucoup sur la nature et l'intention plus ou moins mauvaise des *flambettes*. Il en est qui se contentent de vous égarer, et qui, pour en venir à leurs fins, ne se gênent nullement pour prendre diverses apparences.

On raconte qu'un berger, qui avait appris à se les rendre favorables, les faisait venir et partir à son gré. Tout allait bien pour lui, sous leur protection. Ses bêtes profitaient, et quant à lui, il n'était jamais malade, dormait et mangeait bien été comme hiver. Cependant, on le vit tout à coup devenir maigre, jaune et mélancolique. Consulté sur la cause de son ennui, il raconta ce qui suit.

---

1. *Croyances et Légendes du Centre de la France*, Souvenirs du Vieux Temps. Coutumes et Traditions populaires comparées à celles des peuples anciens et modernes. (Deux volumes : Chaix, 1875.) (G. S.)

Une nuit qu'il était couché dans sa cabane roulante, auprès de son parc, il fut éveillé par une grande clarté et par de grands coups frappés sur le toit de son habitacle. — Qu'est-ce que c'est donc ? fit-il, très surpris que ses chiens ne l'eussent pas averti. Mais, avant qu'il fût venu à bout de se lever, car il se sentait lourd et comme étouffé, il vit devant lui une femme si petite, si petite, et si menue, et si vieille qu'il en eut peur, car aucune femme vivante ne pouvait avoir une pareille taille et un pareil âge. Elle n'était habillée que de ses longs cheveux blancs qui la cachaient *tout entièrement* et ne laissaient passer que sa petite tête ridée et ses petits pieds desséchés.

— Çà, mon garçon, fit-elle, viens avec moi, l'heure est venue.

— Quelle heure donc qui est venue ? dit le berger tout déconfit.

— L'heure de nous marier, reprit-elle ; ne m'as-tu pas promis le mariage ?

— Oh ! oh ! je ne crois pas ! d'autant plus que je ne vous connais point et vous vois pour la première fois de ma vie.

— Tu en as menti, beau berger ! tu m'as vue sous ma forme lumineuse. Ne reconnais-tu pas la mère des flambettes de la prairie ? et ne m'as-tu pas juré, en échange des grands services que je t'ai rendus, de faire la première chose dont je te viendrais requérir ?

— Oui, c'est vrai, mère Flambette ; je ne suis pas un homme à reprendre ma parole, mais j'ai juré cela à condition que ce ne serait aucune chose contraire à ma foi de chrétien et aux intérêts de mon âme.

— Eh bien, donc ! est-ce que je te viens enjôler comme une coureuse de nuit ? Est-ce que je ne viens pas chez toi décemment revêtue de ma belle chevelure d'argent fin, et parée comme une fiancée ? C'est à la messe de la nuit que je te veux conduire, et rien n'est si salutaire pour l'âme d'un vivant que le mariage avec une belle morte comme je suis. Allons, viens-tu ? Je n'ai pas de temps à perdre en paroles. Et elle fit mine d'emmener le berger hors de son parc. Mais il recula tout effrayé, disant : — Nenni, ma bonne dame, c'est trop d'honneur pour un pauvre homme comme moi, et d'ailleurs j'ai fait vœu à saint Ludre, mon patron, d'être garçon le restant de mes jours.

Le nom du saint, mêlé au refus du berger, mit la vieille en fureur. Elle se prit à sauter en grondant comme une tempête, et à faire tourbillonner sa chevelure, qui, en s'écartant, laissa voir son corps noir et velu. Le pauvre Ludre (c'était le nom du berger) recula d'horreur en voyant que c'était le corps d'une chèvre, avec la tête, les pieds et les mains d'une femme caduque.

— Retourne au diable, la laide sorcière ! s'écria-t-il ; je te renie et te conjure au nom du...

Il allait faire le signe de croix, mais il s'arrêta, jugeant que c'était inutile, car au seul geste de sa main la diablesse avait disparu, et il ne restait d'elle qu'une petite flammette bleue qui voltigeait en dehors du parc.

— C'est bien, dit le berger, faites le flambeau tant qu'il vous plaira, cela m'est fort égal, et je me moque de vos clartés et singeries.

Là-dessus, il se voulut recoucher ; mais voilà que ses chiens, qui jusque-là étaient restés comme charmés, se prirent à venir sur lui en grondant et montrant les dents, comme s'ils le voulaient dévorer, ce qui le mit fort en colère contre eux, et, prenant son bâton ferré, il les battit comme ils le méritaient pour leur mauvaise garde et leur méchante humeur.

Les chiens se couchèrent à ses pieds en tremblant et en pleurant. On eût dit qu'ils avaient regret de ce que le mauvais esprit les avait forcés de faire. Ludre les voyant apaisés et soumis, se mettait en devoir de se rendormir, lorsqu'il les vit se relever comme des bêtes furieuses et se jeter sur son troupeau. Il y avait là deux cents ouailles qui se prirent de peur et de vertige, sautèrent comme des diables par-dessus la clôture du parc et s'enfuirent à travers champs, courant comme si elles eussent été changées en biches, tandis que les chiens, tournés à la rage comme des loups, les poursuivaient en leur mordant les jambes et leur arrachant la laine qui s'envolait en nuées blanches sur les buissons.

Le berger, bien en peine, ne prit pas le temps de remettre ses souliers et sa veste, qu'il avait posés à cause de la grande chaleur. Il se mit à courir après son troupeau, jurant après ses chiens qui ne l'écoutaient point et couraient de plus belle, hurlant comme chiens courants qui ont levé le lièvre, et chassant devant eux le troupeau effarouché.

Et tant coururent, ouailles, chiens et berger, que le pauvre Ludre fit au moins douze lieues autour de *la mare aux flambettes*, sans pouvoir rattraper son troupeau, ni arrêter ses chiens qu'il eût tués de bon cœur s'il eût pu les atteindre.

Enfin le jour venant à poindre, il fut bien étonné de voir que les ouailles qu'il croyait poursuivre n'étaient autre chose que des petites femmes blanches, longues et menues, qui filaient comme le vent et qui ne semblaient point se fatiguer plus que ne se fatigue le vent lui-même. Quant à ses chiens, il les vit *mués en deux grosses coares* (corbeaux) qui volaient de branche en branche en croassant.

Assuré alors qu'il était tombé dans un sabbat, il s'en retourna tout éreinté et tout triste à son parc, où il fut bien étonné de retrouver son troupeau dormant sous la garde de ses chiens, lesquels vinrent au-devant de lui pour le caresser.

Il se jeta alors sur son lit et dormit comme une pierre. Mais, le lendemain, au soleil levé, il compta ses bêtes à laine et en trouva une de moins qu'il eut beau chercher.

Le soir, un bûcheron, qui travaillait autour de la mare aux flambettes, lui rapporta, sur son âne, la pauvre brebis noyée, en lui demandant comment il gardait ses bêtes, et en lui conseillant de ne pas dormir si dur s'il voulait garder sa bonne renommée de berger et la confiance de ses maîtres.

Le pauvre Ludre eut bien du souci d'une affaire à quoi il ne comprenait rien, et qui, par malheur pour lui, recommença d'une autre manière la nuit suivante.

Cette fois, il rêva qu'une vieille chèvre, à grandes cornes d'argent, parlait à ses ouailles et qu'elles la suivaient en galopant et sautant comme des cabris autour de la grand'mare. Il s'imagina que ses chiens étaient *mués* en bergers, et lui-même en un bouc que ces bergers battaient et forçaient à courir.

Comme la veille, il s'arrêta à la *piquée* du jour, reconnut les flambettes blanches qui l'avaient déjà abusé, revint, trouva tout tranquille dans son parc, dormit tombant de fatigue, puis se leva tard, compta ses bêtes et en trouva encore une de moins.

Cette fois, il courut à la mare et trouva la bête en train de se noyer. Il la retira de l'eau, mais c'était trop tard et elle n'était plus bonne qu'à écorcher.

Ce méchant métier durait depuis huit jours. Il manquait huit bêtes au troupeau, et Ludre, soit qu'il courût en rêve comme un somnambule, soit qu'il rêvât dans la fièvre qu'il avait les jambes en mouvement et l'esprit en peine, se sentait si las et si malade qu'il en pensait mourir.

— Mon pauvre camarade, lui dit un vieux berger très savant, à qui il contait ses peines, il te faut épouser la vieille, ou renoncer à ton état. Je connais cette bique à cheveux d'argent pour l'avoir vue lutiner un de nos anciens, qu'elle a fait mourir de fièvre et de chagrin. Voilà pourquoi je n'ai jamais voulu frayer avec les flambettes, encore qu'elles m'aient fait bien des avances, et que je les aie vues danser en belles jeunes filles autour de mon parc.

— Et ne sauriez-vous me donner un charme pour m'en débarrasser ? dit Ludre tout accablé.

— J'ai ouï dire, répondit le vieux, que celui qui pourrait couper la barbe à cette maudite chèvre la gouvernerait à son gré ; mais on y risque gros, à ce qu'il paraît, car si on lui en laisse seulement un poil, elle reprend sa force et vous tord le cou.

— Ma foi, j'y tenterai tout de même, reprit Ludre, car autant vaut y périr que de m'en aller en *languition* comme j'y suis.

La nuit suivante, il vit la vieille en figure de flambette approcher de sa cabane, et il lui dit :

— Viens çà, la belle des belles, et marions-nous vitement.

Quelle fut la noce, on ne l'a jamais su ; mais, sur le minuit, la sorcière étant bien endormie, Ludre prit les ciseaux à tondre les moutons et, d'un seul coup, lui trancha si bien la barbe, qu'elle avait le menton tout à nu, et il fut content de voir que ce menton était rose et blanc comme celui d'une jeune fille. Alors l'idée lui vint de tondre ainsi toute sa *chèvre épousée*, pensant qu'elle perdrait peut-être toute sa laideur et sa malice avec sa toison.

Comme elle dormait toujours ou faisait semblant, il n'eut pas grand-peine à faire cette tondaille. Mais quand ce fut fini, il s'aperçut qu'il avait tondu sa houlette et qu'il se trouvait seul, couché avec ce bâton de cormier.

Il se leva bien inquiet de ce que pouvait signifier cette nouvelle diablerie, et son premier soin fut de recompter ses bêtes qui se trouvèrent au nombre de deux cents, comme si aucune ne se fût jamais noyée.

Alors, il se dépêcha de brûler tout le poil de la chèvre et de remercier le bon saint Ludre, qui ne permit plus aux flambettes de le tourmenter.

C - QUELQUES EXEMPLES DE SOLUTIONS CHEZ D'AUTRES AUTEURS CONTEMPORAINS

• *Document 25*

1832 : Charles NODIER, *La Fée aux Miettes*, ch. 5.

La naine de Granville, reprit Michel, était une petite femme de deux pieds et demi au plus, dont la taille courte, et d'ailleurs svelte, était la moindre singularité. Personne ne lui avait connu ni origine ni parents ; et quant à son âge, il était tel qu'il n'existait pas un vieillard, à dix lieues à la ronde, qui se souvînt de l'avoir connue plus jeune en apparence, plus huppée ou plus grandelette. Les gens instruits pensaient même qu'on ne pouvait expliquer naturellement les traditions populaires qui couraient à son sujet, qu'en supposant qu'il y avait eu successivement plusieurs femmes semblables à celle-ci, que la mémoire des habitants s'était accoutumée à confondre entre elles, à cause de l'analogie de leur physionomie et de leurs habitudes, et on citait en effet un titre de 1369, où le droit de coucher sous le porche du grand portail, et de présenter l'eau bénite aux fidèles pour en obtenir quelque légère aumône, lui était garanti en reconnaissance du don qu'elle avait fait à l'église de plusieurs belles reliques de la Thébaïde.

Cette méprise paraissait d'autant plus vraisemblable qu'on avait vu maintes fois la naine de Granville s'absenter pendant des mois, pendant des saisons, pendant des années, et même pendant le cours d'une ou deux générations, sans qu'on sût ce qu'elle était devenue ; et il fallait en effet qu'elle eût considérablement voyagé, car elle parlait toutes les langues avec la même facilité, la même propriété de termes, la même richesse d'élocution, que le français de Blois ou de Paris qui était sa langue naturelle. Cette science de souvenirs dont elle ne faisait aucun étalage, car elle ne se servait d'ordinaire que de notre patois bas-normand, lui avait donné, comme vous pouvez le croire, un immense crédit dans les écoles où elle venait journellement recueillir pour ses repas les débris de nos déjeuners, et cette dernière particularité, jointe aux idées superstitieuses et aux folles rêveries dont nos domestiques et nos nourrices nous berçaient depuis l'enfance, avaient valu à la pauvre naine, parmi les garçons de mon âge, un surnom assez fantasque : on l'appelait *la Fée aux Miettes*. C'est ainsi que je vous en parlerai à l'avenir.

[...] Ce n'est pas que la caducité de la Fée aux Miettes eût rien de repoussant. Ses grands yeux brillants qui roulaient avec un feu incomparable entre ses deux paupières fines et allongées comme celles des gazelles ; son front d'ivoire où les rides étaient creusées avec des flexions si douces et si pures qu'on les aurait prises pour des embellissements ajustés par la main d'un artiste ; ses joues, surtout, éclatantes comme une pomme de grenade coupée en deux, avaient un parfum d'éternelle jeunesse qu'il est plus facile de sentir que d'exprimer ; ses dents même auraient paru trop blanches et trop bien rangées pour son âge si, aux deux coins de sa lèvre supérieure, sa bouche fraîche et rose encore n'en avait laissé échapper deux, qui étaient à la vérité plus blanches et polies que des touches de clavecin, mais qui s'allongeaient assez disgracieusement d'un pouce et demi au-dessous du menton.

Et je me surprenais quelquefois à dire tout seul : Pourquoi la Fée aux Miettes ne s'est-elle jamais fait arracher ces deux diables de dents ?...

La Fée aux Miettes ne montrait jamais ses cheveux, probablement parce qu'ils auraient contrasté avec l'ébène de ses sourcils. Ils étaient ramassés sous un bandeau d'une blancheur éblouissante, surmonté d'un fichu également blanc, plié en carré à plusieurs doubles, et posé horizontalement sur la tête comme la plinthe ou le tailloir du chapiteau corinthien. Cette coiffure, qui est celle des femmes de Granville, de temps immémorial, et dont on ne fait usage en aucune autre partie de la France, quoiqu'elle soit merveilleuse dans sa simplicité, passe pour avoir été apportée chez nous par la Fée aux Miettes, de ses voyages d'outre-mer, et nos antiquaires conviennent qu'ils seraient fort embarrassés de lui assigner une origine plus vraisemblable. Le reste de son costume se composait d'une sorte de juste blanc serré au corps, mais dont les manches larges et pendantes soutenaient au-dessous de l'avant-bras d'amples garnitures d'une étoffe un peu plus fine, découpée à grands festons, et d'une jupe courte et légère de la même couleur, bordée à la hauteur du genou de garnitures pareilles, qui tombaient assez bas pour laisser entrevoir un pied fort mignon, chaussé de petites babouches aussi nettes que galantes. L'habit complet paraissait, je vous jure, plus frais, à telle heure et en tel endroit qu'on la rencontrât, que s'il venait de sortir des mains d'une lingère soigneuse ; et ce n'est pas ce qu'il y avait de moins extraordinaire dans la Fée aux Miettes, car elle était si pauvre, comme vous savez, qu'on ne lui connaissait de ressources que dans la charité des bonnes gens, et d'autre logement que le porche du grand portail. Il est vrai que des coureurs nocturnes prétendaient qu'on ne l'y rencontrait jamais quand minuit avait sonné, mais on n'ignorait pas qu'elle passait ses nuits en prières à l'ermitage Saint-Paterne, ou à celui du fondateur de la belle Basilique de Saint-Michel, dans *le péril de la Mer*, sur le rocher où l'on voit encore empreint le pied d'un ange.

• *Document 26*

1862 : MICHELET, *La Sorcière*, chapitre 3 (Le petit démon du foyer).

Les premiers siècles du Moyen Âge où se créèrent les légendes ont le caractère d'un rêve. Chez les populations rurales, toutes soumises à l'Église, d'un doux esprit (ces légendes en témoignent), on supposerait volontiers une grande innocence. C'est, ce semble, le temps du bon Dieu.

La femme seule au foyer parle avec arbres et bêtes.

Ils lui parlent ; nous savons de quoi. Ils réveillent en elle les choses que lui disait sa mère, sa grand-mère, choses antiques qui pendant des siècles, ont passé de femme en femme. C'est l'innocent souvenir des vieux esprits de la contrée, touchante religion de la famille, qui dans l'habitation commune et son bruyant pêle-mêle, eut peu de force sans doute, mais qui revient et qui hante la cabane solitaire.

Monde singulier, délicat, des fées, des lutins, fait pour une âme de femme. Dès que la grande création de la légende des saints s'arrête et tarit, cette légende plus ancienne et bien autrement poétique vient partager avec eux, règne secrètement, doucement. Elle est le trésor de la femme qui la choie et la caresse. La fée est une femme aussi, le fantastique miroir où elle se regarde embellie.

Que furent les fées ? Ce qu'on en dit, c'est que jadis, reines des Gaules, fières et fantasques, à l'arrivée du Christ et de ses apôtres, elles se montrèrent impertinentes, tournèrent le dos. En Bretagne, elles dansaient à ce moment et ne cessèrent pas de danser. De là leur cruelle sentence. Elles sont condamnées à vivre jusqu'au jour du jugement. Plusieurs sont réduites à la taille du lapin, de la souris. Exemple, les Kowriggwans (les fées naines), qui, la nuit, autour des vieilles pierres druidiques, vous enlacent de leurs danses. Exemple, la jolie reine Mab, qui s'est fait un char royal dans une coquille de noix. Elles sont un peu capricieuses, et parfois de mauvaise humeur. Mais comment s'en étonner, dans cette triste destinée ? Toutes petites et bizarres qu'elles puissent être, elles ont un cœur, elles ont besoin d'être aimées. Elles sont bonnes, elles sont mauvaises et pleines de fantaisies. À la naissance d'un enfant, elles descendent par la cheminée, le douent et font son destin. Elles aiment les bonnes fileuses, filent elles-mêmes divinement. On dit : *filer comme une fée.*

Les *Contes de fées*, dégagés des ornements ridicules dont les derniers rédacteurs les ont affublés, sont le cœur du peuple même. Ils marquent une époque poétique, entre le communisme grossier de la *villa* primitive, et la licence du temps où une bourgeoisie naissante fit nos cyniques fabliaux.

Ces contes ont une partie historique, rappellent les grandes famines (dans les ogres, etc.). Mais généralement ils planent bien plus haut que toute histoire, sur l'aile de l'*Oiseau bleu*, dans une éternelle poésie, disent nos vœux, toujours les mêmes, l'immuable histoire du cœur.

Le désir du pauvre serf de respirer, de reposer, de trouver un trésor qui finira ses misères, y revient souvent. Plus souvent, par une noble aspiration, ce trésor est aussi une âme, un trésor d'amour qui sommeille (dans *La Belle au bois dormant*) ; mais souvent la charmante personne se trouve cachée sous un masque par un fatal enchantement. De là la trilogie touchante, le *crescendo* admirable, de *Riquet à la houppe*, de *Peau d'Âne*, et de *La Belle et la Bête*. L'amour ne se rebute pas. Sous ces laideurs, il poursuit, il atteint la beauté cachée. Dans le dernier de ces contes, cela va jusqu'au sublime, et je crois que jamais personne n'a pu le lire sans pleurer.

Une passion très réelle, très sincère, est là-dessous, l'amour malheureux, sans espoir, que souvent la nature cruelle mit entre les pauvres âmes de condition trop différente, la douleur de la paysanne de ne pouvoir se faire aimer du chevalier, les soupirs étouffés du serf quand, le long de son sillon, il voit, sur un cheval blanc, passer un trop charmant éclair, la belle, l'adorée châtelaine. C'est, comme dans l'Orient, l'idylle mélancolique des impossibles amours de la Rose et du Rossignol. Toutefois, grande différence : l'oiseau et la fleur sont beaux, même égaux dans la beauté. Mais ici l'être inférieur, si bas placé, se fait l'aveu : « Je suis laid, je suis un monstre ! » que de pleurs !... En même temps, plus puissamment qu'en Orient, d'une volonté héroïque, et par la grandeur du désir, il perce les vaines enveloppes. Il aime tant qu'il est aimé, ce monstre, et il en devient beau.

Une tendresse infinie est dans tout cela. Cette âme enchantée ne pense pas à elle seule. Elle s'occupe aussi à sauver toute la nature et toute la société. Toutes les victimes d'alors, l'enfant battu par sa marâtre, la cadette méprisée, maltraitée par ses aînées, sont ses favorites. Elle étend sa compassion sur la dame même du château, la plaint d'être dans les mains de ce féroce baron *(Barbe bleue)*. Elle s'attendrit sur les bêtes, les console d'être encore sous des figures d'animaux. Cela passera ; qu'elles patientent. Leurs âmes captives un jour reprendront des ailes, seront libres, aimables, aimées. C'est l'autre face de *Peau d'Âne* et d'autres contes semblables. Là surtout on est bien sûr qu'il y a un cœur de femme. Le rude travailleur des champs est assez dur pour ses bêtes. Mais la femme n'y voit point de bêtes. Elle en juge comme l'enfant. Tout est humain, tout est esprit. Le monde entier est ennobli. Oh ! l'aimable enchantement ! Si humble, et se croyant laide, elle a donné sa beauté et son charme à toute la nature.

• *Document 27*

1859 : *Paul Morin, ou Entretiens moraux et instructifs d'un instituteur avec ses élèves,* Livre de lecture courante à l'usage des écoles primaires et des maisons d'éducation des deux sexes, par M. de SAINT-SURIN, ouvrage autorisé par le Conseil de l'Instruction publique et couronné par l'Académie française, 11e édition, Paris.

XIXe ENTRETIEN : DES FANTÔMES ET DES REVENANTS

JACQUES

Cher maître, je suis le premier à me trouver blâmable, et j'aurai du moins le courage de l'avouer. Je rentrais l'autre soir un peu tard chez nous avec Antoine ; nous étions l'un et l'autre chargés de bois, et, pour abréger le chemin, nous avons passé le long du cimetière. La muraille n'est pas haute, et je voyais par-dessus. Chose singulière ! je n'aimais pas à porter les yeux de ce côté pendant la nuit, et cependant je ne pouvais m'en empêcher.

L'INSTITUTEUR

Eh bien ?

JACQUES

Je vis ou je crus voir des flammes qui voltigeaient sur les tombes. On aurait dit des étincelles qui dansaient une ronde ; ça courait, courait...

ANTOINE

Et nous nous sommes mis à courir de notre côté ; il fallait voir comme nous avions des jambes pour nous enfuir !

JACQUES

Malheureusement il se trouva sur mon passage une ronce qui me blessa et qui me fit broncher. Je poussai un cri....

ANTOINE, l'interrompant

Et je criai plus fort que lui, croyant que c'était un revenant qui l'avait saisi par le pied.

JACQUES

Nous laissâmes tomber nos fagots, et nous rentrâmes chez nous plus morts que vifs.

L'INSTITUTEUR

Et puis, qu'arriva-t-il ?

JACQUES

Quand nous eûmes conté notre aventure, notre père nous gronda ; et puis nous prenant par la main, il nous reconduisit sur la place, remit le bois sur nos épaules, et nous ramena en bonne santé à la maison.

L'INSTITUTEUR

Bon et sage père ! J'ajouterai quelques explications à l'enseignement qu'il vous a donné ; ma leçon confirmera la sienne, et vous convaincra, j'espère, que c'est à tort que vous vous êtes laissés effrayer. Ces flammes que tu as vues, Jacques, sont bien connues aujourd'hui ; elles sont produites par une cause aussi naturelle que la flamme du foyer qui fait cuire ton souper. On appelle ces lueurs des *feux follets*. C'est un air inflammable, comme ce fameux gaz avec lequel on éclaire de nos jours les grandes villes. La preuve que les revenants ne sont pour rien dans ce phénomène, c'est qu'on voit des feux follets dans les lieux les plus déserts, et surtout dans les marécages. Croyez-vous que ce soient des grenouilles ou des serpents qui *reviennent* pour nous effrayer ?

PHILIPPE

Oh ! L'on sait bien qu'il n'est plus question aujourd'hui de revenants. C'était bon autrefois, avant la révolution. Mais à présent !...

L'INSTITUTEUR, souriant

J'entends ; tu regardes les fantômes et les revenants comme un vieil abus que la révolution a fait disparaître, en démolissant çà et là les anciens châteaux. Eh ! mon ami, s'il y avait jamais eu des revenants, il y en aurait encore. Mais il n'y en eut jamais, pas plus sous l'ancien régime que sous le nouveau.

PIERRE

Maître, je suis disposé à le croire ; mais cependant comment peut-on le prouver ? Comment imaginer que tous les récits qu'on nous fait de spectres et d'apparitions soient mensongers ? Encore se peut-il faire qu'il y ait quelque chose de vrai ! Tant de monde l'assure ! ma grand-mère d'abord, et c'est une brave femme.

L'INSTITUTEUR

Sans doute, mon ami, la mère Giraud est digne de foi, mais en ceci sa frayeur l'abuse elle-même. [...]

L'INSTITUTEUR

Ne voyez-vous pas, mes amis, qu'il serait bien difficile de concilier avec la sagesse de Dieu toutes les visions bizarres que l'on nous a contées sous le nom d'histoires de revenants ? L'Éternel est le dieu de vérité ; il a réglé l'ordre de la nature d'une manière immuable et certaine. Ce sont les hommes insensés et menteurs qui ont peuplé ce monde de fantômes. Merveilles dignes des inventeurs ! Si vous vous laissiez jamais émouvoir par des récits trompeurs, il est un moyen puissant pour rendre le calme à votre cœur agité, c'est d'invoquer notre Père céleste, c'est de fixer votre attention sur ses immortels ouvrages. Le Dieu qui vous fait assister au spectacle majestueux de la révolution des astres, qui déroule à vos yeux le tableau successif des saisons, vous donne de lui-même une idée trop grande et trop belle, pour que vous supposiez qu'il ait voulu troubler vos âmes par les ridicules terreurs de la superstition. Élevons-nous à lui par la pensée, et méprisons les vaines frayeurs de l'ignorance. Elles pouvaient être pardonnées aux païens, dont les divinités étaient elles-mêmes assez semblables à des fantômes ; mais les chrétiens, éclairés par la lumière de la révélation, ne doivent appréhender que de mal faire et d'offenser cette majesté divine.

(Dans les exercices qui suivent, cette question : « Croirez-vous encore aux contes ridicules de bonnes femmes à l'égard des fantômes et des revenants ? »)

D - LA CRITIQUE

• *Document 28*

SAINTE-BEUVE, *Causeries du lundi*, tome 1.

Lundi 18 février 1850.

LA MARE-AU-DIABLE, LA PETITE FADETTE,
FRANÇOIS LE CHAMPI,

PAR

GEORGE SAND

(1846-1850)

J'étais en retard depuis quelque temps avec Mme Sand : je ne sais pourquoi j'avais mis de la négligence à lire ses derniers romans ; non pas que je n'en eusse entendu dire beaucoup de bien, mais il y a si longtemps que je sais que Mme Sand est un auteur du plus grand talent, que tous ses romans ont des parties supérieures de description, de situation et d'analyse, qu'il y a dans tous, même dans ceux qui tournent le moins agréablement, des caractères neufs, des peintures ravissantes, des entrées en matière pleines d'attrait ; il y a si longtemps que je sais tout cela, que je me disais : Il en est toujours de même, et, dans ce qu'elle fait aujourd'hui, elle poursuit sa voie d'invention, de hardiesse et d'aventure. Mais je suis allé voir *le Champi* à l'Odéon comme tout Paris y est allé ; cela m'a remis au roman du même titre et à cette veine pastorale que l'auteur a trouvée depuis quelque temps ; et, reprenant alors ses trois ou quatre romans les derniers en date, j'ai été frappé d'un dessein suivi, d'une composition toute nouvelle, d'une perfection véritable. J'étais entré à l'improviste dans une oasis de verdure, de pureté et de fraîcheur. Je me suis écrié, et j'ai compris alors seulement cette phrase d'une lettre qu'elle écrivait l'an dernier, du fond de son Berry, à une personne de ses amies qui la poussait sur la politique : « Vous pensiez donc que je buvais du sang dans des crânes d'aristocrates ; eh ! non, j'étudie Virgile et j'apprends le latin [1]. »

Nous ferons ici comme elle, nous laisserons la politique de côté avec tous ses méchants propos et ses sots contes : ce sont légendes qui ne sont pas à notre usage. Oh ! la maussade légende que celle du Gouvernement provisoire ! Nous voilà tout de bon revenus aux champs ; George Sand, homme politique, est une fable qui n'a jamais existé : nous possédons plus que jamais dans Mme Sand le peintre du cœur, le romancier et la bergère.

Mme Sand faisait mieux l'an dernier, en son Berry, que de lire les *Géorgiques* de Virgile ; elle nous rendait sous sa plume les géorgiques de cette France du centre, dans une série de tableaux d'une richesse et d'une délicatesse incomparables. De tout temps, elle avait aimé à nous peindre sa contrée natale ; elle nous l'avait montrée dans *Valentine,* dans *André*, en cent endroits ; mais ce n'est plus ici par intervalles et par échappées, comme pour faire décoration à d'autres scènes, qu'elle nous découpe le paysage ; c'est la vie rustique en elle-même qu'elle embrasse ; comme nos bons aïeux, nous dit-elle, elle en a subi l'*ivresse*, et elle nous la rend avec plénitude. Le roman de *Jeanne* est celui dans lequel elle a commencé de marquer son dessein pastoral. Pourtant ce personnage de Jeanne, la bergère d'Ep-Nell, est bien poétique, bien romanesque encore ; les souvenirs druidiques interviennent dès les premières pages pour agrandir et idéaliser la réalité. On flotte en idée entre Velléda et Jeanne d'Arc ; car Jeanne ici, remarquez-le bien, n'est autre qu'une Jeanne d'Arc au repos et à qui l'occasion seule a manqué pour éclater. La placidité et la simplicité merveilleuse de la belle bergère en restent le plus souvent à la simplesse. Les scènes de la *Fenaison* offrent un tableau plein de charme et de grâce assurément, mais on y voit tout à côté cet éternel plaidoyer entre la société et la nature, entre les gens de loisir et les gens du peuple ou de labeur, ceux-ci ayant invariablement l'avantage. *Jeanne* présente de l'intérêt, un intérêt élevé, mais qui se complique de roman. C'est à *La Mare-au-Diable* seulement que commencent nos vraies géorgiques ; elles se continuent

---

1. Voir lettre à Hetzel, tome 8, p. 757.

dans *François le Champi*, dans *la Petite Fadette*. Voilà la veine heureuse, voilà le thème où nous nous renfermerons ici. [...]

La Mare-au-Diable n'était que le premier pas dans la voie pastorale qu'elle s'est ouverte ; *le Champi* et *La Petite Fadette* marquent le second pas, qui diffère déjà du premier. Je m'arrêterai surtout, comme exemple, à *La Petite Fadette*. Dans *la Mare-au-Diable*, l'auteur remarque en un endroit qu'il est obligé de *traduire* le langage antique et naïf des paysans de la contrée : « Ces gens-là, dit-il, parlent trop français pour nous, et, depuis Rabelais et Montaigne, les progrès de la langue nous ont fait perdre bien des vieilles richesses. Il en est ainsi de tous les progrès, il faut en prendre son parti. » Mme Sand ici ne le prend pas. Elle regrette ces richesses ; elle regrette, comme Fénelon, ce je ne sais quoi de *court*, de *naïf*, de *hardi*, de *vif* et de *passionné*, qui animait notre vieux langage et que la langue rustique a conservé par endroits. Dans *La Petite Fadette* elle essaie de ressaisir ce je ne sais quoi et de le raviver. Sous prétexte que c'est le *Chanvreur* qui lui a raconté l'histoire à la veillée, elle garde le plus qu'elle peut des mots et des locutions qu'il employait. Elle adopte un genre mixte, comme si elle contait « ayant à sa droite un Parisien parlant la langue moderne, et à sa gauche un paysan devant lequel elle ne voudrait pas dire une phrase, un mot où il ne pourrait pas pénétrer. Ainsi elle a à parler clairement pour le Parisien, naïvement pour le paysan ». Le problème est délicat à résoudre, et elle s'en tire aussi merveilleusement qu'il est possible. Courier n'a jamais si bien réussi. Voyons un peu.

Le père Barbeau, cultivateur de la Cosse, avait du bien et en bonne terre. Il avait une maison bien bâtie, couverte en tuiles, avec jardin, vigne et verger ; il avait deux champs. Il cueillait dans ses prés du foin à pleins charrois, et c'était du foin de première qualité, « sauf celui qui était au bord du ruisseau, et qui était un peu *ennuyé* par le jonc. » Il avait déjà trois enfants, quand sa femme, voyant sans doute qu'il avait du bien pour cinq, et qu'il fallait se dépêcher parce qu'elle tirait sur l'âge, s'avisa de lui donner d'un coup deux jumeaux, deux *bessons*, comme on dit dans le pays. Ces deux bessons, dont l'un, venu une heure avant l'autre, s'appela Sylvain ou Sylvinet, et l'autre Landry, étaient pareils de tout point, et, tant qu'ils furent enfants, on eut peine à les distinguer l'un de l'autre. Ils étaient blonds ; ils avaient tout à fait bonne mine, de grands yeux bleus, les épaules bien *avalées*, le corps droit et bien planté. Tous ceux qui les voyaient s'arrêtaient émerveillés de leur *retirance* (ressemblance), et chacun s'en allait disant : « C'est tout de même une jolie paire de gars. » Ces deux jumeaux ou bessons sont les héros du roman qui a pour titre *La Petite Fadette*.

On fera tout d'abord une remarque sur ce style demi-rustique, demi-vieilli, que l'auteur, dans tout ce roman, a employé et distribué avec beaucoup d'art et de bonheur : c'est que, pour vouloir être ici plus naturel que dans *La Mare-au-Diable*, l'artificiel commence. Il y a des moments où le Chanvreur, qui est censé parler, oublie que c'est lui qui parle, et il s'exprime comme ferait directement Mme Sand ; puis il s'en aperçoit tout à coup, il remet des mots de campagne, des locutions vieillies, et cela fait un léger cahotement. Je me hâte d'ajouter que ce cahotement ici, et pour cette fois du moins, n'est pas du tout désagréable. *La Petite Fadette* est une étude des plus piquantes et des plus heureuses. On y rencontre des scènes dignes, pour la finesse et la gaieté d'expression, du joli roman de *Daphnis et Chloé*. J'ai dit que Mme Sand applique le procédé de Paul-Louis Courier ; mais, en s'en souvenant, elle moins savante ; par une grâce de génie, elle fait mieux d'emblée, c'est-à-dire avec plus de verve, plus d'entrain facile. Là même où il y a quelque pastiche, c'est plus vif et comme de source, c'est de l'Amyot à plein courant. Organisation singulière, qui a le don et la puissance d'absorber ainsi tout d'un trait et de s'assimiler d'abord ce qui lui convient ! Elle aura tenu durant une huitaine de jours Amyot entr'ouvert, elle l'aura lu à bâtons rompus, et elle se l'est infusé plus abondamment et plus au naturel que le docte et l'exquis Courier durant des années de dégustation et d'étude de cabinet.

L'enfance des deux jumeaux est retracée d'une adorable façon : celui qui est censé l'aîné, Sylvinet, s'annonce de bonne heure comme le plus touchant, le plus sensible ; il a plus d'*attache*, Landry a plus de *courage*. « Il est écrit dans la loi de nature, remarque l'auteur, que de deux personnes qui s'aiment, soit d'amour, soit d'amitié, il y en a toujours une qui doit donner de son cœur plus que l'autre, qui doit y mettre plus du sien. » Les sympathies mystérieuses qui continuent, après la naissance, d'enchaîner ces deux êtres appartiennent à une physiologie obscure que l'auteur a sentie et devinée sans s'y trop enfoncer ; les superstitions populaires s'y mêlent sans invraisemblance. Le moment où, des deux jumeaux, celui qui passe pour le cadet, Landry, se détache, prend le dessus, et se met décidément à devenir l'aîné, à voler de ses propres ailes et à se faire homme, est admirablement saisi. L'autre, le gentil Sylvinet, reste enfant, plus faible, plus susceptible, âme toute sensible et maladive, toute douloureuse : il y a là des nuances d'analyse et une anatomie du cœur humain où l'auteur a excellé. La petite Fadette, ou petite fée, n'est autre qu'une petite fille de l'endroit dont la famille a une réputation assez équivoque, et qui passe pour un peu sorcière. Cette petite fille, qui se montre d'abord toute laide, qui ne se soigne pas plus qu'un méchant garçon, et qui est la bête noire du village, mais qui, au fond, se trouve avoir toutes les qualités de l'esprit, de l'imagination et du cœur, et qui finit même, sous l'éclair de l'amour, par se métamorphoser en beauté, cette petite Fanchon Fadet qui, sous sa verve de lutinerie, cache des trésors de sagesse, remplit ici le rôle qui est volontiers réparti aux femmes dans les romans de Mme Sand ; car elles y ont toujours le beau rôle, le rôle supérieur et initiateur. Mme Sand, même quand elle se mêle d'idylle, n'y porte pas naturellement la douceur et la suavité tendre d'un Virgile ou d'un Tibulle : elle y fait encore entrer de la fierté. La petite Fadette est fière avant tout. On y peut voir aussi, à quelques-unes de ses paroles, une protestation contre la société au nom des êtres disgraciés et intelligents ; mais, ici, toutes ces idées sont arrêtées à point et revêtues de formes si vivantes, si gracieuses et si peu philosophiques, qu'on n'a le temps ni l'envie de les discuter. À côté de cette création poétique il y a l'observation de la nature vulgaire, la belle Madelon à côté de la petite Fadette, de même que dans *Jeanne* il y avait la coquette Claudie à côté de la belle et chaste bergère. Tous ces jeunes cœurs, les naturels autant que les poétiques, ceux des filles comme ceux des garçons, sont connus, maniés, montrés à jour par Mme Sand, comme si elle les avait faits. Oh ! qu'un poète sait donc de choses, surtout quand il lui a été donné d'être tour à tour homme et femme, comme à feu le devin Tirésias !

J'oubliais la suite de mon analyse, et je la finis en deux mots. Landry, le plus mâle des jumeaux, est induit à aimer la petite Fadette, et par là il désole sa famille, surtout son frère le pauvre Sylvinet, dont la fantaisie est d'être aimé à lui tout seul et de posséder sans partage tout un cœur. Mais on n'est malheureux dans un roman qu'autant qu'il plaît au romancier. Tout se répare : la petite Fadette, devenue une belle, sage et riche personne, épouse Landry et guérit presque le souffreteux Sylvinet par ses secrets de magnétisme naturel. Elle réussit même trop bien ; le pauvre Sylvinet, un jour, se croit dans l'obligation de s'éloigner de sa belle-sœur sans dire son motif à personne. Il va s'exposer à la guerre et devient un brave. Ce Sylvinet, d'un bout à l'autre, est touchant ; c'est un être sacrifié, nature distinguée et fine, pas assez forte pour le bonheur, demandant beaucoup, voulant tout donner ; avec ces éléments-là se composent les âmes passionnées et sensibles. Mme Sand le sait bien ; elle excelle à peindre ces natures qu'elle domine et pénètre si bien du regard. Dans ses romans, depuis *Lélia* jusqu'à *La Petite Fadette*, que de Sténio ! que de Sylvinet !

J'aurai peu à dire du *Champi*, que tout le monde a vu et a lu. Ici du moins le rôle de l'homme n'est pas subordonné ni sacrifié ; mais c'est à titre de revanche pour le pauvre enfant trouvé, et parce que la société l'avait sacrifié déjà. Le roman est d'un intérêt plus pathétique, mais d'une étude moins savante et moins curieuse que *La Petite Fadette*, et c'est pourquoi j'ai insisté sur cette dernière. En allant voir *le Champi* transporté à la scène, j'avais une crainte ; je craignais l'invraisemblance, une certaine indélicatesse à cet amour filial converti en amour, même conjugal et légitime. L'idée de Jean-Jacques, appelant Mme de Warens *maman*, m'avait toujours dégoûté. Ici la chose est sauvée, autant que possible, avec une simplicité que les acteurs, pour leur part, ont aidée d'un parfait bon goût. La femme, Madeleine Blanchet, ne se doute pas de cet amour, et la seule idée qu'elle puisse être aimée ainsi n'approche pas d'elle, sinon tout à la fin. Le Champi lui-même ne s'avoue cette pensée et ne l'ose exprimer que quand la malveillance a déjà parlé par la bouche de la Sévère. Les personnages se font à eux-mêmes les objections, ce qui soulage et désarme le spectateur. Finalement la femme, qui n'a pas eu un éclair de coquetterie, et qui, jusque dans sa mise, a soin de se montrer plutôt fanée avant l'âge, ne fait que se résigner et ne semble consentir que parce que tout le monde le veut. En un mot, le mariage qui couronne le dévouement du Champi n'est pas un mariage d'amour, c'est un mariage à la fois de devoir, d'honneur et de tendresse. Rien ne gâte, selon moi, l'impression saine de cette pièce touchante, et, si l'imagination n'est pas tout à fait flattée sur un point, le cœur du moins n'y est pas offensé. Je dis cela, sachant toutefois qu'il est resté comme un froissement dans quelques âmes scrupuleuses, tant cette idée de mère, même de mère adoptive, est une idée sacrée ! On ne serait pas juste envers cette pièce du *Champi*, si l'on ne signalait, au moins en passant, l'excellent rôle de Jean Bonnin, l'idéal du paysan berrichon.

Voilà donc, grâce à Mme Sand, notre littérature moderne en possession de quelques tableaux de pastorales et de géorgiques bien françaises. Et, à ce propos, je songeais à la marche singulière que le genre pittoresque a suivie chez nous. Au XVIIe siècle, le sentiment du pittoresque naturel est né à peine, il n'est pas détaché ni développé, et, si l'on excepte le bon et grand La Fontaine [1], nous n'avons alors à admirer aucun tableau vif et parlant. La marquise de Rambouillet avait coutume de dire : « Les esprits doux et amateurs des Belles-Lettres ne trouvent jamais leur compte à la campagne. » Cette impression a duré longtemps ; tout le XVIIe siècle et une partie du XVIIIe en sont restés plus ou moins sur cette idée de Mme de Rambouillet, qui est celle de toute société polie et, avant tout, spirituelle. Mme de Sévigné, dans son parc, ne voyait guère que les grandes allées, et ne les voyait encore qu'à travers la mythologie et les devises. Plus tard, Mme de Staël elle-même ne trouvait-elle pas que « l'agriculture sentait le fumier » ? Ce fut Jean-Jacques qui le premier eut la gloire de découvrir la nature en elle-même et de la peindre ; la nature de Suisse, celle des montagnes, des lacs, des libres forêts, il fit aimer ces beautés toutes nouvelles. Bernardin de Saint-Pierre, peu après, découvre à son tour et décrit la nature de l'Inde. Chateaubriand découvre plus tard les savanes d'Amérique, les grands bois canadiens et la beauté des campagnes romaines. Voilà bien des découvertes, les déserts, les montagnes, les grands horizons italiens ; que restait-il à découvrir ? Ce qui était le plus près de nous, au cœur même de notre France. Comme il arrive toujours, on a fini par le plus simple. On avait commencé par la Suisse, par l'Amérique, par l'Italie et la Grèce : il fallait Mme Sand pour nous découvrir le Berry et la Creuse.

En insistant sur l'admiration qui est due à ces dernières productions de Mme Sand, je n'ai pas, au reste, la pensée de lui

---

1. Ce bon et *grand* La Fontaine venait là non sans dessein, et parce que dans le même temps il avait paru une petite diatribe de M. de Lamartine contre La Fontaine (voir *le Conseiller du Peuple*, premier numéro de janvier 1850). (Note de Sainte-Beuve.)

adresser un conseil : c'est un succès que j'ai voulu constater. Loin de moi l'idée de prétendre circonscrire désormais dans le cercle pastoral un talent si riche, si divers et si impétueux ! Mon seul conseil, mon seul vœu, c'est qu'un tel talent s'ouvre des voies et crée des genres tant qu'il lui plaira, mais qu'il ne serve jamais un parti. Hors de là, qu'il aille à son gré, qu'il se développe, qu'il s'égare parfois ; il est sûr de se retrouver, car il vient de source. Je dirai du talent vrai, comme on l'a dit de l'amour, que c'est un grand *recommenceur*. Ce qu'il a manqué une fois, il le ressaisit une autre. Il n'est jamais à bout de lui-même, et il récidive souvent. Le moment, pour la critique, d'embrasser ce puissant talent dans son cours, et de le pénétrer dans sa nature, n'est pas venu, selon moi ; il faut le laisser courir encore. On peut préférer de lui telle ou telle manière, mais il est curieux de les lui voir essayer toutes. Pour moi, je préfère, je l'avoue, chez Mme Sand les productions simples, naturelles, ou doucement idéales ; c'est ce que j'ai aimé d'elle tout d'abord. Lavinia, Geneviève, Madeleine Blanchet, la petite Marie de *La Mare-au-Diable*, voilà mes chefs-d'œuvre. Mais il y a aussi des parties supérieures et peut-être plus fortes, plus poétiques en elle, et que je suis loin de méconnaître. C'est Jeanne, c'est Consuelo ; au fond, tout au fond, c'est toujours cette nature de Lélia, fière et triste, qui se métamorphose, qui prend plaisir à se déguiser et à se faire agréer, sous ces déguisements, de ceux mêmes qui ont cru la maudire en face. Et qu'est-ce que Consuelo, par exemple, sinon Lélia éclairée et meilleure ? Enfin, chacun aura ses préférences, mais il ne faut rien interdire en fait d'art à un talent qui est en plein cours, en plein torrent. Un talent fier comme celui-là a été mis au monde pour oser, tenter, se tromper souvent, pour se perdre comme le Rhône, et pour se retrouver aussi.

Document 29

Article FADETTE (LA PETITE), du *Larousse du XIXe siècle*.

Après deux chefs-d'œuvre comme *La Mare-au-Diable* et *François le Champi*, c'est avec une certaine inquiétude qu'on a vu l'auteur tenter un troisième roman pastoral. Mme Sand est sortie de cette épreuve à son honneur, et s'il fallait choisir entre les trois, peut-être bien est-ce *La Petite Fadette* que nous préférerions. Ce roman offre un avantage incontestable au point de vue de l'art : il s'adresse à toutes les classes, et on peut le dire sans crainte, à tous les âges. Il est vrai de la vérité morale la moins changeante, et c'est dans la famille qu'il va chercher ses inspirations. Intéresser à l'amitié de deux enfants, de deux jumeaux, au simple amour d'une fille des champs, voilà ce qu'a su faire l'auteur dans *La Petite Fadette*. C'est une tradition accréditée dans quelques villages que l'amitié de deux jumeaux, de deux *bessons* comme dit l'auteur, empruntant le langage des paysans du Berry, dégénère souvent en une sorte de fièvre, de langueur, de véritable maladie en un mot. Mme Sand a trouvé les nuances les plus délicates pour peindre ce sentiment pur comme l'amitié, tendre et ombrageux comme la passion, inquiet, jaloux et exigeant comme l'est l'amour à l'âge des vives impressions et des premiers attachements.

« *La Petite Fadette*, dit M. Henri Baudrillart, rappelle à plus d'un égard, et sans la plus légère trace d'affectation, la fable des deux pigeons qui *s'aimaient d'amour tendre*, ce qui n'empêche pas l'un d'eux de *s'ennuyer au logis* (conciliez cela !) ; il arrive au bout d'un certain temps que l'un des deux bessons a moins besoin de l'autre que son frère et ne pense pas toujours comme lui que l'absence soit *le plus grand des maux*. Tant il est vrai que c'est la loi de nature, entre pigeons et enfants, entre frères et sœurs, entre amants et maîtresses, que, dans cet échange d'affections et de tendresse où il semblerait que l'on dût être égal, l'un donne toujours plus que l'autre de sa vie ou de son cœur. » Sylvinet est jaloux de son frère et regarde comme un vol qu'il lui fait toute marque d'amitié accordée à autrui par celui-ci. Pour attrister et irriter encore plus son cœur malade, Mme Sand place entre lui et son frère un tiers bien redoutable pour les amitiés fraternelles, l'amour. Cet amour, celle qui le ressent et bientôt l'inspire, c'est la fille de la vieille sorcière du lieu, de la *Fadette* du pays, n'ayant d'abord ni la beauté, qui avec l'âge doit s'ajouter à la grâce, ni la fortune, qui viendra plus tard, une enfant moquée, haïe, persécutée, pour sa famille, pour son humeur fantasque, pour sa malice, pour sa laideur et pour sa misère. Landry, qui dans le principe ne la voyait pas de meilleur œil que les autres, s'étonne en causant avec elle de lui découvrir tant de cœur et d'esprit, et devient éperdument amoureux de cette pauvre délaissée. Il prend mille précautions pour envelopper son amour des voiles du mystère, dans

la crainte d'affliger Sylvinet. Le hasard rend ce dernie maître du secret de son besson et il tombe malade de jalousie.
Leur père apprend les bruits qui courent sur Landry et la petite
Fadette et suscite mille obstacles à leur affection ; mais elle
est de celles que rien, pas même l'absence et le temps, ne pourrait ébranler. Dieu a pitié de tant de constance : la petite
Fadette enrichie par un héritage, devient la femme de Landry.
Un seul nuage vient obscurcir leur bonheur : Sylvinet se prétend tout à coup entraîné par la vocation des armes et
s'engage. Le malheureux, après avoir détesté Fadette, n'avait
pu résister au pouvoir séduisant de ses charmes et de sa bonté,
et était devenu amoureux de la femme de son frère.

Personne comme Mme Sand n'a peint l'enfance et les paysans sous le côté naïf et poétique. Nous ne craignons pas
d'avancer que la plume qui a tracé les jeunes et pures amours
de la petite Consuelo et d'Anzoletto adolescent n'avait rien
peint en ce genre qui égalât ces figures si poétiques dans leur
simplicité, Sylvinet, Landry et Fanchon Fadette. L'écueil de
ce genre de tableaux, c'est l'exagération fade, la niaiserie pré-
tentieuse. Mme Sand a su se tenir à ce point où la vérité et
l'art se rencontrent. Elle n'a pas transformé la réalité ; on
dirait même, tant son tableau est naturel, qu'elle ne l'a pas
idéalisé ; mais elle a choisi, trié chaque trait d'une main sûre
et délicate. Rien de plus poétique que les scènes si passionnées pendant la fête du village, ou à la nuit tombante, ou
à l'ombre des retraites enchantées, entre ces deux enfants qui
ignorent leur propre secret. « Avec une exaltation naïve et
rêveuse avant le sentiment chrétien, dit M. Baudrillart, avec
une retenue de sens exquise, la petite Fadette et ses innocentes amours rappellent, par la grâce des descriptions et par la
fraîcheur du coloris, la naïve et savante pastorale de *Daphnis
et Chloé*. Il y a, dans ce prétendu récit d'un paysan du Berry,
un tour vieilli et charmant qui remet en mémoire, sans nul
effort, le naïf français d'Amyot venant s'ajouter à l'art habile
de Longus » ; *La Petite Fadette* est l'œuvre d'un *écrivain
d'imagination*, d'un poète dans le sens le plus élevé et le plus
séduisant du mot.

IV - GLOSSAIRE

George Sand a voulu différencier la langue de son narrateur (le chanvreur) et de ses personnages de la langue parisienne. Après quelques essais dans Jeanne, elle a renoncé à garder la prononciation réelle du patois berrichon. Pour un lecteur lettré, c'est irrésistiblement, et comiquement, celle qu'il est de tradition d'attribuer au niais paysan depuis Molière (prononciation large, type Piarrot, alas, élisions, *etc.). Et pour cause, car la langue paysanne provinciale se caractérise par sa lenteur d'évolution. Le berrichon est une langue du passé, dans sa morphologie, sa sémantique, sa syntaxe parfois. George Sand renonce à reproduire les sons, mais espère faire retrouver l'exotisme de la langue ancienne, en qui elle voit, comme les folkloristes du XIXe siècle, le meilleur et le plus authentique langage originel de la France. Elle utilise ses connaissances personnelles, mais aussi le dictionnaire de Jaubert,* Vocabulaire du Berry et de quelques cantons voisins, *paru en 1842 chez Roret, que son auteur lui a envoyé (lettre de remerciement de juillet 1843). Comment montrer l'archaïsme et l'authenticité, de façon intelligible pour des modernes (au langage un peu frelaté) ? : en usant de termes réels, mais dosés, parfois très ruraux, parfois très littéraires, à l'imitation de cet autre amateur d'exotisme archaïque :* La Fontaine. *Pour manifester cette liaison intime, nous allons donner aux termes du glossaire non seulement une traduction qui vous aidera, mais aussi quelques commentaires souvent empruntés au dictionnaire du XVIIe siècle (Furetière, abrégé en* F*), et coder rapidement leur présence dans les dictionnaires régionaux (*B*), dans les dictionnaires d'ancien français (*AF*), ou dans notre lexique, mais avec ici un sens archaïque disparu de l'usage (*V*).*

ACCOUTUMANCE : habitude, coutume (B ; AF ; F ; V).

AFFENER : donner du foin (B ; AF).

AFFRONTER : ordinairement tromper, faire affront, mais « se dit quelquefois en bonne part, des braves qui ne craignent point de s'exposer dans les occasions honorables » (F). Ici, ce sens héroïque est humoristique, puisque les petits apprennent à répondre sans paraître niais, ce qui est un exploit.

AFFINER : « tromper, rendre plus fin, se dit en morale des niais qu'on rend plus fins en leur faisant quelque tromperie » (F) (La Fontaine ; AF ; V).

AGASSE : pie noire (B ; AF ; F).

ALAS : prononciation de hélas.

AMITEUX, AMITEUSEMENT : souvent amitieux, amiqueux, qui est affectueux et se fait des amis (B).

ARANELLE : petite araignée, latin *aranea*.

AREAU : charrue à crémaillère.

ARTISTE : vétérinaire, vient sans doute de chimiste, qui se sert de drogues, homme de l'art (AF).

AVOIR DE L'ATTACHE : avoir de l'affection, de l'attachement, « se dit en morale de l'engagement qu'on a à quelque chose » (F ; AF).

ATTIFER : « vieux mot pour coiffer » (F) d'où ATTIFAGE : coiffure, ornement de tête.

AUMAILLE : bêtes à cornes (B ; AF ; F).

AVALÉES : abaissées, pendantes (AF ; F ; V) — Expression classique du portrait de fou : à chausses avalées.

BARBEAUDE (la) : épouse de M. Barbeau, formation normale en berrichon, voir Sagette, Fadette, Baigneuse, la femme prend le nom de son père ou de son mari.

BARGUIGNER : « marchander sou à sou, se dit en choses spirituelles des irrésolutions d'esprit » (F).

BAVOUSETTE : petite bavette du tablier (B).

BELLEMENT : doucement (F).

BESSONS : jumeaux (B ; AF ; F ; Ronsard).

BESTIAU : terme collectif, forme vocalisée paysanne du *l de bestial*, ce que nous disons *bêtail* (F).

BOUCHURES : haie vive qui entoure un champ (B ; AF).

BRAVE : élégant, fier (B ; AF ; F; V).

BREBIAGE : collectif : troupeau de brebis (B ; AF).

BRONCHER : mettre le pied à faux, tomber à demi (F).

BUREAU : couleur de bure, gros drap marron (AF).

CAMARD : qui a le nez plat et enfoncé (F).

CAPHARNION : adaptation de capharnaüm, expliqué dans le texte même, déjà utilisé dans *Jeanne*.

CARRER (se) : mouvement de danse de la bourrée (AF) ; ou marcher avec orgueil (F).

CASTILLE : querelle (B ; AF) ; « terme populaire » d'après F.

CAYENNE : espèce de calotte piquée qui sert de charpente à la coiffe (B).

CENDROUX : sali par la cendre (B) — finales en *-oux* pour *-eux*.

CHANCEUX : heureux, mais pris par antiphrase par ironie (F) ; comprendre *aléatoire, risqué*.

CHANVREUR : ouvrier qui peigne et carde le chanvre (B ; AF).

CHAPUSER : dégrossir du bois, faire des planches (B ; AF).

CHARMEUSE : sorcière, qui a la vertu ou la réputation de charmer (F).

CHARRIÈRE : passage pour une charrette (B ; AF).

METTRE DANS L'OREILLE DU CHAT : oublier, les humains n'ont pas entendu.

CHAT-GRILLÉ : enfant chétif (B).

CHAUSSURE : toute couverture du pied, y compris chausses, souliers, pantoufles (F).

CHEBRIL : chèvre (B ; AF).

CHEVRILLON : petit chevreau, dim. de chebril (B).

CHEVALINE : « vieux mot qui ne se dit plus qu'à la campagne » (F), élevage de chevaux.

CHICHERIE : avarice (AF), « ordinaire aux pédants, gens de basse naissance, femmes » (F).

CLOPANT : boiter (AF).

COIFFAGE : ensemble coiffe et accessoires (B).

COLON : fermier (AF ; V) (celui qui cultive).

COMPASSIONNÉ : qui a de la compassion.

METTRE EN CONDITION : placer comme domestique (F).

CORILLETTE : un coret est un verrou fait d'une cheville ; ici diminutif (B ; AF).

CONTENTION : lutte (AF ; F).

CORME : fruit du cormier, c'est-à-dire du sorbier.

CORPORÉ : robuste, vigoureux (B ; AF).

COSSE : bûche (AF).

COSSONS : dans le texte, ne peut désigner que des mottes de terre ; or, signifie en Berry : petits morceaux de bois (B).

COUDRIÈRE : lieu planté de noisetiers (B ; AF ; F).

COULEURÉ : coloré (avoir un teint haut en couleur est une beauté rustique !).

COURLIS : petit oiseau échassier.

COUVRAILLE : semailles (B ; AF).

CROIT : croissance (AF).

DEMEURANCE : demeure, habitation (B ; AF).

DETEMCER ou detempser : faire perdre son temps à quelqu'un (B ; déjà dans *Jeanne*).

DIVERSIEUX : capricieux, changeant (B).

DRESSAGE : toilette, habillement (AF).

DROGUET : étoffe grossière fil et laine (B ; AF).

DRÔLESSE : jeune fille (AF).

ÉBIGANCHÉ : dégingandé, boiteux (B).

ÉCOLÉRER : pour encolérer, mettre en colère.

ÉCURIEUX : vocalisation du *l* pour *écureuil* (AF).

ÉMALICER : impatienter, irriter (B ; AF).

EMMY : parmi, au milieu de.

ENDOSSE : fatigue, charge, incommodité (F).

ENFARGES : entraves mises aux pieds des chevaux (B ; AF).

ENFLURE : maladie causée par les mauvaises humeurs (F).

ENTE : greffe.

ENTENDEMENT : intelligence, entente (AF ; V).

ÉPELETTE : (prononcé épiette), petit outil de culture (B).

ÉPEURER : épouvanter (B ; AF).

ESSOTIR : abasourdir, troubler (B ; AF).

ESTIMÉ : estimé danseur = être un danseur apprécié.

ESTROPISON : fait d'être estropié, infirmité.

FEMME (la) de chez nous : manière locale de désigner l'épouse, la mère, la patronne d'une ferme.

FERMAGE : ensemble des instruments et vie d'une ferme.

FAIRE de la FEUILLE : faire manger des jeunes pousses aux moutons.

À LA FINE FORCE : renforcement superlatif.

FINET : fin, habile (AF ; F ; La Fontaine).

FLATTEUSE : caressante (F).

FOLLETTÉ : folie d'amour, caprice (B ; AF).

À DES FOIS : certaines fois.

FOULER : oppresser, gâter (F).

FRIME : « terme populaire, pour semblant, contenance » (F).

FROIDIR : (prononcé ferdir) pour refroidir (B).

PRENDRE UN FROID : donner un coup de froid, un refroidissement.

FROMENTÉE : bouillie de farine de blé (B ; AF ; F).

GÂTER : détériorer (AF ; V).

GAMBILLER : « frétiller, remuer les jambes, se dit des enfants et des jeunes gens » (F).

GENTE : gracieuse (B ; AF), « vieux mot » selon F.

GEORGEON : le diable (B ; voir *Maîtres sonneurs*).

GREDOT : gredin au sens ancien, gueux.

GRELET : grillon (B ; AF).

GROBILLE : petite branche (B).

GROUILLER : se remuer, s'agiter (B ; AF ; F).

GUENILLIÈRE : expliqué dans texte même, nid à guenilles, ou abri à guenaux, pour jouer sur les divers noms des gueux, de leurs habits et de leurs poux...

GUIGNE : espèce de cerise précoce.

HÂTEUX : hâtif, pressé.

HÉRITAGE : propriété (AF ; F ; V ; La Fontaine).

HÉSERBEUR : personne qu'on paie pour arracher l'herbe des jardins (B ; AF).

HERSEUR : qui fait passer la herse après les semailles.

HONNÊTEMENT : poliment (AF ; V ; F ; V ; La Fontaine).

HONTE : timidité, pudeur (AF ; V ; F ; V ; La Fontaine).

IMAGINANT : difficile à imaginer et à croire (B ; AF).

IMBRIAQUE : sot, hébété comme un homme ivre (B ; AF).

INCARNAT : rouge (AF).

INCRIMINATIONS : soupçons, accusations.

MAL JAMBÉ : qui a les jambes mal faites (B ; AF).

JAPPE : caquet (B ; AF) ; japper se dit de ceux qui braillent et importunent (F).

JONCIÈRE : lieu couvert de joncs (B ; AF).

JOURNAL : unité de mesure, surface de terre qu'on travaille en une journée.

LÂCHE : mou, paresseux, incapable de travailler.

LÂCHETÉ : « faiblesse de corps qui empêche l'application au travail » (F).

LINOT : petit oiseau siffleur, réputé très étourdi.

LOUER : mettre / prendre quelqu'un à gages (AF ; V).

NOTRE MAÎTRE : manière pour désigner le mari ou le patron d'une ferme.

MÂLOT : fille qui a des allures de garçon (forme diminutive sur *mâle*), pas réservée (B).

MANDRER : diminuer, amoindrir (B ; AF).

MÉCONNAISSANT : pas reconnaissant, ingrat (AF ; F).

MÊMEMENT : surtout.

MENTERIE : mensonge (B ; AF ; F).

MIE : pas, forme ancienne de la négation.

MIJOTERIE : cajolerie, mièvrerie.

NAPE : nénuphar (AF).

NARGUE : arrogance.

OMBRAGEUX : qui s'effarouche de tout, comme les chevaux de leur ombre (F).

ORBLUTES : éblouissement (B ; AF).

ORILLON : partie de la coiffe qui tombe de côté sur l'oreille.

OUAILLES : troupeau de moutons (B ; AF ; F ; V).

OUBLIANCE : oubli (B ; AF, F).

OUCHE : verger, jardin entouré de haies (B ; AF) ; « vieux mot français qui est encore en usage en plusieurs provinces, qui signifie une terre labourable close de fossés ou de haies » (F).

PACAGER : manger dans les prés.

PANSER DU SECRET : soigner (B).

PAROISSIENS : habitants d'une même paroisse.

PATOUR : berger, pasteur (B ; AF).

PEILLEROUX : mendiant couvert de peille, chiffons, expliqué dans le texte même.

SE PÉRIR : se tuer.

PÉTROLE : pétrelle, bougie préparée à la résine (B).

PICOTERIE : plaisanterie désagréable (AF).

PIQUE : « brouillerie, petite noise qui est entre parents et amis » (F).

POSSIBLE EST : inversion pour rendre l'expression archaïque.

PORTEMENT : manière d'être ; état de santé (B ; AF).

POTU : empoté (B).

QUINTANT : aller de côté, pencher (B ; AF).

RACICOT : petite racine (B).

RALETTE : grenouille (B) — déformation de ranette, petite grenouille.

RANGEMENT : fait de se ranger, de se conformer aux coutumes.

RASIBUS DE : « terme adverbial et populaire, signifie tout près de » (F).

REMÉGEUSE : celle qui remet les fractures ou soigne (mège) (B ; AF).

S'EN RESSENTIR : émotions, ici pour savoir quelle est sa sexualité véritable.

RETIRANCE : ressemblance (B) — de *retraire,* retracer les mêmes traits.

RIOT : diminutif, ruisseau (B ; AF).

RIVET : rive, bord de l'eau (AF).

SANGLAÇURES : avoir le sang tout glacé, refroidissement (B).

SAULNÉES : pièges pour les oiseaux (B).

SAUTERIOT : petite sauterelle (B ; AF).

SAUTIOTE : petite sauterelle (B ; AF).

SAUTOIR : barrière pour arrêter les bêtes (F).

SEMONDRE : inviter (B ; AF ; F) — déjà vieilli chez La Fontaine.

SERGETTE : étoffe de laine (AF).

SOBRIQUETS : surnoms, plaisanteries (AF) ; « épithètes burlesques qu'on donne à quelqu'un en dérision de choses qu'il a dites ou faites mal à propos. Les habitants des petites villes sont sujets à se donner des sobriquets les uns aux autres » (F).

SORNETTES : plaisanteries, railleries (AF) — ici pratiquement synonyme de sobriquets.

STYLER : habituer par des leçons à un certain bon comportement (AF).

TABOULER : gronder (B ; AF).

TARABUSTER : « terme populaire », importuner quelqu'un (F).

TAILLE : coupe de bois.

TOUCHER LES BŒUFS : les conduire à l'aiguillon.

TRAÎNE : chemin étroit entre des haies, d'après le texte ; en fait haies (B).

TRAVERSIEUX : taquin (B ; AF).

TRETOUS, TRESTOUS : forme médiévale, tous.

VANNER : secouer rudement dans un van (F) ; donner des coups, épuiser (B).

VANNÉE : coups.

VAGUER : aller çà et là (F).

VERGNE : aulnes.

VERTU : courage, *virtus* au sens le plus romain du terme.

VIMAIRES : dommage causé par une forme supérieure (AF).

V - BIBLIOGRAPHIE

Biographies

Maurois A., *Lélia ou la vie de George Sand*, Hachette, 1952.

Barry J., *George Sand ou le scandale de la liberté,* Le Seuil, 1977.

Bouchardeau H., *George Sand. La lune et les sabots*, Fayard, 1990.

Éditions des œuvres

On signalera pour les encourager les Éditions de l'Aurore qui se consacrent à la réédition avec les meilleurs commentaires de l'ensemble des œuvres romanesques (110 titres prévus) ;

— les éditions Les Introuvables avaient suppléé par des fac-similés ;

— les éditions Garnier éditent la *Correspondance* de George Sand, par Georges Lubin, jusqu'au tome 24 (1990) ;

— les revues *Présence de George Sand ;*
    George Sand Studies ;
    Les Amis de George Sand.

Critique sur l'ensemble de l'œuvre

Woman as Mediatrix ; Essays on the XIXe Century European Women Writers, New York, London, 1987.

George Sand, Colloque de Cerisy, SEDES, 1983.

dont surtout B. DIDIER, *George Sand et les structures du conte populaire* et J. DELABROY, *Homère en rébus : Jeanne ou la représentation aux prises avec la question de l'origine* (sur la représentation du peuple comme innocence de la race humaine).

Catalogue de l'exposition George Sand, Bibliothèque Nationale, 1954.

Idées socialistes

VAN RUNSET V., *Illuminisme et Lumières : impact sur les idées sociales de George Sand*, in Œuvres et Critiques, X, 1985.

PAILLERON M.-L., *George Sand et les hommes de 1848*, Grasset, 1953.

ALEXANDRIAN V., *Le Socialisme romantique*, Le Seuil, 1979.

BÉNICHOU P., *Le Temps des prophètes*, Gallimard, 1980.

VIGIER P., *La Vie quotidienne en province et à Paris pendant les journées de 1848*, Hachette, 1982.

La Petite Fadette

GUY R., *Étude du manuscrit de* La Petite Fadette, Annales de l'université de Besançon, I, 4, 1954.

BARGUES-ROLLINS Y., *La Petite Fadette ou le Verbe fait femme*, in *Présence de George Sand*, n° 22, 1985.

RICHTER A., *George Sand ou la nostalgie du bois perdu*, in *Le Fantastique féminin*, Bruxelles, Antoine, 1984.

VALLADE F., *La Fratrie et les bessons (La Petite Fadette)*, in *Présence de George Sand*, n° 28, mars 1987.

Romans rustiques

VINCENT L., *La Langue et le style rustique de George Sand dans les romans champêtres*, Paris, Champion, 1916. *George Sand et le Berry (I)*, Paris, Champion, 1919. *Le Berry dans l'œuvre de George Sand (II)*, Paris, Champion, 1919.

SAND A., *Le Berry de George Sand*, Paris, Morancé, 1927.

LUBIN G., *George Sand en Berry*, Hachette, 1967 (photos).

BELMONT N., *L'Académie celtique et George Sand : les débuts des recherches folkloriques en France,* in *Romantisme* n° 9, *Le Peuple,* 1975.

CAORS M., *Réel et imaginaire dans le Berry de George Sand,* in *Journée George Sand, hommage à Georges Lubin*, université de Paris IV, 1985.

LAISNEL DE LA SALLE, *Croyances et légendes du Centre de la France, Souvenirs du vieux temps, Coutumes et traditions populaires comparées à celles des peuples anciens et modernes*, Chaix, 1875.

JAUBERT H.-F., *Glossaire du centre de la France*, Chaix, sd (1842).

VI - ADAPTATIONS THÉÂTRALES

1850   *La Petite Fadette*, comédie-vaudeville en deux actes,
       Théâtre des Variétés. Adaptation par C. Lafont et
       A. Bourgeois, sans l'autorisation de George Sand.
1869   *La Petite Fadette,* opéra-comique en trois actes et cinq
       tableaux. Adaptation de George Sand et M. Carré.

VII - FILMOGRAPHIE

1922   *La Petite Fadette,* Raphaël Adam, FR.

La vie de George Sand a fait l'objet d'un film de Michel
Rosier : *George qui ?*, FR., 1973, avec Anne Wiazemsky :
George Sand.

TABLE DES MATIÈRES

POCKET CLASSIQUES

collection dirigée par Claude AZIZA

GUIDES POCKET CLASSIQUES

DICTIONNAIRE DE VOCABULAIRE I et II
MÉMENTO DE LITTÉRATURE FRANÇAISE I et II
LE BAROQUE EN FRANCE ET EN EUROPE
LE ROMANTISME EN FRANCE ET EN EUROPE
LE SURRÉALISME EN FRANCE ET EN EUROPE
LE CLASSICISME EN FRANCE ET EN EUROPE
LA LITTÉRATURE POLICIÈRE
LA LITTÉRATURE ANGLAISE
LA LITTÉRATURE AMÉRICAINE

Dans la série *Analyse de l'œuvre* :

La controverse de Valladolid de J.-C. Carrière
Un roi sans divertissement de J. Giono
Le Horla de G. de Maupassant
Pourquoi j'ai mangé mon père de R. Lewis
Les Rougon-Macquart d'É. Zola
L'Œuvre de J.-J. Rousseau *(à venir)*
L'Œuvre de G. Flaubert *(à venir)*

Cet ouvrage a été composé par
TÉLÉ-COMPO - 61290 BIZOU

Impression réalisée sur Presse Offset par

BRODARD & TAUPIN

GROUPE CPI

20551 – La Flèche (Sarthe), le 22-09-2003
Dépôt légal : mai 1991

POCKET – 12, avenue d'Italie - 75627 Paris cedex 13
Tél. : 01.44.16.05.00

Imprimé en France